Ulrike Schweikert

Nachtmahr 3
Das Vermächtnis der Königin

Ulrike Schweikert

Nachtmahr 3
Das Vermächtnis der Königin

Roman

penhaligon

Der Verlag weist ausdrücklich darauf hin, dass im Text enthaltene externe Links vom Verlag nur bis zum Zeitpunkt der Buchveröffentlichung eingesehen werden konnten. Auf spätere Veränderungen hat der Verlag keinerlei Einfluss. Eine Haftung des Verlags ist daher ausgeschlossen.

FSC
www.fsc.org
MIX
Papier aus verantwortungsvollen Quellen
FSC® C083411

Verlagsgruppe Random House FSC® N001967

1. Auflage
Deutsche Erstveröffentlichung Juli 2017 bei Penhaligon,
einem Unternehmen der Verlagsgruppe Random House GmbH,
Neumarkter Straße 28, 81673 München
Umschlaggestaltung und -abbildung: www.buerosued.de
JB · Herstellung: sam
Satz: Uhl + Massopust, Aalen
Druck und Bindung: CPI books GmbH, Leck
Printed in Germany
ISBN 978-3-7645-3086-0
www.penhaligon.de

In Liebe für Peter

Prolog

ROXBURGH

Die mittelalterliche Stadt Roxburgh gab es schon lange nicht mehr, dabei war die königliche Stadt einst neben Edinburgh eine der wichtigsten schottischen Städte gewesen, die nicht nur über ein Kloster und mehrere Kirchen geherrscht hatte. Es hatte eine königliche Residenz gegeben, eine Burg, Schulen, Märkte und fünf befestigte Häuser, in denen Münzen geprägt wurden. Händler aus ganz Europa lieferten ihre Waren und verhalfen der Stadt zu Wohlstand. Die Burg war nahe der Grenze ein Bollwerk gegen die Engländer gewesen.

Doch davon war nichts geblieben. Stadt und Residenz waren verschwunden, und von der Burg, die sich einst auf dem Höhenrücken zwischen den Flüssen Tweed und Teviot erhoben hatte, waren nur ein paar Mauerreste geblieben. Den stolzen Namen Roxburgh trugen nur noch ein unbedeutendes Dorf, das zweieinhalb Kilometer südwestlich der Ruinen lag, und Winston Campbell, der Duke of Roxburgh, der auf seinem tiefschwarzen Hengst saß und den Blick über die verwitterten Mauerreste der Burg schweifen ließ. Er hatte sich in der langen Zeit, die verstrichen war, nicht verändert. Nun ja, sein Haar war ergraut, doch sein Gesicht war noch immer seltsam faltenlos, sodass es nicht einmal annähernd auf sein Alter schließen ließ, und das war auch gut so. Die Menschen aus der Nachbarschaft hielten ihn für einen normalen Edelmann, vielleicht ein wenig schrullig, wie so viele Briten, doch im Grunde völlig harmlos.

War nicht stets die Tarnung die beste Waffe des Jägers?

Seine Gedanken wanderten in die Vergangenheit zurück, als Stadt und Burg mal von den Engländern erobert und dann von den Schotten wieder zurückgewonnen worden waren, nur um wieder in die Hände der Engländer zu fallen. Schotten hatten die Burg im fünfzehnten Jahrhundert bei jenem Feldzug zerstört, bei dem König Jakob II. starb, als neben ihm eine Kanone explodierte. Die Engländer schnitten der Stadt den Zugang zum Meer ab und beendeten damit den Handel mit Europa und den Wohlstand der Bürger. Die Stadt wurde aufgegeben und zerfiel. Die wenigen, die blieben, zogen nach Kelso, wo der Duke ein neues Schloss bauen ließ, das heute zu den größten und prächtigsten in ganz Großbritannien zählte. Ein Lächeln huschte über die sonst so ernste Miene des Duke. Ja, Floors Castle konnte man zu Recht als gelungen bezeichnen. Von all den Schlössern und Herrenhäusern, die er besaß, war ihm dieses das liebste; dorthin kehrte er stets zurück, wenn er sich eine Pause gönnte. Eine Pause von seinem ewig währenden Kampf gegen die Geißel der Menschheit, das Natterngezücht, das Männer vergiftete und sie ihrer Seele und ihres Willens beraubte.

»Nachtmahre!«

Er spie das Wort voller Abscheu aus. Nachdenklich hob er seinen Blick zum Himmel, wo sich über den Hügeln Gewitterwolken zusammenballten. Er konnte die Macht der Spannung spüren, die sich in den Wolkenschichten aufstaute und nur darauf wartete, sich im ersten Blitz zu entladen, der wie die Strafe Gottes auf die Erde herabfahren würde.

So zumindest hatten die Menschen in seiner Jugend geglaubt. Heute würde wohl keiner mehr einen Blitz mit dem Jüngsten Gericht in Verbindung bringen. Und heute würden die Menschen auch nicht mehr so einfach glauben, dass es so etwas wie Nachtmahre wirklich gab. In seiner Jugend hatte man solche Frauen auf dem Scheiterhaufen verbrannt! Damals hatte man die Seuche bekämpft, doch heute waren die Wanderer durch die Zeit die Einzigen, die nicht nur von den Nachtmahren und deren Schädlichkeit wussten. Sie waren auch die Einzigen, die etwas gegen sie unternahmen.

Mit jedem toten Nachtmahr wurde die Gefahr ein wenig kleiner. Jede Linie, die unterbrochen wurde, konnte keine Nachkommen mehr zeugen. Doch der größte Schlag war ihnen kürzlich gelungen und hatte die Nachtmahre all ihrer Hoffnungen beraubt.

Er selbst hatte mit seinen Wanderern dafür gesorgt, dass sich die Prophezeiung nicht mehr würde erfüllen können: Die Eclipse und ihr Auserwählter, deren Kind die Nachtmahre in eine neue Zeit hätte führen sollen, waren vernichtet; ihre toten Körper längst im Wasser der Bay aufgelöst, in die sie zusammen mit den Trümmern des Flugzeugs gestürzt waren. Ja, es war ihm ein entscheidender Schlag gelungen, und er hatte sich eine Ruhepause verdient. Den Rest der Plage samt ihrer Lady in Gryphon Manor würden sie sich beizeiten vornehmen. Eile war nun nicht mehr vonnöten.

Ein Donnergrollen begann in der Ferne und setzte sich dann durch die Wolkentürme fort, bis der Boden unter den Hufen seines Pferds erzitterte. Ein Bild blitzte in seiner Erinnerung auf. Ein Gesicht, gerahmt von unscheinbar dunkelblondem Haar. Es war nicht wirklich schön, nicht außergewöhnlich. Nur wenn es sich bei Nacht in seine magische

Erscheinung wandelte, dann wurde aus der Durchschnittsfrau die perfekte Verführerin, der kein Mann widerstehen konnte.

In seiner Erinnerung aber sah er nicht das makellose Gesicht mit den blaugrünen Augen und den goldenen Locken. Er sah ihre normale Gestalt mit dem entschlossenen Gesichtsausdruck, das ihm kein Lächeln schenkte. Sie hatte sich als schlau erwiesen, als mutig und furchtlos. Fast wäre es ihr gelungen, seine Pläne zu durchkreuzen und ihm zu entwischen. Und doch hatte er am Ende gesiegt. Der Absturz der Maschine hatte auch zwei seiner Männer das Leben gekostet, doch das war nicht wichtig. Was er dagegen gern gewusst hätte, war, ob Lucy, die Schwester der Eclipse, sich tatsächlich auf seine Seite geschlagen oder ihn am Ende doch verraten hatte.

Es war müßig, sich darüber jetzt noch Gedanken zu machen. Sie waren alle tot und das Kapitel damit beendet.

Seltsam. Wieder sah er Lorenas Gesicht vor sich, und es fühlte sich fast so an, als würde er es bedauern, sie nicht wiederzusehen.

Unwirsch schüttelte er den Kopf und nahm die Zügel etwas schärfer auf als sonst. Der Hengst machte einen Satz nach vorn und galoppierte dann über den Höhenrücken davon. Ein Blitz erhellte die düsteren Wolken über ihnen. Der darauffolgende Donner öffnete die Schleusen und ließ eisigen Regen herabprasseln.

Der Duke war völlig durchnässt, als er Floors Castle erreichte.

Er ließ sein Pferd bei einem der Stallknechte, der den Hengst abrieb und in seine Box führte. Winston Campbell trat durch die Seitentür des Nordostflügels in den kurzen Verbindungsgang zum Hauptgebäude, von dem aus die große Treppe zu seinen Gemächern hinaufführte. Das Schloss war eine zweiflügelige Anlage in Form eines gestreckten Us, sodass, von der Auffahrt her gesehen, der Hauptbau mit seinen vier zinnenbestückten Türmen zurücksprang und so einen von den Seitenflügeln und der Hauptfassade begrenzten Hof mit einer quadratischen Rasenfläche zeigte. Die beiden Seitenflügel waren ein Stockwerk niedriger als der Hauptbau, doch im selben Stil gehalten und von Türmen an jeder Ecke begrenzt. Auf der Südseite fiel der grasbewachsene Schlosspark sanft bis zum Ufer des Tweed ab, dessen Wasser träge den Schlosspark passierte.

Ein junger Mann eilte in der Halle auf den Hausherrn zu, noch ehe dieser Zeit fand, sich der nassen Sachen zu entledigen.

»Vater!«

Der Duke of Roxburgh reichte seinem Butler seine Reitjacke und die Handschuhe, ehe er sich zu dem Mann umwandte, dessen Züge den seinen verblüffend ähnelten, nur dass sein Haar schwarz war. Die Augen waren vom gleichen Stahlgrau, wenn auch sein Blick nicht über die Kraft verfügte, die der Duke sich im Lauf seines langen Lebens erworben hatte.

»William, was gibt es?«, erkundigte sich der Duke und hob die Augenbrauen. »Ich dachte, du wärst in Oxford.«

William zog seinen schwarzen Ledermantel aus und reichte ihn ebenfalls dem Butler.

»Von dort komme ich gerade«, gab der junge Mann Auskunft.

»So?«, sagte der Councillor, und es lag eine gewisse

Schärfe in seinem Ton. »Ich dachte, meine Anweisungen seien klar und unmissverständlich.«

William nickte und schob sich mit der Hand eine schwarze Strähne aus dem Gesicht. Er sah seinen Vater an. Die Blicke aus den grauen Augenpaaren trafen aufeinander und schienen einen stummen Kampf auszufechten. Es lag keine Wärme in ihnen, doch schließlich gab der jüngere der beiden auf, wich einen Schritt zurück und senkte den Kopf.

»Ich wollte nicht gegen deine Anweisungen verstoßen, doch ich habe dir etwas mitzuteilen, das dich ganz sicher interessieren wird.«

»Wir sind auf Floors Castle durchaus schon im Jahrhundert des Telefons angekommen«, erwiderte der Vater kalt.

»Ich denke, über dieses Thema möchtest du nicht am Telefon sprechen. Ich war in Oxford an der Universität, aber ich habe mit deinen Wanderern auch die Nachtmahre der Lady beobachtet. Sie kamen mir verschlossener vor als zuvor. Ja, fast ängstlich.«

»Ist das verwunderlich?«, entgegnete der Duke. »Wir haben sie ihrer Hoffnung auf eine große Zukunft beraubt. Die Eclipse und der Auserwählte sind tot!«

Der junge Mann schüttelte den Kopf. »Nein, ich denke nicht, dass die Angst vor der Zukunft sie niederdrückt. Sie schienen mir eher ängstlich darauf bedacht, ein Geheimnis zu hüten.«

Winston Campbell hob die Brauen, den Blick fest auf seinen Sohn gerichtet. »Und, hast du das Geheimnis gelüftet?«, erkundigte er sich ohne echtes Interesse.

»Ich denke ja«, antwortete William. »Wir sind ins Hintertreffen geraten, seit die Nachtmahre unsere Anlage entdeckt haben, mit der wir ihre Gespräche im Park belauschen konnten. Wir brauchen wieder einen Zugang! Ich habe Gryphon Manor viele Nächte lang beobachtet, um eine Schwachstelle zu finden, die wir für unseren Kriegszug nützen könnten.«

»Es ist nicht dein Krieg. Du bist keiner von uns. Du gehörst nicht zu den Wanderern«, blaffte sein Vater.

Es war nur ein kurzes Flackern in Williams Augen, das verriet, wie sehr ihn die Worte trafen. Seine Stimme blieb so kühl wie die des Duke.

»Nein, ich bin nur ein normaler Mensch. Du hättest bei der Auswahl meiner Mutter sorgsamer sein müssen, wenn du vorhattest, deine unsterbliche Magie weiterzugeben.«

»Ja, das hätte ich wohl«, stimmte ihm der Vater zu. »Also, was haben deine Beobachtungen ergeben, das so wichtig sein könnte, dass du mit deinem Wagen gleich bis nach Schottland rast?«

»Die Ländereien von Gryphon Manor sind von einer hohen Mauer mit einem magischen Schutzwall umgeben, der keinen Unbefugten einlässt, und es gibt nur ein Tor, das bewacht und ebenfalls magisch verschlossen ist«, berichtete William.

»Das ist mir bekannt«, gab der Duke unwillig zurück.

»Bisher glaubte ich, der Schutz sei lückenlos, doch vergangene Nacht habe ich etwas Interessantes beobachtet.«

Winston Campbell seufzte nur und verschränkte die Arme vor der Brust. Er war diese Unterhaltung leid, die seiner Meinung nach zu nichts führte.

»Gestern Nacht haben zwei Nachtmahre das Refugium der Lady verlassen, doch nicht durch das Tor. Sie wählten dazu eine Mauerecke im Park zwischen zwei alten Eichen, die vielleicht den Schutzwall anfällig machen. Eichen sind voller Magie.«

Der Duke nickte. »Das ist richtig, dennoch kann ich deiner Annahme nicht folgen. Die Nachtmahre können den Schutzwall passieren.«

William nickte. »Ja, durchaus, doch sicher nicht unbemerkt. Und ich hatte den Eindruck, dass diesen beiden daran gelegen war, unauffällig zu verschwinden. Ich glaube, dass die Lady ihnen untersagt hat, Gryphon Manor zu verlassen.«

Nun runzelte Winston Campbell die Stirn. »Warum sollte sie so etwas tun? Sind nicht nur die Männer, die sie versklavt hat, dort eingesperrt?«

»Ich denke, sie will mit allen Mitteln verhindern, dass wir von ihren Gästen erfahren.«

Der Duke seufzte, verschaffte seinem Sohn die Befriedigung zu hoffen, er habe sein Interesse geweckt. »Was für Gäste?«

William holte tief Luft, ehe er fortfuhr. »Ich sah zwei Nachtmahre. Eine dunkel, die andere blond und noch sehr jung. Es erübrigt sich vermutlich zu sagen, dass sie überirdisch schön und äußerst verführerisch waren.«

Der Duke schnaubte abfällig.

»Die Blonde kannte ich nicht, doch die Dunkle habe ich früher schon einmal gesehen. Der Butler nannte sie Raika!«

Winston Campbell gönnte seinem Sohn den Triumph, zusammenzuzucken.

»Das ist nicht möglich!«

»Und die andere war …«, fuhr William mit einem grimmigen Lächeln fort, »… wenn ich der Beschreibung deines neuen Attendants Glauben schenken soll, keine andere als Lucy, die Schwester der Eclipse.«

»Sie sind beide tot. Du musst dich irren. Sie sind mit dem Flugzeug abgestürzt. Ich habe es selbst gesehen.«

William trat einen Schritt näher. »Was hast du gesehen? Wie das Flugzeug in die Bay stürzte? Das bezweifle ich nicht, doch waren die Nachtmahre wirklich noch an Bord, als es explodierte?«

Winston Campbell starrte seinen Sohn wortlos an. Es kam nicht häufig vor, dass er nicht wusste, was er sagen sollte.

»War die Sonne bereits untergegangen?«, drängte William weiter.

Der Duke stöhnte, dann nickte er.

William zog eine Grimasse. »Dann hast du deine Antwort. Ich denke, die Nachtmahre waren nicht mehr in der Maschine und haben den Absturz überlebt.«

»Wenn du wirklich Lucy und Raika gesehen hast, dann ist sicher auch Lorena noch am Leben.«

William nickte. »Genau das nehme ich an, und genau aus diesem Grund hält die Lady sie in Gryphon Manor vor uns verborgen. Oder hat es, besser gesagt, zumindest versucht, wenn auch mit mäßigem Erfolg. Sie hat wohl den Freiheitsdrang ihrer sexbesessenen Gefangenen unterschätzt.«

»Was haben sie gemacht? Du hast sie doch sicher weiter beobachtet?«

William grinste. »Natürlich. Das Übliche halt. Sie haben sich ein paar Kerle angelacht und es wild mit ihnen getrieben.«

Die Lippen des Duke bewegten sich in einem stummen Fluch. »Also gut. Gehen wir davon aus, dass du wirklich Raika und Lucy gesehen hast und die Eclipse noch am Leben ist. Die Frage, die sich nun stellt: Hat auch ihr Auserwählter den Absturz überlebt?«

»Er ist nur ein einfacher Mann, aber vielleicht ist es den Nachtmahren gelungen, ihn zu retten.«

»Das ist die entscheidende Frage«, pflichtete ihm der Duke bei. »Wir müssen uns Gewissheit verschaffen, ob du mit deiner Vermutung recht hast.«

»Ich breche sofort wieder auf, wenn du willst«, bot William an, doch der Duke schüttelte den Kopf.

»Ich werde selbst fahren. Falls wir in Amerika versagt haben, dann muss ich das wissen, und wir müssen uns überlegen, wie wir die Katastrophe noch verhindern.«

»Soll ich dich in meinem Wagen mitnehmen?«, schlug William ein wenig zaghaft vor. Zu seiner Überraschung nickte der Vater.

»Ja, warum nicht? Wenn du etwas beherrschst, dann sind es deine Sportwagen.«

Er rief nach dem Butler und wies ihn an, eine Tasche zu packen, während er hinaufeilte, um sich trockene Kleider anzuziehen. Kaum eine halbe Stunde später nahm er auf der Beifahrerseite des orangefarbenen McLaren Platz und schloss die Flügeltür des breiten Sportwagens. William ließ den Motor aufheulen. Der Kies spritzte nach allen Seiten, als er die Auffahrt hinunterschoss.

Kapitel 1

GRYPHON MANOR

Die Motoren begannen zu dröhnen. Die Propeller drehten sich immer schneller, sodass das Auge sie nicht mehr erfassen konnte und sie sich in graue Schlieren auflösten. Lorena spürte wieder die Angst, die Jasons bemühtes Lächeln eher noch vertiefte. Sie fühlte seine Qual und teilte seine Schmerzen, doch sie konnte ihm nicht helfen. Sie war nicht einmal in der Lage, sich selbst zu helfen, denn noch stand die Sonne am Himmel und ihre Magie ruhte. Erst wenn das letzte Strahlen verlosch, konnte sie den Nachtmahr in sich rufen und sich in das atemberaubend schöne und mächtige Wesen verwandeln, das so viel mehr Kraft besaß als die Menschenfrau, die mit Handschellen gefesselt auf dem Flugzeugsitz saß.

Der Flieger hob ab und ließ die Wüste des Death Valley unter sich zurück. Lorena sah die schneebedeckten Berge der Sierra Nevada unter der Maschine vorbeihuschen, die Ebene im Westen und dann die Bay, deren Wasser im Schein der tief stehenden Sonne rotgolden glänzte. Sie spürte den Schlüssel, den Lucy ihr zugesteckt hatte, in ihren Fingern. Die Handschellen fielen zu Boden. Sie sah die Pistole in Lucys Hand. Dann krachte ein Schuss, und noch einer. Blut spritzte, als Grant getroffen wurde und der Pilot leblos gegen die Armaturen sank. Das Flugzeug neigte sich nach links. Es war Harrison, dem es gelang, die Maschine wieder aufzurichten, und den Nachtmahren ermöglichte, zusammen mit Jason abzuspringen, ehe das kleine Flugzeug auf einer Kiesbank inmitten der Bay vor San Francisco zerschellte.

Das eiskalte Wasser umschloss sie. Lorena spürte den Schmerz ihres zerschnittenen Flügels, doch noch quälender war die Pein ihres Herzens, als sie mit ansehen musste, wie Jason in ihren Armen starb. Noch immer klammerte sie sich an die Hoffnung, sie würde irgendwann aus diesem Albtraum erwachen und in sein lachendes Gesicht sehen, das sich über sie beugte, um sie zu wecken und ihr zu sagen, dass er bereits Kaffee für sie gekocht habe. Vielleicht würde er noch einmal zu ihr unter die Decke schlüpfen, und sie würden sich voller Zärtlichkeit lieben, ehe sie einen weiteren Tag ihres gemeinsamen Lebens beginnen würden.

Selbst in ihrem Traum wusste sie tief in ihrem Innern, dass sie ihn verloren hatte. Für immer, unwiderruflich. Jason war im Wasser der Bay seinen Verletzungen und der Kälte erlegen und würde sie niemals wieder anlächeln, sie niemals wieder in seine Arme nehmen können. Die Liebe ihres Lebens war in den Tiefen der Bay versunken.

Lorena spürte, wie ihr Tränen über die Wangen liefen. Nein, es würde kein fröhliches Erwachen geben. Der anbrechende Tag würde so traurig und dunkel werden wie die Tage zuvor.

Sie schlug die Augen auf. Lorena lag in einem riesigen, alten Himmelbett, dessen schwere, samtene Vorhänge verschlissen und staubig waren. Das kräftige Rot war im Lauf der Zeit verblasst. Die Laken waren rau und immer ein wenig klamm, obgleich in dem offenen Kamin am anderen

Ende des Zimmers ein Feuer brannte. Ein Luxus, den sie allein genoss, dennoch empfand sie das mit dunklen Möbeln verschiedener Epochen vollgestellte Gemach eher als bedrückend denn als gemütlich. Der Morgen graute bereits, doch Lorena fühlte sich nicht ausgeruht. Wie so oft in den vergangenen Monaten hatte sie schlecht geschlafen und war immer wieder aus ihren Albträumen aufgeschreckt. Und wie immer, wenn die grausame Wirklichkeit des hellen Morgens sie erfasste, fühlte sie die verzweifelte Leere in sich, die Jasons Tod hinterlassen hatte. Ihre Hände wanderten über die Bettdecke und schlossen sich über ihrem Bauch. Noch war es zu früh, Bewegungen des Kindes zu spüren, doch sie fühlte, wie das kleine Wesen – Jasons Kind – in ihr heranwuchs. Wieder schossen ihr Tränen in die Augen. Ein Kind, das seinen Vater niemals kennenlernen würde. Ein Kind, das hier in Gryphon Manor von allen sehnsüchtig erwartet wurde.

Lorena war die Eclipse, geboren in der längsten Nacht des Jahres, über welche die Prophezeiung sagte, sie würde mit dem Sohn der Sonne ein Kind zeugen, das die Nachtmahre in eine neue, große Zeit führen würde. Jason war am 21. Juni, am Tag der Sommersonnwende, geboren. Er war der Mann, der für sie bestimmt gewesen war. Und nun war er tot, was aber hier im Herrenhaus – außer ihr – keiner als tragisch zu empfinden schien.

Lorena richtete sich in ihrem Bett auf, als sie an der Tür ein Geräusch vernahm.

»Ja?«

Die Tür öffnete sich, und ihre Schwester Lucy kam hereinmarschiert. Für diese Tageszeit und diesen Ort war sie äußerst unpassend gekleidet. Lorena blinzelte beim Anblick des hautengen Lackkleids und der hohen Stiefel, deren bleistiftdünne Absätze mindestens zwölf Zentimeter maßen. Die blonden Locken umspielten ihr schönes Gesicht. Ihr Mund war knallrot geschminkt. Lorena wollte nicht wissen, was für ein Bild sie selbst in ihrem unförmigen Nachtgewand mit den zerzausten farblosen Haaren bot.

Lucy war immer die Schönere der Schwestern gewesen und hatte in ihrer Kindheit Lorenas Eifersucht angestachelt. Auch heute war ihr Verhältnis eher von Spannung denn von inniger Zuneigung geprägt, auch wenn Lorena viel eingesetzt hatte, um Lucy aus den Händen des Councillors zu befreien.

Wenn sie nicht nach Amerika gegangen wäre, um sie zu suchen, würde Jason noch leben.

Lorena verbot sich solche Gedanken und konzentrierte sich wieder auf Lucys Aufmachung, die so gar nicht in das altehrwürdige Herrenhaus passte, wohl aber zu dem Nachtmahr, zu dem sie sich bei Dunkelheit wandeln konnte, um Jagd auf Männer zu machen, die ihren Durst auf sexuelle Abenteuer stillen sollten.

Hier in Gryphon Manor gab es nur wenige Männer, falls man die seelenlosen Geschöpfe überhaupt noch so nennen konnte. Jedenfalls stellten die willenlosen Sklaven der Lady sicher keine geeigneten Opfer für sexhungrige Nachtmahre dar.

Lorena hob die Augenbrauen und starrte ihre Schwester an. »Was hast du vor? Es ist noch nicht einmal richtig hell«, fragte sie.

Lucy schenkte ihr ein betörendes Lächeln. »Eigentlich habe ich jetzt nichts mehr vor«, erwiderte sie, und es klang ein wenig wie das zufriedene Schnurren einer Katze, die den Sahnetopf ausgeleckt hat. Dann gähnte sie herzhaft. »Ich glaube, ich werde jetzt zu Bett gehen. Es war eine aufregende Nacht.«

Mit einem Ruck saß Lorena senkrecht im Bett. »Was soll das bedeuten?«

Lucy zwinkerte ihr zu. »Was schon? Ich hatte heute Nacht viel Spaß, und jetzt bin ich müde.«

»Du warst draußen?«, stieß Lorena ungläubig hervor. »Sie haben dich rausgelassen?«

Doch Lucy winkte ihr nur ohne ein weiteres Wort zu, wandte sich ab und ließ die Tür wieder zufallen. Offensichtlich wollte sie ihr Geheimnis noch ein wenig bewahren oder weidete sich am Staunen ihrer Schwester.

Lorena stieß einen ärgerlichen Laut aus. Wie war das möglich? Seit ihrer Rückkehr aus Amerika hatte die Lady die drei Nachtmahre nicht über die Mauern von Gryphon Manor hinausgelassen. Konnte es Lucy tatsächlich gelungen sein, das Refugium der mächtigen Lady unentdeckt verlassen zu haben? Lorena wusste, dass die Lady sich nicht gerne zum Narren halten ließ und dass die Missachtung ihrer Anweisungen Folgen haben würde. Aber das war Lucys Sache, dachte Lorena verärgert. Wenn sie etwas ausgefressen hatte, musste sie selbst dafür geradestehen. Sie hatte Lucy mit Raikas Hilfe aus Alcatraz befreit. Nun war ihre Schwester erwachsen und für sich selbst verantwortlich. Oder sollte sie bei der Lady ein gutes Wort für Lucy einlegen? Immerhin waren sie nun schon vier Monate in dem alten Herrenhaus eingesperrt und durften sich lediglich draußen im Park bis zu der Mauer, die das Anwesen umgab, die Beine vertreten. Kein Wunder, dass es Lucy hinauszog. Hatte sie nicht mehr als genug Zeit in Gefangenschaft verbracht?

Lorena warf das Betttuch zur Seite und schwang die Beine über die Kante. Sie angelte nach ihren Pantoffeln und tappte dann in das altmodische Bad, das zwar über fließendes Wasser verfügte, dessen Ausstattung aber bereits mindestens ein Jahrhundert hinter sich hatte. Lorena wusch sich und bedachte ihr Spiegelbild mit einer Grimasse. Ihre Haut war blass. Die Wangen zierten rote Flecken, und wie so oft fiel ihr Haar dünn und farblos über ihre Schultern. Sie hätte längst zum Friseur müssen und hätte sich gern wieder ein paar Strähnchen färben lassen, die das trostlose Etwas, das man kaum mehr Frisur nennen konnte, zumindest mit ein paar Farbreflexen bereichern würden. Ihre Hände wanderten zu ihrem nackten Bauch, der sich ein wenig zu wölben begann. Vor einigen Tagen hatte sie für sich Jasons Geburtstag gefeiert, den er selbst nicht mehr hatte erleben dürfen.

Nur jetzt nicht daran denken, sonst würde sie wieder in Tränen zerfließen. Sie musste nach vorn sehen und stark sein für ihr Kind, um ihm das beste Leben zu bieten, das es ohne einen Vater geben konnte.

Aber wie sollte das gehen, wenn die Lady sie weiterhin hier in Gryphon Manor einsperrte? Wollte sie Lorena nur schützen, bis das Vermächtnis der Nachtmahre geboren war, oder hatte sie ganz eigene Pläne mit dem Kind, das die Nachtmahre in eine große Zukunft führen sollte?

»Es ist ganz allein mein Kind«, knurrte Lorena. »Jason und mein Kind, und ich werde ganz sicher nicht zulassen, dass ihr es für eure Zwecke missbraucht und es mir entfremdet.«

Hatte die Lady gar vor, es ihr wegzunehmen und Lorena von ihm fernzuhalten? Seit Wochen verweigerte die Lady jedes Gespräch. Lorena musste wissen, was sie vorhatte. Doch würde sie mit offenen Karten spielen?

»Das wäre das erste Mal«, schnaubte Lorena, doch was konnte sie tun, wenn ihr die Pläne der Lady nicht gefielen? Sie kam ihr allmächtig vor und verfügte über Magie, von der die anderen Nachtmahre nur träumen konnten.

Lorena unterdrückte einen Seufzer und schlüpfte in eine Hose und ein kurzes Shirt. Sie bürstete ihr Haar und band es sich zu einem Pferdeschwanz zusammen. Kurz erwog sie, ein wenig Make-up aufzulegen, ließ es dann aber sein. Wozu? Für wen? Sie schlüpfte in Strümpfe und Turnschuhe und verließ das düstere Gemach.

In der Halle traf Lorena auf den Butler. Carter quittierte ihren Morgengruß mit leerem Gesichtsausdruck und einer Verbeugung. Wieder einmal fragte sich Lorena, was die Lady mit ihm und den anderen Bediensteten gemacht hatte, um ihnen jede Menschlichkeit zu rauben und sie zu willenlosen Dienern zu machen. War es das Gift, das mit dem Biss eines Nachtmahrs in die Blutbahn gelangte und das Opfer Stück für Stück seines eigenen Charakters und seiner Persönlichkeit beraubte? Doch wurden Männer dadurch nicht eher aggressiv und böse? Sie wollte nicht an die Nacht zurückdenken, als Noah mit einem Messer auf seinen Freund losgegangen war und Tyler ihn dann erstochen hatte, weil Raika die beiden verrückt gemacht hatte. Weil sie um die Gunst des Nachtmahrs gekämpft hatten. Keine Freundschaft konnte gegen die Macht ankommen, die ein Nachtmahr über einen Mann legte. Für Raika war es nur ein Spiel gewesen, wie sie Männer ganz allgemein nur zu ihrem Vergnügen schätzte. Für sie war der Tod eines ihrer Liebhaber keine Träne wert. Sie kannte nicht einmal so etwas wie ein schlechtes Gewissen!

In Erinnerung an diese Nacht, die auch Jason zum ersten Mal fast das Leben gekostet hatte, ballte Lorena die Hände zu Fäusten.

»Oh, ich sehe, mit dir ist heute nicht gut Kirschen essen!«, erklang die Stimme der Person hinter ihr, die sie im Stillen gerade verflucht hatte.

Lorena fuhr herum. »Guten Morgen, Raika«, sagte sie noch immer grimmig.

Die so Begrüßte grinste entwaffnend. »Ich werde es mir merken: Leg dich nicht mit einer Schwangeren an! Ihre Stimmungen sind gefährlich.«

»Das hat damit nichts zu tun«, widersprach Lorena, stutzte dann aber, als sie ihren Blick über Raika gleiten ließ. Wie ihre Schwester war sie ganz in Schwarz gekleidet. Ihr Top und die enge Hose waren allerdings aus Leder, und die Stiefel hatten nicht ganz so hohe Absätze. Jedenfalls war Raikas Aufmachung nicht minder atemberaubend als Lucys zuvor und passte genauso wenig zu der altehrwürdigen Halle von Gryphon Manor. Dennoch war der Anblick dieser Kleidung Lorena vertraut, und gerade dieser Umstand ließ sie ungläubig zwinkern. »Was hast du vor?«, erkundigte sie sich.

»Nach was sieht es denn aus?«, konterte Raika, noch immer mit einem breiten Grinsen.

»Du siehst aus wie eine der Guardians. Wenn ich es nicht besser wüsste, dann würde ich sagen, du bist auf dem Weg hinunter in den Trainingsraum.«

»Was weißt du besser?«, erkundigte sich Raika.

»Dass du körperliches Training verabscheust und dich

nach einer anstrengenden Nacht – statt zu schwitzen – lieber deinem Schönheitsschlaf hingibst.«

In Raikas Miene trat ein verträumter Ausdruck. »Ja, das war einmal – ehe ich dich kennenlernte und in finstere Gefängnisse verschleppt wurde, in denen mir noch finsterere Typen den Kopf abschlagen wollten.«

»Wir waren diejenigen, die den Wanderern die Köpfe abgeschlagen haben«, erinnerte Lorena mit einem Schaudern.

Raika zuckte mit den Schultern. »Na egal. Jedenfalls habe ich beschlossen, dass es nicht schaden kann, wenn man mit all den schönen Waffen, die sie dort unten bunkern, auch umgehen kann. Irgendwann werden sie uns ja wieder auf das richtige Leben loslassen, und dann will ich vorbereitet sein. Die Lady kann uns ja nicht ewig hier einsperren.«

Das erinnerte Lorena wieder an Lucy. Rasch sah sie sich um, doch Carter hatte die Halle verlassen, und auch von den anderen Dienern war keiner zu sehen. Lorena machte einen Schritt auf Raika zu und senkte die Stimme: »Lucy war heute Nacht draußen – das behauptet sie zumindest, und ich denke, so, wie sie vorhin drauf war, bin ich fast geneigt, ihr zu glauben, denn ich bin überzeugt, dass Myladys Diener nicht als feurige Liebhaber taugen.«

Raika zuckte nur mit den Schultern. »Und? Gönnst du ihr das nicht?«

Lorena griff nach Raikas Arm. »Das ist nicht der springende Punkt. Du weißt, dass Mylady uns allen verboten hat, Gryphon Manor zu verlassen. Der Councillor muss im Moment nicht erfahren, dass wir noch am Leben sind.«

Raika schnaubte verächtlich. »Ach ja? Und deshalb sollen wir hier brav herumsitzen und Däumchen drehen? Wie lange? Neun Monate, bis das Kind geboren ist? Oder vielleicht vierzehn Jahre, bis deine Tochter sich zum ersten Mal wandelt? Oder noch länger?«

Lorena spürte wieder den Zorn der ersten Nacht hier, als Morla, die Vertraute der Lady, ihnen eröffnet hatte, dass sie die Mauern von Gryphon Manor nicht verlassen durften.

»Sagtest du nicht, du würdest dir das nicht gefallen lassen?«, hieb Raika weiter in die Kerbe. »Und nun sitzen wir hier schon vier Monate fest! Ist es da ein Wunder, dass Lucy sich ein wenig amüsieren will? Sie war schließlich schon lange genug in ihrem Leben eingesperrt.«

Lorena sah Raika durchdringend an. »Aha, und du konntest dich auch nicht länger zurückhalten, nicht wahr? Du warst mit ihr zusammen draußen!«

Raika stritt es nicht ab. Ihr Lächeln sagte alles.

Nein, nicht alles! Die große Frage war: »Wie seid ihr unbemerkt hinausgekommen? Das Tor ist verschlossen und die Mauer mit einer magischen Barriere belegt, die wir nicht passieren können – zumindest nicht, ohne Alarm auszulösen. Oder habe ich etwas übersehen?«

»Nicht nur du!«, raunte Raika ihr zu. »Das ist offensichtlich selbst unserer allmächtigen Lady entgangen.«

»Was?«

Raika zierte sich. »Sei mir nicht böse, Lorena, doch könntest du es wirklich mit deinem Gewissen vereinbaren, etwas vor Mylady zu verheimlichen?«

»Ja, durchaus. Ich will wissen, was vor sich geht, also sag es mir!«

Doch so leicht war Raika nicht umzustimmen. »Ach, ich weiß nicht. Es wäre zu schade, wenn uns dieses Schlupfloch genommen würde und wir jede Nacht hier wieder Trübsal blasen müssten.«

Lorena verstärkte den Griff um Raikas Arm. »Bitte! Ich will nicht, dass sich Lucy wieder in Gefahr begibt.«

»Siehst du, also willst auch du sie hier einsperren«, konterte Raika und befreite sich aus ihrem Griff. Sie wich zurück. »Ich muss unsere spannende Unterhaltung leider beenden. Ich werde erwartet«, sagte sie mit singender Stimme und verschwand die Treppe hinunter, wo die Waffenkammer und der Trainingssaal zu finden waren.

Lorena folgte ihr. Sie hatte ohnehin nichts zu tun und langweilte sich den Tag über. Da konnte sie auch Raika zusehen, wie diese von einer der Guardians zum Schwitzen gebracht wurde. Das Gespräch jedenfalls war für sie noch nicht zu Ende. Entweder Raika oder Lucy mussten ihr verraten, wo die Schwachstelle des Anwesens zu finden war, durch die man unbemerkt entwischen konnte.

Eine Sehnsucht ergriff sie, während sie Raika langsam die Treppe hinunter folgte. Eine Nacht draußen in der Stadt. Nur sie drei, als Nachtmahre, wunderschön und unwiderstehlich. Eine Nacht mit einem Mann, mit Tanz und Musik und mit zügellosem Sex.

Verzeih mir, Jason. Es ist das Wesen in mir. Ich liebe dich noch immer, doch ich kann spüren, dass der Drang in mir stärker wird.

Zum Glück besaß sie noch immer die kleinen roten Pillen, die ihr die Freiheit verschafften, sich nur zu wandeln, wenn sie selbst es wollte. Das funktionierte in jeder Nacht, außer bei Neumond. In der finstersten Nacht des Monats war der Nachtmahr in ihr stärker als die zu Pillen gepresste Magie.

Lorena betrat den Trainingsraum in dem Moment, als Sienna Raika eines der Übungsschwerter reichte. Sienna gehörte zu den jüngeren der Guardians, welche die Lady zu tödlichen Kämpferinnen mit dem Schwert und anderen

Waffen hatte ausbilden lassen. Sie war eine große Frau von fast einem Meter neunzig, die ihr dunkles Haar kurz geschnitten trug. Nach dem jahrelangen Training, das sie absolviert hatte, war sie nicht mehr ganz so hager wie früher. An ihren Armen zeichneten sich die Muskelstränge ab, mit denen sie ihr Schwert blitzschnell und präzise zu führen wusste. In dem großen Trainingsraum mit der langen Spiegelwand übten vier junge Nachtmahre, welche die Lady nach Vollendung ihrer Ausbildung als Guardian in ihre Dienste nehmen würde. Sie waren noch nicht lange in Gryphon Manor, und Lorena juckte es, einmal das Schwert mit ihnen zu kreuzen. Sie war sich sicher, mit Leichtigkeit gegen sie bestehen zu können. Die große, etwas kräftige Frau mit den braunen Haaren, die sie sich zu einem Knoten aufgesteckt hatte, hieß Harriet. Florence dagegen war klein, zierlich und blond. Die Hübscheste und auch Geschickteste mit dem Schwert war eine Rothaarige aus Irland, die Eliza hieß. Die Vierte im Bund war Sophia, die seltsam farblos und zerbrechlich aussah, ihr Schwert aber mit elegantem Schwung führte.

Sienna beendete die Übungsstunde der vier und entließ sie für heute. Dafür trat sie auf Raika zu und präsentierte ihre Klinge, die mit tödlicher Schärfe blitzte.

»Ich zeige dir erst die verschiedenen Grundhuten mit dem Schwert, dann üben wir die Fußarbeit. Sie ist enorm wichtig, denn du wirst keinen Schlag ausführen können, wenn dich dein Gegner aus dem Gleichgewicht bringt. Also merke dir: Präzise, schnelle Schritte sind genauso wichtig wie die exakte Führung der Klinge. Nur wenn du einen sicheren Stand hast, kannst du dein Schwert effektiv einsetzen.«

Raika maulte leise vor sich hin. »Das hört sich nicht so spannend an.«

»Ist aber notwendig. Üben, üben, üben, das sind die Grundlagen, um jede Kampfkunst zu erlernen.«

Lorena fühlte sich in ihre erste Unterrichtsstunde bei Sienna zurückversetzt. Mit verschränkten Armen lehnte sie sich an die Wand und betrachtete ihr Bild in dem großen Spiegel an der Wand gegenüber. Wie gern war sie in ihr Lederdress geschlüpft und hatte mit Sienna oder einer der anderen Guardians an ihren Kampfkünsten gearbeitet. Es hatte ihr ein Gefühl von Freiheit und Macht gegeben, auch wenn sie damals noch nicht geahnt hatte, wie schnell sie ein scharfes Schwert würde einsetzen müssen.

Lorena sah zu, wie Sienna Raika die Grundhuten demonstrierte: »Tag, Ochs, Pflug und Alber. Komm, mach mit. Sie müssen flüssig ineinander übergehen, aber halte dazwischen kurz die exakte Stellung, um sie dir einzuprägen.«

Raika zog eine Schnute, ließ ihr Schwert aber nach Siennas Kommandos von einer Stellung in die andere gleiten.

»Das machst du nicht schlecht«, lobte Sienna. »Komm, das können wir noch schneller!«

Lorena dachte an ihre ersten Versuche zurück. Hatte sie sich auch so gut angestellt wie Raika? Diese schien ein Naturtalent zu sein, soweit man das anhand dieser einfachen Übung sagen konnte. Wie gut die beiden in ihrem Lederoutfit aussahen. Sie waren inzwischen bei den Kunsthuten angelangt.

»Zorn, hängender Ort, Schrank, Schlüssel«, kommandierte Sienna. Raika ließ gehorsam ihr Schwert in die verschiedenen Positionen wandern. Sienna korrigierte die Stellung der Arme und der Klinge.

»Ellbogen mehr durchdrücken. Die Klinge ein wenig höher! Du musst mit der Spitze auf meine Kehle zielen.«

»Aber gerne!« Raika korrigierte die Position.

Plötzlich überfiel Lorena der unbändige Wunsch, sich den beiden anzuschließen. Ihre Trainingskleidung war sicher noch hier, und noch war ihr Babybauch nicht so deutlich, dass sie nicht mehr hineingepasst hätte. Kurz entschlossen ging sie nach nebenan, wo sie tatsächlich das knappe Lederoberteil, den kurzen Rock und die Stiefel fand, die sie bei ihren zahllosen Trainingseinheiten getragen hatte. Rasch zog sich Lorena um und kehrte mit einem Trainingsschwert in der Hand in den Saal zurück. Sienna und Raika übten gerade verschiedene Schrittfolgen.

»Ah, Lorena, willst du dich uns anschließen?«, meinte Sienna freundlich.

»Wenn ich darf?«

Sienna nickte. »Aber gerne. Wir gehen paarweise die Grundhuten durch, und dann beginnen wir mit den Abwehr- und Ausweichbewegungen, um den Angriff des Gegners ins Leere laufen zu lassen und ihn anschließend zu entwaffnen.«

»Entwaffnen?«, wiederholte Raika entgeistert.

»Oder ihn so zu treffen, dass er den Kampf nicht fortsetzen kann.«

Raika grinste. »Das hört sich schon viel besser an!«

Während Sienna zurücktrat und mit ihren Kommandos begann, schwangen Raika und Lorena die Schwerter, sodass sie in den verschiedenen Stellungen aufeinandertrafen. Dann gab Sienna vor, mit welchem Angriff eine von ihnen beginnen sollte, und zeigte, wie die andere diesen erfolgreich abwehren konnte.

»Es kommt darauf an, dass ihr die Energie des Angreifers ablenkt, wenn ihr nicht euer Schwert riskieren wollt. Natürlich seid ihr in eurer Nachtmahrgestalt viel stärker als jetzt, aber denkt daran, auch die Wanderer sind keine schwächlichen Menschen. Versucht nicht, die Schläge mit Kraft aufzuhalten. Wenn eure Klinge bricht, habt ihr verloren.«

Nachdem sie die Angriffs- und Verteidigungsschläge erst langsam geübt hatten, erhöhte Sienna nun die Geschwindigkeit. Raika geriet ins Schwitzen, und auch Lorena spürte, wie ihre Arme schwer wurden und ihre Schritte langsamer.

»Das ist nicht die richtige Tageszeit, so etwas zu üben«, sagte Raika keuchend. »Wenn wir uns nur wandeln könnten, dann hättest du keine Chance!«

»Ach nein?«, konterte Lorena. »Vergiss nicht, ich könnte mich dann auch verwandeln.«

»Pah!«, stieß Raika aus.

»Von mir aus können wir gerne eine weitere Übungsstunde nach Einbruch der Dunkelheit abhalten, falls du nichts Wichtigeres vorhast.«

Raika schnaubte nur abfällig, während sie Lorenas herabsausender Klinge auswich und sie mit ihrem eigenen Schwert zur Seite drückte, sodass nun ihre Spitze auf Lorenas Herz zielte.

»Halt! Sofort aufhören!«

Die Stimme peitschte scharf durch den Raum. Raika und Lorena ließen die Schwerter sinken und wandten sich wie Sienna zu der Frau um, die in der Tür stand.

Morla war im Vergleich zu den anderen Nachtmahren und vor allem zu den kampferprobten Guardians sehr klein und im Gegensatz zu diesen von üppiger Körperfülle. Wie gewohnt trug sie ein weites Gewand, das in zahllosen Falten bis zu ihren Füßen wallte. Doch man tat falsch daran, sie zu unterschätzen. Morla war kein Nachtmahr, der sich in der Nacht wandelte oder mit dem Schwert gegen Wanderer kämpfte. Sie verfügte über andere Magie. Sie war die Vertraute und rechte Hand von Mylady, mit der sie wortlos kommunizierte und auch über größere Entfernungen hinweg ihre Gedanken teilte. Sie handelte stets mit Wissen und im Auftrag der Lady.

»Was gibt es?«, erkundigte sich Sienna. »Es ist Raikas erste Trainingsstunde. Das habe ich mit Mylady abgesprochen.«

»Raika interessiert mich nicht«, entgegnete Morla kalt. »Lorena, leg sofort das Schwert zur Seite!«

»Warum?«, begehrte diese auf. Seit Wochen hatte sie sich nicht mehr so wohlgefühlt wie in diesem Moment. Es tat gut, ihren Körper zu strecken und zu bewegen, zu spüren, dass sie noch lebendig war.

»Weil du schwanger bist!«, zischte Morla.

»Das ist mir bekannt«, hielt Lorena entgegen. »Ich bin schwanger, aber nicht krank. Ich bin durchaus in der Lage, ein wenig mit Raika zu trainieren.«

»Nein, das bist du nicht!«, fuhr Morla scharf fort. »Du trägst all unsere Hoffnung in dir. Du und das Kind, ihr seid der Schlüssel der Prophezeiung, und wir werden nicht zulassen, dass du die Zukunft der Nachtmahre in irgendeiner Weise gefährdest.«

»Sagt Mylady?«

»Ich spreche immer für Mylady«, bekräftigte Morla.

»Wie schön«, entgegnete Lorena kaum freundlicher. »Wenn sie mit mir sprechen will, komme ich sogleich mit hinauf. Ich habe bereits des Öfteren um ein Gespräch gebeten.«

»Das ist nicht nötig. Es gibt sonst nichts zu besprechen«, wehrte Morla ab.

»Ach nein?«, brauste Lorena auf. »Da bin ich anderer Meinung. Sie kann uns hier nicht einfach monatelang einsperren. Wie soll es mit uns weitergehen? Wann dürfen wir unser eigenes Leben weiterführen?«

»Im Moment ist es wichtig, dass der Councillor nichts von eurem Überleben erfährt, und vor allem nichts von deiner Schwangerschaft. Das Kind darf keiner Gefahr ausgesetzt werden. Nur hier in Gryphon Manor ist es sicher.«

»Ach, das heißt, auch wenn es geboren ist, müssen wir hierbleiben?«

»Das Kind ist unsere Zukunft«, sagte Morla. »Und nun geh in dein Gemach zurück und ruh dich aus!« Sie wandte sich um und schwebte davon.

»Ich will mich aber nicht ausruhen«, schrie ihr Lorena erbost nach. »Ich ruhe mich hier noch zu Tode! Ich habe ein Recht auf mein Leben, das könnt ihr mir nicht nehmen. Ich lasse mich nicht einsperren. Von niemandem! Auch nicht von Mylady, das kannst du ihr gerne ausrichten.«

Schwer atmend stand Lorena da, dann schleuderte sie das Übungsschwert in die Truhe und stürmte hinaus.

»Na endlich wacht sie wieder auf«, hörte sie Raika fröhlich sagen, ehe die Tür hinter ihr zuschlug.

Lorena stürmte die Treppe hinauf und durch die Halle, wo der Butler sich wieder vor ihr verneigte. Sie war versucht, in das Allerheiligste der Lady einzudringen und ihr das Gespräch, das sie ihr verweigerte, aufzudrängen, doch Lorena wusste, wenn die Lady keinen Besuch wünschte, hatte sie nicht die Kraft, gegen ihren Willen den Salon zu betreten. Es blieb ihr also nichts anderes übrig, als in ihr eigenes Zimmer zurückzukehren.

Kapitel 2

EINE NACHT IN OXFORD

Lorena hatte gerade die Halle passiert, als sie plötzlich abrupt stehen blieb. Es fühlte sich an, als wäre sie gegen eine Wand gelaufen. Ihre Beine schienen nicht mehr ihrem Willen unterworfen zu sein.

In ihrem Kopf erklang eine Stimme: *Du wünschst, mit mir zu sprechen? Dann komm zu mir.*

Von fremder Hand gesteuert, wandte sich Lorena um und ging durch die Halle. Carter hielt ihr die Tür zu Myladys Salon auf. Lorena trat ein und näherte sich dem thronartigen Sessel, in dem die Lady immer saß; dann hielt sie plötzlich inne. Es war die Lady, die den Abstand bestimmte. Lorena blieb stehen und senkte den Kopf. Wieder einmal wurde ihr nicht gestattet, den Blick zu erheben und die Lady anzusehen.

Du wolltest mich sprechen?, ertönte von irgendwoher die alterslose Stimme.

Lorena ließ ein wenig den Blick nach rechts und nach links wandern, um zu sehen, ob Morla wie üblich anwesend war, doch sie konnte sie nicht entdecken. Es würde also ein Gespräch nur zwischen ihr und der Lady werden.

»Ja, ich versuche es seit mehr als drei Monaten!«, platzte sie unwirsch heraus.

Es gab nichts zu besprechen, entgegnete die Stimme.

»Ach ja? Jason ist tot. Raika, Lucy und ich werden hier wie Gefangene gehalten, und in mir wächst unser Kind heran, von dem die Prophezeiung spricht, doch ich habe keine Ahnung, wie dieses Kind den Nachtmahren helfen könnte.«

Ja, Jason ist tot. Das ist bedauerlich, aber nicht zu ändern. Seine Aufgabe hat er erfüllt. Er hat mit dir dieses Kind gezeugt, das uns Nachtmahre stärker machen wird. Mehr kann ich dir dazu auch nicht sagen. Wir verfügen leider nicht über alle Schriften, in denen von der Prophezeiung die Rede ist. Damals im Krieg sind Bücher verloren gegangen und nicht wieder aufgetaucht. Ich habe Audry nach Oxford und in andere Bibliotheken geschickt, um sie zu suchen. Dass der Councillor euch für tot hält und nichts von deiner Schwangerschaft weiß, ist unser aller Vorteil. Natürlich werdet ihr hier nicht gefangen gehalten, doch es kann entscheidend sein, dass die Wanderer nichts von dem Kind erfahren, bis es geboren ist.

»Und dann? Was sollte sich dann ändern?«, fragte Lorena.

Dann ist deine Aufgabe vollbracht. Du kannst mit deiner Schwester und Raika gehen, wohin du willst.

»Und mein Kind wäre durch die Wanderer nicht gefährdet? Egal, wohin wir gehen?«, wunderte sich Lorena.

Die Tür öffnete sich, und Morla glitt herein. Sie positionierte sich neben der Lady und übernahm die Unterhaltung. Offensichtlich war sie auf dem Laufenden.

»Das Kind bleibt natürlich hier!«, sagte sie schroff, so als könnte sie kaum glauben, dass Lorena etwas anderes denken würde. »Es ist unsere Zukunft, und wir werden es hier beschützen.«

»Es ist mein Kind!«, rief Lorena. »Es ist alles, was mir von Jason geblieben ist, und ich werde mich ganz sicher nicht von ihm trennen.«

Es bleibt dir frei, in Gryphon Manor zu bleiben, sprach die Stimme der Lady in ihrem Kopf.

»Ach, und wie lange gedenkt ihr, mein Kind hier einzusperren?«

»Wir ziehen es auf«, korrigierte Morla. »Wir werden das Beste für deine Tochter tun. Wenn wir wissen, was die Prophezeiung bedeutet und auf welche Weise das Kind uns stärken wird, dann sehen wir weiter.«

»Und wann soll das sein?«

Morla zögerte. »Vielleicht wird sich schon mit ihrer Geburt etwas für uns ändern, vermutlich aber erst, wenn sie beginnt, sich zu wandeln.«

»Also etwa in vierzehn Jahren«, ergänzte Lorena. »Und so lange soll sie Gryphon Manor nicht verlassen?«

»Es ist nur zu ihrem Schutz«, beharrte Morla. »Willst du das Leben deiner Tochter riskieren? Willst du, dass sie den Wanderern in die Hände fällt? Du weißt, die Männer des Councillors kennen keine Gnade. Sie würden ihr den Kopf abschlagen. Sie werden ihren Vernichtungsfeldzug gegen uns Nachtmahre fortsetzen, bis die Letzte von uns getötet ist.«

Lorena schwankte zwischen Zorn und Resignation. Dann hob sie noch einmal den Kopf, konnte aber nur Morla ansehen. »Ihr scheint euch absolut sicher zu sein, dass ich eine Tochter bekomme. Was, wenn es ein Junge wird?«

Morla zog eine Grimasse. »Das wird nicht geschehen. Wir sind Nachtmahre! Was sollte ein Junge für uns tun können? Wie sollte er uns stärken und die Prophezeiung erfüllen?«

Ich spüre den Widerstand in deinem Herzen und deinem Geist, erklang nun noch einmal Myladys Stimme. *Gib dir Zeit, zur Ruhe zu kommen und zu der Einsicht, dass es so das Beste für uns alle ist: für dich, für deine Tochter und für uns Nachtmahre.*

Damit war sie entlassen. Ihre Beine lenkten sie zur Tür, obgleich sie mit dem Ausgang der Unterredung gar nicht zufrieden war, doch ihre Gedanken schwirrten so in ihrem Kopf durcheinander, dass sie zu ihrem Zimmer tappte und sich auf ihr Bett fallen ließ. Stundenlang brütete sie vor sich hin. Eines war sie sich sicher: Das, was sich die Lady für sie und ihr Kind ausgedacht hatte, würde Lorena so nicht hinnehmen. Sie wollten ihr ihre Tochter wegnehmen, sie in ihrem Sinn erziehen und von ihren Kräften profitieren – wie immer die auch aussehen mochten. Lorena kam in ihrem Plan nicht mehr vor. Sie würde keinen Einfluss auf ihr Kind haben und es vermutlich nur selten zu Gesicht bekommen. Ein Kloß setzte sich in ihrem Hals fest und bereitete ihr Schwierigkeiten zu atmen. Nein, so sollte es nicht laufen. Sie wollte ihr Kind bei sich haben und es selbst aufziehen. Nicht in diesem düsteren, alten Gemäuer mit seinen seltsamen Bewohnern, sosehr sie einige der Guardians inzwischen mochte. Ihre Tochter würde Männer nur als seelenlose Diener kennenlernen. War das der richtige Umgang für ihr Kind? Lorena spürte, wie ihre Abneigung gegen das Haus und gegen die Lady und ihre Anweisungen wuchs. Sie wollte eine normale Mutter mit einem normalen Kind sein, das ganz natürlich wie alle anderen Kinder aufwuchs. In ihrer kleinen Wohnung in London! Sie würden samstags zusammen über den Flohmarkt schlendern und schöne, unnütze Dinge kaufen. Sie würden ein ganz normales Leben führen.

Wovon?

Ihre Ersparnisse würden nicht lange reichen. Sie würde sich einen neuen Job suchen müssen. Bei einer anderen Bank, um ihr Leben zu finanzieren. Derweil würde das

Kind in eine Betreuungseinrichtung müssen, um wieder von Fremden erzogen zu werden.

Lorena seufzte.

Wie lange würde das gut gehen? Wie lange wären sie eine glückliche, kleine Familie?

Bis es den Wanderern gelingen würde, sie aufzuspüren. Würden sie das Kind wirklich töten? Der Kloß schmerzte nun noch stärker. Lorena glaubte zu wissen, dass die Wanderer keine Gnade kannten. Sie hatten auch keine Skrupel gehabt, Lucy zu entführen, weil sie sie für die Eclipse gehalten hatten.

Wäre es da nicht doch besser, mit dem Kind hierzubleiben und nicht für ihr tägliches Brot arbeiten zu müssen?

Lorena stöhnte. Alles in ihr wehrte sich gegen diese Vorstellung. Gryphon Manor war ganz sicher kein Gefängnis wie Alcatraz, und dennoch war sie eingesperrt und hatte das Gefühl, ihr würde die Luft zum Atmen genommen.

Er folgte dem Motorrad mit den beiden Frauen, seit sie es aus dem Schuppen im Wald hinter dem Herrenhaus geholt hatten. Sein Vater hatte ihn nach Gryphon Manor geschickt. Er selbst verfolgte andere Spuren, über die er sich nicht näher ausgelassen hatte.

William hatte so eine Ahnung, wohin sie unterwegs waren, daher ließ er sich so weit zurückfallen, dass er ihnen nicht auffiel. Außerdem fuhr die Schwarzhaarige wie der Teufel, und er hätte wohl alles aus seinem Sportwagen herausholen müssen, um sie einholen zu können.

Als er die Stadtgrenze erreichte, drosselte er das Tempo. Sein Wagen erregte auch so noch genug Aufsehen. Einige Studenten winkten ihm zu und hoben die Daumen, um ihm ihre Begeisterung für den McLaren zu demonstrieren. William winkte ihnen zu und sah sich dann um. Wohin waren die beiden Ladys verschwunden? Langsam fuhr er weiter, bis er das Motorrad vor einem Pub entdeckte. Die Blonde war bereits auf dem Weg zur Tür und verschwand dann im Innern. Die Schwarzhaarige stand noch neben der Maschine und fuhr sich mit den Fingern durch die langen Locken, die im Licht der Straßenlaternen schimmerten. William hielt den Wagen an und ließ die Tür nach oben gleiten. Vielleicht war es ein Glück, dass es bereits auf zwei Uhr zuging und sich die meisten Studenten schon auf den Heimweg gemacht hatten. Ansonsten wäre er vermutlich schnell von Schaulustigen umringt gewesen, die sich das Auto gern aus der Nähe ansehen wollten, und das war im Moment nicht in seinem Sinn. Er schwang die langen Beine aus dem Wagen und richtete sich auf. Es wunderte ihn nicht, dass er – oder das Auto – die Aufmerksamkeit der Schwarzhaarigen erregte. Sie wandte sich zu ihm um und warf ihm einen herausfordernden Blick unter ihren langen Wimpern zu.

»Tolle Maschine!«, sagte sie mit einer Stimme, die ihm einen Schauder über den Rücken jagte.

»Dito«, gab William zurück und trat zwei Schritte näher.

Die junge Frau sah flüchtig zu dem Motorrad. »Ja, nicht schlecht.«

»Ist es deine Maschine, oder gehört sie deiner Freundin«, fuhr William fort. Er hatte sich vorgenommen, in sicherem Abstand zu bleiben und sie sich nur ein wenig genauer anzusehen, doch seine Beine trugen ihn noch ein Stück näher zu der Frau, die das Verführerischste war, das er je zu Gesicht bekommen hatte. »Wohin ist deine Freundin denn so schnell verschwunden?«, fragte er.

Die Dunkle deutete auf den Pub. »Sich amüsieren. Dazu ist die Nacht doch da, oder nicht?« Sie streckte eine Hand aus und winkte ihn näher. »Du gefällst mir! Willst du auch ein wenig Spaß haben? Wie heißt du?«

»William.« Er konnte gerade noch verhindern, mehr zu sagen, aber er reichte ihr seine rechte Hand zur Begrüßung.

Als ihre Hand die seine umschloss, durchfuhr es ihn wie ein Stromstoß, doch er konnte und wollte sie nicht zurückziehen.

»Die Nacht ist so schön«, gurrte sie. »Komm, lass uns dort in den Park gehen.«

Er folgte ihr widerstandslos, obgleich seine Gedanken rasten. War das eine gute Idee? Was würde sein Vater sagen, wenn er wüsste, was er im Begriff war zu tun? Er war drauf und dran, sich von einem ihrer größten Feinde verführen zu lassen, und doch folgte er ihr bis unter die Bäume und ließ sich dann gegen einen der Stämme drücken.

»So, mein Lieber. Ich habe Lust auf einen echten Kerl, und du scheinst mir dafür genau der Richtige zu sein!«

Sie öffnete sein Hemd und zog es ihm von den Schultern. Sie ließ ihre Lippen sanft über seine Brust streifen und griff mit einer Hand nach seinem Hintern.

Er bebte und begann zu zittern. William spürte die Magie, die seine Sinne vernebelte, als seine Lippen mit ihren zu verschmelzen schienen, und doch konnte er nicht anders. Er presste die Frau an sich. Er fühlte ein Begehren, so stark, wie er es noch nie empfunden hatte. Er wollte alles für sie tun, wenn sie ihn nur von seiner Qual befreite. Er musste sie haben. Jetzt!

Seine Hände fuhren unter ihren kurzen Rock, unter dem sie nichts trug. Seine Lust ließ ihn fast explodieren, doch da öffnete sie ihm bereits die Hose und befreite sein Glied, das sich in ihre Hand drängte.

William hatte schon mit vielen Frauen geschlafen. An der Universität gab es immer Studentinnen, die einem Abenteuer nicht abgeneigt waren und nachher nicht mit Ansprüchen kamen oder einen Kerl gleich in eine Ehe drängen wollten. Es hatte ihm immer Spaß gemacht. Er hatte die Erregung genossen, den Akt und die Erlösung, doch das, was sich in seinem Körper in diesem Moment abspielte, war so überwältigend, dass er nur noch seinen Trieben folgen konnte. Seine Hände umfassten ihr Gesäß und schwangen sie herum, dass sie nun gegen den Baum gedrückt wurde, während er in sie eindrang. Sie lachte auf, spielte mit seiner Lust und warf ihn dann zu Boden, ehe er zum Höhepunkt kam, so als wäre er nicht mehr als einen Kopf größer und wesentlich schwerer als sie. In diesem Moment begriff er, über welche Kräfte ein Nachtmahr verfügte. Doch es war nicht ihre Körperkraft, die ihn beunruhigte, soweit seine nicht erfüllte Lust solche Gedanken überhaupt zuließ.

Seine Hand umschloss ihr Handgelenk, wobei er das Gefühl hatte, es wäre ein Leichtes für sie, sich loszureißen, doch sie hatte offensichtlich Spaß daran, mit ihm zu spielen und sich an seinem Flehen zu ergötzen.

»Komm, du kannst mich nicht so zurücklassen!«

»Habe ich auch nicht vor«, gurrte sie und ließ sich dann mit gespreizten Beinen rücklings auf ihm nieder. Er keuchte und stöhnte, während sie ihn fast in den Wahnsinn trieb. Ihre Bewegungen waren wild und dann wieder sanft, sodass er jedes Mal kurz vor seinem Höhepunkt abgefangen wurde.

Er stöhnte auf. »Raika, du folterst mich!«

Sie hielt mitten in der Bewegung inne.

»Woher kennst du meinen Namen?«

»Den hast du mir doch gesagt«, behauptete er, doch sie schüttelte den Kopf.

»Nein, ganz sicher nicht. Und da fällt mir ein, woher weißt du von meiner Freundin?«

»Lucy? Die habe ich letzthin kennengelernt. Vielleicht hat sie mir deinen Namen gesagt?«

Raika versuchte, sich ihm zu entziehen, doch er hielt sie fest und bewegte die Hüften, um doch noch Erlösung zu finden. Raika stemmte sich für einige Momente dagegen, doch dann schien sie sich anders zu besinnen und schwang ihre Hüfte, als würde sie ein wildes Rodeopferd reiten. Er kam mit einem Aufschrei, zuckte und stöhnte und blieb dann völlig erschöpft liegen. Raika wandte sich ihm zu und legte sich über ihn.

»Mein lieber William, ich glaube, wir müssen noch das eine oder andere besprechen«, sagte sie und knabberte spielerisch an seinem Handgelenk.

Er zuckte zusammen. Anscheinend war sein Gehirn nun wieder bereit, ihm zu gehorchen. Mit einem Ruck befreite er sich aus ihrem Griff und warf sie zur Seite. Raika war offensichtlich so überrascht, dass sie keine Gegenwehr leistete. Sie rappelte sich auf und starrte ihn verwundert an.

»Wer bist du?«, herrschte sie ihn an.

»Jedenfalls kein Mann, der sich von dir widerstandslos dein Gift in seine Adern träufeln lässt!«, gab er zurück.

Raika riss die Augen auf. Für einen Moment wirkte sie unsicher. »Du bist kein Wanderer«, sagte sie und schüttelte den Kopf. »Das würde ich spüren.«

»Nein, ich bin ein Mann, und du bist ein Nachtmahr. Ein verderbtes Wesen, das mit seiner Magie Männer verhext und mit ihrem Gift versklavt.«

Raika rappelte sich auf und rückte ihren Rock zurecht. Mit verschränkten Armen wich sie zu dem Baum zurück. »Du hast dich mir an den Hals geworfen, erinnerst du dich? Du hast mich gesehen und warst geil auf mich. Ich würde sagen: einvernehmlicher Sex unter Erwachsenen!«

»Ja, ich gebe zu, zu Anfang bin ich deinem Zauber erlegen, doch jetzt sehe ich wieder klar. Ich hätte nicht gedacht, dass es so sein könnte«, fügte er leise hinzu.

»So unglaublich gut?«, meinte Raika und lächelte überlegen. »Dazu brauche ich weder Gift noch Hexerei. Ich weiß nicht, wie du zu diesen Spinnereien kommst, doch glaube nicht alle Kindermärchen, die man dir erzählt.«

»Keine Magie und keine Hexerei?«, wiederholte William, der sich auch erhoben hatte und seine Hose schloss. »Dann zeig mir mal deine Flügel. Ich konnte die Schlitze unter deinen Schultern fühlen.«

Raika zuckte zusammen. Als er auf sie zukam, wich sie noch weiter zurück. Noch ehe er sie berühren konnte, brach sie zur Seite aus und bückte sich hinter dem Stamm unter den tief hängenden Ästen hindurch.

William folgte ihr. Er sah, wie sie blinzelte. Auf ihrem Rücken entfalteten sich ihre Schwingen, und mit einem kräftigen Schlag erhob sie sich in die Luft. Die durchscheinenden Häute erinnerten ihn an eine Fledermaus. Dann war sie seinem Blick entschwunden.

William sah ihr hinterher. Das Hochgefühl, das die Begegnung mit Raika in ihm ausgelöst hatte, war verflogen. Es schauderte ihn, als ihm aufging, wie knapp er ihrem Gift entgangen war. Was, wenn sie es geschafft hätte? Wäre er nun für immer seines Willens beraubt und verdammt, ihr Sklave zu sein? Er wusste es nicht, doch er nahm sich vor, in Zukunft vorsichtiger zu sein und sich nicht mehr in Gefahr zu begeben, von ihrer Magie übermannt zu werden. Er musste nur Abstand zu ihnen halten, wie sein Vater ihm befohlen hatte.

Das brachte ihn zu einem neuen Problem. Sein Vater durfte von dieser Sache auf keinen Fall erfahren! Er würde nicht nur wütend sein. Das konnte William ertragen. Er würde ihn wieder mit diesem Blick voller Verachtung ansehen, wie immer, wenn er von seinem Sohn enttäuscht war. Wieder einmal fragte sich William, wie es hatte geschehen können, dass der Councillor, der mächtigste Wanderer durch die Zeit, ein Kind hatte zeugen können, das über keinen Funken Magie und daher auch sicher nur über die Lebensspanne eines normalen Menschen verfügte. Es war ein Schlag für seinen Vater gewesen, als er dies hatte erkennen müssen. Doch war es etwa seine Schuld?

William seufzte. Er wandte den Blick vom Nachthimmel ab, an dem längst nichts mehr zu sehen war, und kehrte mit gesenktem Kopf zu seinem Wagen zurück. Er beschloss, erst in sein Hotel zu fahren, ausgiebig zu duschen und sich umzuziehen, ehe er seinem Vater wieder unter die Augen trat. Es war ihm, als strömte der Duft des Nachtmahrs noch aus jeder seiner Poren.

»Beobachte sie, komm ihnen aber nicht zu nahe«, hatte der Auftrag geheißen.

»Mist!«, schimpfte William. War er nicht einmal in der Lage, eine solch einfache Aufgabe zu erfüllen?

Doch noch schwerer drückte ihn die Frage, ob man den

Councillor der Wanderer wirklich belügen konnte. Und was würde geschehen, wenn er es doch herausfand?

»Verdammt, ich bin erwachsen und kann tun, was mir gefällt«, schimpfte er vor sich hin, als er den Motor anließ. Doch er konnte sich nicht einmal selbst davon überzeugen.

Als Lorena am nächsten Tag ihr Zimmer verließ, machte sie sich auf die Suche nach Lucy. Sie fand sie auf einem Liegestuhl ausgestreckt auf der Terrasse, an der sich zur einen Seite ein Springbrunnen mit allerlei Figuren anschloss. Auf der anderen Seite war ein Kräutergarten, hinter dem sich die Eibenhecken eines vor langer Zeit angelegten Labyrinths erhoben.

Lucy blinzelte träge in die Julisonne, als der Schatten ihrer Schwester über sie fiel. »Du stehst mir in der Sonne«, beschwerte sie sich.

»Ja, denn ich möchte, dass du ein Stück mit mir gehst«, sagte Lorena leise. »Ich möchte mit dir über die vergangene Nacht reden und über die davor ...«

Lucy zog einen Schmollmund. »Nicht, wenn du wieder die große Schwester raushängen lässt und mich schimpfen willst.«

»Ich habe nicht vor, dich zu schimpfen, aber ein paar Fragen hätte ich schon.«

»Ich bin ganz Ohr«, antwortete Lucy mit einem Seufzer.

»Nein, nicht hier. Steh auf und komm mit mir.«

Lucy rekelte sich, erhob sich dann aber und schlüpfte in einen hauchdünnen Morgenmantel. Sie folgte Lorena in das Heckenlabyrinth, wo es im Schatten der rechteckig gestutzten Eiben deutlich kühler war, doch das machte den beiden Nachtmahren nichts aus. Lucy gähnte.

»Also, was gibt es, was wir nicht draußen in der Sonne besprechen können? Falls du wissen willst, was ich getan habe: Ich war mit Raika in Oxford. Ich war in einem Pub und hatte später Sex mit einem Typen. Raika war derweil mit einem Kerl im Park. Er fuhr einen tollen Sportwagen und hat sie vor dem Pub angesprochen. Das ist alles. Wir sind noch vor dem Morgengrauen zurückgekommen.« Lucy zog trotzig die Lippe hoch. »Na, zufrieden? Dann fang mit deiner Standpauke an.«

»Ich will dir keine Standpauke halten. Ich möchte wissen, wie ihr es schafft, unbemerkt Gryphon Manor zu verlassen, denn ich bin überzeugt, wüssten die Lady oder Morla davon, dann hätten sie euch ganz schön den Marsch geblasen und dem ein Ende gesetzt.«

Lucy ließ den Blick an den undurchdringlichen Hecken entlangschweifen. »Ja, das denke ich auch, und deshalb ist es wichtig, dass niemand davon erfährt.«

»Du willst es mir also nicht verraten?«

Lucy schüttelte den Kopf. »Warum sollte ich? Was willst du mit dieser Information anfangen? Brauchst du ein Druckmittel gegen Raika und mich?«

»Nein!«, rief Lorena empört. »Warum denkst du immer, ich wollte dir etwas Schlechtes? Ich bin nach Amerika gereist und habe mein Leben riskiert, um dich zu befreien.«

Lucy zuckte mit den Schultern. »Alte Gewohnheit, vermute ich. Unsere Beziehung war nicht gerade eitel Sonnenschein, du erinnerst dich?«

»Ja, aber ich dachte, wir seien auf einem guten Weg und würden einander endlich vertrauen.«

Lucy schien darüber erst einmal nachdenken zu müssen, dann nickte sie. »Gut, also, was willst du? Mit uns ausgehen und dir einen Kerl aufreißen? Ich kann es kaum glauben!«

Lorena starrte sie an. So absurd es sich im ersten Moment für sie anhörte, so spürte sie doch ein Ziehen der Lust in ihrem Unterleib. Es war viel zu lange her, seit sie das letzte Mal einen Mann gehabt hatte, dachte der Nachtmahr in ihr. Lorena in ihrer jetzigen Gestalt war über ihre eigenen Gefühle schockiert und bat Jason in Gedanken um Verzeihung, doch statt zu verschwinden, wuchs die Lust in ihr noch. Sie schüttelte nachdrücklich den Kopf.

»Nein, im Moment ist mir nicht nach einem Mann«, log sie. »Aber ich wüsste dennoch gern einen Weg, um unbemerkt aus Gryphon Manor rauszukommen. Ich hatte gestern ein Gespräch mit Mylady – und mit Morla!«

Lucy kräuselte die Lippen. »Das war sicher ganz herzerfrischend!«

Lorena schnitt eine Grimasse. »Oh ja, und vor allem sehr aufschlussreich, was ihre Pläne für mich und für das Kind betrifft.« Unwillkürlich legte sie die Hände schützend um ihren Bauch. »Es geht nur noch um diese Prophezeiung«, sagte sie leise. »Sie wollen mein Kind, um sich gegen die Wanderer zu stärken. Ich bin dann nicht mehr wichtig. Jason und ich haben unsere Aufgabe erfüllt.«

»Ging es nicht immer um die Prophezeiung?«, fragte Lucy mit einem tiefen Seufzer. »Beeinflusst sie nicht unser ganzes Leben? Bin ich nicht deswegen entführt und eingesperrt worden?«

Lorena nickte. »Ja, und es tut mir unendlich leid, dass man dir dein Leben für nichts und wieder nichts geraubt hat.«

Lucy wischte den Einwand mit einer Handbewegung beiseite. »Ach, Schwamm drüber. Ich bin da jetzt raus.«

»Ja, aber meiner Tochter steht das gleiche Schicksal bevor. Sie werden mir das Kind wegnehmen. Ich kann gehen oder bleiben, das kümmert sie nicht. Vielleicht werde ich sie ab und zu sehen, wenn ich hier in Gryphon Manor bleibe, aber ich werde sie nicht aufziehen können und nicht entscheiden dürfen. Das werden die Lady oder vermutlich Morla übernehmen.«

Lucy sah ihre Schwester aufmerksam an. »Lass mich raten. Damit bist du nicht einverstanden.«

»Nein, bin ich nicht. Ich habe die ganze Nacht gegrübelt und bin zu dem Entschluss gelangt, dass es schlimmer ist, wenn ich mich füge und mein Kind ihnen ausliefere …«

»… als wenn du wegläufst und riskierst, dem Councillor in die Hände zu fallen? Sie werden dich und das Kind töten!«, vermutete Lucy.

Lorena barg das Gesicht in den Händen. »Dann denkst du also auch, es wäre Wahnsinn?«

Lucy starrte ihre Schwester an. »Von hier weglaufen und wieder frei sein?« Sie überlegte kurz. »Vielleicht«, sagte sie dann langsam, »aber was soll's: no risk, no fun. Also ich bin auf alle Fälle dabei, wenn du mich mitnehmen willst. Mir geht das Gemäuer mit seinen spaßbefreiten Guardians längst auf die Nerven. Die Welt ist groß. Der Councillor wird uns nicht finden!«

Lorena stöhnte. »Glaubst du wirklich daran? Wenn er mir auch noch das Kind nimmt, könnte ich mir das nie verzeihen.«

Lucy zeigte ihr freches Grinsen und klopfte Lorena auf den Rücken. »Nur nicht verzagen, Schwesterchen. Zusammen sind wir ein bewährtes Team. Ich wette, auch Raika lässt sich dieses Abenteuer nicht nehmen. Und wer weiß, vielleicht bist du ja noch immer von diesem besonderen Schutz umgeben, der die Wanderer von dir abhält. Der Councillor konnte dich in Amerika kaum berühren, geschweige denn, dir etwas antun.«

Lorena legte nachdenklich die Stirn in Falten. »Ja, vielleicht, wobei dieser Schutz schwächer wird, je weiter wir uns von Gryphon Manor entfernen, doch wer weiß, vielleicht gebietet nicht nur die Lady über Magie, uns zu schützen.«

Lucy sah sie aufmerksam an. »Was meinst du?«

»Ich bin mir nicht sicher, aber ich würde gerne etwas ausprobieren.« Sie packte Lucy am Arm. »Suche Raika und bitte sie, hierherzukommen. Und bringt drei Übungsschwerter mit.«

»Jetzt?«

Lorena überlegte. »Nein, nicht jetzt. Sobald die Sonne untergegangen ist.«

»Was hast du vor?«, wollte Lucy wissen, doch Lorena war noch nicht bereit, über ihren Einfall zu reden.

»Ich möchte nur etwas ausprobieren.«

»Du weißt, dass dir der Umgang mit Waffen in deinem Zustand streng verboten ist?«, erinnerte Lucy, wobei ihr Tonfall deutlich machte, dass ihr so ein Verbot völlig egal war.

»Ja, das weiß ich. Darum lasst euch mit den Schwertern lieber nicht sehen und kommt so schnell wie möglich in die Mitte des Labyrinths.«

»Jetzt bin ich aber neugierig«, sagte Lucy, wandte sich ab und ging davon.

Das bin ich auch, dachte Lorena. Sie machte sich auf den Weg zum Mittelpunkt des Labyrinths, der einen kleinen, quadratischen Platz bildete, dessen Zentrum von einem offenen Pavillon beschattet wurde. Nervös knetete sie die Hände und ging eine Weile ruhelos hin und her, dann machte sie sich auf den Rückweg in ihr Zimmer. Dort nahm sie einen Roman zur Hand, begann zu lesen und versuchte so, die Zeit bis zum Abend totzuschlagen.

Kapitel 3

FLUCHT

Als sich die Sonne dem Horizont näherte, machte sich Lorena wieder zum Labyrinth auf. Sie hätte sich gern ihr Ledergewand angezogen, doch sie fürchtete, auf eine der Guardians zu treffen und unangenehmen Fragen ausgesetzt zu werden. Also trug sie Jeans und Turnschuhe und ein helles Shirt. Morla hatte Chloe und Harriet in dieser Nacht eingeteilt, den Park zu bewachen. Ihre Schwerter in den Händen umrundeten sie das Haus in einigem Abstand. Als sie um die Ecke bogen und ihrer Sicht entschwanden, machte sich Lorena auf den Weg über die Terrasse.

Sie gelangte ungestört zum Mittelpunkt des Labyrinths und ging dann hin und her, bis sie die Nähe der beiden anderen Nachtmahre hinter sich spüren konnte. Erwartungsvoll wandte sich Lorena um.

»Majestät, hier das von Euch Gewünschte«, sagte Raika mit einem Kichern, als sie mit drei Übungsschwertern im Zentrum des Heckenlabyrinths auftauchte. »Was hast du vor? Hier riecht es nach Widerstand, also irgendetwas Verbotenes.«

»Noch nicht«, entgegnete Lorena und nahm ihr eines der Schwerter ab. »Oder zumindest noch nichts Bemerkenswertes.«

Raika strahlte. »Habe ich da ein ganz entscheidendes Wörtchen gehört, das meinen Sinn frohlocken lässt?«

Sie wandte sich an Lucy, doch die lächelte nur geheimnisvoll und zuckte mit den Schultern.

»Ah, so ist das. Ich bin die Einzige, die nicht eingeweiht wird«, beschwerte sich Raika.

»Noch nicht«, gab Lorena zu. »Ich möchte erst etwas ausprobieren.«

»Und dazu brauchst du ein paar Schwerter und einen Ort ohne Augen«, schlussfolgerte Raika.

»Genau. Ich hoffe, du hast mit dem Schwert fleißig trainiert?«, wollte Lorena wissen.

»Aber ja, Maestra. Tagsüber drei Stunden und nach Einbruch der Dunkelheit noch einmal, wobei der Kampf in unserer gewandelten Gestalt deutlich spannender ist. Es ist alles schneller und härter.«

»Ja, ich habe gesehen, wie dich Sienna bei unserer letzten Stunde durch den Saal gejagt hat. Sie war irrsinnig schnell!«

Lorena sah ihre Schwester an. »Du hast auch mit dem Schwert trainiert?«

»Klar!« Lucy nickte, dass ihre blonden Locken flogen. »Was soll man hier denn sonst den ganzen Tag machen?«

»Gut!«, sagte Lorena und trat mit erhobener Klinge einige Schritte zurück. Sie hatte sich zum Nachtmahr gewandelt und band nun ihre langen Locken zurück.

»Nehmt euch ein Schwert und greift mich an.«

»Beide?«, fragte Lucy ein wenig ungläubig.

»Ja! Wandelt euch, und dann zeigt mir, was ihr draufhabt.«

Obgleich Lucy und Raika ihrer Aufforderung folgten und ihre Nachtmahrgestalt annahmen, wehrte Lorena die ersten Angriffe mit Leichtigkeit ab. Sie hatte das Gefühl, die beiden würden sie absichtlich schonen.

»Könnt ihr nicht mehr? Ich bin enttäuscht. Ihr seid langsam wie zwei Großmütterchen.«

»Du bist schwanger«, erinnerte Raika.

»Ja und?«, entgegnete Lorena und schlug Raika das Schwert aus den Händen, dass es einige Meter durch die Luft flog und dann bis zu der dunkelgrün aufragenden Hecke schlitterte.

Das schien die beiden Angreiferinnen zu überzeugen. Sie legten sich ins Zeug und versuchten alle Tricks, die Sienna ihnen beigebracht hatte, doch Lorena hielt sie mühelos in Schach und entwaffnete beide noch einmal. Während Lucy und Raika ihre Waffen holten, legte auch Lorena ihr Schwert beiseite.

»Wir versuchen etwas anderes«, sagte sie und zog ein Tuch aus der Tasche.

»Hast du noch immer nicht genug?«, fragte Raika.

»Nein! Jetzt geht es erst richtig los!«

Schnell hatte die Nacht die Dämmerung abgelöst. Unter dem Pavillon begannen einige Lämpchen zu glühen, die den Platz in sanftes Licht tauchten. Es war jedenfalls für einen Nachtmahr hell genug, jedes Detail zu erkennen.

Lorena band sich das Tuch um die Augen und nahm dann ihr Schwert wieder auf.

»Kommt, los, wo bleibt euer nächster Angriff?«

»Du bist verrückt geworden!«, wehrte Lucy ab. »Gehört das zu den üblichen Nebenwirkungen einer Schwangerschaft?«

»Keine Ahnung«, sagte Raika. »Davon habe ich noch nie gehört.«

»Los, kommt schon! Vertraut mir. Ich werde euch schlagen.«

»Wenn du unbedingt willst!« Raika griff als Erste an. Lorena wartete. Obwohl jeder Nachtmahr sich nahezu unhörbar bewegte, konnte sie ihre Schritte vor ihrem inneren Auge sehen. Es war, als würde sie über einen neuen Sinn verfügen, der in ihrem Geist die Bilder erzeugte, die sie mit den Augen nicht sehen konnte. Und noch mehr. Bereits als Raika das Schwert hob, wusste sie, welchen Angriff sie wählen und in welchem Winkel die Klinge auf sie eindringen würde. Lorena spannte ihre Muskeln an und schlug mit einem schnellen Schwung Raika das Schwert aus der Hand.

»Wo bleibst du, Lucy?«, rief sie über Raikas Ausruf der Verwunderung hinweg, doch Lucy wartete, bis Raika ihre Waffe wieder aufgehoben hatte. Nun griffen sie Lorena zusammen an, doch auch jetzt wusste sie, was kommen würde, und spürte, welche der Klingen sie zuerst abwenden musste. Sie schlug Lucys Schwert zur Seite und tauchte unter Raikas Klinge hinweg. Die flache Seite von Lorenas Schwert traf Raika hart in den Rücken, sodass sie strauchelte.

Hatten die beiden Lorena bisher noch geschont, so versuchten sie nun alles, um ihre Deckung zu durchbrechen, doch es wollte ihnen nicht gelingen. Endlich blieben sie schwer atmend stehen. Lorena löste die Binde von den Augen.

»Das ist unglaublich!«, stieß Lucy hervor.

»Das sehe ich auch so!«, erklang eine vorwurfsvolle Stimme zwischen den Hecken. »Wie könnt ihr nur?«

Die drei stöhnten, als Sienna auf sie zutrat. Sie trug noch ihre Lederkluft, die sie beim Training stets anhatte, hatte aber kein Schwert bei sich.

»Mylady wird das nicht gutheißen«, sagte sie.

»Ich langweile mich zu Tode«, beschwerte sich Lorena,

»und außerdem könnte ihr jeder Mediziner sagen, dass ein wenig Sport in der Schwangerschaft durchaus gesund ist, doch so, wie es aussieht, werde ich bis zur Geburt nicht einen Arzt zu Gesicht bekommen.«

Lorena las in Siennas nachdenklicher Miene. Sie konnte ihre Gefühle und Gedanken geradezu spüren.

»Mylady will für dich und das Kind nur das Beste«, sagte sie halbherzig.

»Das mag sein, doch ist es das auch?«, konterte Lorena.

Sienna überlegte. Lorena war sich rasch sicher, dass sie nicht fürchten mussten, von ihr verpetzt zu werden. Sienna ging auf das Schwert zu, das Lucy hatte fallen lassen, und sagte: »So, du denkst, du solltest für deine Gesundheit ein wenig Sport treiben? Warum gibst du dich dann mit diesen beiden Anfängern ab? Willst du schwitzen? Na, dann komm!«

Sie stürzte vor, vielleicht in der Absicht, Lorena zu überraschen, doch diese parierte den Schlag, wirbelte herum und griff nun ihrerseits Sienna an.

Sienna war vielleicht die jüngste der Guardiantrainerinnen, doch ihre Kampfkunst war tadellos. Sie war schnell und geschmeidig in ihren Bewegungen, hatte ein gutes Auge und war in der Lage, das Schwert präzise zu führen. Eigentlich hätte sie Lorena deutlich überlegen sein müssen, doch Lorena hielt sich nahezu mühelos. Es war, als würde dieser neue Sinn in ihr jede Absicht im Voraus erkennen. Sienna gelang es nicht, Lorena mit einer ihrer Finten zu locken. Dafür brachte Lorena die Guardian zweimal in Bedrängnis.

Sienna entfaltete ihre Schwingen. Lorena tat es ihr gleich. Sie stießen sich ab und kämpften nun auf der Erde und in der Luft, schossen am grünen Dickicht der Hecken entlang oder tänzelten über das Dach des Pavillons. Endlich ließ Sienna das Schwert sinken. Sie blinzelte.

»Also, wenn ich dich nicht selbst unterrichtet hätte, würde ich dich fragen, wo du so kämpfen gelernt hast. Es ist unglaublich! Ich denke, du könntest es selbst mit Maddison aufnehmen. Es ist mir unerklärlich, aber gut, ich beglückwünsche dich. Es steckt viel mehr in dir, als wir vielleicht vermutet haben.«

Lorena verbeugte sich und reichte Sienna ihr Schwert. »Ich danke dir. Vielleicht wäre es besser, diese Lektion für uns zu behalten?«

Sienna lächelte ein wenig grimmig. »Ja, das denke ich auch. Ich habe nicht vor, mir Morlas Unwillen und damit den der Lady zuzuziehen.«

Sie nahm auch noch das dritte Schwert und machte sich dann auf den Rückweg zum Herrenhaus. Lorena ließ sich auf die Bank unter dem Pavillon sinken. Lucy und Raika, die während des wilden Kampfes in einen der Heckengänge zurückgewichen waren, traten wieder auf sie zu.

»Willst du es uns erklären?«, erkundigte sich Raika.

Lorena hob die Hände. »Das kann ich nicht. Ich musste es selbst erst probieren. In meinen Träumen sah ich meine Kräfte wachsen, doch ich wusste nicht, ob ich ihnen trauen kann.«

»Und woher kommt das?«, wollte Lucy wissen. »So hast du vor ein paar Monaten in Amerika noch nicht gekämpft.«

Lorena schüttelte den Kopf. »Nein, das ist richtig. Ich kann es euch nicht erklären. Ich kann nur Vermutungen anstellen. Es ist, als wäre irgendetwas geschehen, das mich erweckt hat. Ich bin die Eclipse, nicht wahr? Sollte ich wirklich nur als Mutter der ersehnten Retterin taugen? Das kann ich nicht glauben. Ich wollte, dass mehr in mir steckt, als ein Kind gebären zu können.«

»Es steckt mehr in dir«, bestätigte Raika, »definitiv!«

»Oder es ist die Kraft des Kindes«, wandte Lucy ein. »Vielleicht überträgt das Kind dir schon jetzt einen Teil seiner Magie.«

»Mag sein«, gab Lorena widerstrebend zu, »aber ganz gleich, woher meine neuen Kräfte kommen, ich bin nicht wehrlos! Ich bin in der Lage, mein Kind zu schützen, und bin deshalb nicht auf die Magie der Lady und den Schutzwall von Gryphon Manor angewiesen.«

Raika und Lucy starrten sie an. »Daher weht der Wind!« Lucy stieß einen Pfiff aus. »Und ich dachte, dein Gerede von ›du würdest dich hier nicht einsperren lassen‹ habe nichts zu bedeuten.«

»Ich wusste nicht, wie wir unbemerkt von hier fortkommen könnten«, gestand Lorena. »Und außerdem will ich natürlich weder unser noch das Leben des Kindes leichtfertig aufs Spiel setzen. Aber ich werde mir auch nicht einfach mein Kind wegnehmen lassen!«

»Und deshalb wolltest du wissen, wie wir hier nachts unbemerkt über die Mauer kommen«, ergänzte Raika. Ihre Augen funkelten voller Abenteuerlust. »Endlich tut sich was!«, rief sie begeistert. »Ich wollte schon vor Wochen weg, aber wir haben es nicht übers Herz gebracht, dich einfach hier in deinem Elend zurückzulassen.«

»Du hast dich verändert«, sagte Lorena warmherzig zu Raika, doch diese hob nur nachlässig die Schultern.

»Wir sind Freundinnen, nicht wahr? Und wir geben unser Leben füreinander.«

Lorena lächelte. »Hörst du dich reden? Was hättest du vor einem Jahr zu solchen Worten gesagt?«

»Verrückte! So etwas sagen nur Verrückte«, bekannte sie und lachte auf.

»Hört mit dem Gesülze auf«, mischte sich Lucy ein. »Sagt lieber, wann es losgeht. Heute noch?«

Lorena schüttelte den Kopf. »Nein. Wir müssen uns erst überlegen, wie wir von hier wegkommen. Wir können nicht zu dritt auf deinem Motorrad fahren.«

»Wir sind Nachtmahre«, erinnerte Lucy. »Wir können fliegen!«

»Ja, aber nur nachts. Wenn wir das Land verlassen, und das müssen wir, dann sollten wir das schnell tun. Ich bin dafür, einen Wagen zu mieten, allerdings habe ich kein Geld.«

Raika seufzte. »Unsere rechtschaffene Lorena. Überlass das mir. Ich besorge einen Wagen, der dich nicht enttäuschen wird.«

Am nächsten Morgen öffnete sich kurz vor dem Morgengrauen die Tür zu Lorenas Schlafzimmer. Sie war sofort hellwach, als Raika hereinkam und an ihr Bett trat. Sie trug ihr übliches Ausgehoutfit und war noch in ihrer Gestalt als Nachtmahr.

Lorena spürte, wie ihr Herz schneller zu schlagen begann. »Und, hast du ein Auto für uns?«, erkundigte sie sich leise.

Raika grinste. »Natürlich! Hast du etwa an mir gezweifelt? Es ist zwar leider nicht der Wagen, den ich im Auge hatte, aber ich denke, er wird dir gefallen. Lucy zumindest ist begeistert.«

»Dann ist er bestimmt viel zu auffällig«, vermutete

Lorena, die sich ein schlichtes, unauffälliges Gefährt vorgestellt hatte, das nicht so leicht aufzuspüren war.

Raika zuckte mit den Schultern. »Er ist schnell!«, betonte sie. »Ich dachte, das sei uns wichtig. Ach ja, und der Kofferraum ist nicht allzu groß, also nimm nicht zu viel Gepäck mit.«

»Das habe ich nicht vor. Nur das Allernötigste.«

»Ich denke, wir sollten uns um ein Uhr im Irrgarten treffen und dann zusammen zu der Stelle gehen, an der man über die Mauer kommt«, schlug Lorena vor. »Den Tag über müssen wir uns ganz normal verhalten, damit keiner Verdacht schöpft.«

Raika verdrehte die Augen. »Was denkst du, was ich vorhabe? Dein Vertrauen in mich ist ja wieder umwerfend.«

Lorena schnitt eine Grimasse. »So war es nicht gemeint. Tut mir leid. Ich bin einfach ein wenig nervös. Ich habe keine Lust, von den Guardians eingefangen und zu Mylady geschleppt zu werden. Ich vermute, wenn das passiert, dann sperren sie uns für die nächsten Monate irgendwo im Keller ein und nehmen mir das Kind sofort nach der Geburt weg. Ich will einfach nichts riskieren.«

Raikas Blick wurde milder. Sie tätschelte Lorenas Hand. »Keine Sorge. Das kriegen wir schon hin.«

Da war sie in ihrer Einschätzung zuversichtlicher, als sich Lorena fühlte. Äußerlich völlig unbefangen, machte sich Raika zwei Stunden später zum Frühstück auf und trat dann ihre nächste Trainingsstunde mit Schwert und Pistolen bei Sienna an, während sich Lorena beim Frühstück entschuldigte und in ihrem Zimmer blieb, was aber nicht ungewöhnlich war und daher keine Fragen aufwarf. Auch später ging sie so wenig wie möglich nach draußen und vermied es vor allem, Morla zu begegnen. Deren Fähigkeit, in den Gedanken anderer zu lesen, war fast so beeindruckend wie Myladys magische Kräfte. Lorena fürchtete, dass man ihr von Weitem ansehen könnte, dass sie etwas im Schilde führte, doch keiner sprach sie darauf an, und so stieg ihre Zuversicht, als der Tag sich dem Abend zuneigte. Lorena packte nur ein paar Kleidungsstücke, ein wenig Wäsche und Hygieneartikel in eine Tasche. Mehr wollte sie aus diesem Haus nicht mitnehmen. Ihr war allerdings schmerzlich bewusst, dass sie über kein Geld und keine Papiere verfügte und auch keine Ahnung hatte, wie sie das Problem würde lösen können.

Eines nach dem anderen, sagte sie sich immer wieder. Jetzt war es erst einmal wichtig, die Mauern von Gryphon Manor unentdeckt hinter sich zu lassen.

Es war noch ein wenig früh, als Lorena, die Tasche unter dem Arm, ihr Zimmer verließ, doch sie hielt es nicht länger aus. Im Flur draußen war es dunkel. Sie wandelte sich in ihre Nachtmahrgestalt und hatte so keine Schwierigkeiten, sich zurechtzufinden. Durch eine Seitentür, die niemals verschlossen wurde, verließ sie den Westflügel und trat auf die Terrasse. In tiefen Zügen sog sie die kühle Nachtluft ein. Es roch nach Blumen und frisch gemähtem Gras. Die willenlosen Helfer der Lady erledigten ihre Arbeit stets sauber und zuverlässig. Warum auch nicht? Sie hatten keine eigenen Bedürfnisse mehr. Sie existierten nur noch, um der Lady zu dienen und sie zufriedenzustellen.

Lorena sah sich um. Sie wusste, dass Sienna und Grace irgendwo patrouillierten, doch im Moment war keine Menschenseele zu sehen. Rasch überquerte sie die Terrasse und nutzte dann die blühenden Rosenbüsche als Deckung bis zum Beginn des Labyrinths. Obwohl sie noch fast eine halbe Stunde Zeit bis zu ihrer Verabredung hatte, rannte sie durch die verschlungenen Heckenpfade, hielt dann aber unvermittelt inne, ehe sie um die letzte Biegung kam, die sich zum Pavillon in der Mitte öffnete. Lorena stand völlig bewegungslos da und lauschte in die Nacht. Obgleich sie kein verräterisches Geräusch hören konnte, meldeten ihre Sinne, dass dort jemand war. Sie witterte wie ein Tier in die Nacht. Ein feiner Hauch von Parfüm streifte ihren Sinn, doch die Person selbst konnte sie nicht erfassen. Es musste ein Nachtmahr sein, doch sie konnte nicht sagen, ob es die waren, die sie erwartete, oder ob ihr Plan entdeckt worden war.

Nun, dann würden sie sich den Konsequenzen ohnehin stellen müssen. Lorena holte tief Luft und trat um die Ecke.

Es war Raika, die sich lässig auf der Steinbank rekelte und ihr zuzwinkerte. »Du bist früh dran«, sagte sie. »Du bist doch nicht etwa nervös?«

»Du bist auch früh dran«, konterte Lorena. »Und ja, ich bin nervös! Ich will mir nicht ausmalen, was passiert, wenn sie uns schnappen.«

»Werden sie nicht«, beschwichtigte Raika. »Wir waren jetzt schon so oft draußen, und keiner hat was gemerkt.«

»Was mir sehr merkwürdig vorkommt«, entgegnete Lorena.

»Sie kommen einfach gar nicht auf die Idee, dass wir uns ihren Plänen widersetzen könnten«, meinte Raika. »Sie sind daran gewöhnt, dass jeder gehorcht.«

»Mag sein«, gab Lorena widerstrebend zu, dann deutete sie auf Raikas Gepäck. Zu ihren Füßen lagen ein schwarzer Stoffrucksack und ein länglicher, schmaler Koffer, der Lorena bekannt vorkam.

»Ich dachte, wir sollen nicht viel mitnehmen?«

Raika beugte sich vor und tätschelte den Koffer. »Das muss mit. Es könnte uns nützlich sein.«

»Du hast doch nicht etwa …?« Lorena vollendete den Satz nicht. Stattdessen kniete sie nieder und öffnete den Koffer.

Drei Schwerter schimmerten im Glanz der Sterne. Ihre Griffe waren kunstvoll verziert, die Klingen schienen tödlich scharf geschliffen. Daneben lagen drei Pistolen und einige Magazine mit Munition.

»Raika, das kannst du nicht machen«, stieß Lorena aus. »Diese Schwerter sind sehr wertvoll. Sie werden außer sich sein, wenn sie es bemerken.«

»Sie werden so oder so außer sich sein«, entgegnete Raika. »Der Verlust der Schwerter ist da sicher das Geringste, über das sie sich Gedanken machen, und uns können sie vielleicht irgendwann das Leben retten.«

Lorena schauderte. »Ich will nicht mordend durchs Land ziehen.«

»Ich auch nicht«, bekannte Raika, »aber wenn die Wanderer uns entdecken, werden sie nicht lange fackeln, und ich habe lieber was zur Hand, mit dem ich mich verteidigen kann.«

Lorena hatte wieder das Bild des abgetrennten Kopfs vor Augen, der in Alcatraz durch den Gang rollte. Der Kopf, den sie dem Wächter von den Schultern geschlagen hatte!

»Dann will ich nur hoffen, dass es ihnen nicht gelingt, uns aufzuspüren.«

»Das hoffe ich auch«, stimmte ihr Raika zu. Sie schwiegen und hörten, wie entfernt eine Uhr schlug.

»Wo bleibt Lucy«, flüsterte Lorena. »Sie wird es sich doch nicht anders überlegt haben?«

Ein leichter Luftzug über ihren Köpfen ließ sie aufsehen. Dann landete Lucy zwischen ihnen und faltete ihre Flügel ein.

»Nein, ich habe es mir nicht anders überlegt«, sagte sie. »Nur keine Panik. Es ist alles bereit.«

Im Gegensatz zu den beiden anderen hatte Lucy gar kein Gepäck bei sich. »Ich bin es gewohnt, mit nichts auszukommen«, sagte sie mit einem Schulterzucken.

Lorena drängte zum Aufbruch. »Sehen wir zu, dass wir wegkommen.«

Raika hatte nichts dagegen. Sie schlüpfte in ihre Motorradjacke und schwang sich den Rucksack über die Schulter. Dann griff sie nach dem Koffer mit den Waffen. Zielstrebig folgte sie den gewundenen Heckengängen bis zum zweiten Ausgang, der sie in der Nähe der Südmauer aus seinen Schatten entließ. Sie folgten einem halb überwachsenen Pfad zwischen Blumenrabatten, bis er einen Knick nach Westen machte.

»Dort drüben zwischen den Eichen«, raunte Lucy und deutete auf die beiden Bäume, deren Äste sich über die südwestliche Mauerecke des Anwesens reckten. Die Mauer war auch hier fast fünf Meter hoch, aber das war für die Nachtmahre kein Hindernis. Sie schlüpften unter den Ästen durch und entfalteten ihre Schwingen. Lautlos erhoben sie sich in die Luft, überwanden die Mauer und landeten auf der anderen Seite am Ende einer Wiese auf einem Wanderweg, der das üppig grüne Gras von einem Wäldchen trennte. Ein Abzweig des Schotterwegs führte zu einer Hütte, die offensichtlich Raikas Ziel war. Sie ging um die Hütte herum und öffnete das zweiflügelige Tor mit einem altmodisch anmutenden Schlüssel.

»Voilà!«, sagte sie mit einer ausladenden Handbewegung.

In der Hütte stand Raikas Motorrad und daneben ein knallroter Porsche 911.

Lorena stöhnte. »Auffälliger ging es nicht?«

»Dir kann man es auch nicht recht machen«, maulte Raika. »Mir wäre der orangefarbene McLaren auch lieber gewesen, aber ich konnte ihn nicht finden.«

»Meinst du nicht, dass der Eigentümer den Porsche längst als gestohlen gemeldet hat?«

Raika schüttelte den Kopf. »Das glaube ich nicht. Der ist noch eine Woche lang in der Karibik, und wenn kein anderer derweil in die Garage schaut, dann merkt so lange niemand etwas. Außerdem habe ich die Nummernschilder ausgetauscht. Diese gehören zu einem Unfallwagen, der vermutlich gar nicht mehr fahren wird.«

Lorena nickte anerkennend. »Du hast dir wirklich Gedanken gemacht. Aber der Wagen ist ein Zweisitzer!«

Raika nickte. »Ich lass doch mein Motorrad nicht zurück. Ich gebe zu, da bin ich ein wenig sentimental.«

Sie warf ihren Rucksack in den kleinen Kofferraum und schob den Koffer mit den Schwertern hinter die beiden Sitze. Dann schwang sie sich auf ihre Maschine und schob sie aus dem Schuppen. Lorena setzte sich hinter das Steuer des Sportwagens, und Lucy nahm auf dem Beifahrersitz Platz. Vorsichtig manövrierte Lorena den Porsche anschließend durch das Tor.

»Und los geht es!«, jubelte Lucy.

Lorena dagegen hatte ein mulmiges Gefühl, das sich schwer in der Magengegend ausbreitete. Wohin sollten sie fahren und wie sich auf Dauer vor den anderen Nachtmahren und den Wanderern des Councillors verbergen? War das wirklich eine gute Idee, oder führte sie die anderen und ihr Kind geradewegs in die Katastrophe?

Lucy schien zu spüren, was in ihr vorging. »Ist es für Skrupel nicht ein wenig zu spät?«

Lorena nickte mit grimmiger Miene. »Ich hoffe nur, dass wir das nicht bereuen müssen.«

Lucy zuckte mit den Schultern. »Red nicht, gib Gas, sonst fahre ich.«

Lorena runzelte die Stirn. »Hast du denn einen Führerschein?«

»Nein«, gab Lucy heiter zu. »Aber so schwer kann das ja nicht sein.«

Statt einer Antwort legte Lorena den Gang ein und gab Gas. Der Kies spritzte nach allen Seiten, als sie über den Wanderweg Richtung Straße schossen und dann mit einem Schlenker auf den Asphalt einbogen. Lucy jauchzte, als der Porsche noch einmal hin- und herschlingerte. Als der Wagen sich gefangen hatte, beschleunigte Lorena, um Raika nicht aus den Augen zu verlieren, die es wieder einmal mächtig eilig hatte. Die beiden wurden in die Sitze gedrückt. Sie folgten Raika, die auf die Bayswaterroad einbog. Aus den Augenwinkeln sah Lorena einen orangefarbenen Sportwagen an der nächsten Kreuzung stehen, als sie mit deutlich überhöhter Geschwindigkeit vorbeischossen.

»Das Motorrad!«, rief der Fahrer des orangefarbenen McLaren. »Die Frau, hast du sie gesehen?«

Der Mann auf dem Beifahrersitz nickte. »Oh ja. Auferstanden von den Toten.« Er stieß einen Pfiff aus, als der rote Porsche an ihnen vorbeiraste. »Und noch mehr Nachtmahre, die längst verrottet sein sollten«, sagte er, ohne seine Emotionen, die ihn vielleicht bewegten, zu zeigen.

»Die auf dem Motorrad ist Raika«, rief William. »Ich bin ihr in Oxford begegnet.«

»So?« Das Lächeln des Councillors war etwas anzüglich. »Die in dem Porsche sind jedenfalls die gute Lucy und Lorena, die Eclipse. Willst du nicht ein wenig mehr Gas geben, damit wir sie nicht verlieren?«

Das ließ sich William nicht zweimal sagen. Wie ein Pfeil jagte der Wagen hinter dem Porsche her, der vor der nächsten Kurve ein wenig langsamer wurde.

»Langsamer!«, schrie der Duke plötzlich.

William trat auf die Bremse. Die Reifen quietschten, doch der Wagen hielt die Spur. »Was?«

»Sieh, da oben!«

Vier Schatten huschten über den Nachthimmel. Zwei zischten über den Porsche hinweg, während sich die anderen beiden zurückfallen ließen.

»Nachtmahre«, hauchte William.

»Ja, und ich frage mich, was das zu bedeuten hat«, sagte sein Vater.

Die zwei vorderen hatten den Wagen überholt und landeten mitten auf der Straße.

»Das geht schief«, rief William, doch er konnte den Blick nicht abwenden. Sie hörten die Bremsen des Porsche und sahen, wie er schlingerte.

William keuchte. »Das schaffen die nie!« Vor seinem inneren Auge sah er bereits, wie der Sportwagen die beiden Nachtmahre auf der Straße erfasste, doch die Fahrerin verlor die Nerven und riss das Steuer herum. Der Wagen schwenkte scharf nach links, tauchte in einen Graben ab, wurde wieder emporgeschleudert und krachte dann in den Stumpf einer abgesägten Weide.

»Stopp!«, rief der Councillor. »Schnell, hier rechts rein.«

William brachte den Wagen hinter einem Gebüsch zum Stehen. Sie wandten sich um und sahen die beiden Nachtmahre zu dem rauchenden Wrack stürzen. Die beiden anderen Guardians landeten neben dem zerbeulten Fahrzeug. Sie trugen Schwerter an ihren Seiten und zogen nun die Klingen aus der Scheide, sodass sie gefährlich im Sternenlicht aufblitzten.

»Verdammt!«, fluchte William. »Das wäre unsere Chance gewesen, an sie ranzukommen. Ich hatte recht! Sie haben den Flugzeugabsturz überlebt.«

»Um nun bei einer Spritztour zu sterben?« Winston Campbell kratzte sich am Kinn.

»Für mich sah das eher wie eine Flucht aus«, meinte William. »Was? Warum siehst du mich so an?«, wollte er wissen.

»Vielleicht, weil du etwas sehr Erhellendes gesagt hast.«

»Sollen wir aussteigen und sie uns holen?«

Nun lag im Blick des Councillors wieder etwas Verächtliches. »Mit wie vielen Nachtmahren nimmst du es auf? Wie gut bist du mit dem Schwert?«

»Es sind nur Frauen«, begehrte William auf.

»Nachtmahre«, korrigierte Winston Campbell. »Das dort drüben ist Maddison, die dir mit ihrem ersten Streich den Kopf von den Schultern schlagen würde. Ich habe diese Nachtmahre in Alcatraz kämpfen gesehen, und ich sah meine Wanderer sterben. Was, denkst du, machen sie mit einem ganz normalen Jungen?«

Den Nachtmahren war es inzwischen gelungen, die

Türen des Unfallwagens zu öffnen. Sie beugten sich über die beiden Insassen, befreiten sie von ihren Gurten und zogen sie dann aus dem Wrack. Die beiden Männer reckten die Köpfe, als die Nachtmahre die blutüberströmten Körper ins Gras legten. Die Verletzten bewegten sich nicht. Sie schienen nicht bei Bewusstsein.

»Vielleicht war der Zufall heute auf unserer Seite«, sagte William. »Meinst du, sie sind dieses Mal tot?«

Der Duke schüttelte den Kopf. »Ich vermute nicht. Es gehört mehr dazu, einen Nachtmahr zu töten. Solange sein Herz nicht durchbohrt ist und der Kopf auf seinen Schultern sitzt, kann er sich wieder erholen. Darin gleichen sie uns Wanderern.«

»Fällt dir etwas auf?«, fuhr William fort. »Der Erwählte, dieser Jason, ist nicht bei ihnen.«

Der Duke nickte. »Das ist in der Tat interessant. Er war nur ein ganz gewöhnlicher junger Mann. Ich vermute, er ist tatsächlich bei dem Absturz ums Leben gekommen. Los, lass uns fahren, solange sie noch mit sich selbst beschäftigt sind und nicht auf uns achten. Wir bleiben auf diesem Weg hier und nehmen dann die nächste Straße.«

William ließ den Motor wieder an und folgte dann dem von Hecken gesäumten, schmalen Weg. »Wo ist eigentlich Raika geblieben?«, fragte er plötzlich.

Der Duke legte die Stirn in Falten. »Sie ist nicht zurückgekommen. Vielleicht lohnt es sich, ihre Spur aufzunehmen. Die anderen werden jetzt erst einmal nach Gryphon Manor zurückkehren, wo sie vor meinen Wanderern leider in Sicherheit sind.«

Kapitel 4

STRAFE

Um sie herum war es dunkel. Schmerz war das Erste, das wieder durch ihr Bewusstsein flutete. Sie schwebte von zwei Händen getragen durch die Luft, dann näherte sich diese Kraft, die sie plötzlich umgab. Zorn peinigte ihre Seele. Sie konnte Stimmen hören, die sich entfernten. Zurück blieben nur das Wispern in ihrem Geist und der Schmerz ihres Körpers, der ihn in Krämpfen schüttelte. Warm rann das Blut an ihren Beinen herab. Sie bäumte sich auf und schrie. Wieder Hände, die sie niederdrückten. Der Schmerz steigerte sich immer mehr. Als er schließlich abebbte, hoffte sie, dass sie nun sterben würde und vergessen, denn schon während sie wieder in die Bewusstlosigkeit versank, wusste sie, dass sie nun alles verloren hatte.

Doch sie starb nicht. Ein Nachtmahr war ein robustes Wesen voller Magie, dessen Körper sich auf wundersame Weise von den schlimmsten Verletzungen erholen konnte. Aber während es ihrem Körper langsam besser ging, wurde der Schmerz ihrer Seele immer heftiger. Wie lange würde es ihr noch gelingen, in den sanften Armen der Ohnmacht Zuflucht zu finden? Schon drang eine klare Stimme an ihr Ohr.

»Verflucht, nun mach die Augen auf. Ich spüre, dass du wach bist!«

Ein Lichtschein näherte sich und peinigte sie, doch sie

hielt die Augen weiterhin geschlossen. So einfach, wie ihr die Augenlider gehorchten, so schwer ließen sich die Gedanken befehligen. Unbarmherzig tanzten sie um die schmerzhafte Gewissheit: Sie hatte ihr Kind verloren. Jasons Kind. Das Letzte, was ihr noch von ihm geblieben war. Nun hatte sie nichts mehr außer ihrem Schmerz. Vielleicht klammerte sie sich deshalb an ihn und versuchte, alles andere von sich fernzuhalten.

Sie spürte eine Hand, die nach der ihren griff. »Mach die Augen auf!«

Der Befehl drang in sie ein und peinigte ihren Geist. Sie kämpfte gegen ihn an, doch sie spürte, wie der Widerstand schwächer wurde und ihr Wille schließlich nachgab. Lorena öffnete die Augen und sah in Lucys Gesicht, das sich über sie beugte.

War das wirklich Lucys Gesicht? Sehr viel Ähnlichkeit hatten die verquollenen Züge mit den Schrammen und Blutergüssen nicht mit dem Gesicht ihrer schönen Schwester. Auch die Hand, welche die ihre hielt, war verbunden.

Sie atmete geräuschvoll aus, sodass es wie ein Stöhnen und ein Seufzer zugleich klang.

»Endlich wirst du wach. Ich dachte schon, du hättest – ich meine, der Unfall hätte dich umgebracht.«

Lorena hob ein wenig den Kopf an, doch der stechende Schmerz ließ sie zusammenzucken.

»Bleib liegen. Du hast dir ganz schön den Kopf angeschlagen. Ich nehme an, da drinnen ist noch so einiges durcheinander. Außerdem sind ein paar Rippen gebrochen, und, na ja …« Sie brach ab und sah zur Seite, doch Lorena wusste, was sie nicht aussprach. In Gedanken vervollständigte sie den Satz.

… und dein Kind ist tot.

Lorena spürte, wie ihre Augen brannten, doch sie konnte nicht weinen. Es war zu schrecklich. Vermutlich stand sie noch unter Schock. Der Schrecken von Jasons Tod rollte wieder wie eine Sturmwelle über sie hinweg.

Lucy drückte erneut ihre Hand. »Es tut mir ehrlich leid, aber die sind einfach mitten auf der Straße gelandet. Sienna und Grace, erinnerst du dich? Du hast es nicht übers Herz gebracht, sie zu überfahren, und wolltest ausweichen. Tja, und da sind wir dann in den Graben gefahren und gegen den Baumstumpf. Und in dieser blöden Karre sind nicht einmal die Airbags aufgegangen«, fügte sie hinzu. »Deshalb haben wir ganz schön was abgekriegt, aber das wird schon wieder.«

Lorena starrte sie an. Ja, ihr Körper würde wieder heilen. Sie waren Nachtmahre. Sie starben nicht so einfach, aber das Kind in ihr, auf das alle so viel Hoffnung gesetzt hatten, das war gestorben, noch ehe es die Chance gehabt hatte, zu leben.

Etwas quälte sie an diesem Gedanken, neben dem eigentlichen Verlust. Wie konnte das sein? Die Erbin würde nicht geboren werden. Sie würde die Nachtmahre nicht in eine neue, große Zeit führen. Wie konnte sich die Prophezeiung so irren? Das war nicht richtig.

Das war nicht möglich!

Lorena sank zurück ins Dunkel, doch die Frage marterte ihren Geist weiter und raubte ihr die Ruhe.

Sie wusste nicht, wie viel Zeit vergangen war, bis sich ihr Bewusstsein wieder an die Oberfläche kämpfte und sie Lucys Gegenwart spürte. Ihre Schwester saß noch immer oder schon wieder an ihrem Bett. Nun nahm Lorena auch die Geräusche und Gerüche ihrer Umgebung wahr. Sie öffnete die Augen und richtete sich trotz ihrer Kopfschmerzen auf. Ihr Blick fiel auf ihre Hand, aus deren Verband schmale Finger mit abgebrochenen Nägeln ragten.

Offensichtlich hatte sie sich während ihrer Ohnmacht zurückverwandelt. Dann wanderte ihr Blick zum Fenster, durch das trübes Licht in den Raum fiel, der ihr nicht bekannt vorkam. Sie lag nicht in ihrem Bett in ihrem Zimmer, das sie über Monate in Gryphon Manor bewohnt hatte. Dieses war viel kleiner und nur spartanisch eingerichtet. Auch die Fenster waren kaum größer als die ihres Badezimmers in ihrer Wohnung in London.

Nein, daran wollte sie nicht denken. Das würde nur den Schmerz wieder neu entfachen.

Lorena konzentrierte sich abermals auf den Raum. Zwei schmale Betten standen an den gegenüberliegenden Wänden. Unter dem Fenster war ein quadratischer Tisch zu sehen. Sonst war der Raum leer. Es war kühl hier drinnen und feucht.

Das Zimmer erinnerte sie an …

»Na, wie gefällt dir unser Gefängnis?«, fragte Lucy. »Ich war ja schon lange nicht mehr eingesperrt. Vielleicht hätte ich es demnächst vermisst!«

»Wo sind wir?«, fragte Lorena mit krächzender Stimme.

»In Gryphon Manor, wo sonst? In einem der Türme. Sie haben uns gleich nach dem Unfall hierher zurückgeschleppt.«

»Was ist mit Sienna und Grace? Habe ich sie überfahren?«

Lucy schnitt eine Grimasse. Vermutlich hatte auch sie die Szene wieder vor Augen: die schmale, nächtliche Straße, die der Porsche entlangschoss, die beiden Schatten, die plötzlich über ihnen waren und dann mitten auf der Straße landeten. Sie konnte noch ihre weit aufgerissenen Augen sehen, als sie auf die Bremse trat und das Lenkrad herumriss.

»Nein, hast du natürlich nicht. Du hast versucht auszuweichen und uns das hier eingebrockt!« Lucy seufzte. »Na ja, vermutlich hätte ich sie auch nicht einfach überfahren. Ich mag Sienna, und soweit ich es mitbekommen habe, ist auch Grace in Ordnung. Sie hatten übrigens von Mylady persönlich die Order, uns zu überwachen. Was ihnen nicht ganz so gut gelungen ist«, stellte Lucy mit Befriedigung fest.

»Dennoch haben sie unseren Ausbruch vereitelt«, widersprach Lorena.

»Ja, leider. Mylady ist so sauer auf die beiden, dass sie auch Sienna und Grace hat einsperren lassen. Sie sind in dem Raum unter uns. Morla hat irgendwas davon geschwafelt, dass sie über die beiden Gericht halten würden.«

»Weil sie unsere Flucht nicht rechtzeitig verhindert haben«, stellte Lorena fest.

»Ja, das auch, aber ich glaube, die Lady ist vor allem sauer, weil sich ihre hohen Pläne wegen dieses Erben nun in Luft aufgelöst haben und die Prophezeiung hiermit hinfällig ist.« Ein erschrockener Ausdruck trat auf ihre Miene.

Lorena seufzte und schloss ihre Hände um ihren Bauch. »Ich weiß, ich habe das Kind verloren.«

Beide schwiegen eine Weile, ehe Lucy wieder das Wort ergriff: »Ich möchte ja wirklich wissen, wie sie von unserem Plan erfahren haben. Hat da vielleicht jemand seinen Mund nicht halten können?« Sie starrte Lorena an.

»Ich habe ganz sicher nichts gesagt, und ich habe vor

allem vermieden, Morla zu begegnen. Sie kann vermutlich genauso gut Gedanken lesen wie die Lady selbst.«

»Ich bin ihr auch nicht begegnet, aber vielleicht war es Raika.«

Lorenas Blick huschte durch den Raum, obgleich ihr längst klar war, dass Raika nicht bei ihnen war.

»Was ist mit ihr? Weißt du etwas?«

Lucy zuckte nur die Achseln. »Sie hat uns hängen lassen. Wie das so ihre Art ist.«

Lorena widersprach. »Früher, ja, da hat sie sich um keinen geschert, aber sie hat sich geändert. Wir sind Freunde geworden.«

»Deshalb ist sie auch auf ihrem Motorrad davongebraust und hat uns bei den Guardians gelassen, die uns hierher zurückgeschleppt haben«, konterte Lucy.

»Sie hätte es nicht verhindern können«, stellte Lorena fest. »Warum hätte auch sie sich wieder einfangen lassen sollen? Sie hat am wenigsten mit diesem ganzen Schlamassel zu tun. Alleine konnte sie nicht verhindern, dass man uns zurückbringt. Immerhin haben sie uns versorgt und unsere Wunden verarztet.«

»Ja, wie schön«, ätzte Lucy. Sie erhob sich und kehrte zu ihrem eigenen Bett zurück. Vorsichtig ließ sie sich darauf nieder. Sie schien ebenfalls unter starken Schmerzen zu leiden. Davon sprachen die Grimassen, die sie zog.

»Es tut mir leid!«, hauchte Lorena.

»Mir auch«, gab Lucy zurück. Sie setzte sich auf ihr Bett, zog die Beine hoch und umschlang sie mit den Armen. »Ich bin Gefängnisse so leid!«

»Hat irgendjemand gesagt, wie es mit uns weitergehen soll?«, fragte Lorena vorsichtig.

Lucy schüttelte den Kopf. »Nein, Mylady hat sich noch nicht herabgelassen, uns unser Strafmaß mitzuteilen. Sie zieht es vor, uns noch ein wenig schmoren zu lassen.«

»Sie kann uns nicht ewig hier in diesem Turmzimmer einsperren«, meinte Lorena.

»Ach nein?«, entgegnete Lucy. »Warum sollte sie nicht? Wer könnte sie daran hindern? Es gibt da draußen keinen, der sich um uns schert oder der überhaupt davon weiß.«

»Außer Raika«, widersprach Lorena.

»Ja, außer Raika«, stimmte Lucy ihr zu. »Und, meinst du, sie holt die Kavallerie, um uns zu befreien?«

Beide schwiegen bedrückt. Nein, wie sollte Raika es schaffen, sie hier herauszuholen, wenn sie überhaupt an so etwas dachte. Wenn sie die Schwestern nicht bereits vergessen hatte.

Die Tage verstrichen, ohne dass sie die Lady oder Morla zu Gesicht bekamen oder auch nur erfuhren, was man mit ihnen vorhatte. Jeden Tag kam Audry, brachte Essen und eine Waschschüssel und auch mal frische Wäsche, doch sie sprach kein Wort mit ihnen. Nur einmal erhaschten sie ein paar Brocken eines Gesprächs, das nahe ihrer Tür geführt wurde. Offensichtlich ging es Sienna und Grace nicht besser. Auch sie waren noch immer eingesperrt.

Wenigstens ging es mit Lorenas und Lucys Genesung schnell voran – zumindest, was die körperlichen Verletzungen anging. Nachtmahre waren robuste Wesen, deren Körper während der Wandlung erstaunliche Heilkräfte hervorbrachten. Bereits nach einer Woche litten sie kaum mehr Schmerzen. Die Wunden hatten sich geschlossen und würden bald nicht mehr zu sehen sein. Keine Narbe würde die makellose Haut der Nachtmahre verunstalten. Nur der seelische Schmerz blieb und peinigte Lorena bei Tag und bei Nacht.

Eine weitere Woche verstrich in grauer Eintönigkeit, während draußen der englische Sommer die Rosen im Park erblühen ließ, sodass ihr Duft bis in ihr Turmzimmer drang. Wieder einmal vernahmen sie Audrys Schritte, die sich der Tür näherten, doch dieses Mal trug sie kein Essenstablett in den Händen. Lorena und Lucy spürten die Spannung, die eine Veränderung ankündigte. Sie erhoben sich von ihren Betten.

»Was, kein Essen?«, beschwerte sich Lucy, doch auch sie musterte Audry aufmerksam und versuchte, in ihrer Miene zu lesen, aber die alte Hüterin war so verschlossen wie Morla.

»Ihr könnt später essen. Jetzt bringe ich euch zu Mylady.«

»Ach, sie lässt sich herab, mit uns zu sprechen?«, rief Lucy. »Wie gnädig. Wir sind durchaus neugierig, wann wir hier endlich rausgelassen werden.«

Audry erwiderte nichts. Sie hielt ihnen lediglich die Tür auf. Lorena und Lucy folgten ihr die Wendeltreppe hinunter und dann durch die große Halle zu ihrem Salon. Vor der Tür trafen sie auf Grace und Sienna. Die stolzen Guardians wirkten blass und elend. Sie schwiegen.

»Ruhe«, zischte Audry, als Lucy sie ansprach. Dann wurde die Tür geöffnet, und Morla ließ sie eintreten.

Stumm standen die vier vor der Lady, den Blick gesenkt. Wie üblich gestattete die Lady ihnen nicht, sie anzusehen.

Lorena wusste nicht genau, was sie erwartet hatte: Anklagen, Vorwürfe, eine zornige Rede oder Worte der Enttäuschung, so hintergangen worden zu sein, und dann die

Verkündung einer Strafe, doch die Lady schwieg. Lorena spürte nur den Blick, der sie durchdrang und in ihrer Seele wühlte. Es begann in ihren Ohren zu summen, als der Druck anstieg, der sie zusammenzupressen schien. Dann endlich vernahm sie Worte in ihrem Geist, die aber an Sienna und Grace gerichtet waren.

Es war eure Aufgabe, die Eclipse zu bewachen und die ungeborene Erbin zu schützen. Ihr habt versagt! Es ist euer Fehler, dass die einmalige Chance der Nachtmahre verloren ist. Ihr tragt genauso viel Schuld an dem Verlust wie die Eclipse und ihre Schwester selbst, deren Verhalten von unfassbarer Niedertracht und dem Fehlen jeder Loyalität ihren Mitschwestern gegenüber zeugt. Ihr wisst, welche Strafe ihr verdient habt.

Lorena erwartete, dass die Lady nun sie und Lucy mit Vorwürfen überschütten würde, doch stattdessen strafte sie die beiden mit Missachtung, die auf ihre Seelen drückte und ihnen jeden Lebensmut auszusaugen schien.

»Audry, lass die Wagen vorfahren!«, befahl Morla, dann waren sie entlassen.

Lucy und Lorena tauschten verwirrte Blicke. Was hatte das zu bedeuten? Lucy hob nur unmerklich die Schultern, während Audry und zwei der Diener sie durch die Halle und das Tor hinausbegleiteten.

Zwei Wagen fuhren vor. Grace und Sienna nahmen auf der Rückbank des ersten Autos Platz, während Audry vorn einstieg. Lorena und Lucy wurden zu dem zweiten schwarzen Luxuswagen geführt. Am Steuer saß der Chauffeur, der Lorena schon etliche Male nach Gryphon Manor gefahren hatte. Auf dem Beifahrersitz nahm Morla Platz. Lorena beschlich ein ungutes Gefühl. Was zum Teufel hatte das zu bedeuten?

Das Tor öffnete sich, und die beiden Wagen glitten hinaus.

»Wohin fahren wir?«, wollte Lucy wissen, doch Morla hüllte sich in Schweigen.

Den Geschwistern wurde viel Geduld abverlangt. Stunde um Stunde fuhren sie durch die grüne Landschaft, ohne dass ihr Fahrer oder Morla bereit gewesen wären, auch nur ein Wort zu sagen. Lorena versuchte zu erraten, was ihr Ziel sein könnte. Sie fuhren die ganze Zeit in nördliche Richtung, passierten Leicester und Nottingham.

»Ah, ein Besuch bei Robin Hood«, scherzte Lucy, doch Lorena war es alles andere als zum Spaßen zumute. Sie spürte etwas Grauenvolles auf sie zukommen, konnte sich aber nicht denken, was das sein könnte und wozu sie diese lange Strecke fuhren. Wenn die Lady sie zu strafen gedachte, hätte sie dann nicht jede Sanktion auch in Gryphon Manor durchführen können?

Ein Abzweig nach Sheffield huschte vorbei, dann Leeds. Eine weitere Stunde später näherten sie sich der Ostküste des Königreichs.

»Jetzt sind wir bald in Schottland«, sagte Lucy.

Lorena zermarterte sich den Kopf, ob Schottland irgendeine Bedeutung hatte, doch es fiel ihr nichts ein.

»Wenn wir in Edinburgh sind, will ich was zu essen«, beschwerte sich Lucy, doch wieder kam keine Reaktion. Allerdings bogen sie jetzt von der Hauptstraße ab und folgten einer kleineren Landstraße. Ein Hinweisschild am Straßenrand mit dem Bild einer Burgruine erregte Lucys Aufmerksamkeit.

»Roxburgh … das sagt mir irgendetwas.« Grübelnd zog sie die Stirn kraus.

Lorena sah sie nur fragend an.

»Warum nur muss ich dauernd an den Councillor denken«, murmelte Lucy und stieß dann einen Pfiff aus. »Der Councillor! Winston Campbell ist der Duke of Roxburgh!«

Lucy hatte recht. Jetzt, als sie es aussprach, erinnerte sich auch Lorena, den Titel schon einmal gehört zu haben. Aber was hatte das zu bedeuten?

Sie überquerten den Tweed, fuhren durch das Städtchen Kelso und bogen dann links ab. Der vordere Wagen kam vor einem prächtigen, schmiedeeisernen Tor zum Stehen. Floors Castle. Die tief stehende Sonne ließ das goldene Wappen aufblitzen. Rechts und links der steinernen Säulen ließen weitere Gitterelemente den Blick auf das Anwesen frei. Rechts erhob sich ein schmales Wäldchen, links fiel der Park zum Ufer des Tweed ab. Gesäumt wurde die herrschaftliche Zufahrt von zwei Torhäusern, aus denen nun ein paar grimmig dreinsehende Männer mit Kurzhaarschnitt traten, die Lorena an die Wanderer erinnerten, gegen die die Nachtmahre in Alcatraz gekämpft hatten.

»Was wird denn das?«, fragte Lucy leise, doch keiner konnte oder wollte ihr antworten. Lorena schüttelte nur fassungslos den Kopf, als sich am Wagen vor ihnen die hinteren Türen öffneten und Sienna und Grace ausstiegen. Der Kofferraum klappte auf. Sienna zog sich hinter die Klappe zurück. Als sie wieder in Sicht kam, hielt sie ihr Schwert in den Händen. Auch Grace trug nun eine Waffe. Die Türen und der Kofferraum klappten wieder zu, und der Wagen setzte ein Stück zurück. Die beiden Frauen standen nebeneinander, die Schwerter gesenkt, und starrten die Männer an, die langsam näher kamen und begannen, sie einzukreisen. Inzwischen waren sie zu acht. Einige hatten Pistolen gezogen und zielten auf die beiden Nachtmahre. Drei der Männer trugen Schwerter.

Lucy sog scharf die Luft ein. »Verdammt, das wird eine Hinrichtung!«

Die Sonne näherte sich bereits dem Horizont. Wenn die Männer noch ein paar Augenblicke verstreichen lassen würden, könnten sich die beiden wandeln und einfach davonfliegen. Doch dies waren nicht irgendwelche Männer. Dies waren die Warriors des Councillors, deren Aufgabe es war, Floors Castle vor den Nachtmahren zu schützen. Sie waren gut ausgebildet und für den Einsatz trainiert! Sie würden nicht zögern, das konnte Lorena spüren.

Obgleich sich die beiden Nachtmahre nicht rührten, richteten sich noch mehr Waffenläufe auf sie. Die Sonne würde gleich versinken. Ihre roten Strahlen ergossen sich über die Nachtmahre und die dunkel gekleideten Männer. Der Augenblick der Entscheidung war gekommen.

»Feuer!«, befahl der Mann in der Mitte. Seine Männer gehorchten.

Es ging so schnell, dass Lorena den Blick nicht abwenden konnte. Sie sah, wie die beiden Frauen von Geschossen zerfetzt wurden. Ihr Brustkorb wurde geradezu zersiebt. Ihr Herzblut spritzte nach allen Richtungen. Aus dieser kurzen Distanz schoss keiner der Wanderer daneben. Die Nachtmahre waren sofort tot. Die Schwerter fielen ihnen aus den Händen und schlugen klirrend auf dem Boden auf, noch ehe ihre leblosen Körper ihnen folgten und sie in ihrer eigenen Blutlache liegen blieben. Der Mann, der den Befehl gegeben hatte, steckte seine Pistole weg und sprang nach vorn. Er zog sein Schwert und schlug mit einer einzigen Bewegung Sienna den Kopf ab. Der zweite Streich enthauptete Grace.

Lucy stieß einen Schrei aus. Lorena war so entsetzt, dass sie nicht einmal atmete. Die Türen neben ihnen schwangen auf.

»Aussteigen!«

Sie konnten sich gegen den Befehl nicht wehren. Es war, als würde eine kräftige Hand sie aus dem Wagen befördern.

Jetzt sind also wir dran, fuhr es Lorena durch den Kopf. *Jetzt sterben auch wir im Kugelhagel, und sie werden uns, um ganz sicherzugehen, die Köpfe abschlagen.*

Sie fühlte den Kies unter ihren Schuhen. Die Wagentüren schlugen zu, und das Auto setzte zurück. Die Männer wandten sich ihren neuen Opfern zu, doch in diesem Moment, als sie bereits ihre Waffen hoben, passierten gleich mehrere Dinge:

Die Sonne berührte den Horizont. Das Tor schwang auf, als ein Reiter auf einem mächtigen schwarzen Pferd herangeprescht kam. Ein Motor röhrte in Lorenas Ohren, und ein schwarzer Schatten raste von der Seite auf sie zu.

»Aufhören!«, schrie der Mann auf dem Pferd. »Was ist hier los?«

Die Warriors zögerten. Für einen Moment traf Lorenas Blick den des Councillors.

Die Männer ließen ihre Waffen sinken, nur der Kommandant zielte weiter auf sie. Der Motorenlärm wurde lauter. Dann huschte die Silhouette eines Motorrads in ihr Blickfeld. Lorena wurde umgerissen und geriet so für einen Moment aus der Schusslinie. Die Warriors schienen irritiert, nur der Kommandant drückte in dem Moment ab, als der letzte Sonnenstrahl verlosch.

Ein Schuss fiel und ließ Lucy herumwirbeln. Blut spritzte.

Lorenas Körper zuckte. Sie musste sich nicht auf die Wandlung konzentrieren. Sie ging so blitzschnell vor sich, dass sie sich bereits in die Luft erhob, ehe der Wanderer sie ins Visier nehmen konnte. Sie sah, wie Lucy wankte. Die in Leder gekleidete Gestalt auf dem Motorrad fing sie auf und gab Gas. Mit einem raschen Schlenker brachte sie die beiden Wagen zwischen sich und die Bewaffneten und raste dann die Straße entlang.

Die beiden Chauffeure brauchten viel zu lange, die schweren Luxuskarossen zu wenden, um die Verfolgung aufzunehmen.

Raika raste durch die Dämmerung. Lorena musste sich anstrengen, sie nicht aus den Augen zu verlieren. Ihre Gedanken wirbelten durcheinander. Wie schwer war Lucy verletzt? Brauchte sie einen Arzt? Wohin war Raika unterwegs und wo zum Teufel war sie plötzlich hergekommen?

Ich habe dir Unrecht getan, dachte Lorena reumütig. *Ich dachte, du hast uns einfach aufgegeben.* Stattdessen musste sie wochenlang das Anwesen der Lady beobachtet haben, um rechtzeitig von ihrem Aufbruch zu erfahren. An Zufall mochte Lorena nicht glauben.

Und dann war sie ihnen auf dem Weg bis nach Schottland gefolgt, um im rechten Moment einzugreifen.

Wenn es noch der rechte Moment gewesen war.

Wenn sie wenigstens Lucy noch retten konnten.

Für Sienna und Grace war es zu spät. Lorena konnte noch immer nicht glauben, dass diese Bilder, die ihr ständig durch den Geist spukten, Wirklichkeit waren. Dass die Lady die beiden Guardians – und auch Lucy und sie selbst – auf diese perfide Weise zum Tode verurteilt hatte. Dass die Wanderer die Henker waren, welche die Tat ausführen mussten, machte die Sache vielleicht sogar noch schlimmer.

Die Lady und ihre Helfer hatten sich die Hände nicht selbst mit Blut befleckt, doch Lorena war sich sicher, dass sie genau gewusst hatte, wie die Wanderer reagieren mussten, wenn mit Schwertern bewaffnete Nachtmahre vor ihrem Tor auftauchen würden.

Wenn der Councillor nicht in diesem Moment aufgetaucht wäre und seine Männer für den entscheidenden Augenblick aufgehalten hätte, würden nun auch ihre Körper von Kugeln zerfetzt vor dem Tor von Floors Castle liegen. Lorena blinzelte die Tränen weg, als in ihrem Geist das Schwert noch einmal herabfuhr, um den Guardians die Köpfe abzutrennen.

Nein, sie vermochte die Schuld nicht bei den Wanderern zu finden. Allein die Grausamkeit der Lady war für das Massaker verantwortlich.

Wie konnte sie nur zwei ihrer besten und treuesten Guardians auf diese Weise opfern? Auch Emily war von der Hand eines Wanderers getötet worden, doch das war etwas anderes. Es war ein Kampf zwischen zwei ebenbürtigen Gegnern gewesen. Die Nachtmahre waren gekommen, um sie bei Lucys Befreiung zu unterstützen. Dafür hatte Emily ihr Leben gegeben.

Wofür hatten Sienna und Grace sterben müssen? Weil sie ihren Auftrag nicht so ausgeführt hatten, wie die Lady es sich gedacht hatte? Weil sie eine Situation falsch eingeschätzt hatten, die zu diesem verhängnisvollen Unfall geführt hatte?

Wenn einer an diesem Unfall und am Tod des Kindes Schuld trägt, dann ich!, dachte Lorena bitter. *Ich bin so schnell gefahren und habe das Lenkrad zu hastig herumgerissen. Eigentlich hätte die Lady mich allein den Wanderern vorwerfen müssen.*

Ihr Zorn brannte so heiß, dass sie sich die Fingernägel in die Handflächen bohrte.

Plötzlich sah sie die Bremslichter des Motorrads aufleuchten. Raika lenkte die Maschine in den Hof eines kleinen Gebäudes, neben dessen Eingangstür ein Licht brannte. Lorena ließ sich tiefer sinken und landete neben dem Motorrad. Sie kam gerade rechtzeitig, um Lucy aufzufangen, die ohnmächtig zur Seite kippte.

»Was tun wir hier?«, erkundigte sich Lorena, die Arme um ihre Schwester geschlungen.

Raika deutete auf das Schild, das die Lampe anstrahlte. B & B. »Wir können nicht weiter. Ich kann Lucy nicht richtig festhalten, wenn sie nicht bei Bewusstsein ist. Außerdem hat sie schon viel Blut verloren. Ich werde mal fragen, ob hier noch ein Zimmer frei ist.«

Lorena sah Raika in ihrer schwarzen Lederkluft zweifelnd an. »Lass mich das lieber machen.«

Raika stellte die Hüfte aus und schenkte Lorena einen Augenaufschlag. »Meinst du, mir könnte jemand einen Wunsch abschlagen?«

Lorena schnitt eine Grimasse. »Eine Frau? Ja, durchaus.«

Sie übergab Lucy in Raikas Hände und trat dann an die Tür, um zu klingeln. Schwere Schritte waren zu hören, dann öffnete eine Frau in einem Hauskittel, die sich ein Tuch um den mit Lockenwicklern bestückten Kopf gebunden hatte.

Lorena versuchte sich an einem unschuldigen Lächeln und bat um ein Zimmer für sie und ihre beiden Freundinnen.

Die Frau nickte nur und winkte sie herein. Lorena folgte ihr in ein mit geblümten Bettüberzügen und Vorhängen liebevoll eingerichtetes Zimmer, das sogar über ein eigenes Bad verfügte.

»Da können Sie sich Tee und Kaffee machen«, sagte die Frau. »Ab acht mache ich Ihnen Frühstück mit Eiern, Bohnen, Würstchen und Kartoffeln.«

Lorena dankte und wartete, bis sich die Frau wieder in ihr Wohnzimmer zurückgezogen hatte, ehe sie Raika mit Lucy hereinholte.

Neugierde über ihre Gäste schien der Zimmerwirtin zum Glück fremd zu sein. Sie nahm weder die anderen beiden Frauen in Augenschein noch schien sie sich zu fragen, wie drei Frauen mit einem Motorrad reisen konnten und warum sie kein Gepäck mit sich führten.

Als sie Lucy auf eines der Betten gelegt hatten, ging Lorena noch einmal zu der Frau und erkundigte sich nach dem nächsten Dorf mit einer Apotheke.

Lucy war noch immer ohne Bewusstsein, als Lorena zurückkehrte. Ihr Oberteil war blutverkrustet. Raika hatte sich schon darangemacht, es ihr auszuziehen, und tupfte nun mit einem nassen Handtuch die Wunde sauber, die noch immer blutete.

»Wir müssen ihr einen Verband anlegen, um die Blutung zu stoppen.«

»Vorher muss das Geschoss raus!«, mahnte Raika an.

Lorena seufzte. »Kommt mir das alles nicht verdammt bekannt vor?« Jasons Gesicht tauchte vor ihr auf.

»Du hast das einmal geschafft, du kannst das wieder«, drängte Raika.

»Und jetzt ist Jason tot«, sagte Lorena.

»Aber nicht, weil du ihm die Kugel rausgeholt hast«, stellte Raika richtig. »Das hast du gut hingekriegt. Diese Verletzung hätte er überlebt.«

Lorena nickte. »Ja, ich weiß. Doch du verstehst vermutlich, dass ich nicht begeistert bin, wieder so eine Operation durchzuführen. Wer weiß, was das Geschoss alles verletzt hat.«

Die Wunde war unterhalb des Herzens und der Lunge, doch so genau kannte sich Lorena mit der Lage der Organe nicht aus, um zu sagen, was alles verletzt sein konnte.

»Sie ist ein Nachtmahr!«, sagte Raika betont munter. »Wenn ihr Herz nicht durchbohrt ist und ihr Kopf noch auf ihren Schultern sitzt, dann wird sie es überstehen.«

Lorena schloss schaudernd die Augen. »Sprich nicht von Köpfen!«

»Ja, das war scheußlich«, gab Raika zu, doch ihre Stimme klang noch immer ungerührt.

»Ich habe nicht einmal ein scharfes Messer, um die Kugel rauszuholen«, stellte Lorena fest. »Und kein Verbandszeug. Kein Desinfektionsmittel.«

»Wo ist die nächste Apotheke?«, wollte Raika wissen. »Du hast doch gefragt?«

Lorena beschrieb Raika den Weg zu der Ortschaft. »Die hat jetzt sicher zu«, vermutete sie.

Raika grinste. »Das hoffe ich. So werde ich keine Schwierigkeiten bekommen, dir alles, was du brauchst, zu besorgen.«

»Sei vorsichtig und beeile dich. Wir sollten das durchziehen, ehe es Tag wird.«

Raika nickte ernst. »Ja, das denke ich auch. Solange sie gewandelt ist, ist ihr Körper robuster und wird das besser wegstecken.«

Sie drückte Lorena kurz die Hand und wandte sich dann ab. »Ich bin bald wieder da«, versprach sie und verließ das Zimmer.

Kapitel 5

ELSE MASCHEK

Zwei Tage später saßen die drei Nachtmahre in einem alten Passat und fuhren auf Nebenstraßen Richtung Süden. Um Oxford und London schlugen sie einen großen Bogen und wichen bis an die Ostküste aus.

Lucy saß mit ihrem dick verbundenen Leib auf der Rückbank. Dafür, dass sie erst kürzlich die schmerzhafte Tortur hatte ertragen müssen, als Lorena und Raika ihr das Geschoss entfernt hatten, sah sie schon wieder ganz gut aus. Raika schmollte noch ein wenig und trauerte ihrem Motorrad nach, das sie gegen den unauffälligen Wagen eingetauscht hatten, doch auch sie hatte einsehen müssen, dass sie mit der Maschine nicht weiterkamen, und Lorena war strikt dagegen gewesen, schon wieder ein Auto zu stehlen. Was Raika vermutlich genauso wenig schmeckte, war ihr neues, unauffälliges Outfit, zu dem Lorena sie mit Engelszungen überredet hatte. Bisher hatte sie Raika nie anders als auffällig sexy gekleidet erlebt, doch nun steckte sie in einer – wie sie sagte – viel zu weiten Jeans und einem Shirt, das ihre Formen eher verbarg als zur Geltung brachte.

»Du bist immer noch viel zu schön, selbst wenn du dich nicht gewandelt hast«, sagte Lorena.

»Ist das ein Vorwurf?«, begehrte Raika auf und reckte das Kinn.

»Nein, eine Feststellung. Ich weiß nicht, wie du das machst. Ich kenne keinen Nachtmahr, dessen normale Gestalt seiner Nachtmahrgestalt derart ähnlich ist.«

»Und das passt dir nicht«, murrte Raika.

»Du bist einfach zu auffällig. Jeder Mann dreht sich nach dir um. Wir wollen keine Spuren hinterlassen.«

Die drei standen auf einem Parkplatz hinter einem kleinen Supermarkt, in dem sie einige Lebensmittel und Hygieneartikel gekauft hatten.

»Ist es so besser?«

Lorena und Lucy starrten sie entgeistert an und verfolgten die unglaubliche Wandlung, die ihr Gesicht, das Haar und ihre ganze Gestalt erfasste.

Keine Frage, Raika war auch so noch eine gut aussehende Frau, doch vielleicht keine mehr, an die sich jeder sofort erinnern würde, weil man einfach nur schwer den Blick von ihr abwenden konnte. Ihr Gesicht war nun nicht mehr ganz so perfekt, die Lippen weniger voll, das Haar dünner und nicht mehr so glänzend, und auch ihre Oberweite hatte merklich abgenommen.

Lorena keuchte. »Ist das deine normale, menschliche Gestalt?«

Raika schnitt eine Grimasse und zuckte mit den Schultern. »Ich vermute es.« Sie tastete nach ihren nicht mehr so üppigen Brüsten und seufzte. »So bin ich schon seit Jahren nicht mehr rumgelaufen.«

»Aber das ist ja fantastisch!«, rief Lucy.

»Was soll denn daran fantastisch sein?«, gab Raika zurück. »Ich sehe aus wie irgendeine Durchschnittstussi, nach der sich kein Kerl mehr umdreht.«

Das war natürlich übertrieben, doch Lorena stimmte

Lucy zu. »Das ist wirklich unglaublich. Du kannst deine Gestalt nach deinem Willen verändern. Wie ist das möglich?«

»Ich habe lange rumprobiert«, gestand Raika. »Ich denke, je länger ich mich nachts wandle, desto mehr Magie steht mir zur Verfügung, von der ich einen Teil mit in den Tag nehmen kann und die es mir dann erlaubt, auch zu dieser Zeit meinen Körper zu optimieren.«

»Was bedeutet, dass wir ihn auch auf andere Weise verändern können«, vermutete Lorena. »Das könnte uns helfen.«

»Was? Du willst dich absichtlich hässlich machen?«, begehrte Lucy auf. »Das mache ich auf keinen Fall!«

Lorena schüttelte den Kopf. »Nein, nicht hässlich. Auch das fällt vielleicht auf. Aber einfach ein wenig anders, damit wir nicht sofort erkannt werden.«

»Wenn wir einer der Guardians oder einer Hüterin zu nahe kommen, spüren sie unsere Magie, egal, wie wir aussehen.«

Lorena nickte nachdenklich. »Schon möglich, aber falls sie irgendwelche anderen Spione einsetzen, wären wir im Vorteil. Wir sollten es zumindest ausprobieren ... Aber jetzt lasst uns fahren.«

Sie packten ihre Einkäufe in den Wagen, sodass das Schwert, das Raika vom Boden aufgehoben hatte, nicht mehr zu sehen war. Lorena setzte sich ans Steuer, und sie verließen den kleinen Küstenort.

»Wohin jetzt?«, wollte Lucy wissen. »Fahren wir nach London? Oh bitte, ich will die Stadt sehen.«

»Nein, auf keinen Fall!«, widersprach Lorena. »Dort suchen sie auf alle Fälle nach uns.«

»Aber es gibt in deiner Wohnung ein paar Dinge, die wir

vielleicht gebrauchen könnten«, warf Raika ein. »Ich könnte heute Nacht mal hinfliegen und ein paar Sachen holen.«

Lorena dachte an die Schatulle mit den kleinen roten Pillen, die ihr die Freiheit gaben, sich bei Mitternacht nicht zu wandeln, wenn sie es nicht wollte – außer in der Nacht des Neumonds. Es wäre sicher vernünftig, sie bei sich zu haben, dennoch schüttelte sie den Kopf.

»Nein, ich denke, das ist zu gefährlich. Leider.«

»Was machen wir dann?«, wollte Lucy wissen. »Sag jetzt nicht, dass wir uns für immer und ewig in solch langweiligen Kaffs verstecken werden.«

»Nein, natürlich nicht. Wir fahren nach Hamburg.«

»Was?«, riefen Raika und Lucy aus.

»Ach, und du denkst, dass sie uns ausgerechnet in eurer alten Heimat nicht suchen werden?«, fügte Raika hinzu.

»Ich hoffe, nicht so schnell«, gab Lorena zu. »Es ist ein Risiko, aber ich denke, wir sollten es eingehen.«

»Warum?«, wollte Lucy wissen. »Dort gibt es doch nichts mehr für uns.«

»Das stimmt nicht ganz«, widersprach Lorena. »Unsere Großmutter lebt dort in einem Pflegeheim, und wenn wir Glück haben, dann ist ihr Geist noch wach.«

»Und wie sollte uns das helfen?«, fragte Raika.

»Sie weiß, glaube ich, mehr über Nachtmahre, als sie bisher zugegeben hat. Vielleicht kann sie uns wirklich helfen, und ja, ich möchte sie einfach sehen. Wer weiß, wie lange sie noch lebt.«

Raika war dagegen. »Was kann die alte Dame schon wissen? Sie ist kein Nachtmahr, oder?«

»Nein«, gab Lorena zu. »Aber ihre Mutter war eine von uns.«

»Hm.« Raika verschränkte die Arme. Sie war nicht überzeugt.

Lucy schwankte. »Ich kann mich gar nicht mehr richtig an sie erinnern. Ich würde sie schon gerne sehen. Was schadet es? Wohin sollen wir denn sonst gehen?«

»Und wie wollen wir nach Deutschland rüberkommen?«, wandte Raika ein. »Soweit ich weiß, verfügt keine von uns über einen Pass.«

»Ja, fliegen können wir auf keinen Fall«, gab Lorena zu. »Wir müssen entweder eine Fähre nehmen oder durch den Tunnel fahren.«

»Aber da brauchen wir doch auch einen Pass, oder nicht?«, vermutete Lucy.

Lorena nickte. »Eigentlich schon, deshalb müssen wir in der Nacht fahren und die Grenzbeamten ein wenig ablenken, sodass sie vergessen, uns nach den Papieren zu fragen, ja, vergessen, dass wir überhaupt da waren.«

»Der Teil des Plans gefällt mir«, stimmte Raika mit einem frechen Grinsen zu. »Ich werde den Grenzern den Kopf verdrehen, dass ihnen Hören und Sehen vergeht!«

»Äh, ja, aber nicht übertreiben. Wir wollen uns dort nicht aufhalten.«

»Nein? Ich stehe aber auf Uniformen!«, sagte Raika. »Du auch, Lucy?«

Lorena stöhnte. »Ihr zwei werdet euch gefälligst zurückhalten!«

Raika nickte. »Bis Hamburg … Aber da lassen wir es dann richtig krachen, nicht wahr Lucy? Ich erinnere mich an eine Nacht, die ich mit deiner Schwester auf der Reeperbahn verbracht habe. Da gäbe es so einiges zu erzählen. Willst du Details wissen?«

»Auf jeden Fall«, stimmte ihr Lucy zu. »Die heilige Lorena auf der Reeperbahn? Das stelle ich mir lustig vor.«

»Ja, lustig war es.«

»Ruhe jetzt!«, rief Lorena. »Das ist völlig unwichtig.«

»Und worüber sollen wir uns dann die ganze Fahrt unterhalten?«, wandte Lucy ein. »Ich langweile mich!«

Lorena verdrehte die Augen und versuchte in der nächsten Zeit, gar nicht hinzuhören, was Raika ihrer Schwester alles erzählte.

Es war bereits dunkel, als sie die kleine Stadt Folkstone an der Südostküste erreichten. Das frühere Fischerdorf war nun der Umschlagplatz für Güter und Personen zum Festland. Die drei Frauen verwandelten sich, ehe Lorena zu einem der Ticketschalter am nördlichen Portal des Tunnels fuhr.

»Oh, seht nur«, sagte Raika. »Ist der nicht schnuckelig?«

»Ruhe!«, herrschte Lorena sie an, doch der junge Mann bekam bereits glasige Augen, als er sie zu Gesicht bekam, und war kaum in der Lage, ihnen ihre Tickets auszustellen.

Lorena rollte mit den Augen. »Ein wenig mehr Hirn und Persönlichkeit wären durchaus wünschenswert«, grollte sie, als der Jüngling ihr verliebt zublinzelte und ihr bei der Übergabe der Tickets über die Hand strich. Obwohl sie noch eine Kreditkarte in der Hosentasche hatte, bezahlte sie bar und griff ihren nicht allzu üppigen Vorrat an, der ihnen bei dem Tauschgeschäft Motorrad gegen Auto geblieben war. Auf keinen Fall würden sie durch das Benutzen der Kreditkarte eine Spur legen, auch wenn sich Lorena nicht sicher war, ob die Lady und ihre Nachtmahre auf solche Daten zugreifen konnten. Es war auf alle Fälle besser, vorsichtig zu sein.

»Das ging glatt«, sagte sie erleichtert und hoffte, dass sie die Passkontrolle ebenso einfach würden vermeiden können. Sie reihten sich in die Autoschlange ein und warteten, bis sie zur Passkontrolle gelotst wurden. Gegen den Charme und die Willenskraft von drei Nachtmahren hatten die beiden Grenzbeamten keine Chance.

»Sie haben unsere Pässe bereits kontrolliert«, redete Lorena ihnen ein. »Sie wünschen uns jetzt eine gute Fahrt und lassen uns passieren!«

Die Männer gehorchten. Der Jüngere der beiden salutierte gar. Lucy kicherte. Lorena folgte den anderen Autos und ließ sich auf den Eisenbahnwagen einweisen.

»Seid froh, dass wir keine Zöllnerinnen hatten. Das wäre vielleicht zu einem Problem geworden.«

Raika machte nur eine wegwerfende Handbewegung. »Wir haben es geschafft. Das alleine zählt. Und nun?«

»Die Fahrt dauert nur eine halbe Stunde«, sagte Lorena. »Wir können im Wagen sitzen bleiben.«

»Nein, wir sitzen schon den ganzen Tag im Auto«, widersprach Lucy. »Außerdem muss ich auf die Toilette.«

»Ich auch!«, rief Raika und riss die Tür auf.

Lorena war sich sicher, dass die beiden andere Absichten hatten, doch sie wollten nicht auf Lorena hören und tänzelten pfeifend davon.

Nachdem sie wieder auf der Straße waren, wechselten sich Lorena und Raika am Steuer ab. Die Straßen waren leer, und Lorena war nicht böse, dass der Passat nicht ganz so üppig motorisiert war, wie Raika es sich gewünscht hätte.

»Bitte halte dich an die Geschwindigkeitsbegrenzung«, bat sie, ehe sie auf der Rückbank Platz nahm, um ein wenig zu schlafen.

»Warum?«, wollte Raika wissen. »Denkst du, ich werde mit einer Polizeistreife nicht fertig?«

»Nein, aber die Blitzanlagen lassen sich nicht bezirzen.«

»Und? Keiner kann uns mit dem Kennzeichen in Verbindung bringen.«

Lorena stöhnte. »Versuche bitte trotzdem, dich zu beherrschen. Wenn du rast, kommen wir in Hamburg an, ehe das Pflegeheim für Besucher öffnet. Wir können ja schlecht morgens um fünf bei unserer Großmutter aufkreuzen.«

Raika versprach, ganz brav zu fahren. Lorena wusste, dass sie es nicht tun würde, dennoch schlief sie für einige Stunden und wachte erst wieder auf, als sie sich Hamburg näherten. Da sie sich hier noch immer besser auskannte, übernahm sie wieder das Steuer. An einer Raststätte hielten sie an und gönnten sich ein ausgiebiges Frühstück, dann fuhren sie weiter durch den dichten Morgenverkehr Richtung Norderstedt und folgten anschließend dem Hinweisschild zu der »Seniorenresidenz«, wie sie sich nannte, in der Else Maschek ihr Zimmer hatte.

Lorena wurde zunehmend nervöser, je näher sie ihrem Ziel kamen. In was für einem Zustand würde sie die Großmutter antreffen? Die alte Dame war schon bei ihren letzten Besuchen immer wieder in ihre eigene Fantasiewelt abgedriftet. Oder war sie gar in den vergangenen Monaten gestorben und Lorena hatte nichts davon mitbekommen? Seit Februar hatte sie keine Post mehr erhalten. Vermutlich stapelte sich alles in ihrer Wohnung … Oder hatte ihr Vermieter sie etwa räumen lassen, nachdem sie sich von ihrer Amerikareise nicht zurückgemeldet hatte? Seltsam, in Gryphon Manor schien die Zeit anders zu verstreichen, und normale Dinge des Alltags schienen unwichtig zu werden. Sie hatte sich vielleicht zu sehr darauf verlassen, dass Mylady – wie versprochen – alles für sie regeln würde.

Die drei hatten sich bei Sonnenaufgang wieder in ihre normale Menschengestalt zurückverwandelt. Unauffällig gekleidet betraten sie am späten Vormittag das Seniorenheim und erkundigten sich nach Else Maschek.

»Zimmer achtzehn«, fügte Lorena hinzu. »Wie geht es ihr denn?«

»Gut, würde ich sagen. Wen soll ich melden?«, erkundigte sich die Pflegerin.

»Ihre Enkelinnen Lorena und Lucy und eine Freundin.«

Die Frau in hellblauer Kittelschürze und Gesundheitslatschen griff zum Telefon, während sich die drei auf den Weg machten.

Sie fanden die Großmutter in ihrem Rollstuhl auf dem Balkon. Sie wirkte durcheinander, was kein Wunder war. Hatte sie doch von Lucy zuletzt gehört, als diese als kleines Kind in jener Nacht verschwunden war. Wie alle anderen hatte sie geglaubt, sie wäre einem Unfall oder einem Verbrechen zum Opfer gefallen.

»Lucy? Du bist wirklich meine Enkelin Lucy? Aber ja. Ich sehe es in deinen Gesichtszügen«, sagte die alte Frau mit Tränen in den Augen. »Komm zu mir, mein Mädchen, und lass dich umarmen.«

Lucy folgte der Aufforderung. Ihre Miene war ungewohnt weich, und Lorena sah, dass auch ihre Augen feucht schimmerten.

»Großmutter! Ich bin so froh, dass du noch lebst und es dir gut geht.«

»Das kann ich nur erwidern, mein liebes Kind!«, sagte Else bewegt und küsste ihre Wange. »Und wer ist das?«

»Raika, ich bin eine Freundin Ihrer Enkelinnen.«

Else Maschek sah sie aufmerksam an. »Ist sie – so wie ihr?«, fragte sie dann.

Lorena nickte. »Ja. Können wir in den Park gehen, um uns ungestört zu unterhalten?«

»Das ist sicher eine gute Idee.«

Lorena schob den Rollstuhl durch den Gang und dann die Hintertür hinaus in den parkartigen Garten. Sie suchten sich eine Bank unter einem der Apfelbäume und setzten sich der alten Dame gegenüber. Natürlich musste zuerst Lucy von ihrer Entführung und ihrer langen Gefangenschaft bis zu ihrer Befreiung aus Alcatraz erzählen. Lorena fügte die gemeinsame Flucht hinzu. Es fiel ihr schwer, über Jasons Tod, die Schwangerschaft und den Unfall zu berichten, durch den sie das Kind verloren hatte. Else Maschek hörte aufmerksam zu. Nur ab und zu unterbrach sie, um eine Frage zu stellen, die ihnen zeigte, dass sie – zumindest im Moment – geistig hellwach war.

Als Lorena endete, griff sie nach den Händen ihrer Enkelinnen. »Ach, meine armen Mädchen. Was musstet ihr alles erdulden. Ich wusste immer, dass es nicht nur eine Gabe ist, so zu sein wie ihr, sondern auch ein Fluch.«

Lorena kniete sich vor die alte Frau und sah sie eindringlich an. »Großmutter, ich habe viele Fragen. Es gibt so viele Dinge, die ich nicht verstehe. Du musst uns alles erzählen, was du von deiner Mutter weißt. Hat sie je von Mylady gesprochen? Von den Wanderern und dem Councillor? Von der Prophezeiung und wie dieses Kind den Mahren zu mehr Macht verhelfen könnte?«

Else Maschek runzelte die Stirn. »Es ist alles schon so lange her. Ich muss nachdenken.«

»Ich verstehe einfach nicht, wie die Lady so etwas tun konnte!«, sprach Lorena weiter. »Sie hat die beiden Guardians ermorden lassen, nur weil sie nicht gut genug aufgepasst haben. Und uns beiden hatte sie das gleiche Schicksal zugedacht! Ich bin die Eclipse, die sie mein Leben lang hofiert und geschützt haben, doch nun, nachdem das Kind tot war, wollte sie mich einfach ebenfalls töten lassen. Wie kann sie so rachsüchtig sein, so böse?« Ungläubig schüttelte sie den Kopf.

»Stimmt, das ist doch eigentlich die Rolle des Councillors, nicht wahr? Er und seine Wanderer sind die Bösen, welche die Nachtmahre verfolgen und sie vernichten wollen«, ergänzte Lucy. »Sie haben mich entführt und gefangen gehalten, weil sie mich für die für die Nachtmahre so wichtige Eclipse hielten. Und als sie ihren Fehler bemerkten, haben sie mich benutzt, um Lorena nach Amerika zu locken, wo die Macht der Lady sie nicht so gut schützen konnte.«

Else Maschek sah ihre Enkelinnen abwechselnd an. Sie wiegte den Kopf und dachte nach. »Vielleicht ist es nicht die Frage, wer gut und wer böse ist. Die Nachtmahre und die Wanderer sind zwei Seiten einer Medaille, getrennt und verbunden durch ihre Magie, die sie länger leben lässt und ihnen magische Kräfte verleiht.«

»Wie meinen Sie das?«, wollte Raika wissen, die auffallend lange geschwiegen hatte.

»Ich sehe nicht klar. Vielleicht ist meine Erinnerung getrübt, oder sie hat es mir nie erzählt. Ihr müsstet mit ihr darüber sprechen. Sie weiß alles über die Nachtmahre.«

»Wer?«, fragten die drei im Chor.

»Meine Mutter. Ich habe Lorena von ihr erzählt, nicht wahr?«

Lorena stöhnte. »Ja, das hast du, doch sie ist vor langer Zeit gestorben. Sie kann uns nicht helfen.«

»Ach, ist sie das? Habe ich das gesagt? Ich erinnere mich nicht.«

Die Nachtmahre tauschten Blicke. Nun war es wieder so weit. Ihr Geist zog sich zurück und machte Platz für alte Erinnerungen. Im Moment würden sie nichts mehr erfahren. Lorena erhob sich und schob den Rollstuhl zum Haus zurück.

»Kommt heute Nacht wieder«, schlug Else Maschek vor. »Vielleicht besucht mich meine Mutter. Sie sieht nach mir. Sie hat mich nicht vergessen.«

»Wir kommen morgen wieder«, versprach Lorena. »Vielleicht geht es dir dann besser und du erinnerst dich an manche Dinge wieder.«

»Ja, vielleicht«, sagte die alte Dame vage. »Hast du noch deine Pillen? Du solltest sie regelmäßig nehmen und auch Lucy welche geben!«

Lorena seufzte. »Leider sind die meisten bei unserer Flucht verloren gegangen. Der Rest ist in meiner Wohnung in London. Ich habe die letzte, die ich noch bei mir hatte, zu Neumond genommen.«

Else Maschek riss die Augen auf. »Dann ist die Wirkung in wenigen Tagen vorbei! Das darf nicht sein. Ich muss sie fragen. Sie kann euch bestimmt welche beschaffen. Und eurer Freundin auch. Es ist wichtig, dass ihr Herr eurer Sinne bleibt und selbst entscheiden könnt, wann ihr euch wandelt. Ich muss sie unbedingt fragen, wenn ich sie sehe. Ich darf es nicht vergessen.«

Lucy und Lorena warfen sich gequälte Blicke zu.

»Seit wann ist sie so?«, wollte Lucy wissen, als sie zum Parkplatz zurückkehrten.

»Ich weiß nicht, aber bei meinen letzten Besuchen ist sie auch immer wieder in ihre eigene Welt abgeglitten. Wir können nur hoffen, dass sie morgen wieder klar im Kopf ist.«

Kapitel 6

AUF DEM KIEZ

Winston Campbell saß in seiner Bibliothek in Floors Castle, ein aufgeschlagenes Buch auf den Knien, doch sein Blick war unbestimmt in die Ferne gerichtet.

Draußen näherten sich Schritte. Falls er sie hörte, so ließ er es sich nicht anmerken. Dennoch zuckte er auch nicht zusammen, als die Tür geöffnet wurde und William eintrat.

»Ach, hier bist du. Porter sagte, du wolltest ausreiten. Don hat deinen schwarzen Teufel bereits gesattelt.«

Der Duke löste seinen Blick aus der Ferne und wandte ihn seinem Sohn zu. »Und warum bist du noch hier?«, erkundigte er sich. Aus seinem Ton war nicht herauszuhören, wie er zu dieser Tatsache stand.

»Störe ich dich etwa in deinem kleinen Haus?«, gab William provokant zurück.

»Du warst in den vergangenen Jahren nicht oft hier«, sprach sein Vater weiter.

»Ich hatte nicht den Eindruck, ich wäre dir willkommen. Du gibst jedem deiner ach so tollen Wanderer den Vorzug. Erst war es Grant, der kaum von deiner Seite wich, und nun der Neue, Keaton, nicht wahr? Und dieser Jackson schleicht auch dauernd ums Schloss herum. Ich kann mich nicht erinnern, dass du mich je aufgefordert hättest, nach Floors Castle zu kommen und zu bleiben.«

Winston Campbells Tonfall war noch immer neutral. »Ich habe es dir aber auch nicht verboten. Und nein, nicht jeder meiner Wanderer ist mir lieber. Es gibt Fähige und Unfähige. Auch du hättest dich mehr anstrengen können, statt dich in irgendwelchen Pubs rumzutreiben und jede Nacht nach einem anderen Mädchen Ausschau zu halten, um sie mit deinem protzigen Auto rumzukriegen.«

Er schnitt Williams Protest mit einer Handbewegung ab. »Nein, du musst dich nicht rechtfertigen. Jeder ist für sein eigenes Leben verantwortlich. Du hast deinen Weg gewählt. Nur mit einem solltest du nicht rechnen«, fügte der Duke hinzu und zeigte seine Zähne. »Dass ich dir Floors Castle in nächster Zeit vererbe. Du weißt, ich gehöre zu einer langlebigen Spezies.«

William nickte. »Oh ja, du hast es nie versäumt, mich bei jeder sich bietenden Gelegenheit darauf hinzuweisen, dass wir uns grundlegend unterscheiden.« Er hielt inne und sah seinen Vater nachdenklich an.

»Woher wusstest du es? Ich meine, so früh schon. Bereits als ich ein Kind war.«

»Dir fehlt jede Magie«, erläuterte der Duke. »Das habe ich schon kurz nach deiner Geburt gespürt.«

»Weil meine Mutter die falsche Frau war?«

»Vermutlich.«

»Ah, das Blut war nicht edel genug, um das eure zu ergänzen!«, stieß William zornig aus. »Aber sie war immerhin schön genug, dass du sie geschwängert und in den Ruin gestürzt hast.«

Winston Campbell zog die Augenbrauen zusammen. »Du solltest sachlich bleiben. Sie war mit unserer Beziehung durchaus einverstanden, und nein, ich habe sie nicht in den

Ruin gestürzt. Soweit ich es mitbekommen habe, sind die Zeiten vorbei, in denen eine ledige Mutter von der Gesellschaft verdammt wird. Ich habe deine Mutter großzügig entschädigt und dir die bestmögliche Ausbildung bezahlt.«

»Danke auch!«, ätzte William.

»Warum nur klingt alles bei dir wie ein Vorwurf? Was willst du denn noch?«

»Einen Vater! Keinen Erzeuger, dem ich gleichgültig bin.«

»Oh, du bittest um Liebe?« Es klang wie ein Seufzer.

»Wenn sie nicht da ist, kann man auch nicht um sie bitten«, sagte William resignierend.

»Liebe«, sinnierte der Duke. »Ich habe nie ganz verstanden, was das bedeutet, doch es muss etwas Starkes sein. Die Menschen machen so viele dumme Dinge der Liebe wegen.«

»Ach ja? Wie sich für andere einsetzen, für sie kämpfen, ihnen beistehen und sie glücklich machen?«

Winston Campbell nickte. »Ja, so in etwa. Und das bringt mich wieder zu dem Thema, über das ich nachgedacht habe, als du hereinkamst.«

»Darf ich erfahren, worum es geht?«, erkundigte sich William mit einer Miene, die sich bereits gegen die Abfuhr wappnete, doch der Duke nickte.

»Ja, vielleicht bist du der Richtige, der mir eine Antwort geben kann und erklären, was ich nicht verstehe.«

Williams Miene war ungläubig, als der Duke ihn aufforderte, im Sessel gegenüber Platz zu nehmen. Er ließ sich in das Lederpolster sinken und sah seinen Vater fragend an.

»Du weißt, was vor einigen Tagen vor dem Haupttor geschehen ist?«, begann der Duke.

»Nicht ganz«, sagte William. »Ich weiß, dass dort zwei

Nachtmahre erschossen und enthauptet wurden, aber es waren noch mehr da.«

»Das ist richtig«, stimmte der Duke ihm zu. »Genau genommen kamen sie in zwei Karossen von Gryphon Manor bis hierher nach Floors Castle und fuhren vor das Haupttor, wo sie damit rechnen mussten, dass meine Wanderer den Zugang zu meinem Schloss bewachen. Sie kamen in ihrer menschlichen und damit verletzlichen Gestalt, noch ehe die Sonne unterging.«

»Warum?«

»Ja, das ist die große Frage. Sie parkten ihre Limousinen und ließen zwei ihrer Guardians aussteigen, die ich bereits in Amerika gesehen habe. Sie haben vortrefflich in Alcatraz gekämpft. Beide wurden dort verletzt, nachdem sie sich tapfer geschlagen haben.«

»Ja und?«

»Sie waren dort, um der wahren Eclipse Rückendeckung zu geben, die gekommen war, ihre Schwester zu befreien, und dafür ihr eigenes Leben und das ihres Erwählten aufs Spiel gesetzt hat.«

»Und du verstehst nicht, warum sie das getan haben? Sich in Gefahr begeben, um eine von ihnen zu retten? Offensichtlich sind die Nachtmahre dir in diesem Punkt voraus: Das ist es, was man Liebe nennt.«

»Hm.« Der Duke war nicht überzeugt. »Es war Wahnsinn und hat viele in Gefahr gebracht. Aber gut, sagen wir, gerade innerhalb der Familie handeln sie so. Dann verstehe ich diese Aktion vor unserem Tor noch weniger. Diese beiden Guardians wurden mit ihren Schwertern vor unserer Tür abgesetzt, und zwar von Morla persönlich, der rechten Hand der alten Lady! Ich habe sie erkannt. Die Nachtmahre haben also nicht nur billigend in Kauf genommen, dass diese beiden Schwestern von meinen Wanderern getötet werden könnten, ich denke, genau das war ihre Absicht! Oder fällt dir eine andere Erklärung ein?«

William überlegte. »Du meinst, es war allen klar, dass die Wanderer sie töten, sobald sie sich dem Tor nähern?«

Der Duke nickte. »Aber ja. Sie würden auch jeden Wanderer töten, der vor Gryphon Manor auftaucht.«

»Also war das so etwas wie eine Hinrichtung?«

»Das ist die einzige Erklärung, die mir einfällt.«

»Waren da vor dem Tor nicht noch die beiden anderen Nachtmahre, denen es gelang, zu entkommen?«, fragte William.

»Und das macht die Sache noch mysteriöser«, sagte der Duke. »Die Schwestern Lorena und Lucy! So wie es aussah, sollten auch sie von unserer Hand sterben. Die Eclipse und ihre Schwester, für die die Nachtmahre alles Mögliche in Bewegung gesetzt haben, um sie zu schützen – schon als sie Kinder waren.«

»Und nun wollten sie plötzlich ihren Tod«, meinte William. »Das ist sehr merkwürdig, da stimme ich dir zu, doch ich denke, das Rätsel ist in dieser seltsamen Nacht zu suchen, in der die beiden mit dem Wagen verunglückten.«

Der Duke nickte langsam. »Gut, und was denkst du über diese Nacht?«

William überlegte, ehe er antwortete. »Ich denke, die Schwestern waren – zumindest in den vergangenen Monaten – nicht freiwillig in Gryphon Manor. Sonst hätten sie und Raika sich nicht nachts heimlich davonstehlen müssen. Sie haben versucht, abzuhauen, und es kam zu dem Unfall, weil die Guardians der Lady sie aufhalten wollten.«

Der Duke runzelte die Stirn und nickte dann. »Dem kann ich folgen. Doch warum sperren sie die drei erst ein – ich denke, um sie zu schützen und ihr Überleben vor uns geheim zu halten – und versuchen dann, sie von meinen Männern umbringen zu lassen?«

Wieder ließ sich William Zeit, ehe er etwas sagte. »Lorena ist die Eclipse, auf die die Nachtmahre ihre Hoffnung setzen. Wie genau lautet die Prophezeiung?«

»Es gibt mehrere Quellen, die sie erwähnen. In einer heißt es, sie wird die Nachtmahre groß und mächtig machen und in eine neue Zeit führen, denn sie wird mit dem Erwählten ein Kind zeugen, das alles verändert.«

»Und der Erwählte war dieser Jason, der bei dem Absturz umgekommen ist«, fügte William hinzu.

»So stellt es sich bislang dar.«

»Und nun ist er tot. Die Prophezeiung kann sich nicht mehr erfüllen, daher hat die Eclipse für die Lady und ihre Nachtmahre ihren Wert verloren.«

»Und dafür wollen sie sie umbringen?«, wunderte sich der Councillor. »Ich halte diese Nachtmahre ja für verrückt und für gefährlich, aber das passt nicht. Sie hat diesen Jason ja nicht umgebracht. Ganz im Gegenteil. Sie hat alles versucht, ihn zu retten.«

»Also muss sie etwas anderes getan haben, das die Lady so sehr erzürnte, dass sie sich zu solch einer drastischen Aktion hat hinreißen lassen.«

William sprang auf. »Das Kind!«, rief er. »Es geht um das Kind aus der Prophezeiung, das die Lady unbedingt braucht.«

»Der Erwählte ist tot!«, wandte der Duke ein. »Sonst wäre er mit den drei irgendwann aufgetaucht.«

»Und wenn er sie vorher geschwängert hätte? Dann wäre er entbehrlich gewesen, und sie hätten nur noch die Eclipse beschützen müssen, bis das Kind geboren wird.«

Winston Campbell erhob sich und schritt in der Bibliothek auf und ab. Dann blieb er vor William stehen. Sein Gesichtsausdruck war wie immer schwer zu deuten, doch seine Stimme klang lebhafter als sonst, wenn er mit seinem Sohn sprach. »Du meinst, sie hat das Kind bei dem Unfall verloren?«, fragte er.

»Wäre doch möglich. Und damit hat sie ihren Wert für die Lady verloren, und alle, die mit ihrer Flucht und dem Unfall zu tun hatten, haben sich ihren Zorn aufs Haupt geladen.« William klang aufgeregt. »Wäre doch möglich. All ihre Pläne sind nun zunichte, daher die drastische Reaktion. Oder hast du eine andere Erklärung?«

Bedächtig schüttelte der Duke den Kopf. »Nein, habe ich nicht. So könnte es gewesen sein. Ich frage mich nur, hat die Lady recht?«

»Womit?«

»Mit ihrer Einschätzung, dass die Eclipse nun jeden Wert für die Nachtmahre verloren hat.«

William sah ihn verständnislos an. »Der Erwählte ist tot, und ich dachte, es ginge vor allem um das Kind, das den Nachtmahren zu neuer Macht verhelfen soll.«

Winston Campbell nickte. »Ja, so habe ich es auch in Erinnerung, aber vielleicht haben wir nicht alle Texte sorgfältig genug ausgewertet. Vielleicht ist nicht nur uns ein Fehler unterlaufen. Wir waren auch bei der Entführung ihrer Schwester nicht sorgfältig genug.«

»Du meinst, die Eclipse hätte vielleicht doch noch einen Wert? Für uns oder für die Nachtmahre?«

Der Duke trat an eines der Bücherregale, zog einen alten Folianten mit Ledereinband hervor und schlug ihn an der mit einem Band markierten Stelle auf. »Das gilt es jetzt herauszufinden«, sagte er. »Wir verfügen sicher nicht über alle Quellen, in denen von dieser Prophezeiung die Rede ist. Vielleicht müssen wir tiefer graben.« Der Duke sah seinen Sohn durchdringend an. »Ich frage mich, wie kann ein so mächtiges magisches Wesen aus einer Verbindung hervorgehen, bei der ein Elternteil nur ein ganz normaler Mensch ohne Magie ist?«

»Ah, du sprichst von meiner Mutter und mir«, begriff William.

»Das Ergebnis ist mir ja vor Augen.«

»Danke!«

»Ich meine nur, dass du nicht über Magie verfügst. Warum also sollte dieser Jason eine magische Tochter zeugen können? Ich denke, das Thema ist noch nicht vom Tisch, und die Lady hat einen großen Fehler begangen.«

»Dann wäre es gut herauszufinden, wohin die Eclipse mit den beiden anderen geflohen ist«, rief William aus.

»So ist es. Mach dich auf die Suche! Du kannst dich an Hunter und Jackson wenden, wenn du Hilfe brauchst. Die beiden sind in solchen Sachen recht einfallsreich und verfügen über die neueste Technik.«

William ging zur Tür. »Ich werde die Eclipse finden!«, schwor er geradezu enthusiastisch und ging dann mit langen Schritten davon.

»Wir sollten uns einen Übernachtungsplatz suchen«, schlug Lorena am Nachmittag vor. »Irgendeine Pension, wo wir nicht auffallen.«

Lucy grinste Raika an, und beide nickten. »Ja, ich weiß den besten Ort, um nicht aufzufallen«, sagte Raika. »Mitten in Sankt Pauli!«

Lucy stimmte ihr mit Begeisterung zu. »Ich muss da unbedingt hin.«

Lorena sah die beiden abwechselnd an und seufzte dann. »Ich vermute, es ist sinnlos, etwas dagegen zu sagen. Und vielleicht habt ihr ja recht, und wir fallen dort in der Menge wirklich weniger auf als auf dem Land, wo jeder jeden kennt und man Fremde neugierig beäugt.«

»Meine Rede«, stimmte Raika zu und stieß Lucy in die Rippen. »Das wird ein Spaß!«

Lorena verkniff sich, ihrer recht lebensunerfahrenen Schwester Ratschläge zu erteilen. Lucy würde doch nicht auf sie hören. Ja, vielleicht würde es sie gar zu besonderem Leichtsinn anstacheln, nur um der älteren Schwester eins auszuwischen. Sie musste auf die Instinkte und Stärke der Nachtmahre vertrauen. Schließlich befürchtete sie nicht wirklich etwas Schlimmes. Sie nahm nicht an, dass sich in Hamburg andere Nachtmahre oder gar Wanderer herumtrieben, die es auf sie abgesehen hatten. Und ein betrunkener oder bekiffter Mann konnte einem Nachtmahr nicht gefährlich werden. Allerdings bestand sie darauf, dass sie etwas abseits der Partymeile ein Zimmer mieteten, in dem sie sich dann spätestens am Morgen treffen würden. Damit waren die beiden anderen einverstanden.

Erschöpft fielen die drei erst einmal in die Betten und schliefen einige Stunden. Die durchgefahrene Nacht forderte ihren Tribut. Auch wenn sie als Nachtmahre nicht so viel Schlaf brauchten, spätestens wenn sie ihre menschliche Gestalt annahmen, holte auch sie das Bedürfnis nach Schlaf ein.

Es war gegen acht, als Raika und Lucy loszogen, um sich einen passenden »Fummel« und angemessene Schuhe für den Abend zu besorgen. Schweren Herzens gab ihnen Lorena ein wenig Geld.

»Wir müssen sparsam sein!«, beschwor sie.

Raika grinste. »Ach, es ist ganz leicht, an Geld zu kommen. Ich sage dir, keiner der Männer wird es am nächsten Morgen auch nur vermissen. Die wissen doch nicht einmal mehr, was sie die ganze Nacht getrieben haben.«

Lorena verdrehte die Augen. »Mach, was du nicht lassen kannst. Ich will die Details gar nicht hören.«

Vergnügt zogen die beiden ab, während sich Lorena auf eines der Betten sinken ließ. Draußen war es inzwischen dunkel. Ein warmer Sommerabend, dessen Geräusche und Gerüche verlockend durch das offene Fenster wehten. Unwillkürlich wandelte sie sich zum Nachtmahr und sah mit einer Grimasse an der nun nicht mehr sitzenden Jeans herab. Ihre üppigen Brüste spannten das Shirt, das sie trug.

Der Ruf der Nacht war stärker als ihre Vernunft und die Bedenken, die ihr Gewissen ihr einzureden versuchte.

Ich gehe doch nur ein wenig raus, beschwichtigte sie die inneren Vorwürfe. *Es ist ein warmer Abend. Die Menschen sind fröhlich. Da kann ich doch ein wenig über den Kiez schlendern. Ich bin Herr meiner Sinne und meiner Bedürfnisse. Ich habe nicht vor, Jason zu betrügen.*

Jason war tot. Seit mehr als fünf Monaten. Sie konnte ihn nicht betrügen. Sie würde auch ihre Liebe nicht verraten, wenn sie irgendwann wieder mit einem Mann Sex hätte.

Irgendwann.

Nicht heute!

Mit diesem Vorsatz machte sie sich auf den Weg. In einer

kleinen Boutique tauschte sie ihre Alltagskleidung in ein nettes kurzes Kleid und nicht übertrieben hohe Pumps. Nun fühlte sie sich schon viel besser. Jeans, Shirt und Turnschuhe brachte sie in die Pension zurück. Dann machte sie sich wieder auf den Weg. Es ging bald auf elf Uhr zu. Besucher strömten aus den Theatern und dem Tivoli, wo irgendein Hamburger Musical gezeigt wurde. Sie mischten sich unter die anderen Touristen und Nachtschwärmer, die sich nun in die Bars und Clubs und natürlich in die speziellen Etablissements aufmachten, für welche die Reeperbahn berühmt war. Überall flackerten grelle Neonreklamen, die für heiße Mädchen, Tabledance, Stripteaseshows und vieles mehr warben. Lorena schritt an den Sichtblenden der Herbertstraße vorbei, die früher für Frauen und Minderjährige verboten gewesen war, und hielt inne. Dann machte sie kehrt und folgte einer Gruppe junger Männer durch die Sichtblenden in die nur sechzig Meter lange Straße, die ganz und gar der Prostitution vorbehalten war. Lorena schlenderte zwischen den Männern die Straße entlang und betrachtete die Frauen, die in den Fenstern auf ihren Hockern saßen und sich den möglichen Freiern präsentierten. Die Gruppe vor ihr blieb stehen. Zwei der Männer traten an das geöffnete Fenster und scherzten mit den Frauen, die ihnen höchsten Genuss versprachen. Zwei weitere Männer traten vor, und schon bekamen die Prostituierten Verstärkung von ihren Kolleginnen, die im Hintergrund gewartet hatten. Lorena spürte die zunehmende Erregung der Männer und roch die Hormone, die immer schneller durch ihre Körper kreisten und die Lust anfachten. Mochten sie daheim Freundinnen oder Ehefrauen haben, das zählte in diesem Moment nicht. Bei keinem konnte sie Bedenken oder gar

Schuldgefühle spüren. Sie waren in diesem Moment allein auf ihren Trieb reduziert, der ihnen, wie den Männchen im Tierreich bei der Brunft, befahl, sich mit einer Frau zu paaren. Lorena beobachtete, dass ihre Sinne nur auf die Reize der Prostituierten reagierten. Ob die Frau im klassischen Sinn eine gute Figur hatte oder ein schönes Gesicht, war unwichtig. Die Verhandlungen waren bald abgeschlossen. Die Vorfreude gab der Erregung noch einmal einen Kick. Bei den Frauen dagegen regte sich nichts. Lorena versuchte, ihre Gedanken und Gefühle zu ergründen. Erregung oder gar Lust fand sie keine. Dafür eine tiefe Müdigkeit und Erschöpfung, die mehr war als nur zu wenig Schlaf. Sie erfasste nicht nur den Körper, sondern auch die Seele und zog sie in die Hoffnungslosigkeit hinab.

Lorena fragte sich, wie freiwillig die Frauen diesen Job verrichteten. Spaß am Sex war jedenfalls nicht ihr Antrieb, die Männer anzusprechen. Nicht heute Nacht jedenfalls – und vermutlich auch sonst nicht.

Sie wusste nicht, wie die Frauen in dieses Gewerbe geraten waren. Die meisten schienen nicht aus Deutschland zu stammen. Hatte man sie mit falschen Versprechen hierhergelockt? Hatten sie sich selbst entschlossen, ihr Geld auf diese Weise zu verdienen, oder war ihnen kein anderer Ausweg geblieben? Hatten Zuhälter oder Bordellbesitzer sie gar mit Gewalt auf diesen Weg gezwungen?

Genau konnte Lorena es nicht sagen. Den vier jungen Männern gingen solche Gedanken jedenfalls nicht durch den Kopf. Sie traten ein und verschwanden mit der von ihnen erstandenen Frauenware im Innern des Bordells. Nur einer der Gruppe war draußen geblieben und wehrte nun die Anfrage einer Frau ab, die ihn ebenfalls ins Haus locken wollte.

»Nein danke!«, sagte er entschieden.

Lorena gesellte sich zu ihm. »Du willst nicht mit deinen Freunden gehen?«, erkundigte sie sich.

»Nein!«, sagte er wieder. »Kümmere dich um andere Kunden. Bei mir wirst du nichts verdienen.«

Lorena lächelte. »Ich bin nicht hier, um etwas zu verdienen.«

Er sah sie nun aufmerksamer an. »Nein? So siehst du auch nicht aus. Aber ich dachte, für alle anderen Frauen sei diese Straße verboten.«

»Das wird heute nicht mehr so streng gesehen«, wehrte Lorena ab. »Nur verirren sich nur wenige Frauen hierher, die nicht ihrer Arbeit nachgehen.«

»Warum bist du dann hier?«, wollte er wissen.

»Das Gleiche könnte ich dich auch fragen«, gab Lorena zurück.

Der junge Mann zuckte mit den Schultern. »Meine Freunde und ich haben diese Reise nach Hamburg gebucht, weil sie etwas erleben und Spaß haben wollten.«

»Was ist mit dir? Du sagtest: Sie wollten Spaß haben.«

Er überlegte. »Na ja, Spaß will ich auch haben, aber vielleicht verstehe ich etwas anderes darunter, als sich eine Hure für eine Stunde zu kaufen.«

»Warum? Weil du deine Frau oder Freundin nicht betrügen willst?«

Er schüttelte den Kopf. »Nein, ich bin im Moment solo. Es ist einfach, ich meine, sich eine Frau für schnellen Sex zu kaufen, ich kann mir das jedoch nicht vorstellen. Nichts gegen Sex oder auch mal einen One-Night-Stand, wenn es funkt, aber das hier …?« Er machte eine Geste, welche die ganze Straße zu erfassen schien.

»Wie heißt du?«, wollte Lorena wissen.

»Martin, und du?«

»Faith« Unwillkürlich nannte sie den Namen, den sie schon häufiger in ihrer Gestalt als Nachtmahr verwendet hatte. Wenn sie mit einem Unbekannten Sex haben wollte. Rasch schob Lorena diesen Gedanken beiseite.

»Was für ein schöner Name. Sorry, das klingt jetzt kitschig.« Entschuldigend hob Martin die Hände. »Du bist hier überhaupt die schönste Frau weit und breit.«

»Danke.« Lorena lächelte. »Würde es dir mehr Spaß machen, mit mir etwas trinken zu gehen oder ein wenig über den Kiez zu schlendern, bis deine Freunde mit ihrem Spaß fertig sind?«

Seine Miene hellte sich auf. »Ja, ich denke schon. Du scheinst mir ungewöhnlich. Ich glaube, du hast viele interessante Dinge zu erzählen.«

Wenn du wüsstest!

Nein, die wirklich interessanten Dinge würde sie ihm nicht erzählen, doch sie hatte eine Ahnung, dass Martin an dieser Nacht durchaus noch Gefallen finden könnte.

Raika und Lucy waren erst zusammen über den Kiez geschlendert, trennten sich dann aber, nachdem Lucy sich bei zwei gut aussehenden jungen Männern eingehakt hatte und mit ihnen in einer Tabledance-Bar verschwand. Raika überlegte kurz, ob sie ihr folgen sollte, entschied sich aber dagegen. Die Luft war geschwängert von Gier und dem süßen Geruch von Hormonen, doch sie setzte ihren Weg draußen fort. So viele Männer, die nichts anderes im Sinn hatten, als sich mit einer Frau zu vergnügen. Worauf wartete sie eigentlich? War sie nicht deshalb hier? Sie konnte jeden haben. Es würde sie nicht einmal die Kunst der Verführung oder gar die Magie des Nachtmahrs kosten. Sie musste nur zugreifen.

Vielleicht war es das, was sie zurückhielt. Das Raubtier will seine Beute nicht fertig erlegt auf seinem Teller finden. Es braucht die Jagd, das Belauern und Anschleichen und dann die Hatz, die Adrenalin durch die Adern pumpt und das Herz rasen lässt, bis der Jäger die Beute erreicht und seine Krallen in ihr Fleisch schlägt, um sich endlich die besten Stücke zu genehmigen und sie mit Lust zu verschlingen.

Es war einige Nächte her, dass sich Raika zum letzten Mal einen Mann genommen hatte, und hier gab es mehr als genug willige Opfer. Zu willig.

Sie spürte, wie ihre Lust, die sie vor Stunden noch gequält hatte, nachließ.

Vielleicht lag es aber auch daran, dass ein Gedanke sich in ihrem Geist festgesetzt hatte, der sich nicht mehr vertreiben ließ.

Was hatte Lorenas Großmutter gesagt? *Die Nachtmahre und die Wanderer sind zwei Seiten einer Medaille, getrennt und verbunden durch ihre Magie, die sie länger leben lässt und ihnen magische Kräfte verleiht.*

Seltsam, sehr seltsam. Was hatten die Nachtmahre mit den Wanderern zu schaffen – außer dass diese seit Menschengedenken versuchten, die Nachtmahre auszurotten?

Wie also meinte sie das?

Leider hatte gerade in diesem Moment ihr Geist versagt. War das nur ein unglücklicher Zufall? Oder wollte ihr Geist dieses Thema nicht weiterverfolgen? Weil es zu schmerzlich war? Verbunden mit einem Trauma?

Raika schritt zwischen leicht bekleideten Frauen und testosterongeschwängerten Männern hindurch, nahm sie aber nur am Rande wahr, zu sehr beschäftigte sie der Besuch bei der alten Dame.

Lorenas Gesellschaft ist nicht gut für dich, meuterte ein Teil von ihr.

Du wirst langsam wie sie und weißt nicht mehr, was uns Nachtmahren guttut!

Raika blieb stehen, sodass die Männer, die hinter ihr gingen, sie anstießen.

Sie betrachteten Raika mit gierigen Blicken und sprachen sie an, doch Raika ließ sie mit einer Handbewegung und einem scharfen Blick verstummen.

»Geht weiter!«, befahl sie ihnen. »Ihr habt mich nicht gesehen!«

Sie sah, wie die Blicke glasig wurden. Dann tappten sie schwankend weiter, während Raika zu ihrem letzten Gedanken zurückkehrte.

Ihr müsstet mit ihr darüber sprechen. Sie weiß alles über die Nachtmahre.

Else Maschek war Mitte achtzig. Natürlich war ihre Mutter längst tot.

Vielleicht kommt meine Mutter mich besuchen. Sie sieht nach mir. Sie hat mich nicht vergessen.

Waren das die Worte eines alten Menschen, der geistig verwirrt war, oder konnte es tatsächlich stimmen? Natürlich wurden Menschen nicht so alt, aber Nachtmahre?

Wie alt waren Morla und erst Mylady? Keiner wusste es. Vielleicht hatte Else Maschek ihre Mutter wirklich erst kürzlich gesehen. Vielleicht gab es tatsächlich die Möglichkeit, mit diesem alten, erfahrenen Nachtmahr zu sprechen?

Kommt heute Nacht wieder, hatte Else Maschek gesagt.

»Oh ja, und genau das werde ich jetzt tun!«, beschloss Raika. Sie sah sich um. Von Lucy war nichts zu sehen. Sie war noch so jung und unerfahren. Sollte sie sich ruhig amüsieren.

Und Lorena?

Die saß sicher gelangweilt in ihrem Zimmer und verbot sich, auch nur einen Moment an etwas anderes zu denken als an ihren toten Jason, vermutete Raika. Nein, sie hatte keine Lust, sie zu überzeugen. Vielleicht lag sie ja auch falsch und die alte Dame litt wirklich nur an Demenz und träumte sich ihre Mutter herbei. War das nicht typisch für diese Verwirrungszustände? Dass die Menschen wieder in ihre Kindheit zurückfielen.

Ich werde die Lage mal checken, beschloss Raika. Sie schlüpfte in einen Hinterhof, wo sie niemand sehen konnte, entfaltete ihre Schwingen und stieß sich ab. Lautlos glitt sie durch die Nacht und machte sich auf den Weg nach Norden.

Kapitel 7

REBECCA

»Auf dein Wohl, Faith, Schicksal meiner Nacht«, sagte Martin, hob sein Glas mit dem grünlich schimmernden Getränk und prostete ihr zu.

Lorena erwiderte die Geste mit ihrem Cocktailglas, das in tiefem Rot prangte und ziemlich süß schmeckte. Viel Alkohol war da sicher nicht drin, dafür waren die Getränke hier bestimmt doppelt so teuer wie an jedem anderen Ort.

Das ist halt der Touristenaufschlag des Kiez, dachte Lorena ohne Mitleid. Martin hatte ihr natürlich versichert, sie sei eingeladen.

Sie sah ihren unverhofften Begleiter für diesen Abend von der Seite an. Er sah gut aus. Groß gewachsen mit sportlicher Figur und einem hellen Teint. Sein Haar war von noch hellerem Blond als ihre eigenen Locken. Seine Augen waren von einem faszinierenden dunklen Blau und seine Wimpern und Brauen, im Gegensatz zu vielen Blonden, nicht farblos, was seinem Gesicht mehr Kontrast verlieh. Bei einer Frau hätte sie vermutet, dass diese dabei nachgeholfen hatte, doch Martin schien ihr nicht der Mann, der sich Wimpern und Brauen färben ließ. Jedenfalls war er ein ganz anderer Typ als Jason, was sie irgendwie beruhigte. Sie würde in dieser Nacht nicht mehr an Jason denken, beschloss sie, was das heiß aufsteigende Gefühl in ihrem Unterleib ihr erleichterte.

Sie tranken ihre Cocktails leer. Martin bezahlte und wehrte sich erfolgreich gegen alle »Sonderangebote«, die die nur leicht bekleidete Serviererin ihm aufschwatzen wollte. Als sie sich erhoben und die Bar verließen, berührte er Lorenas Hand. Eine heiße Welle rollte durch ihren Körper.

Wie lange hatte sie so etwas nicht mehr verspürt? Wie lange dem ihr angeborenen Drang nicht nachgegeben? Nach Jasons Tod hatte sie sich in ihre Trauer vergraben, die der Verlust des Kindes noch einmal vertieft hatte.

Zum ersten Mal hatte sie nun wieder das Gefühl zu leben, frei zu sein und sich und ihren Körper zu spüren. Und der wusste ganz genau, was er wollte.

Lorena konnte später nicht mehr sagen, wie sie in diesem Zimmer gelandet waren. Hatte sie vorgeschlagen, hierherzugehen, oder er? Es war ein Doppelzimmer einige Minuten zu Fuß vom Kiez entfernt, das Martin mit einem seiner Freunde gemietet hatte, doch von diesem war noch nichts zu sehen. Vielleicht waren die Männer inzwischen in einem weiteren Bordell gelandet oder erholten sich in einer der Shows bei viel nacktem Fleisch und anderen Dingen, die den Appetit der Besucher auf Frauen anheizen sollten.

Martins Appetit auf seine Begleiterin jedenfalls war schon im Aufzug so stark, dass er sich gegen sie drückte und sie leidenschaftlich küsste. Seine Erregung war deutlich zu spüren. Dann wankten sie über den Flur in sein Zimmer. Sie begannen bereits, sich gegenseitig die Kleider vom Leib zu reißen, ehe sie das Zimmer recht betreten hatten. Offensichtlich stand ihm der Sinn nicht nach einer weichen Matratze. Er sank mit ihr auf den Teppich, bevor sie das Bett erreichten. Bereitwillig spreizte Lorena die Beine und zog ihn zu sich, sodass er tief in sie drang. Ihre Arme schlangen sich um seinen Rücken, ihr Mund presste sich auf den seinen. Ihre Zunge erforschte den fremden Mund, der köstlich schmeckte.

In diesem Moment war sie ganz sie selbst: nur der Nachtmahr, der seine Lust befriedigen wollte und den Sex aus vollen Zügen genoss.

Sie ließ es zu, dass er mit heftigen Stößen in sie drang. Ehe er aber den Höhepunkt erreichte, befreite sie sich von ihm und zog ihn mit sich aufs Bett. Sie breitete die Beine aus. Er küsste erst ihren Mund, dann ihren Hals und ihre Brüste und wanderte dann mit seinen Lippen tiefer, bis an die Stelle, an der sie seine Zunge haben wollte.

Wie lange hatte sie auf dieses Gefühl verzichtet? Warum eigentlich, fragte sie sich, während sie ihre Hüfte zwischen seinen Händen wand, um einerseits der Qual zu entgehen und doch, um noch intensiver zu spüren.

Es war, als würde ein Feuerwerk in ihrem Kopf abgebrannt. Ihr ganzer Körper prickelte, dennoch hatte sie nicht genug. Nun war er wieder dran. Sie revanchierte sich, bis er wieder kurz davor schien zu explodieren, dann zwang sie ihn wieder zu einer kleinen Pause, ehe sie sich vor ihn kniete und er sie von hinten nahm. Sie schwenkte ihr Gesäß, ließ es kreisen und hielt dann plötzlich still, sodass er endlich mit ein paar kräftigen Stößen seinen Höhepunkt genießen durfte.

Raika flog durch die Nacht. Sie hatte keine Schwierigkeiten, sich zu orientieren, und landete schon bald im Garten vor der Seniorenresidenz, in der Lorenas Großmutter Else lebte. Sie faltete ihre Flügel ein und lauschte in die Nacht.

In einem großen Bogen umrundete sie das Gebäude, bis sie vor der verschlossenen Eingangstür ankam.

Es war alles ruhig, so, wie es an solch einem Ort sein sollte. Die alten Herrschaften lagen friedlich in ihren Betten. Vielleicht wälzte sich der ein oder andere schlaflos in den Kissen, doch das gehörte wohl zum Alter dazu. Am Empfang saß die Pflegerin, die Nachtdienst hatte, und blätterte in einem Magazin. Raika stapfte weiter, bis sie unter dem Balkon von Zimmer 18 stand, dann sprang sie hinauf in den ersten Stock. Lautlos landete sie auf dem Balkon und ging sofort in die Hocke. Vorsichtig lugte sie durch die Balkontür. Sie war nur angelehnt.

Ein Blick ins Zimmer zeigte ihr, dass Lorenas Großmutter nicht schlief. Sie saß aufrecht in ihrem Bett, auf dessen Kante sich eine zweite Gestalt niedergelassen hatte, die nun ihr Gesicht der Balkontür zuwandte.

»Sie können gern hereinkommen«, sagte sie.

Raika fragte sich nicht, wie die Person einen Nachtmahr hatte entdecken können, der sich geräuschlos und nahezu unsichtbar im Dunkeln bewegte. Sie konnte die Macht der Magie spüren. So stark, dass sie an Mylady und ihre Dienerin Morla denken musste. Diese Frau dort im Zimmer von Else Maschek war ein Nachtmahr. Und nicht nur irgendeiner von ihnen. Sie war ganz sicher alt und mächtig. Konnte es sich wirklich um die Mutter der alten Frau handeln?

Es gab nur eine Möglichkeit, das herauszufinden. Raika erhob sich und leistete der Aufforderung Folge. Sie schob die Tür auf und trat ein.

»Guten Abend, Frau Maschek«, grüßte sie höflich.

»Ah, Sie sind Lorenas Freundin Raika, ich erinnere mich«,

begrüßte sie die alte Frau erfreut. »Wo sind Lorena und Lucy?«, wollte sie wissen. »Sind sie nicht mitgekommen?«

Raika zuckte mit den Schultern. »Nein. Ich fürchte, sie haben Ihnen nicht geglaubt, dass Ihre Mutter noch lebt und Sie hier nachts besucht. Sie sind doch Frau Mascheks Mutter, nicht wahr?«

Die Besucherin hatte sich erhoben und streckte nun Raika die Hand entgegen. »Ja, das bin ich. Mein Name ist Rebecca, und ich freue mich, dass wir uns kennenlernen.«

Raika erwiderte den Händedruck. Sie musste sich zusammenreißen, um nicht zusammenzuzucken, als ein Energiestrahl von ihren Fingerspitzen durch ihren ganzen Körper fuhr. Es war nicht schmerzhaft. Ganz im Gegenteil, sie fühlte sich plötzlich größer, aufrechter, strahlender.

»Ich bin ein wenig verwirrt, Sie zu sehen. Das habe ich nicht erwartet.«

»Und dennoch bist du gekommen? Warum, wenn nicht, um mich zu sehen, oder zumindest, um deiner Ahnung zu folgen, die dir recht gibt?«

Sie lächelte. Ihr Haar war schneeweiß und fiel ihr in weichen Wellen über den Rücken, die Augen waren von hellem Grau, doch ihre Haut war samtig glatt und wirkte straff wie bei einem jungen Mädchen. Groß gewachsen war sie, schlank, und sie hielt sich sehr gerade, was sie ebenfalls viel jünger wirken ließ. Wenn ihr Haar nicht weiß gewesen wäre, hätte Raika sie für eine der Guardians der Lady gehalten.

»Oh, das war ich viele Jahre lang«, sagte sie mit einem Lachen.

Raika blickte verlegen drein.

»Oh nein, ich weiß, es ist nicht besonders höflich, den

Gedanken seiner Gesprächspartner zu folgen. Ich gebe zu, es ist eine unschöne Angewohnheit, aber es gibt nichts, wofür du dich schämen müsstest. Ich glaube, meine Mädchen können sich freuen, dich zur Freundin zu haben.«

Nun wurde Raika noch verlegener. »Ich bin nicht immer eine gute Freundin gewesen. Ich habe mich immer nur um mich gekümmert und bin meinen Launen und meinem Verlangen nach Lust und Spaß nachgegangen«, gestand sie und fragte sich, ob es die Macht ihres Gegenübers war, die sie zu diesem schonungslosen Eingeständnis brachte.

Nun lachte Rebecca. Es klang offen und herzlich. Nein, mit Mylady oder gar der verkniffenen Morla hatte sie keine Ähnlichkeit.

»Überschätze meine Macht nicht. Du selbst bist es, die sich verändert hat und nun mit anderen Augen auf dein Leben blickt.« Sie schwieg eine Weile und fragte dann: »Warum bist du gekommen?«

Raika blickte zur Seite. »Neugier? Ich wollte wissen, ob ich mit meiner Ahnung recht habe. Ob es Sie wirklich noch gibt. Und dann die vielen Fragen, die wir nicht beantworten können. Wir sind verwirrt und wissen nicht weiter«, gestand sie.

»Das verstehe ich. Else hat mir von eurer Odyssee erzählt. Aber sage mir, wo sind Lorena und Lucy?«, wollte sie wissen.

»Die vergnügen sich lieber auf dem Kiez«, rutschte es Raika in alter Gewohnheit heraus, doch auch das schien die Besucherin nicht zu schockieren. »Aber ich bin mir sicher, dass die beiden Sie gerne kennenlernen wollen, wenn ich ihnen von unserer Begegnung erzähle.«

»Tun Sie das, Raika«, mischte sich Else Maschek ein. Sie wirkte heute Nacht viel frischer. Ihre Wangen waren ein wenig gerötet. Vielleicht hatte auch sie einen Energiestoß von ihrer Mutter erhalten, der sie aufblühen ließ. Verwirrt war die alte Dame jedenfalls nicht!

»Dann sehen wir uns morgen«, sagte Rebecca, »und ich werde all eure Fragen beantworten, soweit es in meiner Macht steht. Mitternacht im Park? Dann bleibt mir vorher Zeit, nach Else zu sehen.«

Sie strich ihrer Tochter zärtlich über die Wange, als wäre sie noch ein kleines Kind, das sie umsorgen müsste. Nun ja, vielleicht war es in diesem Alter wieder so, nur dass es dann normalerweise keine Mutter mehr gab, die das übernehmen konnte.

Sie waren alle ein wenig verkatert, als sie am etwas spärlich ausgestatteten Frühstückstisch der Pension Platz nahmen. Eigentlich gab es um die Zeit gar kein Frühstück mehr, aber die Wirtin gab ihrem Flehen nach, begab sich in die Küche und kochte erst einmal einen starken Kaffee. Vermutlich waren sie nicht ihre ersten Gäste, die nach einer durchfeierten Nacht auf dem Kiez verschliefen.

Raika nahm sich ein Brötchen und strich dick Butter und Marmelade darauf. »Ich kann mir nicht helfen«, sagte sie in spöttischem Ton. »Ihr seht ein wenig blass und übernächtigt aus. Bei Lucy kann ich mir durchaus vorstellen, woran das liegen könnte, aber bei dir, Lorena? Du hast dich doch nicht etwa in deiner Einsamkeit mit einer Flasche Schnaps abgeschossen?«

Lorena wandte ein wenig den Blick ab.

Raika lachte. »Du wirst ja rot. Also kein Schnaps?«

»Nein, ich war auch auf dem Kiez unterwegs«, gab Lorena widerstrebend zu.

»Ja und?«, drängte Raika. »Wir wollen Details!«

»Ich habe einen netten jungen Mann getroffen. Er heißt Martin, ja, und ich war mit ihm in seinem Zimmer. Weitere Details gibt es nicht!«

Raika sah sie noch immer aufmerksam an. »Ich kann es spüren. Du hattest eine tolle Nacht. Freut mich. Endlich wirst du wieder normal. Du hast dich lange genug mit deiner Trauer zurückgezogen und dein wahres Ich verleugnet. Nein, widersprich mir nicht. Und es muss dir auch nicht peinlich sein, dass du dir einen Mann genommen und es genossen hast. Lucy war nicht so bescheiden. Sie ist gleich mit zwei Typen losgezogen.«

Lorena hob abwehrend die Hände. »Ich für meinen Teil möchte keine Details hören!«

Lucy grinste nur und hob ihre Kaffeetasse an die Lippen.

»Aber ich garantiere, du interessierst dich für die Details meiner Nacht«, fuhr Raika unbeirrt fort.

Lorena sah sie zweifelnd an.

»Nein, ich werde euch jetzt keine aufregenden Männergeschichten berichten. Ich muss zu meiner Schande gestehen, ich hatte vergangene Nacht überhaupt keinen Sex. Aber aufregend war es, das versichere ich euch.«

Die beiden Schwestern sahen Raika an. Lucy schien nur mäßig interessiert, doch Lorena fixierte sie aufmerksam.

»Was hast du getan? Ich spüre, dass es dich umtreibt.«

Raika nickte. »Das kann man so sagen, ihr Ungläubigen!«

Lorena zog die Stirn kraus, sagte aber nichts, daher fuhr Raika fort:

»Ich war heute Nacht nicht auf dem Kiez – zumindest nicht sehr lange. Etwas hat mir keine Ruhe gelassen, also bin ich meiner Ahnung gefolgt. Ich habe heute Nacht eure Großmutter besucht.«

»Was? Warum?«, wollte Lucy wissen.

»Weil ich – im Gegensatz zu euch – überzeugt war, dass sie nicht verwirrt war und dummes Zeug plapperte. Ich habe ihr geglaubt.«

»Was denn?«, erkundigte sich Lucy mit einem Stöhnen und griff sich an den offensichtlich schmerzenden Kopf. Auch Lorena stöhnte, aber aus einem anderen Grund.

»Du wolltest wissen, ob ihre Mutter tatsächlich noch lebt und sie nachts besucht?«

»Ja, ihr Zweifler, genau das wollte ich überprüfen, und was denkt ihr?«

»Sie lag im Bett und hat geschlafen«, brummelte Lucy. »Was für eine aufregende Nacht.«

Lorena dagegen war elektrisiert. »Sag nicht, du hast sie getroffen!«

»Oh doch«, entgegnete Raika. »Ich habe mit Rebecca gesprochen, und ich sage euch, die Macht ihrer Magie hat mich erzittern lassen. Sie ist eine unglaubliche Person, und sie würde euch gerne kennenlernen.«

»Du spinnst«, murmelte Lucy, doch Lorena sprang von ihrem Stuhl auf.

»Sie lebt tatsächlich noch, und du hast sie gesehen?«

Raika nickte. »Jawohl, und ich hatte ein sehr interessantes Gespräch mit ihr. Also, wenn ihr heute um Mitternacht nichts Besseres vorhabt, dann will sie uns dort im Park vor dem Heim treffen.«

»Ist nicht wahr«, rief Lucy, die aus einer Trance zu erwachen schien. »Was ist sie? Unsere Urgroßmutter? Sie muss über hundert Jahre alt sein.«

Raika nickte. »Das stimmt, aber du wirst ihr das nicht anmerken. Sie ist keineswegs schwach oder senil.«

»Sie ist ein Nachtmahr«, sagte Lorena.

»Ja, und ein ganz besonderer!«, bekräftigte Raika.

Den Nachmittag über ruhten die drei in ihren Betten, um sich von ihren nächtlichen Aktivitäten zu erholen. Während Raika und Lucy friedlich schliefen, fand Lorena keinen Schlaf. Sie wälzte sich von einer Seite auf die andere und dachte über die geheimnisvolle Urgroßmutter nach, die so unerwartet aufgetaucht war. Und sie fragte sich, wo sie so lange gewesen war. Warum hatte sie ihre Tochter und ihre Enkelin so lange in dem Glauben gelassen, sie sei tot? Warum war sie nicht gekommen, als Lorena ihre Eltern verloren hatte oder als die Großmutter gestürzt war und an einen Rollstuhl gefesselt wurde? Das waren viele Fragen, die sie dieser Rebecca stellen wollte.

Lorena spürte, wie sich der Zorn in ihren Eingeweiden zusammenballte.

Wo warst du, als wir dich brauchten? Als Lucy entführt wurde, als man sie in Alcatraz eingesperrt hat, als wir unser Leben riskierten, um sie zu retten? Als Jason starb? Als sie uns in Gryphon Manor gefangen gehalten haben, weil sie mir mein Baby wegnehmen wollten? Als wir die Flucht wagten und das Ungeborene sterben musste? Als man uns nach Schottland verschleppte und uns zusammen mit Sienna und Grace den Wölfen zum Fraß vorgeworfen hat?

Ja, es gab eine Menge zu besprechen, und sie würde Urgroßmutter Rebecca nicht schonen!

Als es dunkel wurde, machten sie sich zu einem kleinen Restaurant am Hafen auf und bestellten die typische Hamburger Fischpfanne. Lorena hatte keinen rechten Appetit, doch die anderen beiden ließen es sich schmecken. Während Lorena auf ihrem Teller rumstocherte, glitt ihr Blick immer wieder durch die riesigen Fenster nach draußen über das graue Wasser der Elbe, auf der gerade wieder ein hoch mit Containern beladener Frachter in den Hafen einlief. Als sich das Wasser wieder etwas beruhigt hatte, querte eine Barkasse mit einigen Dutzend Touristen an Bord, die alle ihre Fotoapparate und Handys gezückt hatten, um die berühmte Speicherstadt, aber auch die riesigen Schiffe im Ölhafen und anderen Becken abzulichten.

Wie schön wäre es, hier nur Tourist zu sein und sich keine Sorgen machen zu müssen, dachte Lorena und wandte sich wieder ihrem Teller zu.

»Also mir schmeckt es«, betonte Raika und bestellte sich noch ein Bier. Lucy trank lieber Alster, das nicht so bitter schmeckte. Mit einem Seufzer schob sie ihren leeren Teller von sich.

»Von mir aus können wir gehen«, schlug sie vor.

Es war gegen elf, als die drei das Restaurant verließen. Sie entschieden sich, mit dem Wagen zu fahren, obgleich Raika vorschlug zu fliegen.

»Wir wollen nicht auffallen!«, betonte Lorena.

Raika zuckte mit den Schultern. »Wir sind Nachtmahre. Wenn wir nicht wollen, dass uns jemand sieht, dann fallen wir nicht auf!«

Dennoch öffnete sie die Beifahrertür und ließ sich auf den Sitz sinken. Es war kurz vor zwölf, als sie auf den nun leeren Parkplatz fuhren und sich auf den Weg in den Park machten.

Lorena spürte ihre Anwesenheit, noch ehe sie sie sah. Es war eine machtvolle Aura, in die sie einzutreten schienen, doch sie fühlte sich anders an als die der Lady, die sie stets auf Abstand hielt und ihnen den Blick auf ihr Gesicht verwehrte. Diese Magie dagegen schien sie einzuladen, näher zu treten und die nächtliche Gestalt anzusehen.

Einige Tage waren verstrichen, als William seinen Vater wieder in der Bibliothek aufsuchte.

Der Duke musterte ihn aufmerksam. »Du scheinst nicht zufrieden«, sagte er.

William nickte. »Die drei scheinen wie vom Erdboden verschluckt. Hunter hat zu deinen Männern in London Kontakt aufgenommen, doch auch sie konnten keine Spur finden. Sie haben keine Kreditkarte benutzt, ihre Namen sind an keiner Grenze registriert. Sie müssen noch irgendwo im Land sein und sich versteckt halten.«

Der Duke brummte. Er schien nicht überzeugt. »Nachtmahre haben so ihre Tricks. Ich könnte mir durchaus vorstellen, dass es ihnen gelungen ist, die Insel zu verlassen. Und was ist mit der Prophezeiung? Es muss noch mehr darüber geben.«

»Auch da kommen wir nicht weiter«, gestand William. »Wir haben weder hier in deiner Sammlung etwas gefunden, noch konnte ich in London oder in der Bibliothek von Oxford einen Hinweis finden, der uns in dieser Sache weiterbringt. Deine Wanderer waren dabei keine große Hilfe. Ich glaube, Braden, Dylan und Foster haben nie zuvor eine Bibliothek betreten!«

»Das kann schon sein«, murmelte der Duke. »Aber Hunter müsste doch nützlich gewesen sein.«

»Ja, aber er hat auch nichts Neues gefunden. Die Einträge, die wir aufgespürt haben, sind zu vage. Sie sprechen nur von der Eclipse, die sich mit dem Erwählten, der zur

Sommersonnwende das Licht der Welt erblickt hat, verbindet, und von dem Kind, das den Nachtmahren Macht verleihen wird.«

Winston Campbell forderte seinen Sohn auf, sich zu setzen. »Ich nehme an, du hast gründlich gesucht.«

William zwang sich, nicht aufzubrausen. »Ja, das habe ich. Es gibt nur wenig zu Okkultem und Magie. Über Nachtmahre ist fast überhaupt nichts zu finden, und wenn, dann in den Mythen neben Vampiren und den Unsterblichen, die sich die Wanderer nennen.« Er zog eine Grimasse.

»Das war zu erwarten. Ist es doch den Menschen gar nicht bewusst, dass noch andere Wesen unter ihnen leben, deren Züge lediglich menschlich erscheinen. Eigentlich ist es nicht verwunderlich, dass wir auf nicht mehr Details stoßen. Diese Bücher sind nicht besonders alt, gemessen an der Geschichte der Nachtmahre und der Wanderer. Sie sind Kopien von Abschriften und weit entfernt von den Originalen. Dabei gingen vermutlich Informationen verloren, die wir jetzt gebrauchen könnten. Ich sehe meinen Verdacht noch nicht entkräftet, daher bin ich dafür, dass wir weitersuchen. Wenn ich recht habe, dann würde das so manches auf den Kopf stellen und uns den Nachtmahren gegenüber einen bedeutenden Vorteil einräumen.«

»Und wie lautet dein Verdacht?«, wollte William wissen. »Ich weiß ja nicht einmal genau, worauf ich achten muss.«

Der Duke sah ihn eindringlich an. »Ich habe den Verdacht, dass die Lady und ihre Nachtmahre die Prophezeiung falsch ausgelegt haben.«

»Dass diese Lorena gar nicht die Eclipse ist?«, stieß William hervor. »Genauso wenig wie ihre Schwester Lucy, die wir dafür gehalten haben?«

»Nein, das meine ich nicht. Ich halte Lorena durchaus für die Eclipse. Trotz des Schutzes, den die Lady über sie gelegt hat, ist es mir in Amerika gelungen, sie zu berühren. Da habe ich etwas an ihr gespürt, das kein Nachtmahr ausstrahlt. Sie ist etwas ganz Besonderes. Ich denke, wir können sicher sein, dass sie die Eclipse ist, von der die Prophezeiung spricht.«

»Aber du bezweifelst, dass dieser Jason, der sie geschwängert hat, der Auserwählte war. Was bedeuten würde, dass die Eclipse ihren Wert für die Nachtmahre gar nicht verloren hat«, fuhr William fort.

»Genau, und dass die Lady einen großen Fehler begangen hat, als sie sie vor unserer Tür absetzte und sie der Magie beraubte, die Lorena so viele Jahre vor uns geschützt hat.«

William erhob sich wieder und begann, unruhig in der Bibliothek hin und her zu wandern. »Und nach diesem Beweis hast du gesucht?«

Der Duke wiegte den Kopf. »Danach und nach weiteren Hinweisen, wer der Erwählte sein könnte.«

»Sicher nicht jeder, der zur Sommersonnwende geboren ist«, vermutete William.

»Wohl kaum.«

»Dann ist doch die Frage, wie sie ihn finden kann und ob es uns gelingt, dies zu verhindern. Wir müssen unsere Suche allein auf sie konzentrieren, nicht auf irgendwelche alten Bücher. Wenn die Lady sie nicht mehr schützt, dann können wir sie leicht in unsere Hand bekommen.«

»Und dann? Was schlägst du vor?«, wollte der Duke wissen »Sollen wir sie meinen Warriors überlassen, die dann ebenso mit ihr verfahren wie mit den beiden Guardians?«

William überlegte. »Ich weiß nicht«, sagte er nach einer Weile. »Könnten wir sie nicht einfach gefangen nehmen und dafür sorgen, dass sie diesen Kerl nicht trifft?«

Der Duke lachte trocken. »Ah, wir haben deinen weichen Kern berührt. Keine blutigen Hinrichtungen mehr, ist es das, was du dir wünschst?«

»Wäre das nicht besser?«

Winston Campbell zog eine Grimasse. »Weißt du, wie viele Nachtmahre es noch vor einhundert Jahren gab? Wie viele Männer sie verdorben und vergiftet haben?«

»Weil sie sie zum Sex verführt haben und Spaß daran hatten? Ja, das klang vor hundert Jahren sicher bedrohlich. Aber heute? Ist es da nicht normal, dass auch Frauen sagen, was sie wollen, und ihre Lust ausleben? Bei uns auf dem Campus gibt es viele sehr freimütige Studentinnen, die auch auf ausgefallenen Sex stehen, aber sind sie deshalb so fürchterlich, dass man sie vernichten müsste?«

Nun schien der Duke verärgert. »Es geht hier nicht um Sex und Lust. Es geht darum, dass sie den eigenen Willen der Männer zerstören und sie manipulieren.«

William schien noch immer nicht überzeugt. »Haben nicht die Männer durch die ganze Geschichte den Frauen stets ihren Willen aufgezwungen, über sie bestimmt und sie nicht selten versklavt?«

»Ach, und nun meinst du, sei es gerecht, wenn sich die Verhältnisse umkehren?«

»Nein, das will ich ja gar nicht, aber vielleicht könnten wir friedlich mit den Nachtmahren koexistieren, ohne sie zu verfolgen und umzubringen, wenn sie im Gegenzug davon absehen würden, Männer mit ihrem Gift zu versklaven. Ich denke, nicht alle Nachtmahre tun so etwas.«

Der Duke lachte freudlos auf. »Du bist ein hoffnungsloser Träumer. Ich weiß nicht, wie die Welt heute aussehen würde, hätten wir diese Seuche nicht so gnadenlos eingedämmt. Ich werde Hunter mit der Suche nach Lorena beauftragen. Du wirst weiter nach Hinweisen zu dieser Prophezeiung suchen.«

»Und wo? Ich weiß nicht mehr weiter«, gestand William. »Wenn es noch Aufzeichnungen gibt, dann sind sie sicher gut versteckt in Gryphon Manor.«

»Das wäre unlogisch.« Der Duke sah seinen Sohn strafend an. »Wenn es dort etwas gäbe, das darauf hinweist, dass Jason nicht der Erwählte war, hätte die Lady Lorena kaum vor unserer Tür abgesetzt.«

Dem konnte William nicht widersprechen, was ihn aber nicht weiterbrachte.

»Nein, wenn es noch mehr zu entdecken gibt, dann in Paris.«

William starrte seinen Vater verblüfft an. »Paris? Warum dort?«

»Mächtige Nachtmahre gab es früher nicht nur in England oder genauer gesagt in Oxford. In einem kleinen Schloss bei Paris hatte sich einst eine ihrer großen Ladys niedergelassen. Morla wäre ihre Nachfolgerin gewesen, aber sie ging nach England und beschloss, die dortige Lady zu unterstützen. In Paris blieb die Enkelin zurück, die die Lady vermutlich längst schon hätte beerben sollen. Doch noch immer sitzt die Alte auf ihrem Thron. Irgendetwas ist da schiefgelaufen. Vielleicht hat einer meiner Wanderer sie getötet, ohne dass ich davon erfahren habe, aber das ist nicht der springende Punkt. Wir müssen diese Bibliothek aufspüren, dann erfahren wir vielleicht mehr.«

William atmete langsam und hörbar aus. »Das klingt nicht nach einer leichten Aufgabe.«

Winston Campbell runzelte die Stirn. »Möchtest du lieber einen einfachen Auftrag?«

Es war dieser Unterton in seiner Stimme, der William nachdrücklich widersprechen ließ. »Natürlich nicht! Das ist jetzt wichtig für uns, und ich werde dich nicht enttäuschen.«

Die Miene des Duke entspannte sich wieder. »Dann ist es ja recht.«

Kapitel 8

PARIS

»Ich bin Rebecca«, stellte sich Elses Mutter vor und verneigte sich.

Lorena starrte die Frau an, die so gar nicht wie eine über hundertjährige Urgroßmutter aussah. Die Magie, die sie ausstrahlte, war unglaublich. Vermutlich verfügte lediglich die Lady über mehr Kraft, wenn überhaupt, und dennoch fühlte sich Lorena in ihrer Gegenwart ganz anders, als wenn sie der Lady gegenübertrat, die es nicht einmal gestattete, mehr als ihren Rocksaum zu betrachten. Dieses Gesicht war freundlich, die grauen Augen nicht minder aufmerksam, doch ihrem Blick fehlte die unangenehme Schärfe.

Es fiel Lorena schwer, ihre Gedanken zu sortieren und den Zorn zurückzurufen, der ihr am Nachmittag den Schlaf geraubt hatte.

»Wo bist du so lange gewesen?«

Rebecca überlegte, ehe sie antwortete. »Ich war in der ganzen Welt unterwegs. Ich bin vermutlich vor mir selbst weggelaufen und vor den Menschen, deren Gefühle ich verletzen könnte. Ich spüre, wir sind uns sehr ähnlich, Lorena.«

Nun las Lorena Traurigkeit in ihrem Blick, doch so einfach würde sie sie nicht davonkommen lassen. »Wir hätten dich wirklich gebraucht! Deine Tochter hat dich gebraucht, Lucy hätte dich gebraucht, als sie entführt wurde, und ich, als man mir die Schuld an ihrem vermeintlichen Tod und am Tod meiner Mutter gab!«

Rebecca nickte. »Ja, ich weiß das jetzt. Ich habe nach dem Tod meines geliebten Mannes, an dem ich allein die Schuld trage, falsch reagiert. Ich habe ihn – unabsichtlich – mit meinem Gift verdorben, und das wollte ich keinem anderen Menschen mehr antun. Dennoch, es war nicht richtig, Else, als sie noch ein Kind war, von mir zu schieben und euch alle, die ihr meine Familie seid, eurem Schicksal zu überlassen. Manches Mal braucht man viel Zeit, um die Wahrheit zu erkennen.«

»Und das hast du nun?«, fragte Lorena kühl. »Lucy war mehr als zehn Jahre in den Händen des Councillors und seiner Wanderer. Sie hat ihre Kindheit und Jugend verloren!«

Lucy winkte lässig ab. »Ich hab es überlebt, und du hast mich am Ende rausgeholt.« Sie wandte sich an Raika. »Und du hast uns rausgehauen, als die Lady uns den Wanderern zum Fraß vorgeworfen hat.«

»Gern geschehen!«, antwortete Raika mit ihrem üblichen Grinsen.

Rebecca deutete auf zwei Bänke, die im rechten Winkel zueinander neben einem Rosenbusch standen. »Setzen wir uns. Ich denke, es gibt einiges zu besprechen.«

Der Vorschlag war sicher nicht ihrem Alter geschuldet, vermutete Lorena. Sie wirkte nicht so, als würden ihre Beine schnell ermüden. Dennoch folgten sie der Aufforderung.

Lorena setzte sich mit etwas Abstand auf die andere Bank, während Lucy offensichtlich Rebeccas Nähe suchte. Sie schien nicht mit ihrer Urgroßmutter zu hadern, was Lorena erstaunte. Sie selbst war noch nicht versöhnt und wehrte sich gegen ihr inneres Bedürfnis, sich diesem Nachtmahr anzuvertrauen und sie an sich heranzulassen. Vielleicht war das für sie ja nur ein unterhaltsames Zwischenspiel, ehe sie ihr eigenes Leben wieder aufnehmen und ihre Familie erneut vergessen würde.

»Über die längst vergangenen Geschichten zu sprechen bringt uns vermutlich nicht weiter«, sagte Rebecca. »Das können wir vielleicht später einmal nachholen. Was mich alarmiert hat, ist diese Geschichte in Schottland. Sie hat euch tatsächlich wissentlich den Wanderern ausliefern lassen?«

»Mehr als das. Es war ihr Befehl!«, berichtigte Lorena.

Rebecca schüttelte den Kopf. »Das verstehe ich nicht. Du bist das Wichtigste, was die Nachtmahre haben. Die Lady hat mir von Anfang an geschworen, euch im Auge zu behalten und zu beschützen. Sie wollte, dass ich mich von der Familie fernhalte und alles ihr und ihren Guardians überlasse.«

Lorena schnaubte abfällig. »Das Ergebnis war fantastisch: Lucy entführt und unsere Eltern tot!«

Rebecca schüttelte betrübt den Kopf. »Ich hätte mich nicht darauf einlassen sollen. Ich hätte damals den Kampf gegen sie aufnehmen müssen.«

»Gegen wen?«, wollte Raika wissen. »Gegen Mylady?«

Rebecca nickte.

»Warum?«, wollte Lucy wissen.

»Warum ich es nicht getan habe?« Sie hob ein wenig hilflos die Schultern. »Es wäre ein Kampf auf Leben und Tod geworden. Sie gehört nicht zu den Frauen, die freiwillig auf ihre Macht verzichten.«

Lorena nickte. »Das denke ich auch. Aber warum hättest du überhaupt gegen sie kämpfen sollen?«

»Weil ich an der Reihe gewesen wäre, ihren Platz einzunehmen«, sagte sie schlicht. »So war es immer, und so steht es in unseren Annalen geschrieben.«

Die drei jüngeren Nachtmahre starrten sie erstaunt an.

»Warum das?«, hakte Raika nach. »Wird dieses Anrecht wie in Adelsdynastien vererbt?«

Rebecca nickte.

Lucy stieß einen Pfiff aus und fragte: »Was ist die Lady? Deine Mutter? Großmutter?«

»Urgroßmutter«, bestätigte Rebecca. »Damals wurden zwei Generationen übersprungen, bis es wieder einen Nachtmahr in der Familie gab.«

Lucy überlegte, dann starrte sie ihre Schwester an. »Dann sind ja auch wir Nachfahren von Mylady.«

»Ja, und nach mir wäre nun Lorena die rechtmäßige Königin der Nachtmahre.«

Lorena starrte sie fassungslos an. Das war ein wenig viel, und sie konnte es nicht recht glauben.

Lucy dagegen schien nichts daran zu finden. Sie ergänzte: »Und sie ist die Eclipse aus dieser Prophezeiung, die die Nachtmahre in ein neues Zeitalter führt.«

»Das ist richtig«, bestätigte Rebecca.

Doch Lorena wehrte ab: »Nicht ich! Das Kind, das es nun nicht mehr geben wird.«

»Dein Verlust tut mir sehr leid«, versicherte Rebecca. »Sowohl der Tod deines Geliebten wie auch der des ungeborenen Kindes. Ich weiß, wie schmerzhaft es ist, den Mann, den man liebt, sterben zu sehen, vor allem, wenn man sich auch noch die Schuld dafür gibt. Und dann noch das Kind, das dich immer mit ihm verbunden hätte …«

»Können wir das Thema wechseln«, schlug Lorena in

schroffem Ton vor. »Es ist vorbei und lässt sich nicht ändern.«

»Das ist richtig. Weder Jason noch dein Sohn werden zu dir zurückkommen.«

»Sohn? Es wäre eine Tochter geworden. Ein Nachtmahr!«

Rebecca schüttelte den Kopf. »Nein, ich glaube, du warst mit einem Sohn schwanger. Aber das tut nichts zur Sache.«

»Tut es doch!«, widersprach Raika. »Wie hätte ein Junge die Nachtmahre stärken sollen?«

»Das hätte er nicht«, gab ihr Rebecca recht. »Er wäre ein netter Junge geworden, ganz ohne Magie.«

»Hä?« Lucy starrte sie an. »Das verstehe ich jetzt nicht.«

Auch Lorena sah irritiert drein.

»Er wäre nicht das Kind geworden, auf das die Lady und die Nachtmahre warten, denn Jason war sicher ein lieber Mensch, aber er war nicht der Auserwählte, dessen Magie sich mit der Lorenas zu diesem mächtigen Erben verbinden sollte.«

»Woher willst du das wissen?«, fragte Lorena. »Jason war für mich bestimmt!«

»Nein, das denke ich nicht. Ich habe die Prophezeiung gelesen.«

»Ich habe das Buch auch gesehen, und da stand drin, dass er der Sohn der Sonne ist. Am Tag der Sommersonnwende geboren.«

»Das hast du in Gryphon Manor gelesen«, vermutete Rebecca. »Diese Abschrift enthält nur die halbe Wahrheit. Es gibt ältere Schriften, die weit mehr verraten.«

»Die würde ich gerne sehen«, sagte Raika.

»Ja, vielleicht wäre es gut, wenn wir uns den genauen Wortlaut ansehen, um keinen Fehler zu begehen.«

Lorena stöhnte. »Ich werde ganz bestimmt nicht mit irgendeinem Kerl ein Kind zeugen, nur weil es in dieser Prophezeiung steht. Wer sollte das überhaupt sein?«

Rebecca zuckte mit den Schultern. »Das weiß ich auch nicht. Es ist lange her, dass ich in diesen Büchern gelesen habe.«

»Wo sind die, wenn nicht in Gryphon Manor? Vermutlich hat Mylady dafür gesorgt, dass keiner sie zu Gesicht bekommt«, mischte sich Lucy wieder ein.

»Das glaube ich nicht«, widersprach Rebecca. »Wenn sie den genauen Wortlaut des Originals kennen würde und wüsste oder zumindest vermuten würde, dass Jason nicht der Auserwählte war, hätte sie Lorena sicher nicht den Wanderern ausgeliefert. Nein, sie glaubt, mit dem Tod von Jason und dem Ungeborenen ist alle Hoffnung auf ein neues Zeitalter der Nachtmahre dahin.«

Raika nickte. »Das klingt logisch, aber wo finden wir die Informationen, die Sie meinen?«

»Dort, wo früher viele Nachtmahre gelebt haben, ehe sie sich alle um die Lady in Gryphon Manor scharten. Ich selbst war viele Jahre dort.«

»Wo?«, wollten die drei wissen.

»In Paris.«

»Paris?«, wunderte sich Lorena.

»Ja, die Nachtmahre hatten im Südwesten vor der Stadt, nicht weit von Versailles, ein Anwesen, das einst als Jagdschloss unter Ludwig XIV. für einen seiner Vertrauten erbaut worden ist. Dort residierte und regierte lange Zeit eine Madame, ähnlich wie Mylady heute noch in Gryphon Manor. Es war nicht immer ein friedliches Nebeneinander, doch man war sich in einem Ziel einig: in der Bekämpfung der Wanderer. Das ging so bis 1940. Als die Nazis auf Paris vorrückten, verließen die Nachtmahre das Schloss und gingen nach England, um sich unter die Fittiche von Mylady zu begeben. Auch die französische Madame unterwarf sich ihrer Macht. Ich denke, ihr habt sie kennengelernt. Sie nennt sich seitdem Morla.«

»Morla«, wiederholten die drei wie aus einem Mund erstaunt.

»Und in diesem Schloss finden wir die alten Dokumente, die wir suchen?«, nahm Lorena den Faden wieder auf.

»Nicht ganz«, wandte Rebecca ein. »Nachdem die Nachtmahre das Schloss verlassen hatten und noch ehe die Nazis in Paris einrückten, brachte ein Vertrauter, der für den Louvre arbeitete, alles, was von Wert war, in Sicherheit.«

»Oh ja, fahren wir nach Paris«, rief Lucy entzückt. Sie sprang von der Bank auf und trat aufgeregt von einem Fuß auf den anderen. »Ich will den Eiffelturm sehen und Paris bei Nacht und Versailles …«

»Und den Louvre!«, warf Lorena ein, doch Lucy verzog das Gesicht. »Nein, ich will nicht in olle Museen.«

»Sie will das Pariser Nachtleben auskosten«, mischte sich Raika ein. »Das berühmte Moulin Rouge!«

Rebecca lachte. »Ja, wir werden nach Paris fahren, und ihr könnt dort alle Sehenswürdigkeiten genießen, auch wenn ich sagen muss, es ist heute nicht mehr das Paris der 1930er-Jahre. Das war ein wilder Haufen mit all den Kokotten und den Künstlern, mit denen wir die Nacht über feierten und uns in Absinth und anderem ungesundem Zeug ertränkten. Grüne Fee nannte man den Drink, der buchstäblich in aller Munde war.«

»Klingt interessant«, meinte Lucy.

Lorena verdrehte die Augen und fragte: »Die Bücher oder Schriften, die wir suchen. Wo sind die jetzt?«

»Ja, richtig. Kommen wir zum Thema zurück«, fuhr Rebecca fort. »Sie wurden in den Louvre gebracht und sind, soweit ich weiß, noch immer dort.«

»Sie werden dort ausgestellt?«, wunderte sich Lorena.

»Aber nein«, wehrte Rebecca ab. »Sie sind in einem sicheren Raum unter Verschluss, wie auch andere Bücher, die von magischen Ritualen, schwarzen Messen und anderen Dingen handeln, die man der Öffentlichkeit lieber vorenthält.«

»Und woher weißt du das so genau?«, fragte Lorena.

»Weil ich lange darüber nachgedacht habe, das Schlösschen in Besitz zu nehmen und es in seinem alten Glanz wieder erstrahlen zu lassen. Mit all den schönen Dingen, die es einst beherbergt hat. Deshalb habe ich die Spuren verfolgt.«

»Und warum hast du es nicht getan?«, wollte Lucy wissen. »Ich meine, das Schloss zurückgekauft.«

»So was kostet ein Vermögen«, ließ sich Raika vernehmen. »Millionen!«

Ein feines Lächeln umspielte Rebeccas Mund. »Das ist wahr, doch Geldsorgen sollte ein Nachtmahr niemals haben. Es gibt so viele, die einem ihr Geld geradezu aufdrängen.«

»Männer«, fügte Lorena trocken hinzu.

»Ja, natürlich Männer«, stimmte ihr Rebecca zu.

Raika lachte. »Vielleicht habe ich etwas in meinem Leben falsch gemacht. Ich habe mir die Männer immer nur nach dem Spaßfaktor ausgesucht. Vielleicht hätte ich mal ein paar Millionäre aufsuchen sollen, dann müssten wir jetzt nicht in solch einer billigen Absteige übernachten und ein Auto fahren, das diese Bezeichnung nicht verdient.«

»Das haben wir hauptsächlich gewählt, um nicht aufzufallen und keine Verfolger auf unsere Spur zu bringen«, entgegnete Lorena.

»Gut, dann fliegen wir morgen also nach Paris«, nahm Rebecca den Faden wieder auf.

»Das geht nicht«, wehrte Lorena ab. »Es ist zu lange hell. Was, wenn wir kontrolliert werden? Wir haben keine Pässe. Lasst uns mit dem Auto fahren.«

»Nicht mit dieser Schrottkarre«, wehrte Raika ab.

Auch Rebecca schien die Aussicht auf viele Stunden in einem Auto nicht zu behagen. So einigten sie sich darauf, den Zug zu nehmen und in Paris, wenn nötig, einen Wagen zu mieten.

»Ich möchte mich morgen früh noch von Großmutter verabschieden«, sagte Lorena. »Dann können wir fahren.«

»Gut. Wir treffen uns am Bahnhof«, schlug Rebecca vor. »Ich lasse euch eine Nachricht zukommen, mit welchem Zug wir fahren.«

Sie verabschiedeten sich voneinander und traten den Heimweg an. Lucy war bester Laune. Sie freute sich auf Paris, und auch Lorena fühlte sich erleichtert. Sie hatten wieder ein Ziel und eine Aufgabe, die sie anpacken konnten. Und sie hatten eine Verbündete an ihrer Seite, die man – trotz ihres hohen Alters – sicher nicht unterschätzen durfte.

Die drei Nachtmahre waren am nächsten Tag pünktlich am Bahnhof. Schon als sie von der Wandelhalle zur Rolltreppe kamen, die zu den Gleisen hinunterführte, entdeckten sie Rebecca. Der Bahnsteig war voll. Auf dem gegenüberliegenden Gleis war gerade ein ICE eingefahren, und es drängten sich die Menschen in dichten Trauben vor den Türen, während die, die gerade angekommen waren, mit ihren Taschen und Koffern den Rolltreppen zu beiden Seiten zustrebten. Dennoch war Rebecca so klar zu erkennen, als wäre ein Scheinwerferspot auf sie gerichtet. Vermutlich konnten nur die drei Nachtmahre sie so sehen, aber für sie war es, als würde ihre Magie sie wie eine schimmernde Hülle umgeben. Die drei schulterten ihre neu erstandenen Reisetaschen und fuhren mit der Rolltreppe hinunter. Rebecca hatte sich ihnen bereits zugewandt und kam ihnen entgegen.

»Wie schön, euch zu sehen«, begrüßte sie die drei.

Sie hatte das lange, fließende Kleid aus dunkelblauer Seide, das sie in der Nacht zuvor getragen hatte, gegen einen schmal geschnittenen Hosenanzug getauscht. Ihr silbrig schimmerndes Haar war zu einem Knoten aufgesteckt. Dennoch wirkte sie alles andere als großmütterlich, was vermutlich an ihrer königlichen Haltung lag und an ihrer Größe von fast einem Meter achtzig.

»Ich habe die Fahrkarten besorgt und euch Ausweise und Führerscheine machen lassen. Wer weiß, ob wir sie brauchen. Bei Tag ist es besser, so etwas bei sich zu haben.«

Sie reichte den dreien ihre Dokumente. Lorena fragte sich verwundert, wie sie das angestellt hatte. Sie starrte auf das Foto, das eindeutig sie selbst zeigte und nicht sehr alt sein konnte.

»Sie verfügen offensichtlich über nützliche Kontakte«, bemerkte Raika.

»Wenn man so alt wird, hat man viel Zeit, sich diese aufzubauen«, gab Rebecca gut gelaunt zurück. Sie wurde von einer Lautsprecherstimme unterbrochen, die den ICE nach Frankfurt ankündigte. Von dort würden sie mit dem TGV weiterfahren.

»Ich habe uns ein Abteil reserviert«, sagte Rebecca.

»Erste Klasse. Sehr gut!«, stellte Lucy fest und ließ sich in den bequemen Sitz sinken. »Jetzt brauche ich nur noch einen Cappuccino, dann lässt es sich hier gut aushalten.«

Nicht nur Lucy bekam ihren Cappuccino. Auch die anderen wurden von einem Bahnbediensteten an ihrem Platz zuvorkommend bedient. Lorena spürte, dass Rebeccas Magie nicht auf die Zeit ihrer nächtlichen Wandlung beschränkt war, und ähnlich wie bei Raika unterschied sich ihre Erscheinung heute bei Tageslicht kaum von dem, was sie in der Nacht bei ihrer ersten Begegnung gesehen hatte. Vielleicht war ihre Magie so allumfassend, dass sie Nachtmahr bei Tag und Nacht blieb, wobei sie im Moment vermutlich nicht ihre Flügel benutzen konnte.

Es war eine angenehme Fahrt. In Paris angekommen, steuerte Rebecca als Erstes den Tresen einer Autovermietung an und legte dem Mann am Schalter ihren Ausweis und den Führerschein vor. Lorena dachte amüsiert darüber nach, wie der Mann reagieren würde, wenn sie ihr echtes Geburtsdatum in den Dokumenten hätte vermerken lassen. Vermutlich würde er sie für gefälscht halten. An diesen Ausweisen hatte er aber nichts auszusetzen und überreichte ihr mit einem Lächeln den Schlüssel zu einem großen schwarzen BMW.

»Nicht auffallen, war das nicht so?«, murmelte Raika, als sie sich mit einem genüsslichen Seufzer in das helle Leder sinken ließ.

»Keiner wird uns in Paris vermuten«, hoffte Lorena. »Aber ich hätte dennoch lieber die Metro genommen.«

Es wunderte keine der drei, dass Rebecca ein altehrwürdiges Luxushotel mitten in Paris ansteuerte. Man musste nur die Straße überqueren und stand schon in den Tuilerien, dem alten Schlosspark der französischen Könige. Durch die breiten Alleen, vorbei an gepflegten Blumenbeeten und Springbrunnen, waren es nur wenige Minuten bis zur gläsernen Pyramide, dem offiziellen Besuchereingang zum Museumskomplex des Louvre.

Mit einem nonchalanten Lächeln überreichte Rebecca dem Portier den Wagenschlüssel. Selig eilte er davon. Es war längst dunkel geworden, und so wirkte die Kraft aller Nachtmahre, die sie wie eine Wolke umgab, sodass alle Mitarbeiter in ihrem Umkreis nur noch den Wunsch hatten, ihnen zu dienen. Interessanterweise schien sich Rebeccas Kraft auch auf Frauen auszuwirken.

Sie gingen nur kurz in ihre Zimmer hoch, um die Taschen abzustellen. Lorena teilte mit Lucy und Raika eine Suite mit zwei Schlafzimmern. Rebecca zog es vor, sich ein eigenes Zimmer zu nehmen.

Es ging bereits auf Mitternacht zu, als sie sich wieder trafen und auf den Weg machten.

»Wohin fahren wir?«, wollte Lorena wissen. »Der Louvre ist gleich dort drüben.«

Rebecca schmunzelte. »Das ist mir durchaus bewusst, aber wir fahren erst zum Schloss.«

»Denkst du, dort finden wir noch was?«, erkundigte sich Lucy.

»Nein. Wenn es dort noch etwas gäbe, hätte ich es längst entdeckt. Ich möchte es euch lediglich zeigen.«

Der Verkehr in Paris war zu jeder Tageszeit dicht, das kannten Lorena und Raika auch aus London, doch nun schien er sich ein wenig zu lichten. Zumindest hatten sich die Feierabendstaus aufgelöst, und auch viele Kino- und Restaurantbesucher waren schon nach Hause gefahren.

Rebecca lenkte den Wagen durch die Lichterstadt. Sie überquerten die Seine und folgten dann einige Zeit den Hinweisschildern nach Versailles, ehe sie nach Süden abbogen.

»Wir sind gleich da«, kündigte Rebecca an, als sie den kleinen Ort Châteaufort mit seinen hübschen alten Häusern und kleinen Restaurants passierten. Rebecca bog in eine schmale Seitenstraße ab und passierte dann ein Tor, das sicher einst prächtig gewesen war. Nun aber waren die Torhäuschen zu beiden Seiten verwittert, die Dächer mit Moos überwachsen und die eisernen Gitter der Torflügel rötlich von Rost. Der Wagen holperte über die mit Unkraut bewachsene Zufahrt und schwenkte dann um eine ovale Rasenfläche ein, die schon lange nicht mehr gemäht worden war. Rebecca hielt den Wagen vor dem Eingangsportal an. Die vier stiegen aus.

Neugierig sah sich Lorena um. Es war ein wunderschönes Schlösschen, damals sicher für kleinere Jagdgesellschaften gebaut, die dann in den weitläufigen Wäldern, die sich nach Süden und Westen ausdehnten, auf die Pirsch gegangen waren. Obgleich Nachtmahre bei Mondschein noch viel besser sehen konnten als ein menschliches Auge, verhüllte der sanfte Schimmer ein wenig die Schäden, die der Zahn der Zeit dem Putz und den Fensterrahmen zugefügt hatte. Das schiefergraue Dach mit den zahlreichen barock verzierten Seitengiebeln schien noch intakt. Jedenfalls war das Schloss ein Kleinod, das es zu erhalten lohnte.

Sie traten durch den mittleren Bogen der Arkadengalerie zwei Stufen hinauf und standen vor dem verschlossenen Portal, das sicher nicht so einfach zu öffnen war, doch zu ihrer Überraschung zog Rebecca einen Schlüssel aus der Tasche.

Lorena sah sie verwundert an.

Lucy lachte. »Ah, du hast vorgesorgt und dir den Schlüssel beschafft. Sehr löblich. So müssen wir keines der Fenster einschlagen.«

»Da hätte ich auch etwas dagegen«, sagte Rebecca streng.

Lorena schüttelte den Kopf. »Du hast den Schlüssel gar nicht heimlich entwendet, nicht wahr?«

In dem Lächeln, das ihre Lippen umspielte, schwang Stolz mit.

»Das ist richtig. Man hat ihn mir bereits übergeben.«

»Ich fasse es nicht«, stieß Raika hervor. »Das Schloss gehört tatsächlich Ihnen?«

»Ja, ganz offiziell.«

»Warum hast du uns das dann verschwiegen und behauptet ...«, begann Lucy.

»Ich habe lediglich gesagt, dass ich lange darüber nachgedacht habe, das Schlösschen wieder in Besitz zu nehmen und es in seinem alten Glanz wieder erstrahlen zu lassen«, unterbrach sie Rebecca. »Und das entspricht der Wahrheit, doch im vergangenen Jahr habe ich mich entschieden, es zu wagen. Kommt mit! In einigen Zimmern hat sich bereits was getan. Ich konnte sogar einige der Originalmöbel zurückerwerben.«

Sie führte die jungen Frauen in die Halle, deren Boden aus verschiedenfarbigem Marmor frisch poliert glänzte. Auch die Wände waren gereinigt und der Stuck ausgebessert worden. Sie stiegen die breite Treppe hinauf. In einigen Zimmern waren Gerüste aufgestellt. Die Deckengemälde sollten gesäubert werden, erklärte Rebecca. Im hinteren Bereich, wo man den Westflügel des in L-Form angelegten Schlösschens betrat, waren bereits drei Gemächer und ein

Badezimmer eingerichtet. Im Gegensatz zu den Räumen in Gryphon Manor waren hier nur wenige ausgesuchte Stilmöbel und Teppiche so arrangiert, dass sie bestens zur Geltung kamen. Alles war in hellen Farben gehalten und strahlte eine fröhliche Atmosphäre aus, ganz im Gegensatz zu den dunklen, muffigen Gemächern der Lady. In anderen Zimmern war noch nichts gemacht worden. Hier zeigte sich das ganze Ausmaß der Vernachlässigung und so mancher Schaden durch Vandalismus.

»Es dauert noch Monate, wenn nicht Jahre, bis ich alles so hergerichtet habe, wie es einmal war«, gab Rebecca zu. Sie führte die drei wieder die Treppe hinunter durch einen großen Salon, in dem gerade das Bodenparkett restauriert wurde, in einen weiteren weitläufigen Raum mit hoher Decke, auf dessen Gemälde anmutige Gestalten im Sternenlicht tanzten. Zwei hohe Fenster ließen das Mondlicht herein, das deckenhohe, leere Regale beleuchtete. Rebecca seufzte. »Das war die Bibliothek. Wir können nur hoffen, dass alle wichtigen Dokumente im Louvre gelandet sind und nicht das, was wir suchen, für immer verschwunden ist.«

»Hoffen wir«, wiederholte Lorena, »dass wir endlich Antworten auf unsere vielen offenen Fragen finden.«

»Also morgen Nacht im Louvre!«, bekräftigte Raika, doch Rebecca schüttelte den Kopf.

»Morgen geht nicht. Ich habe so viel zu erledigen. Eine Nacht mehr müsst ihr euch noch gedulden, aber dann machen wir uns zusammen auf die Suche.«

Kapitel 9

IM LOUVRE

Allmählich setzte die Abenddämmerung ein. William verließ das Café, in dem er eine Weile gesessen hatte, um die Passanten zu beobachten. Es war noch zu früh, sich ein Restaurant zu suchen, wo er ein feudales Abendessen zu sich nehmen wollte. Vielleicht wäre es keine schlechte Idee, schon einmal einen Blick auf den Louvre zu werfen, ehe er sich dort drinnen auf die Suche nach den Schriften machte, die sein Vater unbedingt haben wollte. Hunter hatte ganze Arbeit geleistet und die verschwundenen Bücher in den Inventarlisten des Louvre aufgespürt, wo sie irgendwann in den 1940er-Jahren gelandet sein mussten und seitdem in einem Archivraum ein vergessenes Dasein fristeten.

William überquerte die Straße und ging dann ein Stück an der Seine entlang, bis er die Brücke erreichte, die zum Louvre hinüberführte. William betrat den weitläufigen nach Westen geöffneten Hof des Schlosses, in dessen Mitte sich seit Ende der 1980er-Jahre die markante Glaspyramide erhob, die den Haupteingang des berühmten Museums überdachte. Er trat näher, um in die ein Stockwerk tiefer liegende Eingangshalle zu sehen. Dabei stieß er fast mit einer jungen Frau zusammen, die offensichtlich das Gleiche im Sinn hatte.

»I beg your pardon.« Er trat zurück und wandte sich der jungen Frau zu, die vermutlich noch keine zwanzig Jahre alt war. Ihre Schönheit traf ihn so sehr, dass er noch einen Schritt zurückwankte. Sie kam ihm irgendwie bekannt vor, und doch fragte er sich, wie er so jemanden jemals vergessen könnte, wenn er ihr schon einmal begegnet war.

Sie warf ihre goldblonden Locken zurück und lächelte ihn so betörend an, dass er dachte, er würde gleich keine Luft mehr bekommen.

»Ein Franzose sind Sie offensichtlich nicht«, stellte die junge Dame fest.

William räusperte sich. Was war nur in ihn gefahren? Er war kein Anfänger, was das weibliche Geschlecht anging, und dennoch kam er sich in diesem Moment wie ein Pennäler vor, der zum ersten Mal einer tollen Frau begegnet. Er war so verwirrt, dass er einige Momente brauchte, um zu begreifen, wer da so unverhofft mitten in Paris vor ihm stand. Natürlich! Es war noch hell. Da sah sie anders aus als in der Nacht in Oxford, als er sie mit Raika gesehen hatte.

»Sie kommen aber auch nicht von hier«, sagte er, als er seine Stimme wiederfand.

Sie lachten beide, dann streckte er die Hand aus. »Ich bin William, und Sie?«

»Lucy, sehr erfreut. Sie kommen von der Insel, nicht wahr? Ich würde sagen, Richtung Schottland.«

William stieß einen Seufzer aus. »Das haben Sie gleich gehört? Sie stürzen mich in Verzweiflung. Dabei hat meine Familie so viel in meine Ausbildung an den besten Schulen investiert, um mir den schottischen Slang auszutreiben.«

»Man hört es kaum«, versicherte Lucy. »Ich kannte aber mal jemand, der so ähnlich wie Sie sprach. Sie erinnern mich ein wenig an ihn, obgleich Sie natürlich viel jünger aussehen.«

Ihre Miene umwölkte sich für einen Moment, und William fragte sich, ob sie an seinen Vater dachte. Vermutlich.

»Und Sie kommen aus …?«

»London«, behauptete sie. »Ich wohne dort mit meiner Schwester, aber jetzt mache ich gerade ein paar Tage Urlaub.«

»Um heute noch in den Louvre zu gehen ist es zu spät«, sagte William. »Die Kassen haben schon geschlossen, aber man kann, glaube ich, durch die Passage gehen und sich die andere Pyramide ansehen, die auf den Kopf gestellt in die Tiefe ragt. Haben Sie Lust?«

»Ich habe immer Lust«, antwortete sie zweideutig und berührte seine Hand. Er erschauderte und musste sich zusammenreißen, um sich die seine nicht anmerken zu lassen.

Sie fuhren zusammen die Rolltreppe hinunter und schlenderten dann an den Zugängen zu den verschiedenen Museumstrakten vorbei zur Ladenpassage, wo die meisten Geschäfte noch geöffnet hatten.

Sie plauderte angeregt mit ihrem Begleiter, und er antwortete, ohne zu wissen, was er mit ihr redete. Trotz der Uhrzeit stand er vermutlich unter dem magischen Bann eines Nachtmahrs, doch heute wollte er sich nicht dagegen wehren. Immer wieder kamen ihm die Worte seines Vaters in den Sinn, der ihn eindrücklich vor genau solch einer Situation gewarnt hatte, aber schließlich war es ihm auch gelungen, sich gegen Raika zu behaupten. Warum sollte Lucy gefährlicher sein? Sie war jünger – und noch schöner, und sie verfügte über noch mehr Magie, das war ihm trotz allem bewusst.

Hätte er sich überhaupt dagegen wehren können? Sie warf das Netz, und er versuchte gar nicht erst, diesem auszuweichen. Ja, es kam ihm vor, als beeilte er sich gar, sich darin zu verstricken.

»Hast du Lust auf ein Eis?«, fragte Lucy.

William stöhnte. »Ich habe Lust auf dich«, rutschte es ihm heraus, obgleich er das nicht hatte sagen wollen.

Lucy tat jedoch so, als hätte sie es nicht gehört, und sagte: »Ich hätte gerne Schokolade und Mango und Himbeere und ganz viel Sahne!«

William kaufte ihr das Gewünschte und nahm sich eine Kugel Joghurteis. Sie kehrten in den Schlosshof zurück, setzten sich auf den Rand des dreieckigen Wasserbeckens und genossen die sommerliche Wärme und ihr Eis. Lucy saß so nah, dass William das Gefühl hatte, nicht nur die Eiskugel in ihrer Waffel müsse sofort schmelzen. Er wartete, bis Lucy ihr Eis verzehrt hatte, dann konnte er sich nicht mehr zurückhalten. Er zog sie in seine Arme und küsste sie mit einem Hunger, der ihn selbst erstaunte.

Das ist nur ihre Magie, das Verderben, das sie über Männer bringen, um sie in ihren Bann zu ziehen und sie zu versklaven.

Sein Geist betete ihm die Worte vor, doch er konnte und wollte nicht aufhören, sie zu küssen. Seine Hand strich über ihr Knie und wanderte unter ihren kurzen Rock.

Es war Lucy, die sich schließlich von ihm löste, ehe sie in das Wasserbecken kippten.

»Es ist zwar warm, aber ich denke, es wird hier nicht gern gesehen, wenn ihre Springbrunnen zum Baden und anderem benutzt werden«, sagte sie und lachte. Sie sprang auf und wich einige Schritte zurück. Ihr Lächeln dagegen war eine einzige Aufforderung.

William streckte die Hand nach ihr aus. »Nein, bleib hier!«

Er war sich des Flehens in seiner Stimme bewusst. Lucy lachte noch immer, kam aber wieder näher und beugte sich zu ihm herunter, sodass er einen Blick auf ihre wunderbaren Brüste genießen konnte. Ihre Lippen näherten sich seinem Ohr.

»Das, wonach es uns beiden gelüstet, können wir nicht hier am Brunnen haben«, flüsterte sie. »Sie würden uns verhaften!«

Wider besseren Wissens nahm er ihre Hand und zog sie mit sich. Sie brauchten kaum zwanzig Minuten bis zu seinem Hotel und hinauf in sein Zimmer. Es gehörte nicht zu den teuersten in Paris, doch es bot durchaus eine angenehme Atmosphäre.

»Möchtest du Champagner?«, fragte er, doch Lucy stand der Sinn nach anderen Köstlichkeiten. Sie riss sein Hemd auf, dass die Knöpfe nach allen Seiten flogen. Mit einem erstaunlich kräftigen Stoß beförderte sie William auf das breite Bett und raubte ihm Schuhe, Socken und Hosen. Dann machte sie sich über ihn her.

Hatte William auf dem Weg zum Hotel noch ein paar Mal darüber nachgedacht, ob er dem Ganzen nicht doch einen Riegel vorschieben sollte, so war sein Verstand nun endgültig besiegt und die Mahnungen seines Vaters irgendwo draußen auf dem Weg mit dem Fahrstuhl in den fünften Stock hinauf verloren gegangen. William ergab sich einfach und ließ sich von Lucy zu immer neuen Höhen der Lust treiben, bis er irgendwann erschöpft neben ihr einschlief. Er glaubte, im Traum zu sehen, wie sie ihre eigenen, im Zimmer verstreuten Kleidungsstücke einsammelte, ihm noch einen Kuss auf das Haar hauchte und dann das Zimmer verließ.

Raika und Lucy waren die ganze Nacht durch Paris gestreift, und auch Lorena hatte die nächtliche Stadt erkundet. Als der Morgen graute, trafen sie sich zufällig in der Halle und machten sich auf den Weg zu ihren Betten.

Sie verschliefen fast den ganzen Tag und trafen erst nach Einbruch der Dunkelheit mit Rebecca zusammen, um dem Louvre einen Besuch abzustatten. Nun waren sie alle frisch und begierig darauf, ihrem Ziel näher zu kommen.

Als sie auf den Eingang zuschritten, ging es bereits auf Mitternacht zu. Das Museum und auch die Läden in der Passage waren längst geschlossen, doch Rebecca wusste einen Zugang in die Pyramide, von dem aus sie lautlos in die Eingangshalle schwebten.

Raika drehte sich einmal um ihre Achse. Es gab drei Zugänge zum Museum, die jeweils über eine kurze Treppe zu erreichen waren: »Denon, Sully und Richelieu«, las sie vor und zuckte dann mit den Schultern. »Sagt mir nichts. Wo müssen wir hin?«

Lorena beugte sich über ihren Museumsplan, den sie sich zuvor besorgt hatte.

»Im Denonflügel finden wir orientalische Kunst, Skulpturen aus den Ländern um das Mittelmeer, aber auch italienische, französische und spanische Gemälde. Die Mona Lisa ist im ersten Stock dort drüben ausgestellt.« Lorena ließ den Finger über den Plan wandern. »Im Sullyflügel kann man die mittelalterlichen Grundmauern der ersten Burg besichtigen und darüber französische Gemälde vom siebzehnten bis zum neunzehnten Jahrhundert. Aber es gibt auch allerlei Gegenstände aus Ägypten und anderen Ländern des Vorderen Orients.« Sie stöhnte. »Im Richelieuflügel sind die älteren französischen Gemälde zu sehen, aber auch Kunst aus

Flandern, Deutschland und Holland und die erhaltenen Gemächer Kaiser Napoleons III.« Sie sah fragend zu Rebecca. »Ich habe keine Ahnung, wo wir mit unserer Suche anfangen sollen. Von Büchern ist hier nichts zu lesen.«

»Das liegt daran, dass sie sich in keinem der öffentlich zugänglichen Säle befinden. Einige Möbel und kleinere kunsthandwerkliche Gegenstände aus dem Schloss sind im ersten Stock im Richelieuflügel ausgestellt. Die Bücher sind in einem für die Öffentlichkeit geschlossenen Magazin.«

Sie wies auf eine Tür, deren Aufschrift »Nur für Personal« lautete. Sie war verschlossen, doch Rebecca legte ihre Handfläche neben das Schloss und schon ließ es sich öffnen.

Raika war beeindruckt. »Kannst du das auch?«, fragte sie Lorena mit spöttischem Unterton.

»Ich würde nicht darauf wetten«, entgegnete diese und sah Rebecca staunend an.

»Nein? Ich schon«, entgegnete die Urgroßmutter mit einem feinen Lächeln und schickte Lorena vor, als sie vor der nächsten verschlossenen Tür standen.

»Versuche es!«

Lorena legte ihre Hand neben das Schloss und sah Rebecca fragend an. »Was soll ich jetzt tun?«

»Du musst dich nur auf das konzentrieren, was du vorhast. Ähnlich, als wolltest du dich wandeln.«

Lorena kniff die Augen zusammen und legte die Stirn in Falten, dann hob sie die Lider wieder und sah Rebecca an.

»Versuche es!«

Ohne große Hoffnung drückte Lorena die Klinke herunter. Ein erstaunter Ausruf entfuhr ihr, als sich die Tür öffnen ließ. Sie betraten einen langen Gang, von dem etliche verschlossene Türen abgingen.

»Was? Das ist so einfach?«, rief Lucy. »Aber ich habe Tausende Male versucht, aus meinen Kerkerzellen zu entkommen, ohne Erfolg.«

Sie eilte zur nächstliegenden Tür und drückte versuchsweise die Klinke. Auch hier war abgeschlossen. Lucy wiederholte Lorenas Geste und rüttelte dann wieder an der Klinke, doch nichts geschah.

»Verdammt«, fluchte Lucy. »Warum kann sie das und ich nicht?«

»Weil Lorena die Eclipse ist und ihre Kräfte wachsen. Sie ist nach mir Myladys rechtmäßige Erbin als Königin aller Nachtmahre.«

Lorena starrte Rebecca an. Dieser Gedanke war ihr noch gar nicht in den Sinn gekommen.

»Ich soll Myladys Sitz einnehmen?«

»Sobald sie gewillt ist, ihren Thron zu verlassen, den sie schon vor vielen Jahrzehnten an mich hätte abtreten müssen. So steht es geschrieben, aber sie weigerte sich und holte sich stattdessen Morla zu ihrer Unterstützung nach Gryphon Manor. Nein, ich denke, sie wird das Herrenhaus weder an mich noch an dich freiwillig abtreten.«

»Ich will Gryphon Manor auch gar nicht«, wehrte Lorena ab. »Es war mir wie ein Gefängnis.«

»Genau, den alten Kasten kann sie behalten. Ich finde dein Schloss viel schöner«, verkündete Lucy.

»Gut, dann sehen wir zu, dass wir die verlorene Bibliothek aufspüren und die Bücher dorthin zurückbringen, wohin sie gehören.«

Rebecca ging wieder vor und öffnete die nächste Tür, die sie in ein Treppenhaus führte, dessen Zugang nach oben ebenfalls mit einer verschlossenen Tür gesichert war.

Normalerweise. Nun war die Tür nur angelehnt. Rebecca runzelte die Stirn.

»Das dürfte nicht sein«, sagte sie. »Irgendjemand hat vergessen abzuschließen.«

»Oder es hat sich jemand unbefugt Zugang verschafft«, vermutete Raika, die sich das Schloss näher besah. »Seht ihr diese Kratzer? Ich würde auf einen Dietrich tippen! Damit kenne ich mich aus«, raunte sie Lucy zu. »So etwas sollte man immer bei sich haben, wenn man nicht über so viel Magie verfügt wie die beiden dort.«

»Ich werde es mir merken, falls mich mal wieder jemand in ein Gefängnis stecken will«, gab Lucy zurück und grinste, doch dann hielt sie irritiert inne. Sie sog tief die Luft ein und ging mit hochgereckter Nase einmal um den Treppenzugang herum, bis sie vor einer Tür stehen blieb. Sie streckte die Hand aus und öffnete sie. Dann beugte sie sich herab und musterte kritisch das Schloss.

Raika gesellte sich zu ihr und nickte dann. »Ein Dietrich«, verkündete sie.

»Ist das unser Weg?«, wollte Lorena wissen.

Rebecca bejahte. »Seltsam. Wir scheinen nicht die Einzigen zu sein, die heute Nacht hier auf verbotenen Pfaden wandeln.«

»Ein Dieb?«, vermutete Raika.

»Der wird es ja hier im Louvre mit seinen Kunstwerken nicht ebenfalls auf diese alten Bücher abgesehen haben«, sagte Lorena, obwohl sie eine zunehmende Unruhe ergriff.

»Ausgerechnet heute Nacht?« Rebecca schob die Brauen zusammen. »Ich glaube nicht an Zufälle.«

»Nein, ich auch nicht«, mischte sich Lucy ein. »Und wenn, dann habe ich diesen Dieb, glaube ich, vor nicht allzu langer Zeit hier am Louvre kennengelernt. Also genauer gesagt, gestern Nacht.«

»Als er wie du die Lage ausgekundschaftet hat«, vermutete Raika und schnüffelte dann ebenfalls vernehmlich. »Seltsam. Der Geruch kommt mir bekannt vor, aber ich komme nicht drauf, woher ich ihn kenne.«

»Kommt, lasst uns weitergehen«, schlug Rebecca vor. Die drei jungen Nachtmahre folgten ihr. »Es müsste der Raum gleich dort vorn sein«, sagte sie und blieb dann plötzlich stehen. Lorena wollte gerade fragen, warum, als sie es ebenfalls bemerkte: Ein feiner Lichtstreifen am Boden schied sich von der Dunkelheit um sie herum. Sie waren also tatsächlich nicht die Einzigen hier, und der Unbekannte war genau in dem Raum, für den sich auch die Nachtmahre interessierten.

»William!«, knurrte Lucy, stürmte vor und riss die Tür auf.

Die anderen folgten ihr.

William stöhnte. Es fühlte sich wie Verzweiflung an, als er sich langsam um seine Achse drehte und den Blick über die mit Büchern und losen Schriften gefüllten Regale schweifen ließ. Erstaunlicherweise hatte ihm Hunter sehr genaue Anweisungen geschickt, wo er suchen musste, und ihn auch mit dem nötigen Werkzeug versehen, das ihm Zutritt verschaffte. So weit, so gut, doch nun schien er vor einem riesigen Berg zu stehen und fragte sich, wie er es ans Ziel schaffen konnte.

Wahllos begann er, einzelne Bücher aus verschiedenen Regalen herauszuziehen, las die Titel und blätterte kurz durch die Seiten, um zu prüfen, ob das, was auf dem Einband stand, sich tatsächlich mit dem Inhalt deckte. Man konnte nicht vorsichtig genug sein. Aber es schien alles seine Ordnung zu haben. Recht schnell begriff er, dass die Bibliothek fein ausgeklügelt sortiert war. Er schloss die Regalbretter mit Enzyklopädien, Wörterbüchern unzähliger Sprachen und den alten Klassikern von Shakespeare bis zu den französischen Aufklärern schnell aus. Ein weiteres Regal enthielt deutsche Werke von Schiller, Goethe, Lessing und anderen. Es gab ein Regal für Medizin und eines mit Pflanzenkunde, ein Brett für verschiedene Religionen und Reiseberichte aus dem Orient. Dann stieß er auf den ersten Titel, der ihn interessierte. Es war von magischen Kulten die Rede. Das nächste Buch handelte von schwarzer Magie, ein weiteres von Voodoo. Anscheinend kam er der Sache näher. Es gab einen ganzen Stapel von Büchern und Abhandlungen über Vampire und Werwölfe und dann eines, in dem er den Satz fand: »Magiebegabte Frauen, die wie Albträume durch die Nacht fliegen.« Das war interessant. Er blätterte weiter und stieß auf das Wort »Prophezeiung«. William legte es auf eine Kiste und wandte sich den nächsten Büchern zu.

Er war schon jetzt über seinen Erfolg hocherfreut und malte sich aus, wie sein Vater ihn und seine Beute in Empfang nehmen würde. Er träumte von der ihm so lange verwehrten Anerkennung, als unvermittelt die Tür aufflog. Geistesgegenwärtig schob er das Buch zwischen zwei Kisten, ehe er sich der unwillkommenen Störung zuwandte.

»Lucy!«

Vielleicht hätte er damit rechnen müssen. Die Nachtmahre waren offensichtlich aus einem ähnlichen Grund hier in Paris wie er. Und sie waren darauf aus, ihm seine Beute streitig zu machen. Unauffällig trat er einige Schritte vor und griff nach einem Buch aus der medizinischen Sammlung.

»Was für eine Überraschung!«, sagte er.

»William!«, rief Lucy erzürnt. »Was tust du hier?«

»Lucy, was für eine schöne Überraschung, dich an diesem seltsamen Ort wiederzusehen.«

»William!«, stieß nun auch Raika aus, während Lorena die beiden fragend ansah.

»Woher kennt ihr ihn?«

»Von gestern Nacht«, sagte Lucy.

»Von Oxford«, gestand Raika.

»Aha.« Lorena betrachtete den gut aussehenden jungen Mann, dessen Gesichtszüge sie an jemand erinnerten. Dabei hatte sie eine ziemlich genaue Vorstellung, wie sich dieses Kennenlernen abgespielt hatte.

Rebecca schwieg und sah den Eindringling durchdringend an. Da sie die Tür versperrte, gab es für ihn kein Entkommen. Er versuchte nicht, die alte Frau zur Seite zu stoßen. Ob er um ihre Kräfte wusste?

Das war eine beunruhigende Vorstellung, dachte Lorena, der eines klar war: erst Oxford und nun der Louvre. Das war mindestens ein Zufall zu viel. »Wer sind Sie?«, fragte sie.

Er verneigte sich höflich. »Mein Name ist William.«

»Und weiter?«

»Was tut das zur Sache? Suchen Sie sich einen Namen aus.«

Rebecca schien in seine Richtung zu wittern. »Ein Wanderer ist er nicht«, stellte sie fest. »Ihm fehlt jede Magie, und dennoch ist da etwas, das ich nicht benennen kann.«

»Ist das Wort, das Sie suchen, etwa ›Kunstdieb‹, Madame? Solche gut erhaltenen alten Bücher sind ein Vermögen wert.« Er hob entwaffnend die Arme. »Sie haben mich ertappt, aber ich denke, Sie gehören auch nicht zu den offiziellen Mitarbeitern des Louvre – nicht zu dieser Uhrzeit, oder? Aber ich denke, in unserem Metier hackt eine Krähe der anderen kein Auge aus, daher würde ich vorschlagen, ich lasse Sie jetzt allein und ziehe mich zurück.«

Die Nachtmahre rückten enger zusammen.

»Ich würde vorschlagen, wir gehen kein Risiko ein«, murmelte Raika. »Er gehört irgendwie zu unseren Feinden, da gehe ich jede Wette ein. Vielleicht müssen wir es bereuen, wenn wir ihn nicht zum Schweigen bringen.«

»Allein wegen dieses Verdachts würdest du ihn ermorden?«, gab Lorena genauso leise zurück.

Lucy zuckte nur mit den Schultern. Ihr schien die Entscheidung gleichgültig zu sein.

Die drei sahen Rebecca an.

»Wenn wir das tun, dann folgen wir dem Weg, den Mylady eingeschlagen hat. Wollt ihr das?«, fragte sie.

»Auf keinen Fall!«, stieß Lorena aus.

»Da bin ich aber erleichtert«, gestand William, der über ein erstaunlich gutes Gehör verfügen musste. Er verbeugte sich noch einmal demütig vor den Frauen.

»Ich will ja nur anmerken, dass er über Nachtmahre Bescheid weiß«, warf Raika ein.

»Trotzdem werden wir ihm nichts antun«, beharrte Lorena. »Wir sind weder wie Mylady noch wie die Wanderer.«

»Wir könnten ihn gefangen nehmen«, schlug Lucy vor. »Dann kann er keinen Schaden anrichten.«

Lorena schüttelte den Kopf. »Wie stellst du dir das vor?

Sollen wir ihn fesseln und durch Paris tragen? Ihn im Schlosskeller einsperren? Und wer kümmert sich dann um ihn? Wir werden nicht ewig hierbleiben.«

Lucy zuckte mit den Schultern. »Es wird sich schon jemand finden, der auf ihn aufpasst. Um mich hat sich auch jahrelang keiner geschert.«

Lorena überlegte kurz, dann traf sie eine Entscheidung. Sie machte eine auffordernde Geste: »Sie können gehen!«

»Ich schätze, ich habe nicht die Wahl zu bleiben?« Er setzte sein charmantes Lächeln ein.

»Nein, haben Sie nicht«, bestätigte Rebecca. »Sie gehen und werden nichts mitnehmen!«

William deutete auf seine leere Leinentasche. Dann hob er die Arme und drehte sich einmal um seine Achse. »Ich habe nichts eingesteckt, wie Sie sehen können.«

Erst jetzt trat Rebecca beiseite und ließ ihn hinaus. Ohne Eile ging er davon. Lorena sah zu Rebecca, doch diese schien ihre Entscheidung nicht zu missbilligen. Sie trat an das Regal, vor dem William gestanden hatte. »Wollen wir mal sehen, für was er sich interessiert hat.«

Lorena gesellte sich zu ihr. »Das sind medizinische Werke, die meisten aus dem Vorderen Orient.«

»Nicht das, was uns interessiert«, bestätigte Rebecca. »Wenn die hier nicht alles durcheinandergebracht haben, dann sind die Bücher streng nach Themen und Ländern sortiert. Jede von euch nimmt sich jetzt ein Regal vor, bis wir die richtigen Bücher finden.«

Lucy murrte leise, begann aber, ein Buch nach dem anderen hervorzuziehen und die Titel laut vorzulesen.

Sie war erst beim achten Buch angelangt, als Rebecca bereits entdeckte, wonach sie Ausschau hielten.

»Ah, hier sind die Bücher über Okkultes und magische Wesen. Wir nehmen sie alle mit und sehen sie später in Ruhe durch.«

Sie falteten die dünnen Beutel aus reißfestem Kunststoff auseinander und füllten sie mit Büchern und Schriften. Als die Taschen voll waren, war das Regalbrett fast geleert und jede von ihnen hatte genug zu tragen. Den Rest verstauten sie in Williams Leinentasche. Lorena war nur froh, dass sie als Nachtmahr über deutlich mehr Kraft verfügte und so die Tasche leicht schultern konnte.

»Jetzt müssen wir unsere Beute nur noch ungesehen ins Hotel bringen.«

»Kein Problem«, versicherte Rebecca. »Ich sorge dafür, dass kein Mensch auf uns aufmerksam wird.«

Kapitel 10

DIE PROPHEZEIUNG

Es war gegen fünf Uhr am Morgen, als William sich noch einmal in die für die Öffentlichkeit verbotenen Bereiche des Louvre wagte. Er hoffte, dass die Nachtmahre inzwischen weg waren, und noch mehr, dass seine Beute nicht mit ihnen verschwunden war. Er spürte, wie sein Herz schneller schlug, als er sich dem Raum mit den Büchern näherte. Die Türen waren noch immer unverschlossen, sodass er nicht einmal mehr den Dietrich benutzen musste. William schob die Tür auf und schaltete seine Taschenlampe ein.

Er sah sofort, dass die Nachtmahre an denselben Schriften interessiert gewesen waren wie er selbst, was keine große Überraschung war. Es wunderte ihn allerdings, wie sie es geschafft hatten, alle Bücher aus dem Regal wegzuschaffen.

Nun gut. Das war nicht die entscheidende Frage. Rasch trat er zu den Kartons und zog den ersten ein Stück nach vorn. Tatsächlich, da lag das Buch, das er aus dem Regal genommen hatte.

William ballte eine Hand zur Faust und reckte sie in die Luft. »Ihr seid doch nicht so schlau, wie ihr denkt«, stieß er hervor. Er steckte das Buch ein und verließ eilig den Louvre, ehe ihn die ersten Putzkolonnen überraschen konnten. Mit sich und der Welt zufrieden, kehrte er in sein Hotel zurück, packte seine Reisetasche und checkte aus. Als er in den Mietwagen stieg, ging gerade die Sonne auf. Nun musste er nur noch rasch einen Flug nach Edinburgh bekommen, und dann würde er seinem Vater die Beute präsentieren. William war sich sicher. Er würde sehr zufrieden mit seinem Sohn sein.

Sie kehrten nicht ins Hotel zurück. Rebecca packte die Taschen mit den Büchern in den Mietwagen und setzte sich ans Steuer.

»Wir bringen sie gleich an ihren Platz, an den sie gehören«, sagte sie.

Lorena, Lucy und Raika stiegen ein. Rebecca fuhr los und lenkte den Wagen noch einmal zu dem Jagdschloss vor den Toren von Paris. Die Nacht war schon fast vorüber, als sie die Taschen geleert und die Bücher wieder ihren angestammten Platz in einem der Regale in der Bibliothek gefunden hatten. Rebecca strich mit den Fingern über die Rücken und blätterte die Mappen mit den Einzelblättern durch, dann verteilte sie die für sie interessante Lektüre unter ihnen.

Raika stöhnte, als sie ihren Stapel in Händen hielt. »Das soll ich jetzt alles durchlesen?«

Rebecca sah sie durchdringend an. »Aber ja … Oder hast du etwas Besseres vor?«

Vor einem Jahr hätte Raika sicher viel zu dieser Frage zu sagen gehabt, vermutete Lorena. Und wahrscheinlich hätte sie die Bücher einfach liegen gelassen und wäre in die Stadt zurückgekehrt, um sich zu amüsieren, doch es war seitdem viel geschehen. Sie alle hatten sich verändert. Also verdrehte Raika nur die Augen und ließ sich im Schneidersitz auf den Boden sinken. Sie griff nach dem ersten Buch und schlug es auf. Die anderen folgten ihrem Beispiel.

Rebecca hatte klug gewählt. Offensichtlich kannte sie sich in den Beständen der Bibliothek gut aus, denn es dauerte nicht lange, bis Lucy einen Schrei ausstieß.

»Hier steht etwas über die Prophezeiung.«

»Lies vor«, forderte Lorena sie auf.

»Unter den Nachtmahren wird in der dunkelsten Nacht des Jahres die Eclipse geboren. Sie wird den Sohn der Sonne erwählen, der in der hellsten Stunde des Jahres das Licht der Welt erblickt hat. Vereint gründen sie eine neue Linie, deren Magie die aller Nachtmahre übertreffen wird.«

»Das wissen wir bereits«, kommentierte Raika und blätterte hastig in ihrem Buch weiter.

Lorena fragte sich, ob sie derart schnell den Inhalt der Seiten erfassen konnte. Sie selbst ließ sich mehr Zeit, um ja nichts zu übersehen. »Ich habe auch etwas gefunden«, konnte sie kurz darauf vermelden. »Der Erwählte wird die mächtige Magie der Eclipse entfachen, steht hier noch, neben dem Üblichen, dass das Kind die Nachtmahre in ein neues Zeitalter führen wird.« Lorena kaute nachdenklich auf ihrer Unterlippe. »So ganz verstehe ich das nicht. Über welche mächtige Magie verfüge ich denn?«

»Deine Kräfte sind gewachsen«, erinnerte Raika. »Denk nur, wie du mit dem Schwert gefochten hast, sogar mit verbundenen Augen.«

»Ja, das ist richtig, aber ich war schon zuvor monatelang mit Jason zusammen, ohne dass etwas passiert ist. Mein Talent beim Schwertkampf war zu Anfang nicht gerade berauschend.«

»Er war vielleicht nicht der Erwählte«, erinnerte Raika.

»Oder deine neuen Kräfte haben etwas mit der Schwangerschaft zu tun«, vermutete Lucy.

»Und was hat es dem Kind genutzt? Nichts! Es ist genauso tot wie sein Vater und wird die Nachtmahre nirgendwo hinführen. Wobei, vielleicht ist das auch ganz gut so.«

»Was?« Raika starrte sie überrascht an.

»Ich spreche nicht von Jasons Tod und dem Unfall«, wehrte Lorena ab. »Ich meine, ich bin mir nicht sicher, ob ich möchte, dass die Nachtmahre stärker werden und über noch mehr Magie verfügen, wenn sie sie dann so zerstörerisch einsetzen wie Mylady. Wie viele Männer würde dieser neue Nachtmahr versklaven? Wie viele Seelen rauben und wie mit ihren Schwestern umgehen? Sie bei dem geringsten Vergehen den Wanderern zum Fraß vorwerfen?«

Sie schob die Bücher beiseite. »Was soll es bringen, in diesen alten Sachen herumzuwühlen? Es ist vorbei. Die Prophezeiung kann sich nicht mehr erfüllen.«

»Wir suchen weiter!«, sagte Rebecca bestimmt. »Wir haben noch nicht alles gefunden.«

Widerstrebend nahm Lorena ihre Lektüre wieder auf. Sie blätterten und lasen, während sich die Nacht in einem neuen Morgen auflöste und die Sonne über den Himmel zog. Sie entdeckten noch zwei Quellen, in denen die Prophezeiung erwähnt wurde, doch sie erfuhren nichts Neues.

»Es muss hier aber irgendwo sein«, wiederholte Rebecca immer wieder, während der Stapel der nicht bearbeiteten Bücher schrumpfte, bis kein Blatt mehr übrig war.

»Vielleicht hast du dich geirrt«, sagte Raika. »Du sagtest, es sei sehr lange her, dass du es gelesen hast.«

Rebecca schüttelte den Kopf. »Nein, wir haben nicht alles entdeckt. Es gibt noch ein Buch. Ich bin mir ganz sicher.«

»Und dieses Buch war hier in der Bibliothek?«, hakte Lorena nach.

»Aber ja, und es ist mit allen anderen gestohlen worden.«

»Dann ist es damals auf seinem Weg in den Louvre verloren gegangen«, vermutete Lucy.

»Oder aber es wurde später gestohlen«, stieß Raika hervor. »Sehr viel später! Genauer gesagt vor wenigen Stunden erst.«

Lucy stöhnte. »Du meinst, William hat es mitgenommen? Wie das? Er trug nichts bei sich, als wir ihn weggeschickt haben. Seine Tasche war leer.«

»Dennoch wissen wir nicht, wie lange er schon in dem Raum war und ob er nicht bereits das gefunden hatte, nach dem er suchte«, sagte Lorena. »Er stand zwar vor dem Regal mit den medizinischen Werken, doch das war kaum einen Schritt entfernt von unseren Büchern.«

»Dann muss das Buch noch dort sein!«, rief Raika. »Wir müssen noch einmal in den Louvre.«

»Jetzt, mitten am Tag?« Lorena schüttelte den Kopf. »Da kommen wir nicht unbemerkt rein. Wir müssen bis zum Abend warten und hoffen, dass wir die Beute vor ihm finden.«

»Du meinst, er kommt zurück, um sie zu holen?«, fragte Lucy.

Lorena und Raika nickten. »Oh ja, davon bin ich fest überzeugt«, sagten sie unisono.

Sie sahen zu Rebecca hinüber, die mit einem aufgeschlagenen Buch auf den Knien dasaß, den Blick fest auf die Seite gerichtet. Plötzlich schreckte sie auf und fragte: »Wie hieß der junge Einbrecher? William?«

Raika und Lucy bestätigten.

Sie ließ den Blick von einem zum anderen wandern. »Ich denke, wir sind uns einig, dass es kein Zufall sein kann, dass er sich ausgerechnet für diese Bücher interessierte und über Nachtmahre Bescheid wusste.«

»Aber wer ist er, und was will er mit dem Buch?«, wollte Lorena wissen.

»Ich denke, William ist der Sohn des Councillors, und das Buch ist garantiert für seinen Vater bestimmt.«

Lucy schien nicht sonderlich beeindruckt. »Ja, das wäre möglich. Ich dachte gleich, dass er mich an jemand erinnert.«

Raika dagegen schüttelte den Kopf. »Er ist kein Wanderer. Ich hätte seine Magie gespürt. Und sonderlich stark war er auch nicht.«

»Ich habe auch nicht behauptet, dass er ein Wanderer ist. Bei den Wanderern ist es wie bei den Nachtmahren. Nicht an jeden Nachkommen wird die Magie weitergegeben. Das Blut seiner Mutter war offensichtlich nicht stark genug.«

»Jedenfalls müssen wir hoffen, dass er bisher keine Gelegenheit gefunden hat, das Buch aus dem Louvre zu holen«, schloss Lorena und erhob sich.

Als die Sonne sank und sich die Nachtmahre erneut auf den Weg zum Louvre machten, war William mit seiner Beute bereits in Floors Castle angekommen. Er sprang aus seinem Wagen und überließ es dem Butler, einen der Diener heranzuwinken, um das Auto wegzufahren.

»Wo ist mein Vater, Porter?«

»Der Duke befindet sich in den Stallungen«, gab der Butler steif Auskunft. »Er ist vor wenigen Minuten von seinem Ausritt zurückgekommen.«

Seine Beute fest unter dem Arm, durchquerte William die Halle und folgte dann dem Gang zum Nordostflügel, wo um den länglichen Hof mehrere Pferdeboxen zu finden waren. In den Remisen für Kutschen standen heute einige der Fahrzeuge, die der Duke sein Eigen nannte. Im Hof warteten Hunter und Keaton, den der Duke nach Grants Tod zum neuen Attendant ernannt hatte, auf die Befehle des Councillors.

»Ich hoffe, meine Informationen konnten Ihnen weiterhelfen«, sagte Hunter höflich, doch William witterte in seinen Worten dieselbe Verachtung, die sein Vater meist offen zeigte.

»Danke, ja«, antwortete William knapp.

Zwei weitere Wanderer hielten am Zugang zum Hof Wache. William wusste, dass die Männer Braden und Dylan hießen, doch er hatte noch nie ein Wort mit ihnen gewechselt. Sie starrten an ihm vorbei und rührten sich nicht, als William auf den Eingang zum Stall zuging.

Winston Campbell stand mit dem Rücken zur Tür und bürstete das von Schweiß glänzende Fell seines Rappenhengstes. William trat leise näher, dennoch wunderte es ihn nicht, dass sein Vater ihn bemerkte. Ohne sich zu ihm umzudrehen, sagte er: »So, du bist also wieder zurück. Ich nehme an, du hattest Erfolg?«

»Du zweifelst nicht an mir?«, wollte William wissen.

Der Duke stieß einen undefinierbaren Laut aus, dann legte er den Striegel beiseite und wandte sich zu seinem Sohn um. »Ich bezweifle, dass du dich so schnell hier wieder blicken lassen würdest, wenn du keinen Erfolg gehabt hättest.«

»Denkst du, ich habe Angst vor dir?«, fauchte William.

Der Duke hob nur ein wenig die Augenbrauen. »Ich denke, du würdest nicht so schnell aufgeben, oder liege ich etwa falsch?«

»Nein, würde ich nicht«, sagte William so würdevoll wie möglich. Er hasste dieses Gefühl von Schwäche und Unzulänglichkeit, das ihn immer überkam, wenn er sich in der Nähe seines Vaters aufhielt. Und was ihm noch schlimmer vorkam, war, dass er anscheinend jede Regung und jeden Gedanken mühelos an seiner Stirn abzulesen schien.

»Nein, würdest du nicht«, wiederholte der Duke. »Du bist schließlich mein Sohn, nicht wahr?«

William rätselte noch, wie er die Worte meinte und ob darin wieder einmal eine Erniedrigung versteckt war, als sein Vater die Boxentür schloss und sich abwandte. Es blieb William nichts anderes übrig, als ihm zu folgen.

»Reden wir beim Abendessen«, schlug der Duke vor, als er sich auf den Weg zu seinen Gemächern machte.

William blieb auf der Treppe stehen, die Tasche mit dem erbeuteten Buch noch immer unter dem Arm.

»Porter wird dir etwas zum Anziehen herauslegen«, sagte der Duke noch, ehe er in seinen Räumen verschwand, wo sein Kammerdiener ihn sicher bereits erwartete.

William fluchte leise, doch er wollte seinen Vater nicht verärgern. Daher suchte er Porter auf und gab ihm den Wunsch weiter.

»Wir hätten es wissen müssen«, schimpfte Raika.

»Dieser verdammte Mistkerl«, fluchte Lucy.

Auch Lorena fühlte den Zorn, doch die Tatsache war unumstößlich. Wenn es William gelungen war, irgendwelche Bücher vor ihrem Eintreffen irgendwo zu verstecken, dann hatte er es inzwischen auch geschafft, sie zu holen, und vermutlich auch, sie bereits außer Landes zu schaffen.

Lorena sah Rebecca an, die noch immer unter der Tür stand. Offensichtlich hatte sie das Ergebnis erwartet.

»Du bist dir also sicher, dass dieser William der Sohn des Councillors ist?«, vergewisserte sie sich.

»Ziemlich. Ich weiß, dass es diesen Sohn gibt, und ich habe seinen Namen gehört, daher wäre das ein Zufall zu viel, wenn wir von etwas anderem ausgingen. Außerdem sieht er seinem Vater ähnlich.«

»Dann ist das Buch, das du vermisst, also auf dem Weg zu ihm«, vermutete Lorena. Sie beobachtete Rebecca, deren Ausdruck sie nicht zu deuten wusste. Es war, als würde sie auf etwas warten.

»Ich denke, er ist sogleich nach Edinburgh geflogen, um die Beute zum Schloss seines Vaters zu bringen.«

»Floors Castle«, sagte Lorena nachdenklich. »Ja, ich erinnere mich an den Ort, auch wenn wir nicht viel mehr als die Pförtnerhäuser und die bewaffneten Wächter zu sehen bekommen haben.«

»Oh ja, er und seine Wanderer sind wirklich ein herzallerliebster Haufen«, spottete Lucy. Dabei schauderte es sie, als wäre ihr plötzlich kalt.

»Diese Wanderer sind eiskalte Mörder«, mischte sich Raika ein. »Jeder Kopf, den die Guardians der Lady einem von ihnen abgeschlagen haben, ist ein Gewinn für diese Welt.«

Wieder dieser seltsame Ausdruck in Rebeccas Gesicht.

Lorena sah sie auffordernd an. »Du teilst unsere Meinung nicht?«

»Ich denke, wir sollten hier verschwinden, ehe einer

der Nachtwächter vorbeikommt. Im Hotel können wir das Thema in Ruhe weiterbesprechen.«

»Als ob uns irgendein Nachtwächter Probleme bereiten würde«, murrte Raika, doch sie verließ hinter den anderen das Magazin und schloss die Tür.

Im Hotel angekommen, setzten sie sich in der großen Suite zusammen.

»Was nun?«, wollte Raika wissen. »Ist dieses Buch denn wirklich so wichtig?«

»Ich denke schon«, bestätigte Rebecca.

»Dann weißt du also, was drinsteht?«, hakte Lucy nach. »Wozu brauchen wir es dann noch?«

»Weil es sehr lange her ist, dass ich es gelesen habe, und ich mich nicht mehr an den genauen Wortlaut erinnere. Eines aber weiß ich ganz bestimmt: Jason war nicht der Erwählte!«

»Das heißt, wir brauchen das Buch, um den Erwählten zu finden«, schlussfolgerte Raika.

»Mit dem ich dann ein Kind zeugen soll? Vergesst es!«, wehrte Lorena ab.

»Vielleicht ist er ja ganz appetitlich?«, wandte Raika ein.

»Das ist nicht genug, um jemanden zum Vater seines Kindes zu machen!«, entgegnete Lorena.

»Vielleicht sollten wir erst einmal herausfinden, wer derjenige ist, den du dann erwählen sollst«, schlug Lucy vor.

Rebecca schwieg noch immer, verfolgte die Diskussion aber aufmerksam.

»Und um das zu erfahren, brauchen wir das Buch!«, wiederholte Raika.

Lorena sprang auf. »Ist ja gut, ich habe verstanden. Ich fliege morgen nach Edinburgh und werde das Buch zurückholen.«

Das Geräusch, das Rebecca ausstieß, klang nach einem Aufseufzen.

»Was?«, rief Lucy. »Du willst in das Schloss des Councillors einbrechen, um das Buch zu suchen? Ich bin ja leichtsinnig und verrückt, aber so etwas würde mir nicht im Traum einfallen.«

»Ich habe auch nicht vor, dich mitzunehmen. Nach allem, was du mitgemacht hast, solltest du dich so weit wie möglich von ihm fernhalten.«

»Aber ich komme mit!«, rief Raika begeistert und stieß ihr mit dem Ellbogen in die Seite. »Nach unserem Abenteuer in Alcatraz bringt das doch wieder richtig Leben in die Bude. Was für eine Herausforderung: den Councillor in seinem eigenen Haus zu bestehlen!«

»Wenn Raika mitkommt, dann will ich auch mit«, forderte Lucy. »Ich habe keine Angst vor ihm, ich finde es nur verrückt, aber du hast mich auch aus meiner Zelle rausgeholt. Das war genauso verrückt. Ich bin dabei!«, schloss sie und strahlte, wie es Lorena schon lange nicht mehr gesehen hatte. Sie selbst fragte sich, welcher Teufel sie geritten hatte, solch einen Plan zu verkünden. Wie tödlich die Wanderer und der Councillor selbst waren, hatten sie ja schon mehrfach erfahren müssen. War es das wert, für ein Buch? Was kümmerte sie, wie die Prophezeiung lautete? Sie würde nicht nach Gryphon Manor zurückkehren, um die Nachtmahre im Kampf gegen die Wanderer zu unterstützen, ganz gleich, ob sie jemals überhaupt ein Kind bekommen würde.

Lorena hob den Blick und sah Rebecca an. Sie erwartete, dass sie ihr dieses verrückte Vorhaben ausreden würde, doch sie nickte zustimmend.

»Das ist ein guter Plan. Aber sei vorsichtig. Ich werde nicht mitkommen, um dir zu helfen. Wenn ich die Insel betrete, könnte Mylady Wind davon bekommen, dass ich noch lebe, und dann habt ihr vielleicht nicht nur gegen die Wanderer zu kämpfen.«

»Du kommst nicht mit uns?«, wiederholte Lorena bestürzt. Einerseits bereute sie ihr forsches Vorpreschen, anderseits fühlte sie wieder dieses Prickeln in sich, das sie ergriffen hatte, als sie sich auf die Suche nach Lucy gemacht hatte. Sie war die Eclipse. Sie war etwas Besonderes, und ihre Kräfte waren seitdem beträchtlich gewachsen.

Warum eigentlich?, fragte etwas in ihrem Innern. *Wie konnte das geschehen, wenn du dem Auserwählten noch gar nicht begegnet bist?*

»Wir schaffen das auch zu dritt«, versicherte Raika und lenkte Lorena von diesem Gedanken ab.

Sie schüttelte vehement den Kopf. »Ich muss das alleine durchziehen.«

»Warum?«, wollte Lucy wissen.

»Weil ich denke, dass der Councillor mir nichts antun würde. Ich bin ein zu wertvolles Pfand. Wenn er das Buch gelesen hat, dann weiß er, dass sich die Prophezeiung noch immer erfüllen könnte.«

»Gerade deshalb wird er dich töten. Keine Eclipse, kein Erbe für die Nachtmahre!«

»Nein, er würde sie nicht töten«, mischte sich Rebecca ein. »Ich glaube, ihr habt eine falsche Vorstellung von den Wanderern, weil die Lady es euch allen so eingeimpft hat. Früher lebten Nachtmahre und Wanderer friedlich miteinander, denn sie waren den Menschen überlegen und teilten sich viele Throne.«

»Was ist geschehen, dass dieser tödliche Krieg zwischen ihnen ausbrach?«, wollte Lorena wissen.

»Irgendwann versuchten sie gegenseitig, Macht über die andere Spezies zu erlangen. Die Nachtmahre versklavten Männer und raubten ihnen ihre Seele, die Wanderer sorgten dafür, dass Frauen in jeder Schicht unterdrückt und ihre sexuelle Begierde verteufelt wurde. Und irgendwann begannen sie, einander zu töten.«

»Selbst wenn der Councillor dich nicht tötet, könnte er dich einsperren, wenn er dich erwischt«, knüpfte Raika wieder an Lorenas Vorschlag an.

Lorena lächelte. »Sollte das passieren, dann weiß ich, dass ihr noch da draußen seid und mich befreien werdet.«

»Geht klar«, sagte Lucy lässig, obgleich ihre Miene angespannt war. »Also fliegen wir drei morgen nach Edinburgh!«

Rebecca erhob sich. »Gut«, sagte sie. »Ich denke, ich muss euch nicht sagen, dass ihr vorsichtig vorgehen müsst. Die Wanderer des Councillors sind Bluthunde, die erst schießen und dann nachdenken. Nur wenige wie dieser Hunter oder Jackson verfügen über Geist, dennoch würden auch sie nicht zögern, jeden Befehl des Councillors sofort auszuführen.«

»Das ist uns bewusst«, bestätigte Lorena.

»Wenn du dich dem Councillor näherst, dann stell sicher, dass er alleine ist, ohne seine Wanderer, die gleich zur Waffe greifen! Dann wird er dir nichts antun.«

»Ich werde einen Weg finden«, versicherte Lorena.

»Gut, dann will ich euch noch etwas geben, das euch hilft, die Kontrolle zu bewahren.«

»Über wen?«, wollte Lucy wissen.

»Zuallererst über euch selbst und über eure Triebe und damit auch über die Wanderer.«

Es wunderte Lorena nicht einmal, dass sie eine Schatulle aus ihrem Gepäck holte, die gefüllt war mit kleinen roten Pillen, die ihr längst vertraut waren. Lucy und Raika aber starrten sie misstrauisch an.

»Ich weiß, dass Lorena das Zeug nimmt, um sich nicht zu wandeln, aber ich liebe es, ein Nachtmahr zu sein, und ich denke gar nicht daran, auf die Freuden der Dunkelheit und vor allem der Männer zu verzichten!«, protestierte Raika. »Ich brauche heißen Sex! Wenn Lorena das nicht will, ist das ihre Sache.«

Rebecca ließ ein feines Lächeln sehen. »Darum geht es nicht, meine Liebe. Auch wenn du bei Neumond eine dieser Pillen einnimmst, kannst du dich von Sonnenuntergang bis Sonnenaufgang wandeln, du nimmst deine unwiderstehliche Gestalt ein und kannst deine Flügel gebrauchen. Und glaube mir: Du hast genauso viel Spaß mit den Männern, die du dir nimmst. Aber du bist es, die die Kontrolle über dich und deine Triebe behält. Du kannst frei entscheiden und wirst nicht zum Sklaven deiner eigenen Lust. Das ist von Vorteil, denn es hilft uns, einen klaren Kopf zu behalten, den wir gegen den Councillor und seine Männer dringend brauchen. Ich bitte euch also, in der nächsten Neumondnacht diese Pillen zu nehmen und auch in jedem folgenden Monat. Vertraut mir. Es wird euch stärken!«

Lorena nahm das Kästchen dankend entgegen. »Das werden wir!«, versprach sie und warf Lucy einen scharfen Blick zu, die nicht ganz überzeugt schien.

»Nun, dann lass deine Beute mal sehen«, forderte Winston Campbell seinen Sohn auf, als sie sich später in seinem Arbeitszimmer an seinem Schreibtisch gegenübersaßen. Während des Abendessens hatte er seinen Sohn mit leichter Konversation unterhalten, und William hatte sich nicht getraut, das Thema seiner Mission anzusprechen, solange einer der Diener im Raum war. Nun aber waren sie allein, und der Duke hatte die Tür hinter sich geschlossen.

William öffnete seine Tasche und nahm das Buch heraus, das er in Paris eingesteckt hatte.

»Mehr war nicht da?«, erkundigte sich der Duke. »Ich habe von einer großen Bibliothek gehört, die man aus dem Schloss fortgeschafft hat. Diese Rebecca, die damals die Nachfolge der alten Lady hätte übernehmen sollen, hat alles gesammelt, was je über Nachtmahre und Wanderer geschrieben wurde.«

William vernahm den Vorwurf hinter den wenigen Worten und spürte, wie das alte Gefühl des Versagens wieder in ihm aufstieg. Er ballte die Hände zu Fäusten, um es zu verjagen. Er hatte Erfolg gehabt! Es war ihm nicht nur gelungen, in den Louvre einzudringen, er hatte es auch geschafft, seine bis dahin entdeckte Beute vor den Nachtmahren zu verbergen und sie dann in Sicherheit zu bringen. Das hätten Hunter oder Jackson nicht besser hinbekommen.

Sie hätten vermutlich versucht, die Nachtmahre zu töten, doch das war nicht sein Auftrag gewesen. Und das hätte er auch nicht gewollt, dachte er, als die Erinnerung an die beiden wunderschönen Frauen Raika und Lucy durch seinen Geist flutete. Er wischte die Bilder beiseite. Nein, diese Gedanken sollte sein Vater nicht entdecken, wenn es ihm wieder einmal gelang, in seinem Geist zu lesen.

William richtete sich in seinem Ledersessel auf und rutschte ein wenig an die Kante vor. »Die Anzahl der Bücher ist nicht ausschlaggebend. Wichtig ist das, was in diesem Buch steht, das ich mitgebracht habe – wenn es denn wahr ist!«

Winston Campbell sah ihn einige Augenblicke ernst an, dann aber hoben sich seine Mundwinkel zu einem seltenen Lächeln. »Klug gesprochen, mein Sohn. Dann ging also alles glatt?«

Ahnte er etwas oder hatte er ihm gar einen Aufpasser hinterhergeschickt? William hatte keinen der Wanderer bemerkt, aber das musste nichts heißen. Oder war es wieder sein verfluchtes Talent, Gedanken lesen zu können? William zog die Schultern ein wenig hoch. Er hatte nichts falsch gemacht, doch es war sicher keine gute Idee, den Councillor aller Wanderer anzulügen oder auch nur etwas wegzulassen. »Ich wurde bei meiner Suche gestört«, sagte er daher geradeheraus, obgleich es ihm schwerfiel, dem Blick des Duke standzuhalten. Er schwieg nur und wartete, dass William weitersprach. Dieser überlegte, ehe er die Frage stellte, die ihn seit ihrem Zusammentreffen unter dem alten Königspalast am meisten umtrieb. »Wusstest du, dass die Eclipse und ihre Freundinnen ebenfalls in Paris waren, um nach den Büchern zu suchen?« Er kostete den seltenen Moment aus, seinen Vater verblüfft zu erleben.

Winston Campbell brauchte einen Augenblick, um die Nachricht zu verdauen. »Sie haben dich aufgespürt?«

William zuckte die Achseln. »Ich halte es eher für einen dummen Zufall, dass wir in diesem Magazin mit den Büchern aus dem Schloss aufeinandertrafen. Die Nachtmahre waren eindeutig überrascht, mich dort vorzufinden.«

»Und sie haben dich entkommen lassen? Ich muss mich wundern. Verfügst du über Talente, von denen ich nichts weiß, oder wie kommt es, dass ich dich hier unbeschadet vor mir sehe?«

»Ich war nicht bewaffnet, und ja, es stand nicht von Anfang an fest, dass ich diese Begegnung überleben würde, obgleich ich Raika und Lucy zuvor schon kennengelernt hatte. Raika war durchaus bereit, mich zu töten, um mich für immer zum Schweigen zu bringen. Lucy war eher dafür, mich gefangen zu nehmen.«

Sein Vater fragte nicht, von welcher Art dieses Kennenlernen gewesen war. Vermutlich konnte er es sich bei einem Nachtmahr durchaus vorstellen. »Und doch bist du jetzt hier«, sagte er nur.

»Es war die Eclipse, die nichts davon wissen wollte und mich lediglich hinauskomplimentiert hat. Und auch diese alte Frau, die ich noch nie gesehen habe.«

»Was für eine alte Frau?«, hakte sein Vater nach.

»Ich weiß nicht. Ein Nachtmahr mit silberweißem Haar.«

Der Duke überlegte und schüttelte dann den Kopf. »Merkwürdig. Ich wüsste nicht, wer sie sein könnte. Ich dachte, in Frankreich gibt es keine Nachtmahre mehr. Vielleicht eine Abtrünnige von Myladys Guardians?«

William zuckte mit den Schultern. »Keine, die ich während meiner Zeit in Oxford je gesehen hätte, doch sie sah mich so seltsam an. Ich hatte fast das Gefühl, sie wusste, wer ich bin.«

»Also hast du dein Leben und deine Freiheit Lorena zu verdanken«, fasste der Duke zusammen. Er wirkte nachdenklich. »Sie ist anders als die anderen Nachtmahre. Sie ist weicher und damit angreifbar. Sie hat den Fehler begangen, sich in einen Mann zu verlieben. Das konnte ich schon im Death Valley gegen sie benutzen.«

William fragte nicht nach, wie der Councillor sein Druckmittel gegen Lorena eingesetzt hatte. Er konnte es sich denken. Aber nun war dieser Mann tot, und das brachte ihn wieder zu dem eigentlichen Thema, das ihn nach Paris geführt hatte: die Prophezeiung. Er nahm das Buch und schlug es an der von ihm markierten Stelle auf. »Die Lady hat sich geirrt!«, verkündete er. Er schob seinem Vater das aufgeschlagene Buch hin und deutete mit dem Finger auf die entscheidenden Zeilen, ehe er fortfuhr: »Wenn die Eclipse von diesem Jason schwanger war und dieses Kind verloren hat, dann war dies jedenfalls nicht die erwartete Erlöserin der Nachtmahre. Sprich: Dieser Jason war nicht der Erwählte!«

»Das sehe ich auch so. Der Junge schien mir nicht geschaffen zu sein, irgendjemand zu stärken.«

»Aber warum hat die Lady das nicht gesehen? Warum hat sie die Eclipse deinen Wanderern zum Fraß vorgeworfen?«

»Weil sie eben nicht die ganze Prophezeiung kennt und ihre Bedeutung nicht wahrhaben will.«

William beobachtete seinen Vater, wie er die Zeilen wieder und wieder las.

»Das ist wirklich sehr interessant«, sagte er schließlich und klappte das Buch zu. »Denkst du, die Eclipse und ihre Begleiterinnen wissen davon?«

»Das kann ich nicht sagen«, erwiderte William. »Ich hatte leider keine Zeit, alle Bücher zu diesem Thema durchzusehen. Dieses konnte ich zum Glück vor ihnen verbergen und zwischen zwei Kisten verstecken. Sie haben mich natürlich durchsucht, ehe sie mich rausgeworfen haben, aber dieses Buch haben sie nicht entdeckt.«

»Dann heißt die Frage, wo ist die Eclipse jetzt und was wird ihr nächster Schritt sein?« Winston Campbell schlug das Buch zu. Er öffnete seinen Schreibtisch und schloss es in einer Schublade ein. »Ich denke, die Frage sollte lauten: Wissen die Nachtmahre, wer du bist?«

William hob erneut die Schultern. »Kann ich nicht sagen. Sie waren natürlich misstrauisch und wollten nicht an einen Zufall glauben, aber ich habe ihnen nur meinen Vornamen genannt.«

»Ich denke, sie werden es herausfinden«, sagte der Duke. »Und dann? Was willst du unternehmen?«

Winston Campbell lehnte sich in seinem Schreibtischstuhl zurück. »Ich werde warten. Ich denke, die Eclipse läuft uns nicht davon. Ganz im Gegenteil. Ich wage die Prophezeiung, dass wir sie bald hier zu Gesicht bekommen werden, sobald ihr klar geworden ist, wer du bist.«

Kapitel 11

FLOORS CASTLE

Lorena beobachtete das riesige Anwesen nun schon seit einigen Tagen. Sie versuchte, sich einen Überblick über die Bewohner des Schlosses zu verschaffen und vor allem über die bewaffneten Wanderer, die das Gelände und ihren Herrn bewachten. Nachts, wenn sie ihre Flügel benutzen und unbemerkt über die Ländereien schweben konnte, war es natürlich leichter, einen Einblick zu bekommen. Ihr war schnell klar, dass nicht nur die beiden Wachhäuser am Tor mit Bewaffneten besetzt waren, Patrouillen umrundeten bei Tag und bei Nacht das Schloss, und in den beiden Wachhäuschen rechts und links des Haupteingangs hielten die Wanderer rund um die Uhr Wache. Außerdem verhinderte ein magisches Feld, welches das Schloss wie eine Kuppel umgab, dass ein Unbefugter die Mauern erreichen konnte.

Nein, sie würde nicht einfach ans Tor klopfen und um Einlass bitten können. Sie fürchtete sich nicht vor dem Councillor – was vielleicht ein Fehler war –, aber sie war sich nicht sicher, ob die Wachen erst fragen würden, wenn sie in ihr den Nachtmahr erkannten, oder ob sie sie gleich töten würden, wie sie es mit Sienna und Grace getan hatten. Es musste ihr gelingen, den Councillor ohne seine Wachen anzutreffen. Lorena war sich sicher, wenn sie erst einmal mit ihm gesprochen hatte, würde er dafür sorgen, dass seine Wanderer ihr nichts taten.

Die Frage war, ob er ihren Köder schlucken oder ob er die List durchschauen und sie schon bald als Gefangene in einer Zelle in irgendeinem Keller des Schlosses sitzen würde.

Lorena landete im Schutz einer Baumgruppe nicht weit vom Nordostflügel des Schlosses. Nur wenige Meter von ihr entfernt erhob sich das schwach schimmernde Feld aus Magie. Sie sah sich aufmerksam um, doch es schien keiner der Wanderer in der Nähe zu sein. Prüfend sog Lorena die Luft ein. Sie konnte die Pferde in den Ställen riechen und hörte ihr zufriedenes Schnauben.

Lorena sah zum Schloss hinüber. Leider war es nicht möglich, sich über eine Tür im Seitenflügel Zugang zu verschaffen. Auch die Ställe befanden sich innerhalb des magischen Schutzes, von dem sie nicht wusste, wie man ihn überwinden konnte. Dass der Duke jeden Tag in den Sattel stieg, hatte Lorena bereits herausgefunden. Sie sah noch immer zum Stalltrakt hinüber, als dort zwei Schatten auftauchten. Männer mit Waffen in den Händen, die das Schloss gemessenen Schrittes umrundeten, den Blick aufmerksam auf das Gelände gerichtet.

Nein, die Ställe waren keine Option, aber die Pferde brachten sie auf eine andere Idee. Vielleicht wäre es klug, sich ihm auf neutralem Boden zu nähern.

Sie blieb hinter einem dicken Baumstamm verborgen, bis die Männer um die nächste Ecke verschwunden waren, dann breitete sie ihre Flügel aus und machte sich auf den Rückweg nach Edinburgh.

Sie gingen zusammen in einem kleinen Pub frühstücken. Während Lorena nur einen Kaffee bestellte, ließ sich Lucy Eier mit Speck und gebackenen Bohnen schmecken.

Raika tunkte einen ihrer Toasts in den schwarzen Kaffee. Den anderen bestrich sie dick mit Butter und Orangenmarmelade. »Und, hast du ihn gesehen?«, fragte sie.

»William oder den Councillor?«, erkundigte sich Lorena.

»Diesen Verräter William!«, fauchte Lucy.

»Ich weiß nicht, ob man ihn einen Verräter nennen kann. Er hat seine Pläne verfolgt, oder, was wahrscheinlicher ist, die seines Vaters. Und ja, ich habe William gesehen, wie er mit seinem Sportwagen durch das Tor gefahren ist und ihn dann vor dem Eingangsportal einem Diener übergeben hat.«

Lucy zog einen Schmollmund. »Ich hätte es merken müssen. Warum habe ich es nicht gespürt?«

»Als du dich mit ihm eingelassen hast?«, fuhr Raika fort. »Weil er die Magie seines Vaters nicht geerbt hat. Ich habe es auch nicht gefühlt, aber jetzt ist mir klar, woher er wissen konnte, dass ich ein Nachtmahr bin. Er hat Gryphon Manor beobachtet.«

»Und euch bei euren verbotenen nächtlichen Ausflügen«, ergänzte Lorena, die noch immer nachdenklich auf ihren Kaffee starrte.

Eine Weile schwiegen sie, während Lucy Eier und Speck in den Mund schaufelte und Raika ihren zweiten Toast aß.

»Hast du denn nun einen Plan?«, wollte Raika schließlich wissen. »Du hast das Schloss jetzt sechs Tage lang beobachtet. Gibt es irgendwelche neuen Erkenntnisse? Du weißt, wir kommen gerne mit, um dem Kerl sein Diebesgut zu entreißen.«

»Ich weiß«, sagte Lorena, »aber das haben wir bereits

besprochen. Ich mache das alleine, das ist am ungefährlichsten. Und ja, ich habe einen Plan, wie ich an ihn herankomme, ohne dass mir einer seiner Wanderer gleich eine Kugel in den Kopf schießt.«

»Gut, und warum schaust du dann so miesepetrig drein?«

»Weil ich mich noch immer frage, warum Rebecca uns nicht begleiten wollte.«

»Sie scheint mir nicht der mütterliche Typ. Hat sie nicht auch deine Großmutter einfach im Stich gelassen? Es hat sich nichts geändert, oder?«

Lorena sah Raika nachdenklich an. »Ich weiß nicht. Sie war so entschlossen, als wir nach Paris gefahren sind. Und nun lässt sie uns alleine, um das Buch zu suchen? Sie schien sehr daran interessiert, dass wir es ihr zurückbringen!«

»Muss ja was Wichtiges darin stehen«, sagte Lucy mit vollem Mund.

»Und das ist der zweite Punkt, der mir zu denken gibt. Sie schien mir nicht gerade debil oder altersschwach. Warum also kann sie sich nicht mehr daran erinnern, wie die Prophezeiung genau lautet? Wozu braucht sie das Buch?«

»Es sind immerhin ein paar Jahrzehnte vergangen, seit sie darüber gelesen hat«, wandte Lucy ein. »Ich kann mich manchmal schon nach ein paar Wochen nicht mehr daran erinnern, was ich in einem Buch gelesen habe.«

»Mag sein«, räumte Lorena ein. »Wenn es sich um nichts Wichtiges handelt, kann ich das verstehen. Mir geht das bei vielen Filmen so, aber wenn es um etwas geht, das die Zukunft aller Nachtmahre bestimmt?«

»Sie war enttäuscht und frustriert, dass die Lady ihr den Platz verwehrt hat, der ihr zusteht«, vermutete Raika.

»Auch das mag sein, aber das führt doch nicht dazu, dass

man solche Dinge vergisst. Prägen sie sich durch eine erlittene Ungerechtigkeit nicht eher tiefer ins Gedächtnis ein?«

»Du denkst, sie belügt uns?«

Lorena zuckte mit den Schultern. »Irgendetwas ist jedenfalls faul. Ich nehme ihr nicht ab, dass sie genau weiß, in welchem Buch der Text zu finden ist, diesen aber vergessen hat.«

Lucy legte ihr Besteck auf den leeren Teller und reckte sich. »Sie macht mit den Wanderern gemeinsame Sache und schickt uns zum Councillor auf dem Silbertablett.«

Lorena leerte ihren Kaffee, der inzwischen nur noch lauwarm war und viel zu stark. »Der Gedanke kam mir auch schon, aber warum sollte sie das tun?«

»Hat sie die Wanderer nicht verteidigt?«, wandte Raika ein.

»Ja, es klang so, als würde sie den Nachtmahren die Schuld an diesem Krieg zuschreiben«, ergänzte Lucy.

»Und unsere Leben sind nun das Friedensangebot?« Lorena schüttelte den Kopf. »Nein, das kann ich nicht glauben.«

»Vielleicht ist sie Mylady doch ähnlicher, als wir bisher dachten«, vermutete Raika.

»Nein, ich kann mir nicht vorstellen, dass sie uns etwas Böses wünscht ... Aber was hat sie dann vor?«

Lucy und Raika zuckten die Achseln.

»Ist doch ganz gleich, was es ist. Ich will wissen, was in diesem Buch steht, und deshalb werde ich mich mit dem Councillor morgen auf neutralem Boden treffen.«

»Wie willst du das anstellen?«, wollte Raika wissen.

»Kann ich mir dein Motorrad leihen?«, fragte Lorena.

Raikas Miene zeigte keine Begeisterung. Sie hatten das

Auto in Hamburg wieder verkauft, ehe sie mit Rebecca nach Paris gefahren waren, und nun hatte Raika von einem Teil des Geldes eine gebrauchte Maschine erstanden, die es natürlich nicht mit ihrem vorherigen Zweirad aufnehmen konnte, dennoch schien sie bereits an ihrem neu erworbenen Motorrad zu hängen.

»Und wie bekomme ich es wieder zurück?«, fragte sie skeptisch.

Lorena überlegte.

»Ich fahre dich hin!«, beschloss Raika. »Wo auch immer du dich mit ihm treffen willst.«

Am nächsten Tag schwangen sich die beiden Nachtmahre um die Mittagszeit auf Raikas Motorrad. Raika ließ den Motor aufheulen.

»Also, wohin geht es?«, fragte sie.

»Wir fahren nach Kelso«, erwiderte Lorena.

»Also doch zum Schloss?«, hakte Raika nach.

»Nein, wir fahren im Südwesten der Stadt über die Brücke des Tweed.«

»Los geht's!«, rief Raika und gab Gas. Das Motorrad schoss vorwärts.

Lorena wusste, dass es nichts nützen würde, Raika aufzufordern, langsamer zu fahren und die Verkehrsregeln einzuhalten. So blieb ihr nur zu hoffen, dass sie der Polizei nicht auffielen.

Bald schon hatten sie die Stadt hinter sich gelassen und rasten über die Landstraße nach Süden. Mit dem Wagen hätte Lorena bestimmt mehr als eine Stunde gebraucht, doch Raika jagte bereits nach vierzig Minuten am Ortsschild von Kelso vorbei und durchquerte dann in etwas gemäßigterem Tempo die kleine Stadt bis zum Ufer des Flusses. Hinter der Brücke hielt sie an. »Wohin nun?«

»Die kleine Straße nach rechts und dann über die Brücke des Teviot. Dann sind wir schon fast da.«

»Und hat dieses ›da‹ auch einen Namen.«

»Oh ja! Es war einst die stolze Burg der Herren von Roxburgh!«

Raika folgte der Straße, bis auf dem Bergsporn zwischen den beiden Flüssen die Mauern einer Ruine auftauchten.

»Hier kannst du anhalten.«

Raika bremste und sah zu den Mauerresten hinauf. »Ist ja nicht gerade viel übrig geblieben vom stolzen Herrensitz.«

»Nein, es ist traurig, dass in den Kriegen über die Jahrhunderte so viel zerstört wurde«, stimmte ihr Lorena zu.

»Und hier willst du den Councillor treffen? Was sollte er bei diesem Haufen alter Steine wollen?«

Lorena sah sich um. »Ich weiß es nicht, aber ich habe zwei der Wachen reden hören. Anscheinend reitet er jeden Nachmittag hierher – allein, was die beiden nicht gut fanden.«

Raika reichte Lorena feierlich die Hand. »Dann wünsche ich dir viel Erfolg. Oder sollte ich das lieber nicht tun? Lucy und ich werden uns in Edinburgh langweilen, während du in Floors Castle dein Abenteuer hast.«

»Meinst du wirklich, es wird im Haus des Councillors so angenehm?«

Raika überlegte. »Ich denke, es wird zumindest nicht langweilig. Versuche, mit uns in Kontakt zu bleiben, damit wir wissen, wie du vorankommst und wie es dir geht.«

»Ich versuche es«, versprach Lorena. »Lasst mir ein paar Tage Zeit, ehe ihr mit einem Rettungsplan und der Artillerie hinterherkommt.«

Raika grinste. »In Ordnung.«

Sie umarmte Lorena, die überrascht die Umarmung erwiderte. Dann gab Raika Gas und rauschte davon, während sich Lorena auf den Weg den Hügel hinauf machte, auf dessen höchster Stelle die Mauerreste der einst so beeindruckenden Burg aufragten. Sie hatte eine Rekonstruktion im Internet gefunden. Nun schritt sie über das verwüstete Plateau, wo Sträucher die letzten Mauern überwucherten.

Lorena saß auf einem sonnengewärmten Steinblock, um den die Eidechsen huschten, und rührte sich nicht von der Stelle. Sie spürte sein Kommen, lange bevor sie den Hufschlag vernahm. Noch immer regte sie sich nicht. Sie wartete, bis der schwarze Hengst den Hügel erklommen hatte und der Councillor ihn auf den ehemaligen Burghof lenkte. Er hielt sein Pferd an und betrachtete sie, doch er schien nicht überrascht zu sein, Lorena hier zu treffen. Dass er sie erkannte, daran zweifelte sie nicht. Langsam hob Lorena den Kopf und sah ihm in seine grauen Augen.

»So sehen wir uns wieder«, sagte er, schwang sich vom Pferd und befestigte den Zügel am Sattel. Sein Pferd entfernte sich nur wenige Schritte und senkte dann seinen prächtigen Kopf, um zu grasen. Der Councillor aber kam auf sie zu und blieb wenige Schritte von ihr entfernt stehen.

»Lorena.«

»Duke?« Sie erhob sich und richtete sich auf.

»Was für ein unverhofftes Wiedersehen!«

»Nachdem Sie uns alle töten wollten? Ja, gewiss«, entgegnete Lorena ohne Groll.

»Das war nie meine Absicht. Ich musste nur verhindern,

dass Sie der Lady diesen Erben schenken. Ich wollte Ihnen nichts antun.«

»Ach, Sie wollten mich nur einsperren, wie Sie es jahrelang mit Lucy getan haben.«

»Ich bedaure das Unrecht, das wir an Ihrer Schwester begangen haben, und auch den Tod Ihres – äh – Freundes. Auch das war nicht meine Absicht. Sie hätten das Flugzeug nicht abstürzen lassen sollen. Für einen einfachen Menschen musste das tödlich enden.«

Lorena schluckte. Sie wollte nicht an Jasons letzte Minuten im eiskalten Wasser der Bay zurückdenken, ehe er für immer von ihr gegangen war. Sie musste sich auf ihre Aufgabe konzentrieren.

»Es ist vieles zwischen uns nicht so gelaufen, wie es sollte, daher geben Sie mir bitte die Gelegenheit für einen Neuanfang. Vielleicht wäre es gut, wenn wir uns in aller Ruhe unterhalten?«

Lorena verschränkte die Arme vor der Brust und sah ihm noch immer unverwandt in die Augen, obgleich es nicht leicht war, seinem Blick standzuhalten.

Nein, sie hätte sich nicht den Kopf zermartern müssen, wie sie mit dem Councillor ins Gespräch kommen sollte und wie um alles in der Welt sie es schaffen könnte, ihn zu einer Einladung in sein Schloss zu überreden. Ihm selbst kam dieser Einfall.

»Nicht hier!«, wehrte er ab. »Kommen Sie mit mir nach Floors Castle. Dort haben wir Ruhe und alle Zeit der Welt – und ich verrate Ihnen: auch eine exzellente Küche!«

»Schön«, stimmte Lorena zu. »Als was komme ich mit? Als Ihr Gast oder als Ihre Gefangene?«

»Als mein Gast, natürlich!«

Ein Schmunzeln huschte über sein ebenmäßiges Gesicht, das noch immer glatt und zeitlos war, trotz der Jahrhunderte, die er schon auf der Erde weilte. Seine Haut schien keine Alterung zu kennen, wie die von Rebecca oder der Lady.

Er stieß einen leisen Pfiff aus. Gehorsam hob der Hengst den Kopf und kam dann gemessen zu ihm. Lorena trat näher und strich ihm sanft über den schwarz schimmernden Hals.

»Was für ein wundervolles Tier!«, sagte sie.

»Ja, das ist er«, bestätigte Winston Campbell mit überraschend viel Wärme in seiner Stimme. »Er heißt Teinegaoth – das ist gälisch für Feuerwind.«

»Ich nehme an, der Name wurde gut gewählt.«

Der Duke nickte. »Oh ja, er ist von feuriger Natur und schnell wie der Wind.«

»Dann werde ich mich lieber nicht lächerlich machen und versuchen, neben ihm herzulaufen.«

Winston Campbell deutete eine Verbeugung an. »In meiner Jugend wurde in meinen Kreisen durchaus noch Wert auf gute Erziehung gelegt, daher dürfen Sie gern im Sattel Platz nehmen.«

»Oh nein, ich bin keine geübte Reiterin«, wehrte Lorena ab, doch da fasste er sie bereits um die Taille und hob sie hoch. Lorena war es, als könnte sie die Magie knistern hören, als er sie berührte. Es durchfuhr ihren ganzen Körper, doch es schmerzte nicht.

Lorena schwang ihr Bein über den Pferderücken und angelte mit ihren Turnschuhen nach den Steigbügeln.

»Ich nehme an, er hört auf Sie?«, fragte sie ein wenig unsicher. »Er muss mir nun nicht beweisen, dass er seinem Namen Ehre machen kann.«

»Ja, er hört auf mich, aber er wird auch auf Sie hören, wenn Sie mit ihm sprechen.« Er legte eine Hand sacht auf ihren Arm. Wieder spürte sie diesen Energiestoß, der sich in ihrem ganzen Körper ausbreitete. Es war nicht unangenehm, aber irgendetwas war seltsam.

»Sie sind stärker geworden, seit wir uns das letzte Mal begegnet sind. Viel stärker! Sie werden keine Schwierigkeiten haben, das Pferd zu kontrollieren. Und nicht nur das Pferd!«

Plötzlich fiel es ihr ein.

Wieso konnte er sie überhaupt so einfach berühren? Hatte die Lady einst nicht einen Zauber über sie gelegt, um sie in ganz Großbritannien vor den Wanderern und dem Councillor zu beschützen?

Anscheinend waren ihr ihre Gedanken ins Gesicht geschrieben, denn er lachte kurz auf.

»Sie wundern sich, dass die Aura, die uns fernhalten soll, verschwunden ist? Wenn die Lady Sie noch immer schützen wollte, hätte sie Sie dann vor unserem Tor abgesetzt? Ich kann mir nicht vorstellen, dass Ihr Entkommen ihren Plänen entsprach. Nein, sie wollte Ihren Tod, so wie den der anderen Nachtmahre, die sie mit einem Schwert in der Hand aus dem Wagen gezwungen hat, zu einer Zeit, da meine Männer schnell handeln mussten, um nicht selbst in Schwierigkeiten zu geraten. Es war Ihr Glück, dass die Sonne rechtzeitig versank, um Sie zu retten.«

Lorena spürte wieder das Grauen jenes Abends, als Grace und Sienna starben. Natürlich hatte der Councillor recht. Es war dumm von ihr gewesen anzunehmen, dass der Schutz noch immer wirkte.

Winston Campbell querte das Plateau und ging auf

einige Mauerreste zu. Das Pferd folgte ihm und blieb an seiner Seite, ohne dass er den Zügel ergriff.

War ihr Vorhaben wirklich klug? Sie begab sich ganz ohne Schutz in sein Haus. In seine Hände. Auch er hatte das Erstarken ihrer Kräfte bemerkt, doch würden sie ausreichen, Floors Castle wieder verlassen zu können, wenn sie es wollte?

Der Duke trat zwischen den Mauerresten hindurch und folgte einem Pfad, der sich zum Ufer hinunterwand. Der Rappe war im Begriff, ihm zu folgen, als Lorena ihm im Stillen befahl, stehen zu bleiben.

Der Hengst gehorchte sofort. Er hob ein wenig den Kopf und wandte ihr die Ohren zu, als würde er auf neue Befehle warten.

Was für ein Bild! Man blickte den Hang hinunter und über den Tweed mit seinem schimmernden Wasser. Auf der anderen Seite erstreckte sich der Schlosspark, überragt von den Türmen und Zinnen von Floors Castle.

Winston Campbell blieb ebenfalls stehen und wandte sich zu ihnen um. Es genügte ein Stirnrunzeln, um das Pferd wieder anzutreiben. Er war noch immer sein Meister, und im Zweifelsfall würde er ihm gehorchen, doch im Moment war Lorena durchaus bereit, dem Councillor zu folgen.

Sie blieben auf dem Pfad, überquerten die Straße und stiegen dann weiter bis zu einer kleinen Insel im Fluss hinab, bei der das Wasser nicht zu tief war, sodass sich eine Furt gebildet hatte.

Ohne mit der Wimper zu zucken, watete der Duke durch das Wasser, während Lorena im Sattel blieb.

»Hier beginnen die Ländereien von Floors Castle«, sagte er, als sie das andere Ufer erklommen hatten. Auf der flachen Aue war ein großer Platz umzäunt, auf dem verschiedene Hindernisse aus bunten Stangen aufgebaut waren.

»Ah, Sie springen mit Ihren Pferden«, stellte Lorena fest.

»Ja, ich habe einige mit guten Blutlinien in meinem Stall«, sagte er. »Möchten Sie es auch einmal versuchen?«

Lorena lehnte rasch ab. »Danke, nicht nötig. Ich denke, wenn ich mit dem Reiten beginne, sollte ich mich erst einmal im Trab und im Galopp versuchen, ehe ich die Hindernisse nehme.«

»Eine kluge Entscheidung«, kommentierte er mit einem Nicken. Dann folgte er der ansteigenden Parkwiese zur Südostfassade des Schlosses, bis über ihnen zwei der zinnenbewehrten Türme des Haupthauses aufragten. Der Duke wandte sich nach rechts zu dem Seitenflügel, in dem, wie Lorena bereits wusste, die Ställe und Garagen untergebracht waren. Lorena hielt die Luft an. Gleich würden sie das Kraftfeld erreichen. Der Duke streckte noch einmal den Arm aus, sodass seine Fingerspitzen ihr Bein berührten. Das Pferd durchschritt die magische Schranke, doch außer einem kurzen Kribbeln spürte Lorena nichts.

Zwei Männer kamen ihnen entgegen. Sie waren schlicht in Schwarz gekleidet, doch Lorena zweifelte nicht, dass sie zu seinen Wanderern gehörten und Schusswaffen unter ihren etwas zu weiten Anzugjacken trugen. Sie sah, wie ihre Hände zuckten, doch sie blieb aufrecht sitzen, die Zügel ruhig in den Händen. Wenn ihr Gefahr drohte, dann nicht von diesen Handlangern in der Anwesenheit des Councillors.

So genügte eine kurze Bewegung seiner rechten Hand, dass die Männer ihre Arme wieder sinken ließen, doch ihre Körper verrieten ihre Anspannung.

»Foster, Braden«, sagte er mit Nachdruck. »Ihr werdet hier nicht gebraucht.«

Die Männer machten kehrt, doch ihre Mienen verrieten ihren Unmut. Entweder hatten sie die Eclipse erkannt, oder sie witterten zumindest den Nachtmahr auf dem Schlossgelände.

Lorena ritt auf dem Rappen in den Stallhof. Winston Campbell trat zu ihr, wohl um ihr beim Absteigen zu helfen, da hatte sie bereits die Füße aus den Steigbügeln gezogen und das rechte Bein über die Kruppe geschwungen. Sie landete vor seinen Füßen und übergab ihm den Zügel.

»Ich denke, Sie sollten sich trockene Socken und Schuhe anziehen, damit Sie sich nicht erkälten«, sagte sie spöttisch.

»Ja, das sollte ich. Wenn ich Pech habe, kündigt mein Butler, wenn er die ruinierten Reitstiefel sieht.«

Lorena lachte. »Das würde er wagen? Das kann ich nicht glauben.«

»Nein, ich denke nicht. Er müsste ja um sein Leben fürchten!«

Der Councillor sah sie ernst an, doch sie hatte das Gefühl, dass er zumindest innerlich in heiterer Stimmung war. Er kam ihr so ganz anders vor als in Amerika, als er sie von seinen Wanderern hatte jagen lassen, doch sie nahm sich vor, sich von seiner oberflächlichen Freundlichkeit nicht einwickeln zu lassen. Egal, wie das Verhältnis zwischen Wanderern und Nachtmahren vor ein paar hundert Jahren gewesen war, heute waren sie Todfeinde, und sie würde sehr vorsichtig sein müssen, um sich nicht von ihm in eine Falle locken zu lassen.

Aus dem Stall kam ein Bursche von vielleicht sechzehn Jahren, der in seiner Stallburschenkluft gut und gern in einem Film der Jahrhundertwende hätte mitspielen können.

Er übernahm das Pferd, das noch einmal mit seinem Herrn einen Blick auszutauschen schien, ehe es dem Jungen willig folgte, um sich absatteln und striegeln zu lassen.

Ein Ausruf des Erstaunens ließ Lorena herumfahren. William stand in der schmalen Tür, die in den Nordostflügel führte, und starrte sie an. Sie konnte seine Verwirrung spüren. Er hatte sie bisher nur in ihrer Gestalt als Nachtmahr gesehen, und dennoch schien er zu ahnen, dass sie nicht nur eine normale Besucherin seines Vaters war – falls der Duke überhaupt normale gesellschaftliche Kontakte pflegte. So recht vorstellen konnte sich Lorena das nicht, obgleich er sich heute besonders umgänglich zeigte.

»William«, rief ihn sein Vater. »Darf ich dir Lorena Rittner vorstellen? Ich hatte das Vergnügen, sie auf dem Roxburghhügel zu treffen, und habe sie eingeladen.«

»Zum Essen?«, erkundigte sich William noch immer ein wenig verdattert.

Lorena spürte, wie es in ihm arbeitete. Hatte er die Fäden bereits verknüpft und ihren Namen mit der Gestalt des Nachtmahrs, den er in Paris getroffen hatte, verbunden?

Das schien den Councillor nicht zu interessieren. Er wandte sich mit einer Entschuldigung ab. »Ich werde mich trockenlegen und Porter Bescheid sagen.«

William kam auf Lorena zu, ergriff ihre Hand und deutete eine Verbeugung an. »Hatten wir nicht schon einmal das Vergnügen?«, erkundigte er sich.

Lorena lächelte ihn an. »Ja, ich erinnere mich an Sie, William!«

»Was machen Sie hier?«, raunte er leise. »Sind Sie wahnsinnig hierherzukommen? Haben Sie vergessen, was seine Männer mit Ihren Begleiterinnen gemacht haben?«

Lorena sah ihn an. »Oh nein. Ich denke, diese Bilder werde ich mein Leben lang in mir tragen.«

»Und dennoch kommen Sie hierher?«

»Ich war zumindest so klug, nicht einfach ans Tor zu klopfen«, betonte Lorena.

»Sie haben ihn bei seinem Ausritt abgepasst, bei dem er keinen seiner Männer mitnimmt. Das war gar nicht dumm«, sagte William. »Aber was wollen Sie von ihm? Er hat Sie gejagt, und Sie sind ihm nur knapp entkommen, und nun begeben Sie sich freiwillig in seine Hände?«

»Ich habe nicht vor, länger zu bleiben«, widersprach Lorena.

William schüttelte den Kopf. »Sie glauben doch nicht etwa, er lässt Sie so einfach wieder gehen?«

»Vielleicht liegt es nicht in seiner Macht, mich zu halten?«

Sie maßen sich mit Blicken.

»Sind Sie so stark oder so unvernünftig?«, wollte William wissen.

»Das werden wir bald herausfinden«, sagte Lorena liebenswürdig.

»Warum? Ich verstehe das nicht. Sind Sie Ihres Lebens schon überdrüssig?«

»Ich glaube nicht, dass Ihr Vater nach meinem Leben trachtet. Mein Erwählter, Jason, ist tot, und das Kind, das wir hätten haben können, ist ebenfalls gestorben, das weiß er inzwischen ganz sicher. Also bin ich keine Gefahr mehr für ihn und seine Wanderer, nicht wahr?«

William überlegte. »Mag sein, aber Sie sind dennoch ein Nachtmahr, und das Ziel der Wanderer ist es, alle Nachtmahre zu vernichten. Seine Männer werden nicht zögern, Sie zu töten.«

»Und Sie?«, fragte Lorena. »Was ist mit Ihnen?«

William sah sie überrascht an. »Ich bin kein Wanderer, das wissen Sie doch. Er hat mir keinerlei Magie vererbt und nimmt mir das schon mein Leben lang übel. Mir und meiner Mutter, obgleich ihn ja keiner gezwungen hat, ein Kind mit ihr zu zeugen.«

»Das war sicher schwer für Sie. Ich denke, er kann sehr unangenehm sein?«

»Sie haben ja keine Ahnung!«

Lorena wiegte den Kopf. »Doch, ich denke, ich durfte seine unangenehmen Seiten bereits kennenlernen. Aber was ich meine, ist: Wie denken Sie über Nachtmahre? Würden Sie mich töten, wenn Sie die Gelegenheit dazu hätten?«

»Nein! Natürlich nicht«, stieß er hervor, und sie glaubte ihm. »Ich hasse seine Wanderer. Die meisten sind dumme, brutale Typen, die nichts weiter können als zu schießen und mit dem Schwert zu kämpfen.«

»Würden Sie je etwas tun, das Ihrem Vater missfällt?«, wollte Lorena wissen.

William schnaubte. »Das tue ich ständig. Ich denke, er ist nie mit mir zufrieden. Na ja, fast nie.«

»Außer jetzt, nicht wahr?«, hakte Lorena nach.

William runzelte die Stirn. »Wie meinen Sie das?«

»Sie haben ihm doch das gebracht, was er wollte.«

»Sagen Sie nicht, dass Sie wegen dieses Buchs hier sind …« William stöhnte auf.

Lorena sah ihn herausfordernd an. »Warum nicht? Es gehört meiner Urgroßmutter Rebecca, und ich werde es ihr zurückbringen. Was können Sie schon damit anfangen?«

William war plötzlich sehr wachsam. »Wissen Sie denn, was darin steht?«

»Noch nicht, aber ich werde es bald wissen. Und es wird leichter, wenn Sie mir dabei helfen.«

Als Lorena sah, wie sich die Tür wieder öffnete und ein Mann in schwarzem Frack in den Hof trat, hob sie die Hand und schnitt Williams Erwiderung ab. »Nein, sagen Sie jetzt nichts. Denken Sie darüber nach.«

Kapitel 12

DER DUKE OF ROXBURGH

»Mein Name ist Porter, und ich bin der Butler auf Floors Castle«, stellte sich der Mann im Frack vor und verbeugte sich steif. »Miss Rittner, darf ich Sie hereinbitten? Der Duke wird in einer Stunde mit Ihnen speisen. Sie können sich einstweilen in einem der Gästezimmer ausruhen und sich frisch machen. Wenn Sie mir bitte folgen wollen.«

Lorena kam sich wie in einem Film vor, als sie dem Butler durch die große Halle und die weit geschwungene Freitreppe hinauf folgte.

So gut der steife Butler in dieses Szenario passte, so unpassend wirkte sie in ihren Jeans, Turnschuhen und einer zerknitterten Leinenbluse in dem alten Prunk, der sich deutlich von dem düsteren Muff in Gryphon Manor unterschied.

Porter führte sie einen langen Gang entlang, an dessen Wänden sich Ahnenporträts mit großen Spiegeln abwechselten. Die vergoldeten Rahmen schimmerten im Abendlicht, das zu den Fenstern am Ende des Gangs hereinschien.

Der Butler hielt vor einer Tür an, öffnete sie und trat dann beiseite, um Lorena einzulassen.

»Ich hoffe, Sie finden alles zu Ihrer Bequemlichkeit vor. Ich werde Ihnen rechtzeitig eine passende Garderobe heraufbringen lassen«, verkündete er, ehe er sich zurückzog.

Lorena sah sich in dem feudal eingerichteten Gästezimmer um. Vor allem der zierliche Toilettentisch mit seinen unzähligen Schubladen und den Elfenbeineinlegearbeiten gefiel ihr. Das Bett war breit, der Überwurf und die Kissen passend zu den Betthimmeln in Mintgrün. Daran schloss sich ein Bad an, das es an nichts fehlen ließ, sich in seinem Stil aber an die historischen Räumlichkeiten anpasste. Die weißen Quarzitplatten und Becken waren blitzsauber. Der Boden war aus einem dunkelroten Stein, der sich in den Verzierungen eines Schränkchens wiederholte. Lorena kehrte ins Zimmer zurück und trat ans Fenster. Ihr Blick schweifte über die grünen Wiesen hinunter bis zum Fluss, den die untergehende Sonne golden aufleuchten ließ. Was für ein schönes Land! Es passte so gar nicht zu den blutigen Erinnerungen, die sie mit dem Schloss verband. Sie dachte an Rebeccas Erzählung. Wie hatte es so weit kommen können, dass sich Nachtmahre und Wanderer mit diesem unversöhnlichen Hass zu vernichten suchten? Gab es in diesem Kampf überhaupt die Guten und die Bösen?

Vor wenigen Monaten wäre ihr Urteil eindeutig ausgefallen. Natürlich waren die Nachtmahre die Guten, die von den bösen Wanderern – grundlos – gejagt wurden und ihre Kampfkünste nur zu ihrer Verteidigung einsetzten.

Doch war das die ganze Wahrheit? Oder auch nur ein Teil von ihr?

Lorena musste nicht allein an die unverzeihliche Tat der Lady denken, um Zweifel zu empfinden. Auch die Rücksichtslosigkeit, mit der die Guardians, die sie eigentlich beschützen sollten, damals den Tod ihrer Mutter in Kauf genommen hatten, sowie das Verschwinden von Lucy. Vermutlich war der Lady die Verwechslung gerade recht gewesen, und sie hätte Lucy niemals befreit. Ja, sie hatte ihre Guardians sicher nur zu ihrer Unterstützung geschickt, um die wertvolle Eclipse zu beschützen.

Doch selbst wenn sie daran dachte, wie Raika früher gewesen war, kamen ihr Zweifel, ob sie die Nachtmahre wirklich zu den Guten rechnen konnte. Rücksichtslos und narzisstisch war sie gewesen. Das Leben der Männer für sie kein Gedanke wert. Sie hatte sich genommen, was sie wollte, und ihre Liebhaber dann wieder weggeworfen. Hatte sich nicht einer ihretwegen gar in den Tod gestürzt? Wie viele Leben hatte sie noch verdorben?

Es war sicher kein Verbrechen, seine Begierde auszuleben. Es war längst an der Zeit, dass jede Frau auf dieser Welt den Umgang mit ihrer Lust selbst bestimmte ... Doch Männer vergiften oder ihres Willens berauben, um sie zu Sklaven zu machen? Das musste aufhören, wenn dieser Krieg irgendwann enden sollte, ehe eine der beiden magischen Linien völlig ausgelöscht werden würde.

Das Klopfen an der Tür ließ sie herumfahren. Ein Diener brachte einige in Hüllen verpackte Kleidungsstücke und legte sie auf das Bett.

»Ich hole Sie in einer halben Stunde ab«, kündigte er an, ehe er das Zimmer wieder verließ.

Lorena riss sich von ihren Grübeleien los und ging zum Bett hinüber, um zu sehen, was der Diener ihr alles gebracht hatte. Sie öffnete eine Kleiderhülle nach der anderen und drapierte die Sachen auf ihrem Bett. Anscheinend ging der Councillor davon aus, dass sie länger bleiben würde. Und offensichtlich hatte er nicht vor, sie in eine Kerkerzelle zu sperren. Gut! Das konnte nicht besser laufen. Sie würde ihn ein wenig umgarnen, ihm ihr schönstes Lächeln zeigen und ihn in Sicherheit wiegen, bis sie ungestört nach dem Buch suchen konnte. Das Schloss war groß, aber vielleicht half ihr William ja bei ihrer Suche. Sie hatte die Verletzlichkeit gespürt, den Makel, den sein Vater ihm seit seiner Kindheit eingeredet hatte, der den jungen Mann noch immer verunsicherte. Vielleicht war es gar nicht so schwer, ihn auf ihre Seite zu ziehen. Vielleicht wartete er nur darauf, sich einmal seinem mächtigen Vater zu widersetzen.

Lorena öffnete das letzte Paket. Es enthielt eine mit Leder besetzte Reithose, eine weiße Bluse und ein rotes Jackett. Offensichtlich hatte er vor, sie bei seinen Ausritten mitzunehmen. Lorena schwankte zwischen Freude und Furcht. Na, hoffentlich ging das gut. Anderseits war das natürlich eine wunderbare Gelegenheit, aus der Reichweite – oder Schussweite – der Wanderer zu gelangen, sobald sie gefunden hatte, wonach sie suchte.

Lorena legte die Reitsachen beiseite und ließ den Blick über die Kleider wandern, die er ihr geschickt hatte. Für den heutigen Abend wählte sie ein schlichtes dunkelblaues aus seidig glänzendem Stoff, das ihr bis zu den Waden reichte. Lorena zog sich ins Bad zurück, duschte und zog sich dann wieder an. Sie sah gleich, dass das Kleid nur dem Körper des Nachtmahrs perfekt passen würde. Sie zeigte ihrem Spiegelbild eine Grimasse.

»Das wollt Ihr also, Duke? Passt nur auf, dass Ihr Euch in den Fängen des Geistes, den Ihr heraufbeschwört, nicht selbst verliert!«

Sie konzentrierte sich kurz, und schon sah ihr aus dem Spiegel die wunderschöne Gestalt des Nachtmahrs entgegen. Ihre Locken fielen golden schimmernd herab, ihre Haut war makellos zart, ihre Augen von unwiderstehlichem Blau, die Wimpern lang und schwarz. Sie steckte einige der Strähnen hoch und schlüpfte dann in die goldenen Riemchensandalen, als es bereits klopfte und der Diener erschien, um sie nach unten zu begleiten.

»Hast du schon etwas von ihr gehört?«, wollte Lucy wissen.

Raika schüttelte den Kopf. »Nein, aber ich denke, das kann dauern. Sie wird sicher erst heute Nacht nach dem Buch suchen, und es ist fraglich, ob sie es so schnell findet. Das Schloss ist ein riesiger Kasten, und ich denke, der Councillor wird es nicht irgendwo offen herumliegen lassen.«

»Nein, vermutlich nicht«, stimmte ihr Lucy zu. »Aber ich kann mir auch nicht vorstellen, dass er Lorena einfach so nachts in seinen Sachen rumschnüffeln lässt. Er ist schlau und verschlagen. Ich fürchte, sie unterschätzt ihn noch immer.«

»Du meinst, er sperrt sie ein und hält sie gefangen?«

Lucy zuckte mit den Schultern. »Wenn er sie beim Schnüffeln erwischt, ganz sicher.«

»Auch ein Councillor muss irgendwann mal schlafen«, behauptete Raika.

»Das schon«, pflichtete Lucy ihr bei. »Aber er hat genügend Männer, die die Augen für ihn offen halten können. Und wir wissen, wie schnell die mit ihren Pistolen sind.«

»Ich will mir keine Sorgen machen«, sagte Raika. »Es wird Nacht. Wir sollten uns ablenken. Komm, wir ziehen ein wenig durch die Stadt.«

Lucy stimmte ihr lustlos zu. »Ich würde lieber nachsehen, was im Schloss los ist.«

Raika schlüpfte in ihre Lederjacke und ging zur Tür. »Seit wann bist du so besorgt um deine Schwester?«

»Sie ist einfach zu gutmütig und lässt sich vom Councillor bestimmt um den Finger wickeln. Er kann sehr überzeugend sein! Glaub mir, ich habe da meine Erfahrungen«, bekräftigte Lucy.

Raika blieb unter der Tür stehen und wandte sich noch einmal um. »Dann ist es an uns, den Auftrag zu erfüllen und das Buch zu suchen, wobei ich mich frage, ob da etwas so Wichtiges drinstehen kann, dass sich der ganze Aufwand lohnt.«

Lucy zog ihre hochhackigen Schuhe an. »Ist mir egal. Geben wir Lorena eine Chance. Aber wenn es zu lange dauert, gehe ich selbst zum Schloss und erledige das!«

Raika kicherte. »Weil du die Intelligentere von euch beiden bist, die auch viel besser kämpfen kann.«

»Nein, weil ich die Härtere bin, die keine Skrupel kennt!«, schoss Lucy zurück.

Raika dachte nach. »Da ist was Wahres dran, aber heute Nacht bleiben wir in Edinburgh und schauen mal, was das Nachtleben hier zu bieten hat.«

Der Diener führte Lorena in das Speisezimmer, das im Hauptgebäude beim Südwestturm nahe dem Küchentrakt lag. Es war ein lang gestreckter Raum, der mit drei vorgebauten Erkern die Hauptfassade durchbrach, sodass seine Fenster zum Park und zum Fluss hinunter zeigten und der Grundriss an ein Kirchenschiff erinnerte. Winston Campbell war schon da und kam ihr entgegen. Er trug einen gut sitzenden Anzug, der ihr aber ein wenig altmodisch im Schnitt vorkam, was allerdings zu dieser Umgebung passte. Der Duke hatte an dem kleinen Tisch im mittleren Erker decken lassen, was für drei Personen sicher angenehmer war als der lange Tisch mit seinen kunstvollen Tafelaufsätzen, der für zwei Dutzend Gäste gedacht war.

»Sie sehen bezaubernd aus«, sagte er galant, als er ihr den Stuhl zurechtrückte.

Lorena bedankte sich für das Kompliment. Obgleich ihr die Gestalt des Nachtmahrs stets Sicherheit gab, fühlte sie sich ein wenig befangen. Sie musste sich immer wieder klarmachen, dass sie hier dem vielleicht mächtigsten Mann im Königreich gegenübersaß, der noch dazu der Todfeind der Nachtmahre war. Sie musste wachsam bleiben, um nicht in eine Falle zu tappen.

Lorena fühlte sich erleichtert, als William eintrat und mit einem Nicken neben ihr Platz nahm. Er trug eine dunkle Jeans und ein legeres Leinenhemd, was sicher besser zu ihm passte als die Aufmachung seines Vaters zu diesem.

»Wie schön, dass du dich entschlossen hast, uns Gesellschaft zu leisten«, sagte der Duke steif.

William versuchte sich an einem Lächeln, das ein wenig gequält wirkte. »Ich lasse mir doch nicht die Gelegenheit entgehen, die berühmte Eclipse ein wenig näher kennenzulernen, nachdem unser letztes Treffen etwas kurz war.«

Nachdem der Duke ihr gegenüber Platz genommen hatte, trug einer der Diener die erste Vorspeise auf, ein zweiter schenkte ihnen Champagner ein.

Sie wirken auch nicht lebendiger als die Dienstboten der Lady, dachte Lorena beim Anblick ihrer unbeweglichen Mienen. Raubte der Councillor seinen Männern etwa auch die Seelen, oder gehörte diese zur Schau getragene Leblosigkeit noch zur alten Schule dieser Diener?

Diese Frage stellte sich Lorena, bis sie einen weiteren Kellner, der ihnen die Suppe auftrug, dabei erwischte, wie er ihr in den Ausschnitt schielte. Fast hätte er den Duke mit Lachsschaumsuppe bekleckert. Der Blick, den er sich dafür einhandelte, war so eisig, dass der junge Mann totenbleich wurde und sich beeilte, das Speisezimmer wieder zu verlassen. Lorena entschlüpfte ein Kichern.

»Wie schön, dass Sie sich amüsieren«, sagte ihr Gastgeber, der sie bis dahin mit seichter Konversation unterhalten hatte, während William schwieg. Dafür warf er ihr immer wieder neugierige Blicke zu. Als er seinen Teller mit Lamm, Minzsauce und Kartoffeln geleert hatte, stand er plötzlich auf.

»Ich bitte, mich zu entschuldigen. Ich möchte noch nach Edinburgh fahren. Die abendlichen Vergnügungen hier auf Floors Castle sind doch sehr begrenzt. Das werden Sie sicher bald merken«, fügte er hinzu.

Bei der Erwähnung von Edinburgh stieg in Lorena ein ungutes Gefühl auf, doch sie bewahrte eine unbewegliche Miene und wünschte ihm viel Spaß.

Der Councillor schien nicht von den Manieren seines Sohnes angetan und empfand es vermutlich als unhöflich, dass sich William vor dem Dessert verabschiedete.

In diesem Moment trat der Butler ein und verbeugte sich. »Verzeiht, Euer Gnaden, doch ich muss Sie wegen eines wichtigen Anrufs stören, der vermutlich keinen Aufschub duldet.«

Ein Anflug von Ärger huschte über seine Miene, als sich der Duke erhob und mit einer Entschuldigung den Speisesaal verließ.

Lorena griff nach Williams Hand. »Haben Sie über meine Bitte nachgedacht?«

William tat so, als würde er sie nicht verstehen.

»Das Buch! Sagen Sie mir, wo dieses Buch ist!«

»Ich denke noch darüber nach, ob es mir das Risiko wert ist. Was habe ich davon, wenn ich meinen Vater erzürne, der mich zum ersten Mal in meinem Leben überhaupt wahrzunehmen scheint.«

»Sie würden das Richtige tun!«, drängte Lorena.

William lachte. »Das sagen Sie so einfach. Für wen wäre es richtig?«

»Für mich und vielleicht auch für Sie.«

William sah sie an, und es kam ihr vor, als würde er in diesem Moment mehr sehen als die schöne äußere Hülle, die jedem Mann den Kopf verdrehte.

»Gerade das bezweifle ich, aber ich wünsche Ihnen viel Glück.«

»Bitte, geben Sie mir einen Hinweis, wo ich suchen soll«, flehte Lorena. »Das Schloss ist riesig!«

»Ja, aber Sie können davon ausgehen, dass mein Vater wichtige Dinge weder im Küchentrakt noch im Flügel mit den Ställen aufbewahrt.«

»Hat er ein Arbeitszimmer? Oder ist das Buch vielleicht in der Bibliothek?«, hakte Lorena gerade nach, als der Duke zurückkehrte.

William verabschiedete sich hastig und eilte davon, während der Duke ihr gegenüber wieder Platz nahm.

»War es wichtig, oder hat Porter nun Ihren Zorn auf sein Haupt geladen?«, erkundigte sie sich, doch der Duke war nicht bereit, darüber zu sprechen.

»Es war nichts, worüber Sie sich Gedanken machen müssten. Genießen Sie lieber die außergewöhnliche Kreation meines Kochs.«

Lorena ließ sich den Nachtisch schmecken, der wirklich köstlich war.

»Ein Koch, ein Butler, viele Diener und Wächter«, sagte sie, als ihr Teller bereits zur Hälfte geleert war. »Gibt es im Schloss nur Männer?«

Er schien zu überlegen und nickte dann. »So ist es.«

»Warum? Können oder wollen Sie keine Frau in Ihrem Umfeld ertragen? Sind die Wanderer nicht nur Feinde der Nachtmahre, sondern aller Frauen?«

»Aber nein.«

»Aller Frauen, die ihre Freiheit lieben und für ein selbstbestimmtes Leben eintreten?«, fügte sie noch hinzu, obgleich dies sicher nicht klug war.

Winston Campbell blickte von seinem Teller auf. Seine Miene war ernst. »Ah, Sie wollen mich provozieren. Warum? Was haben Sie davon, wenn Sie mich verärgern?«

»Verzeihung, das war unhöflich«, entschuldigte sich Lorena. »Aber ich frage mich wirklich, ob Wanderer mit Frauen zusammenleben.«

Er schien erst über seine Antwort nachzudenken. »Sie haben mit Ihrer Annahme recht, dass Wanderer normalerweise in keiner Beziehung leben. Die meisten, die ich ausgebildet habe, sind Kämpfer mit der Waffe oder auch im Anzug in London in den Banken und an der Börse, wo heute Englands Macht zu finden ist. Wir leben sehr lange, wissen Sie, das haben wir mit den Nachtmahren gemein, und deshalb ist es für uns nicht ratsam, uns eine Frau zu suchen, die vor unseren Augen verwelkt und stets viel zu früh stirbt.«

»Haben Sie jemals eine Frau geliebt?«, wollte Lorena wissen.

»Früher vielleicht, aber das ist längst vergangen.«

»Und Williams Mutter?«, bohrte sie weiter.

»Sie sind die neugierigste Person, die mir seit Langem begegnet ist«, rief er, sagte dann aber resignierend: »Sie war schön und unterhaltsam, doch es war vielleicht keine gute Idee, sich mit ihr einzulassen und ein Kind mit ihr zu zeugen.«

Lorena aß den Rest ihrer Zitronenschaumcreme mit frischen Waldbeeren und legte dann ihren Löffel auf den Teller. Sie sah den Duke aufmerksam an. »Warum? William scheint mir ein patenter junger Mann. Hat er nicht in Oxford studiert?«

»Was er so studieren nennt. Ich denke, er hat sich mehr herumgetrieben und Frauen mit seinem Sportwagen zu beeindrucken gesucht, als über seinen Büchern zu sitzen.«

»Haben Sie ihn wirklich der Bücher wegen nach Oxford geschickt, oder hatte das nicht einen ganz anderen Grund? Es gibt viele gute Universitäten!«

Er sah sie eine Weile unverwandt an, dann wurden seine Züge für einen Moment weich. »Ich gebe zu, ich hatte die Hoffnung, er wäre für Großes bestimmt. Ich dachte, er könne meine Wanderer führen, doch er ist eben nur ein Mensch.«

»Vielleicht haben Sie ihn deshalb unterschätzt?«, vermutete Lorena. »War Paris nun seine letzte Chance?«

Sie sahen einander lauernd an, bis der Duke sagte: »Paris war eine Chance für ihn, durchaus.«

»Die er leider nicht ergreifen konnte«, behauptete Lorena, ihren Blick noch immer fest mit dem seinen verbunden. Sie hatte das Gefühl, er würde kurz stutzen und überlegen.

»Sie meinen, weil Sie ihn gestört haben?«

»Ja, wir kamen gerade rechtzeitig, um – wie ich vermute – den Verlust wertvoller Bücher zu verhindern«, fügte sie noch hinzu und hoffte, er würde ihr glauben.

Er sagte nichts dazu, rief nur nach dem Butler und wies

ihn an, Kaffee, Whisky und Tee in die Bibliothek bringen zu lassen. Dann erhob er sich und bot ihr den Arm. »Da wir gerade von Büchern sprechen. Ich denke, die Bibliothek wird Ihnen gefallen.«

Lorena folgte ihm und nahm dann in einem großen Ledersessel vor dem Kamin Platz. Obwohl der Kalender noch Juli anzeigte, brannte ein Feuer, denn hier oben im Norden waren die Nächte auch in den Sommermonaten oft kühl. Winston Campbell setzte sich in den anderen Sessel und streckte die Beine aus, während der Butler ihnen Tee und ein Glas Whisky einschenkte. Er stellte eine Etagere mit Pralinen und kleinen Kuchen auf den Tisch und zog sich dann mit einer Verbeugung zurück.

»Wir sprachen von Büchern«, brachte der Duke sie auf das Thema zurück.

»Ja, Ihre Sammlung ist wunderschön«, bestätigte sie. »Darf ich mich umsehen und mir vielleicht eine Nachtlektüre aussuchen?«

»Bitte!« Er machte eine auffordernde Handbewegung.

Lorena spürte, wie er jeder ihrer Bewegungen mit seinem Blick folgte, während sie an den Regalen entlangstrich und zu erkennen versuchte, nach welchem System die Bücher geordnet waren.

»Sie haben mir noch nicht verraten, warum Sie nach Floors Castle gekommen sind«, sagte er nach einer Weile.

Lorena zog ein Buch heraus und schlug es auf. Den Blick auf die Seiten gerichtet, sagte sie: »Ich wollte sehen, ob Sie auch eine andere Seite besitzen als den harten, grausamen Councillor, den wir in Amerika erleben mussten.«

»Sie meinen den, der Nachtmahre gefangen hält und tötet?«

»Ja, genau.« Sie ließ das Buch sinken und sah zu ihm hinüber.

»Wie kommen Sie auf die Idee, dass es noch einen anderen geben könnte?«

Lorena überlegte kurz, was sie ihm sagen durfte. »Jemand, der schon länger auf dieser Welt weilt und mehr Erfahrung mit den Wanderern hat als ich, hat mir erzählt, dass es eine Zeit gab, da Wanderer und Nachtmahre friedlich miteinander lebten.«

»Das ist schon lange vorbei«, entgegnete er. »Das war, ehe die Nachtmahre ihre Magie missbrauchten, um Männer zu versklaven.«

»Oder ehe die Wanderer ihre Kraft missbrauchten, um Nachtmahren, die ihnen nicht genehm waren, den Kopf abzuschlagen?«

Sie starrten einander grimmig an, als er plötzlich ausstieß: »Rebecca!«

»Wie bitte?«

»William erwähnte vier Nachtmahre in Paris. Kann es sein, dass eine Totgeglaubte in ihre Heimat zurückgekehrt ist?«

Lorena wusste nicht, ob es klug war, über ihre Urgroßmutter zu sprechen, daher kehrte sie zu ihrem Sessel zurück, trank ihren Tee und erhob sich dann. »Wenn es Ihnen recht ist, dann ziehe ich mich nun mit meiner Lektüre in mein Zimmer zurück. Ich danke für das gute Essen und den schönen Abend.«

»Sie sind schon müde?«, fragte der Duke verwundert. »Ich dachte, diesen Zustand kennen Nachtmahre gar nicht. Sind die Stunden der Finsternis nicht Ihr Element?«

»Wenn ich die Möglichkeit habe, tagsüber zu schlafen, durchaus«, behauptete Lorena.

Winston Campbell schien nicht recht überzeugt, war aber so höflich, sie nicht aufzuhalten, und verabschiedete sie mit einer Verbeugung. »Dann wünsche ich eine gute Nachtruhe und spannende Lektüre!« In seiner Stimme schwang ein Lachen.

Ihr wurde sein Spott klar, als sie in ihrem Zimmer anlangte und den Titel des Buchs las, das sie mit hinaufgenommen hatte: *Altgriechische Dramen*.

Ja, das versprach eine spannende Nacht zu werden. Lorena zog die Sandalen aus und legte sich aufs Bett. Sie konzentrierte sich darauf, was sie vorhatte. Ihre Gedanken wanderten durch das Schloss. Sie spürte die Magie der Wanderer, die draußen patrouillierten, und sie glaubte auch den Councillor zwei Stockwerke unter sich wahrnehmen zu können. In ihrem Geist sah sie ihn in der Bibliothek hin und her gehen. Etwas trieb ihn um, sodass er keine Ruhe fand. Lorena ahnte, dass seine Unruhe mit ihr zu tun hatte, doch was ihn so aufwühlte, erkannte sie nicht. Ihre Gedanken wanderten weiter durch das Schloss. Sie spürte die Diener wie Schatten umherhuschen, doch sie fand keine weitere Person, die eine Aura von Magie umgab. Die Wanderer schienen das Schloss nicht zu betreten. Gut so!

Jetzt musste sie nur noch darauf warten, dass der Duke sich in sein Gemach zurückzog und einschlief.

Ihre Geduld wurde auf eine lange Probe gestellt. Fast zwei Stunden wartete sie wie auf Kohlen. Lorena wunderte sich über die seltsame Fähigkeit, die sie noch nie verspürt hatte, als sie endlich zu fühlen glaubte, wie seine Präsenz schwächer wurde. Lorena huschte zur Tür und drückte die Klinke herunter. Sie war nicht verschlossen.

Wie leichtsinnig, Euer Gnaden!, dachte sie und schob den

Anflug von Gewissensbissen beiseite. Sie war nur auf der Suche nach dem, was sein Sohn widerrechtlich entwendet hatte. Das war ihr gutes Recht. Die viel größere Schwierigkeit begann mit der Entscheidung, wo sie mit ihrer Suche beginnen sollte. Nachdem er sie so bereitwillig in die Bibliothek geführt und sie sich ein Buch hatte aussuchen lassen, war es unwahrscheinlich, dass er seine Beute offen zu seinen Büchern gestellt hatte.

Oder war das gerade das Perfide? Verspottete er sie, indem er das gestohlene Buch vor ihrer Nase versteckte?

Auch möglich. Das würde zu ihm passen, dachte sie, als sie die Treppe hinunterschlich. Sie schickte ihre Gedanken nach allen Richtungen, konnte aber keine Menschenseele spüren. Auch die Diener waren endlich in ihrem Trakt über der Küche zu Bett gegangen. Lorena öffnete mehrere Türen, doch der untere Stock enthielt vor allem für Besucher und Gäste gedachte Repräsentationsräume einschließlich eines Ballsaals. Also stieg sie die Treppe wieder hinauf. Die Gästezimmer im zweiten Stock waren nicht sonderlich interessant, viel spannender schien der Gang im ersten Stock, der in die Gemächer des Councillors führte. Sie spürte ein feines Prickeln auf der Zunge, als sie den Gang betrat. Es war seine mächtige Aura der Magie, die ihr Haar sich im Nacken aufrichten ließ. Lorena lauschte an jeder Tür und versuchte zu erspüren, was dahinter lag, ehe sie sie öffnete. Sie wollte auf keinen Fall in sein Schlafzimmer platzen.

Da gelangte sie an eine Tür, die abgeschlossen war. Das war doch schon mal vielversprechend. Lorena schloss kurz die Augen und konzentrierte sich auf das Schloss, so wie sie es unter Rebeccas Anweisung im Louvre getan hatte. Sie konnte spüren, wie der Mechanismus im Innern sich bewegte, dann gab die Tür nach, und sie spähte in ein Arbeitszimmer. Dies schien genau der Ort, an dem er Dinge aufbewahrte, die ihm wichtig erschienen und die nicht für jedermanns Augen bestimmt waren.

Lorena huschte ins Zimmer und schloss die Tür wieder hinter sich. Dann ging sie durch den Raum. Sie öffnete eine Truhe und einige Schubladen eines Schranks, die nicht verschlossen waren, fand aber nichts von Interesse. Daher wandte sie sich dem Schreibtisch in der Mitte zu. Es überraschte sie nicht, seine Fächer und Schubladen verschlossen vorzufinden. Lorena legte ihre Handfläche auf das erste Schloss, um es zu erspüren. Das war eine größere Herausforderung als das einfache Türschloss, das sie geöffnet hatte, doch wenn sie sich richtig konzentrierte, müsste ihre Magie stark genug sein, dachte sie eben, als eine Stimme von der Tür her sie herumfahren ließ.

Verflucht! Wie hatte sie so unaufmerksam sein und ihre Gedanken einzig und allein auf ihre Suche nach dem Buch richten können?

»Können Sie nicht schlafen? Ich dachte, Sie seien so müde? Oder waren die griechischen Dramen nicht so spannend, wie Sie es erhofft haben?«

Lorena versuchte sich an einem Lächeln, das ein wenig kläglich ausfiel.

Verdammt! Schlimmer hätte es nicht laufen können.

»Da haben Sie recht. Es war ein wenig ermüdend. Ich nahm an, die griechischen Dramen seien so spannend geschrieben wie die Königsdramen von Shakespeare. Aber weit gefehlt! Da dachte ich, ich sehe mich noch ein wenig im Schloss um.«

Sie wusste, dass es eine Farce war und er ihr kein Wort

glaubte. So einfältig war er nicht. Nein, der Councillor der Wanderer war alles andere als einfältig! Und er lächelte auch nicht mehr, während er sie betrachtete. Sie sah, wie sein Blick kurz zur Tür huschte, ehe er wieder zu ihr zurückkehrte.

»Die Tür war nur angelehnt, daher dachte ich mir nichts dabei«, flötete Lorena und hoffte, er würde die Lüge schlucken und nicht auf ihr neues Talent aufmerksam. Er runzelte kurz die Stirn, widersprach ihr aber nicht.

»Ihr Ballsaal ist wunderschön. Ich konnte es mir lebhaft vorstellen, wie sich einst die Paare in ihren herrlich bunten Kleidern beim Klang der Geigen im Walzer drehten«, fügte sie noch schnell hinzu. »Geben Sie noch immer Bälle?«

»Nein. Es hat schon Dutzende Jahre keinen Ball mehr auf Floors Castle gegeben«, sagte er höflich, doch ihr war klar, dass sie sein Misstrauen nicht zerstreut hatte.

Mit übertriebenem Lächeln trat sie auf ihn zu. »Ich wünsche mir, meinen Rundgang morgen mit Ihnen fortzuführen. Ich habe so viele Fragen über das Schloss und seine Bewohner, die sicher nur Sie mir beantworten können.«

Winston Campbell deutete eine Verbeugung an. »Es wird mir ein Vergnügen sein, Ihre Neugierde zu befriedigen, Verehrte.« Er bot ihr den Arm und zog die Tür dann hinter ihr zu. Mit einer Handbewegung verschloss er sie. Lorena hörte den Riegel einrasten.

»Kommen Sie, ich bringe Sie zu Ihrem Zimmer zurück. Ich möchte doch nicht, dass Sie sich in den zahllosen Gängen verirren.«

Er zog ihre Hand in seine Armbeuge und hielt sie dort fest. Natürlich hätte sie sich losreißen können, doch es war ihr daran gelegen, sein Misstrauen zu zerstreuen und sein

Wohlwollen wiederzuerlangen. Doch seine Miene blieb unbeweglich, während er sie in den zweiten Stock und in den Trakt mit den Gästezimmern zurückführte. Er stieß die Tür zu ihrem Zimmer auf und führte sie hinein. Dann erst blieb er stehen und löste sich von ihr. Er trat einen Schritt zurück und musterte sie mit einer Intensität, die ihr einen Schauder über den Rücken jagte. Sosehr sie sich auch bemühte, sie konnte nicht erraten, welche Gedanken ihm durch den Kopf gingen. War er noch immer erzürnt, sie beim Schnüffeln erwischt zu haben? Sie spürte keinen Zorn, keine Abneigung. Da war irgendetwas anderes. Es war, als würde er über eine Entscheidung nachdenken, die ihm schwerfiel. Lorena fühlte sich plötzlich nackt und ausgeliefert wie ein Insekt unter dem Mikroskop. Unwillkürlich trat sie einen Schritt zurück und verschränkte die Arme vor der Brust.

Würde er sie nun nicht mehr wie einen Gast behandeln? Würde er sie in eines seiner Verliese sperren?

Unsinn!

Warum?

Dazu hat er nicht die Macht!

Ach nein?

Die Wut, die in ihr aufwallte, brachte auch ihren Mut zurück.

»Ich danke Ihnen und wünsche nun eine geruhsame Nacht!«, sagte sie entschieden und wies auf die Tür.

»Ich wünsche Ihnen auch eine ungestörte Nacht«, erwiderte er mit dieser kühlen, emotionslosen Stimme, mit der er in Amerika stets gesprochen hatte. Der Charme, den er beim Abendessen gezeigt hatte, war verschwunden, und das hatte sie sich selbst zuzuschreiben. Warum nur war sie so unvorsichtig gewesen? Sie hätte sich selbst ohrfeigen mögen, sein Vertrauen so leichtfertig verspielt zu haben. Aber er folgte ihrer Aufforderung, verließ das Zimmer und schloss die Tür. Lorena hielt den Atem an. Würde er sie jetzt einschließen? Doch nichts geschah. Sie wartete, bis sie seine Anwesenheit nicht mehr spüren konnte, dann drückte sie die Klinke herunter. Die Tür war nicht verschlossen.

Seltsam. Lorena runzelte verwirrt die Stirn. Vermutlich ließ er sie von nun an überwachen. Es würde verdammt schwer werden, das Buch aufzuspüren. Sie unterdrückte einen Seufzer und kehrte zum Bett zurück. Unter den Kleidern, die er ihr hatte bringen lassen, waren auch ein Nachthemd und ein Negligé aus schwarzer Seide. Lorena ging ins Bad und zog sich um. Sie fand dort Zahnputzzeug, Seife und Handtücher. Seinen Haushalt hatte der Duke im Griff, das musste man ihm lassen. Das war sicher Porters Werk gewesen. Solche Aufgaben gehörten zu denen eines guten Butlers, wie es sie heutzutage sicher kaum mehr gab. Allerdings fragte sich Lorena, wie häufig solche Dienste von ihm gefordert wurden. Sie hatte den Verdacht, dass der Duke nicht oft weiblichen Besuch im Schloss hatte.

Und William?

Der brachte seine Eroberungen sicher nicht hierher. Lorena konnte sich nicht vorstellen, dass der Duke das tolerieren würde, und vermutlich legte William auch keinen Wert darauf, die jungen Damen seinem eisigen Blick auszusetzen.

Lorena bürstete ihre goldenen Locken und gönnte sich einen Blick in den Spiegel, dann wandelte sie sich zurück und ging ins Bett. Sie schlief bald ein, doch in ihren Träumen ging sie wieder durch das Schloss. Sie kehrte zu den Privaträumen des Duke zurück. Dieses Mal betrat sie nicht das Arbeitszimmer, um das Buch zu suchen. Sie öffnete die Tür zu seinem Schlafgemach und trat an das mächtige Bett aus Mahagoniholz, in dem er schlief. Lorena hob die Arme und streifte das Nachthemd über ihren Kopf. Mit einem leisen Rascheln fiel es zu Boden.

Kapitel 13

DEALANACH

Ein wenig lustlos streifte Lucy durch die Innenstadt von Edinburgh. Ihr Blick wanderte nach Westen zu dem Hügel mitten in der Stadt, auf dem sich die alte Burg unter dem Sternendach erhob.

»Entschuldigung!«, sagte der Mann, mit dem sie zusammenstieß, und dann: »Was für ein schöner Zufall!«

Lucy löste ihren Blick vom Burghügel und sah in sein Gesicht. »Hallo William«, sagte sie lässig, nachdem sie ihn erkannt hatte. »So sieht man sich wieder.«

»Du bist nicht überrascht, mich hier zu sehen?«, erkundigte er sich.

Lucy betrachtete ihn interessiert. »Ich denke, es ist wahrscheinlicher, dich in Edinburgh anzutreffen als in Paris, so weit von deiner Heimat oder besser gesagt vom Schloss deines Vaters entfernt.«

»Da du nun weißt, wer ich bin, können wir ja offen miteinander reden. Gehen wir ein Stück«, schlug er vor.

Lucy hakte sich bei ihm unter. »Meinst du? Gibt es etwas, das wir besprechen müssten?«

»Mein Zuhause ist hier an der schottischen Grenze«, sagte er. »Und wo trifft man dich normalerweise?«

»Du meinst, wo ich zu Hause bin?« Sie schnaubte. »So etwas habe ich nicht, dafür hat dein Vater gesorgt.«

»Weil er dich als Kind entführen ließ?«

»Ja, mit dem Hamburger Land verbindet mich nur noch wenig. Ich bin in den USA aufgewachsen. Und nachdem mich Lorena und Raika befreit haben, hat mich die Lady in Gryphon Manor festgehalten.« Sie schnitt eine Grimasse.

»Wie ist die Lady denn so?«, fragte William.

Lucy sah ihn strafend an. »Denkst du, ich liefere dem Feind so einfach Informationen?«

»Bin ich denn der Feind?«

Lucy lachte. »Natürlich! Du bist der Sohn des Councillors. Du gehörst zu den Wanderern, egal ob du ihre Magie in dir trägst oder nicht. Ihr verfolgt Nachtmahre und tötet sie.«

»Und ihr verfolgt Wanderer und tötet sie – neben den vielen normalen Männern, die ihr verderbt oder ihres Willens beraubt, um sie euch untertan zu machen.«

Lucy kicherte. »Und dennoch gehst du mit mir Arm in Arm durch Edinburgh.«

»Gut, ich will dich nicht aushorchen. Aber ich bin neugierig: Wie sieht diese Lady der Nachtmahre aus?«

Lucy lachte auf. »Selbst wenn ich es wollte, könnte ich dir darauf keine Antwort geben. Ich habe ihr Gesicht nie gesehen.«

»Du hast nie mit ihr gesprochen? Die ganzen Monate nicht, die du in Gryphon Manor warst?«, wunderte sich William.

»Gesprochen hat sie schon mit uns oder besser gesagt, ihre Anweisungen gegeben, aber man kann sie nicht so einfach ansehen. Sie ist viel zu mächtig und lässt das nicht zu.«

»Interessant«, murmelte er und blieb dann vor einem Pub stehen. »Möchtest du etwas trinken? Wir könnten hier reingehen und noch eine Weile reden. Ich kenne den Pub, er ist recht angenehm und das Bier sehr gut.«

»Du willst trinken und reden?«, wiederholte Lucy und sah ihn erstaunt an. »Du bist doch nicht plötzlich zu schüchtern zu sagen, was du wirklich von mir willst?«

»Du meinst Sex?«

»Was sonst«, sagte sie ein wenig abfällig. »Das ist es, was Männer im Sinn haben, wenn sie eine schöne Frau sehen.«

»Oder Nachtmahre, wenn sie einen Mann sehen«, entgegnete William.

Lucy starrte ihn an. »Du warst in Paris nicht gerade abgeneigt.«

»Nein, und wenn du darauf Wert legst, dann bestätige ich dir gern, dass es fantastisch war. Und dennoch würde ich jetzt gerne mit dir in diesen Pub gehen, etwas trinken und mich mit dir unterhalten. Ich finde nicht nur deinen Körper interessant! Ich will mehr über dich erfahren.«

»Du willst mich aushorchen«, vermutete Lucy.

William stöhnte. »Nein. Ich will dich kennenlernen. Das machen Männer und Frauen so. Sie haben nicht nur wilden Sex miteinander und trennen sich dann wieder.«

»Da ist Raika aber anderer Meinung.«

»Dann hat sie bisher eben nur die falschen Kerle kennengelernt.« Er hielt ihr die Tür auf.

Lucy trat ein und steuerte auf einen der Barhocker an der Theke zu.

William setzte sich neben sie. »Ich habe deine Schwester Lorena gesehen«, sagte er.

Lucy zuckte mit den Schultern. »Ja und?«

»Als ich von Floors Castle aufbrach, saß sie mit meinem Vater beim Dinner.«

Lucy tat unbeeindruckt und bestellte sich ein Pine. »Sie ist erwachsen. Sie kann tun, was sie will, und wenn sie den Duke besuchen will, dann ist das in Ordnung.«

William orderte ein dunkles Bier aus der eigenen Brauerei und wartete, bis der Wirt es gezapft hatte, ehe er weitersprach. »Die Eclipse besucht den Councillor der Wanderer?«

»Warum nicht? Immerhin darf ich aus deinen Worten schließen, dass dein Vater Lorena weder den Kopf abgeschlagen noch ihr das Herz herausgerissen hat und dass sie auch nicht in irgendeinem Verlies im tiefsten Keller sitzt.«

»Du hältst die Wanderer für Barbaren.«

Lucy zog die Nase kraus. »Barbaren? Nein, warte, ich suche nach schlimmeren Wörtern, welche die Sache besser treffen. Also, soviel ich weiß, haben die Wachen deines Vaters den letzten beiden Nachtmahren, die es wagten, vor seinem Schloss aufzutauchen, die Köpfe abgeschlagen. Ach, und wo hat er mich nicht gleich eingesperrt, nachdem ich alt genug war, mich zu wandeln? In einem Betonbunker am Hoover-Damm!«

»Es tut mir sehr leid, dass er dich so schlecht behandelt hat. Ich wusste nichts davon.«

Lucy zuckte die Achseln. »Und wenn du es gewusst hättest, hätte das etwas geändert? Hättest du dich mit deinem Vater angelegt, um meine Freilassung zu erkämpfen?«

William senkte den Blick. »Nein, hätte ich nicht. Du hast recht. Für mich waren die Nachtmahre stets die Barbaren. Ich habe die ersten zu Gesicht bekommen, als ich in Oxford mit dem Studium begann und mich an einen der Wanderer dranhängte, der Gryphon Manor beobachtete. Und Raika war die Erste von euch, der ich nahe kam.«

»Sehr nahe, wie ich gehört habe«, präzisierte Lucy in höflichem Tonfall.

William hielt den Blick noch immer gesenkt. »Ich bin – ihr erlegen. Ich habe sie verfolgt, das ist richtig, weil ich neugierig war, doch obgleich ich gewarnt war und mir vorgenommen habe, mich nicht verführen zu lassen, ist es dennoch passiert. Ich bin nicht stolz darauf.«

Lucy machte eine lässige Handbewegung. »Stört mich nicht«, sagte sie großzügig.

William stieß einen Seufzer aus. »Es wäre mir lieber, es würde dich stören.«

Lucy sah ihn groß an. »Warum?«

Er lachte auf. »Kennt ihr Nachtmahre das Gefühl von Eifersucht nicht?«

Lucy überlegte. »Vielleicht wenn wir uns in einen Mann verlieben, so wie Lorena in Jason, aber nicht, weil wir mit einem Mann Sex haben. Ich kann dir nicht sagen, ob ich so etwas empfinden könnte und wie sich das dann anfühlt. Ich hatte nur selten die Gelegenheit, mich auf Männer einzulassen.«

»Ich weiß, und das tut mir leid. Ich meine, dass dir deine Kindheit und Jugend geraubt wurden, nicht, dass du noch nicht so viele Männer gehabt hast.«

Lucy funkelte ihn an. »Ach ja? Geht dich das denn was an?«

»Nein, aber ich mag dich, und ich glaube, ich wäre eifersüchtig.«

Lucy pustete sich eine Strähne aus dem Gesicht. »Ich bin ganz sicher nicht wie Lorena, die nur noch ihren Jason wollte. Also spar dir diese Gefühle. Sie schaden nur dir selbst.«

»So einfach ist das nicht. Kannst du dir gar nicht vorstellen, wie sich das anfühlt?«

Lucy überlegte. »Nicht bei Männern, aber ich war immer auf Lorena eifersüchtig, und sie war es auf mich. Seltsam, nicht?«

»Ich habe keine Geschwister, aber vermutlich ist das normal.« Er hielt kurz inne und sah sie intensiv an. »Da du Lorena erwähnst. Ich möchte zu gerne wissen, warum sie nach Floors Castle gekommen ist«, sagte er. »Und sag jetzt nicht, weil sie meinen Vater unbedingt wiedersehen wollte. Nach der Jagd in den USA und dem Absturz des Flugzeugs ist sie sicher nicht gut auf ihn zu sprechen.«

Lucy wirkte für einen Moment verlegen. »Also, das mit dem Flugzeug geht eher auf meine Kappe, auch wenn ich das natürlich anders geplant hatte. Ich weiß zwar noch immer nicht, was sie an diesem Jason fand, aber ich wollte natürlich nicht, dass er stirbt. Auch weil wir alle dachten, er sei der Erwählte.«

»Und das denkt ihr jetzt nicht mehr?«, hakte William nach.

»Ich habe davon keine Ahnung. Ich habe diese Prophezeiung nie gelesen, aber Rebecca sagte so etwas.«

»Und deshalb ist Lorena hier?«

Lucy stemmte die Hände in die Hüften und sah ihn vorwurfsvoll an. »Das müsstest du ja am besten wissen«, brauste sie auf. »Du hast das Buch in Paris gestohlen und es deinem Vater gebracht!«

»Und allein, um das zurückzuholen, ist Lorena nach Floors Castle gekommen?«

»Ich sage kein Wort mehr«, erwiderte Lucy und verschränkte die Arme vor der Brust.

»Musst du nicht. Sie selbst hat mich darauf angesprochen und wollte, dass ich ihr helfe, das Buch zu finden.«

»Und, hast du ihr geholfen?«

»Ich habe ihr ein paar Tipps gegeben. Was sie heute Nacht daraus macht, ist ihre Sache«, antwortete William. »Habt ihr denn eine Ahnung, was in dem Buch steht?«

»Irgendwas über diese Prophezeiung, das uns verrät, ob Jason nun der Auserwählte ist oder nicht. Rebecca vermutet … Verdammt, hör auf, mich auszuhorchen!«

»Sie weiß es also nicht«, stellte er fest.

»Nein, aber du weißt es, denn du hast es sicher gelesen, bevor du das Buch deinem Vater gegeben hast.«

»Auch ich lasse mich nicht aushorchen«, wehrte William ab.

»Ach, verflucht! Ich will gehen«, forderte Lucy.

William griff nach ihrer Hand. »Nein, bleib! Lass uns nicht mehr über deine Schwester oder die Wanderer sprechen. Ich will dich besser kennenlernen.«

Sie stöhnte auf. »Da gibt es nicht viel zu sagen. Ich bin als kleines Kind von meiner Familie getrennt und in die USA geschafft worden. Dort bin ich bei einer Frau irgendwo in der Einsamkeit der Berge aufgewachsen, bis mich dein Vater holen und einsperren ließ.«

William überlegte. »Was hat dir bei deiner Ziehmutter gefallen?«

Lucy überlegte, dann strahlte sie. »Die Pferde!«, antwortete sie. »Ich hätte den ganzen Tag im Sattel sitzen können.«

William nickte. »Das verstehe ich.«

»Du reitest auch?«, wollte sie wissen.

»Aber ja, das gehört in Adelskreisen mit zur Grundausbildung. Mein Vater hat viele Pferde in seinem Stall. Allerdings bin ich sicher anders geritten als du in den Rocky Mountains.«

»Kein Cowboyhut, vermute ich.«

William lachte. »Nein, das siehst du richtig. Ganz spießig in weiße Reithose und rotem Jackett.«

Lucy stimmte in sein Lachen ein. »Das kann ich mir so richtig vorstellen. Klein William auf einem fetten Pony.«

»Mein Pony war nicht fett!«, protestierte er, dann beugte er sich vor und küsste sie. »Ich hätte dich gerne mal als Cowgirl im Sattel gesehen.«

»Ich sah gut aus«, behauptete sie und erwiderte den Kuss.

Lorena erwachte früh, als die Sonne noch sehr tief stand. Sie stopfte sich ein Kissen hinter den Rücken, lehnte sich zurück, während das Tageslicht die Schatten zurückdrängte, und dachte über den Abend und die Ereignisse der Nacht nach.

Er war wütend auf sie, das konnte sie sogar verstehen. Sie hatte sein Vertrauen missbraucht. Andererseits, warum hätte er ihr überhaupt vertrauen sollen? Sie gehörte zu den natürlichen Feinden der Wanderer. Musste er nicht genau so etwas erwartet haben?

Vermutlich.

Und sie war geradewegs in die Falle getappt. Lorena stöhnte. Warum war sie so ungeduldig gewesen? Warum hatte sie nicht einige Nächte gewartet, ehe sie sich auf die Suche machte?

Die Einsicht kam zu spät. Falls er dabei gewesen war, seine Meinung über Nachtmahre zu ändern, dann hatte sie sich und allen ihren Schwestern einen Bärendienst erwiesen. Ihr graute davor, dem Duke unter die Augen zu treten, aber sie konnte ja schlecht heimlich davonschleichen. Jedenfalls nicht, wenn sie ihr Vorhaben nicht aufgeben wollte.

Nein, so leicht ließ sich die Eclipse nicht entmutigen. Sie war noch lange nicht besiegt.

Energisch warf sie die Bettdecke beiseite und schwang die Beine über die Kante. Sie tappte ins Bad und schenkte ihrem Spiegelbild eine Grimasse. Sie fühlte sich gerädert, wie immer, wenn sie in der Nacht in ihrer Gestalt als Nachtmahr unterwegs gewesen war.

»Und dabei hatte ich nicht mal wilden Sex«, vertraute sie ihrem Spiegelbild an und gähnte. Zumindest nicht in Wirklichkeit. Was sie in ihren Träumen getrieben hatte, darüber wollte sie nicht einmal nachdenken.

Sie duschte sich, putzte die Zähne und bürstete ihr Haar, das in dieser Gestalt eher schlaff herunterhing und auch nicht den goldenen Glanz besaß. Lorena schlüpfte wieder in ihre Jeans und die Bluse, in der sie gekommen war, band sich die Turnschuhe zu und verließ dann das Gemach. Im Flur war niemand zu sehen, doch sie hörte die Schritte der Diener im unteren Stock. Außerdem zog ein Duft von Kaffee und gebackenen Eiern vom Küchentrakt bis zu ihr herauf.

Hatte sie bisher gedacht, nach dem Dinner vom Vorabend heute Morgen keinen Hunger zu verspüren, so meldete sich ihr Magen nun doch voller Vorfreude auf ein Frühstück.

Wenn ich überhaupt eines bekomme und nicht gleich bei Wasser und Brot eingesperrt werde, dachte sie und fühlte sich in ihrer Menschengestalt plötzlich schwach und hilflos.

Blödsinn!, versuchte sie, sich zu beruhigen. Sie war stärker geworden, egal in welcher Gestalt.

Und wieder fragte sie sich, ob es Jason gewesen war, der ihre Kräfte geweckt hatte. Konnte das sein? Auch wenn er nicht der Erwählte gewesen war? Vielleicht hatte seine Liebe genügt, um das Beste in ihr aufzuwecken?

Lorena schritt den Gang entlang und blieb dann bei einer Rüstung stehen, die ein Schwert in der eisernen Faust hielt. Vorsichtig löste sie den Griff aus dem Handschuh. Sie hob die Klinge und ließ sie dann ein paar Mal herabsausen. Das Schwert schien von guter Qualität, war ausbalanciert und lag gut in der Hand. Und seine Klinge war scharf, stellte sie an ihrem Daumen fest.

Interessant. Das war gut zu wissen. Sie gab der Rüstung die Waffe zurück und setzte ihren Weg fort. Lorena stieg die Treppe hinunter und sah sich um. Es wunderte sie nicht, dass der eifrige Butler sie sofort erspähte und auf sie zukam.

»Guten Morgen, Miss. Ich hoffe, Sie haben gut geruht. Wünschen Sie ein Frühstück?«

»Ist der Duke schon auf?«, erkundigte sie sich.

»Er ist zu einem frühen Ausritt unterwegs, wird aber sicher in der nächsten halben Stunde zurückkehren und sich dann zum Frühstück umkleiden«, gab der Butler Auskunft.

Lorena überlegte kurz. Irgendwann musste sie sich ihm und seinem Zorn stellen. Warum nicht beim Frühstück? »Ich warte auf ihn«, sagte sie deshalb.

Der Butler neigte den Kopf. »Möchten Sie in der Bibliothek warten oder auf der Terrasse? Soll ich Ihnen schon einmal Tee oder Kaffee bringen?«

»Terrasse und Tee«, entschied Lorena.

Porter begleitete sie hinaus, rückte ihr den Teakstuhl zurecht und öffnete einen Sonnenschirm. Nur wenige Augenblicke später kam ein Diener mit dem Teetablett. Wenn sie nicht gerade auf den Councillor warten würde, hätte sie glauben mögen, Urlaub in einem Luxushotel zu verbringen.

Lorena lehnte sich zurück und blinzelte in die Sonne. Als sie sich wieder aufrichtete und nach ihrer Tasse griff, sah sie den Duke vom Fluss her auf das Schloss zureiten. Heute saß er auf einem zierlichen Fuchs, der aber ebenfalls recht feurig wirkte. Lorena kannte sich nicht so gut mit Pferden aus, doch sie war überzeugt, dass das ein echter Vollblüter sein musste. Er ritt zu den Ställen und entschwand ihrer Sicht.

Lorena sann über eine Möglichkeit nach, ihm für ihr Verhalten in der Nacht eine harmlose Erklärung anzubieten, doch sie war noch zu keiner Lösung gekommen, als Porter wieder erschien und sie zu Tisch bat. Mit mulmigem Gefühl folgte sie dem Butler ins Speisezimmer.

»Guten Morgen, Euer Gnaden«, sagte sie und zwang sich, ihn anzusehen.

Er sah sie aus seinen grauen Augen an, doch sie konnte nicht in ihnen lesen. »Guten Morgen, Lorena. Setzen Sie sich doch bitte. Was wünschen Sie?« Seine Stimme klang freundlich. »Es ist alles da, nicht wahr, Porter?«

Der Butler verneigte sich stumm.

»Ich habe nicht so großen Hunger«, gestand Lorena.

»Aber ich!«, sagte Winston Campbell und sah seinen Butler an. »Bringen Sie Eier und Speck, Pfannkuchen, Waffeln mit Früchten und Sahne, Toast und Marmelade. Und natürlich Kaffee, Tee und Saft. Das sollte fürs Erste genügen.«

Unwillkürlich musste Lorena lächeln. »Sie haben Appetit.«

»Ja, so ein Morgenausritt macht hungrig. Sollten Sie auch einmal versuchen.«

Er plauderte Belangloses, bis der Diener das Essen und

die Getränke serviert hatte und sich wieder zurückzog. Lorena erwartete, dass er sie nun zur Rede stellen würde, doch er lächelte, während er ihr Rührei auf den Teller lud und einen weiteren mit Waffeln reichte.

»Nehmen Sie! Ich verspreche Ihnen, der Tag wird anstrengend.«

»Was? Warum?«

»Ich dachte, Sie wollten mit mir reiten?«, entgegnete der Duke.

»Ich kann mich nicht erinnern, das gesagt zu haben«, wehrte Lorena ab.

»Sie haben es nur nicht laut ausgesprochen«, widersprach er. »Aber Sie wollen es! Ich habe es gesehen, als Sie auf meinem Rappen saßen.«

Lorena aß ihre Waffel, die köstlich schmeckte. »Ich kann nicht reiten. Ich bin als Kind ein paar Mal auf einem Pony gesessen, aber das kann man nicht reiten nennen.«

»Sie können das!«, versicherte ihr der Duke und lud ihr nun einen Pfannkuchen auf den Teller.

»Woher wollen Sie das wissen?«

»Weil ich Ihre Kräfte spüre.« Er stand auf, ging zum Fenster und öffnete es. Draußen in den Zweigen eines Baums saß ein Rabe. »Rufen Sie ihn!«, verlangte der Duke.

»Was?« Lorena schüttelte ungläubig den Kopf.

»Konzentrieren Sie sich, und rufen Sie den Raben zu sich!«

»Was soll das?«

Er setzte sich wieder, beugte sich vor und berührte kurz ihre Hand. »Sie können das, wenn Sie daran glauben.«

Wieder dieses Gefühl, als würde ein Energiestoß durch ihre Adern rinnen.

Blödsinn!, dachte sie, doch dann erinnerte sie sich an die

Verbindung zu dem Pferd, die sie für einen Moment erschaffen hatte. Lorena schloss kurz die Augen und konzentrierte sich auf den Vogel im Baum, dann öffnete sie die Lider und sah ihn an.

Komm zu mir!, befahl ihr Geist.

Da öffnete der Rabe seine Schwingen und stieß sich vom Baum ab. Er flog direkt auf das offene Fenster zu.

Das ist völlig unmöglich, dachte Lorena.

Der Rabe flog eine scharfe Kurve und verschwand aus ihrem Blickfeld.

»Sie haben es vermasselt«, sagte der Duke. »Ich hoffe, Sie wissen, was Sie falsch gemacht haben?«

»Ich habe plötzlich daran gezweifelt, dass ich das kann«, gab Lorena widerstrebend zu.

»Genau. Wenn Sie zweifeln, werden Sie niemals siegen, ganz gleich, ob es um einen Raben geht oder um – sagen wir, größere Lebewesen.«

Lorena dachte an das Pferd und dann an die Wanderer, die bewaffnet am Tor standen, um Nachtmahre abzuwehren. Sie nickte und wandte sich dann ihrem Pfannkuchen zu, der inzwischen kalt geworden war. Sie lehnte sein Angebot, einen frischen zu bestellen, ab. »Ich bin satt, danke.«

»Gut, dann können wir uns neuen Aufgaben zuwenden. Gehen Sie hinauf, und ziehen Sie sich um! Ich erwarte Sie in den Ställen.«

Eigentlich gefiel es ihr nicht, wie der Councillor über sie bestimmte, anderseits hatte sie schon als Kind immer wieder den Wunsch verspürt, richtig reiten zu lernen. Lorena war neugierig, ob es wirklich möglich war, dies – dank ihrer Gabe – so unvermittelt zu lernen.

Du darfst nicht zweifeln!, sagte sie sich immer wieder

vor, während sie in ihrem Zimmer in Reithose und Bluse schlüpfte und das Jackett zuknöpfte. In Turnschuhen ging sie anschließend zum Stall, wo der schwarze Hengst bereits gesattelt stand.

Winston Campbell sah auf ihre Füße. »Das geht so nicht!«, sagte er und wandte sich zu Porter um.

»Porter, sorgen Sie dafür, dass die Dame anständige Reitstiefel bekommt.«

Für einen Moment sah Lorena das Entsetzen in der Miene des Butlers, der sich fragen musste, wie er das so plötzlich bewerkstelligen sollte, doch er neigte ohne Widerrede den Kopf und verschwand.

»Das ist heute Ihr Pferd«, sagte der Duke und deutete auf eine Schimmelstute, die einer der Stallknechte gerade in den Hof führte.

»Sie ist wunderschön«, rief Lorena entzückt.

»Sie heißt Dealanach – Blitz.«

»Oh!« Lorena trat an die Stute heran und streichelte ihren schneeweißen Hals. Ihre Mähne und der Schweif waren von einem Grau, das sie an die Augen des Councillors erinnerte.

Wir schaffen das!, dachte Lorena, der klar war, dass der Name sicher eine Bedeutung hatte. Die Stute drehte die Ohren in ihre Richtung, so als erwartete sie einen Befehl.

Es erstaunte sie auch kaum, dass Porter, bis der Bursche die Stute gesattelt und aufgetrenst hatte, mit einem Paar glänzend schwarzer Reitstiefel zurückkehrte, die ihr ordentlich passten.

»Und nun hinauf mit Ihnen!«, rief der Duke, als er sie hochhob. Er selbst schwang sich in den Sattel des Rappen.

»Sitzen Sie gerade, locker in der Hüfte mitschwingen, die Zügel so fassen, wie Sie es bei mir sehen.«

Lorena gehorchte.

»Und nehmen Sie die Steigbügel weiter vorn auf, immer schön die Wade am Pferd lassen und mit der Bewegung die Absätze federn lassen. Wenn etwas Unerwartetes passiert: Knie zu! Sie wollen ja schließlich im Sattel bleiben.«

»Danke für den Rat«, sagte Lorena und versuchte, sich nicht vorzustellen, wie sie im hohen Bogen aus dem Sattel flog.

»Und lächeln Sie! Reiten gehört zu den schönsten Dingen dieser Erde.«

Er lenkte sein Pferd auf den Ausgang des Hofs zu. Lorena berührte leicht die Flanken mit den Absätzen, und schon folgte die Stute ihrem Herrn.

Zum Glück ließ es der Councillor ruhig angehen. Im Schritt ritten sie über die Wiese und folgten dann einem Weg, der in den Wald führte.

»Bleiben Sie locker«, sagte er. »Sie müssen die Bewegung des Pferds in sich aufnehmen und ihre Körper miteinander verbinden. Nehmen Sie die Zügel etwas kürzer, sodass Sie immer eine leichte Verbindung zu ihrem Maul haben, aber lassen Sie ihre Bewegungen zu.«

Lorena versuchte, seine Anweisungen umzusetzen, und spürte plötzlich, wie ihre Hüfte locker mitzuschwingen begann.

»Gut, und nun traben wir«, kündigte der Councillor an. »Auch hier müssen Sie nur den Bewegungen des Pferds folgen und im Takt seiner Schritte im Wechsel das Gewicht mehr auf die Schenkel und Füße nehmen und dann wieder in den Sattel setzen. Am besten, Sie schließen kurz die Augen und fühlen den Rhythmus. Zum Antraben einfach mit beiden Beinen einen Impuls geben.«

Lorena versuchte es, und schon spurtete die Stute los. Sie wackelte im Sattel hin und her und hätte fast die Steigbügel verloren, doch der Duke blieb an ihrer Seite und gab den Takt vor.

»Auf – ab – auf –ab.«

Sie schielte zu ihm hinüber und fand dann den richtigen Rhythmus. Sie spürte, wie die Stute ihre Beine nach vorn warf und von hinten abdrückte. Ihre Bewegungen flossen in Lorenas Körper über. So ritten sie nebeneinanderher, bis sie den Wald hinter sich ließen und auf eine weite Wiese kamen, die sich leicht bergauf bis zu einem Hügelkamm zog.

»Und nun Galopp! Sie müssen sich nur für einen Moment fest in den Sattel setzen und leicht mit einem Bein drücken. Wenn die Stute anspringt, dann entlasten Sie wieder und stellen sich in die Steigbügel. Lehnen Sie sich ein wenig nach vorn, damit Sie das Gleichgewicht halten können, und ich sage Ihnen, es wird Sie berauschen, besser als Champagner.«

»Ich weiß nicht«, stieß Lorena aus.

»Was habe ich Ihnen gesagt? Sie müssen an sich und an das Pferd glauben! Suchen Sie ihren Geist und schaffen Sie eine Verbindung!«

»Ich versuche es«, sagte Lorena zaghaft, als der Councillor seinen Hengst anspringen ließ. Und ehe sie selbst etwas tun konnte, folgte ihm die Stute. Lorena beugte sich vor und stellte sich in die Steigbügel. Sie hatte nicht das Gefühl, dass das Pferd auch nur einen Gedanken an sie verschwendete. Die Stute jagte einfach dem Hengst hinterher. Das Gras floss unter ihr hinweg wie ein reißender Strom.

»Himmel!« Lorena nahm die Zügel kürzer und legte ihre

Arme an den Hals der Stute, um sich besser auszubalancieren.

Ich muss an mich und das Pferd glauben, sagte sie sich immer wieder und konzentrierte sich ganz auf das Tier und seine Bewegungen. Sie konnte spüren, wie die Stute ihre Aufmerksamkeit der Reiterin zuwandte, und sie war sich plötzlich sicher, das Tier würde sofort anhalten, wenn sie es verlangte.

Da war es, das Gefühl, mit dem Körper und dem Geist des Pferds eins zu werden. Sie hörte den Rhythmus der trommelnden Hufe und spürte ihn in jeder Faser ihres Körpers. Der Wind peitschte ihr ins Gesicht und zerrte an ihren Haaren. Ein Glücksgefühl durchströmte sie, wie sie es seit der Zeit mit Jason nicht mehr empfunden hatte.

Als sie den Kamm des Hügels erreichten, parierte der Councillor durch und hielt dann an. Lorena zog ein wenig an den Zügeln und befahl der Stute, ebenfalls anzuhalten. Sie gehorchte und kam neben dem Hengst zum Stehen.

Winston Campbell richtete seinen Blick auf Lorena, und sie konnte ihn bis in ihre Seele spüren. Er wirkte seltsam heiter.

»Ich sehe es Ihnen an«, sagte er. »Sie können es spüren. Habe ich Ihnen zu viel versprochen?«

Lorena schüttelte nur den Kopf. Sie konnte keine Worte finden, um ihre überschäumenden Gefühle auszudrücken.

Kapitel 14

DAS ERBE DER VERGANGENHEIT

Lorena fühlte sich noch immer wie berauscht von ihrem Ausritt.

»Unglaublich, nicht wahr?«, kommentierte der Duke. »Ein Wanderer und ein Nachtmahr so traut in ihrem Glück vereint.«

Lorena musste den Blick senken. Sie hielt dem seinen nicht mehr stand. Ohne ihn anzusehen, bedankte sie sich und zog sich dann in ihr Zimmer zurück, um zu duschen und sich umzuziehen.

Am Abend wurde wieder ein köstliches Mahl mit mehreren Gängen im Speisezimmer serviert. Dieses Mal ließ sich William nicht blicken. Wie am Abend zuvor zogen sie sich anschließend in die Bibliothek zurück. Der Duke zeigte ihr einige wertvolle, alte Bücher, die liebevoll von Mönchen mit Illustrationen verziert worden waren. Es war bereits kurz vor Mitternacht, als sich Lorena in ihr Zimmer zurückzog. Sie stellte sich ans offene Fenster und überlegte. Sollte sie noch einmal nach dem Buch suchen oder sich heute Nacht lieber zurückhalten, um ihn in Sicherheit zu wiegen? Es kam auf den ein oder anderen Tag hier im Schloss nicht an. Sie verbot sich den sehnsuchtsvollen Gedanken an einen weiteren Tag im Sattel der wundervollen Schimmelstute.

Das ist unwichtig!, herrschte sie sich selbst an. *Wichtig ist allein meine Aufgabe.*

Aber wie konnte sie diese erledigen, ohne ihm wieder in die Arme zu laufen?

Plötzlich streifte etwas ihren Geist. Lorena trat noch näher und beugte sich aus dem Fenster. Es war ein vertrautes Gefühl, und plötzlich huschte ein Schatten vor der schmalen Mondsichel vorbei, nur um wieder in der Finsternis zu verschwinden.

Das war kein Vogel und auch keine Fledermaus, da war sich Lorena sicher. Es war ein viel größerer Körper gewesen, der hier ganz und gar nichts verloren hatte. Diese Magie war ihr vertraut. Es war die Magie der Nachtmahre.

Lorena stöhnte leise. *Verdammt!* Vermutlich war es Lucy oder Raika in Edinburgh langweilig geworden, und eine von ihnen oder beide waren nach Floors Castle gekommen, um nach ihr zu sehen. Vielleicht fürchteten sie, ihr sei etwas zugestoßen, dabei hatte sie ihnen über ihr Handy eine Nachricht geschickt. Doch vielleicht hatten sie diese nicht erhalten. Konnte der Councillor mit seiner Magie die Übertragung blockieren? Sie hatte keine Ahnung. Seine Abwehrmaßnahmen waren offensichtlich nicht so stark, dass ein Nachtmahr die Ländereien nicht überfliegen konnte. Sie selbst war zuvor bereits in einiger Entfernung im Schlosspark gelandet. Jedenfalls konnte sie nicht zulassen, dass Raika und Lucy ihren Plan verdarben, indem sie die Wanderer aufscheuchten.

Wieder huschte der Schatten vorbei, aber Lorena konnte ihn nicht erkennen. Doch wer auch immer es war, sie musste etwas unternehmen, ehe der Eindringling entdeckt werden würde.

Lorena schlüpfte in ihre Turnschuhe und ging zur Tür. Sie war abgeschlossen. Lorena unterdrückte einen Seufzer. Er wollte also kein Risiko mehr eingehen und traute ihr nicht – zu Recht, wie sie zugeben musste. Doch eine abgeschlossene Tür war für sie kein Hindernis mehr. Wusste er das nicht?

Sie streckte die Hand aus, dass die Handfläche nur wenige Millimeter vom Schloss entfernt war, und konzentrierte sich auf den Mechanismus. Es klickte leise, und die Tür ließ sich aufschieben. Lorena huschte lautlos in den Gang hinaus. Bei der Rüstung blieb sie stehen. Dort draußen schlichen die Wanderer um das Haus. Vielleicht war es keine schlechte Idee, eine Waffe zur Hand zu haben, sollte es ihnen gelingen, sie zu überraschen.

Lorena hastete die Treppe hinunter und eilte zur Hintertür. Sie war abgeschlossen, doch das war ebenfalls kein Problem. Die Tür schwang auf. Lorena trat auf die Terrasse und sah sich um. Der Schatten war verschwunden. Ihre Klinge schimmerte im Sternenglanz. Sie hob die Spitze ein wenig an und ging dann auf das Wäldchen zu, von dem aus sie das erste Mal das Schloss beobachtet hatte. Keine Spur von Lucy oder Raika, doch da erhaschte sie in den Augenwinkeln eine Bewegung. Lorena fuhr herum und suchte den Nachthimmel mit den Augen ab. Wer war da? Sie konnte die Gestalt nicht erkennen, die eine rasche Wendung flog und dann hinter den Türmen des Schlosses abtauchte. Hier zu warten war sicher nicht sinnvoll. Vielleicht sollte sie es auf der anderen Seite des Schlosses versuchen.

Lorena näherte sich gerade den Ställen, als ein anderer Schatten auf sie zueilte. Kein fliegender Schatten. Eine männliche Gestalt, die eine Waffe zog und auf sie anlegte!

»Keine Bewegung, sonst schieße ich!«, sagte er. Sie hatte

ihn schon einmal gesehen. Wie war sein Name? Gregg, wenn sie sich recht erinnerte.

Lorena blieb stehen, das Schwert noch immer in den Händen. »Ich bin Lorena und hier zu Gast«, sagte sie mit fester Stimme. »Fragen Sie den Councillor. Er wäre nicht begeistert, wenn Sie mich erschießen. Ja, Gregg, ich bin mir sicher, das wäre das Letzte, was Sie tun würden.«

Er antwortete nicht. Sie folgte in ihrem Geist seinem Blick, der irgendetwas hinter ihrer Schulter zu fixieren schien. Es war ihr, als könnte sie durch seine Augen sehen, wie sich die beiden Männer mit gezogenen Schwertern von hinten näherten. Lorena schärfte ihre Sinne, bis sie jeden Schritt hören konnte. Es war wie damals in Gryphon Manor, als sie blind gekämpft hatte. Ihre Muskeln spannten sich an. Sie wartete auf den richtigen Moment, dann wirbelte sie herum und schlug die erste Klinge beiseite. Sie duckte sich unter dem zweiten Angriff hindurch und parierte dann wieder die Klinge des ersten Angreifers. So focht sie gegen die beiden Wanderer. Ihr Arm war eins mit dem Griff und der Klinge geworden. Das Schwert tanzte in ihrer Hand, als wäre es lebendig. Sie musste sich nicht über Schritte, Finten oder Angriffe Gedanken machen. Sie schienen aus ihr herauszukommen und ihren Körper zu leiten. Die Männer wichen zurück. Sie waren ihr nicht gewachsen.

Fast hätte sie den Mann mit der Pistole vergessen. Er stand noch immer da, die Waffe in der Hand. Da spürte Lorena, wie noch jemand den Kampfplatz betrat. Seine Aura war so mächtig, dass es sich nur um den Councillor handeln konnte. In ihrem Geist blitzte das Bild auf, wie er den Arm hob, eine Pistole in der Hand. Lorena fuhr herum. Sie sah noch, wie Gregg zielte, sein Finger krümmte sich.

Zwei Schüsse krachten in dem Moment, als sie einen Satz zur Seite machte, doch es war der Schütze, der aufschrie und dann tot zusammenbrach.

»Genug!«, ertönte eine leise Stimme, in der eine tödliche Kälte schwang. Lorena hörte die Schwerter zu Boden fallen. Sie selbst hob den Blick und sah in die grauen Augen. In seiner Hand hielt er die Waffe, die er gerade abgefeuert hatte.

»Verschwindet!«, zischte er, als er auf Lorena zutrat. Die beiden Wanderer hoben ihre Schwerter auf und zogen sich zurück. Der Schütze lag ein Dutzend Schritte von ihr entfernt, vermutlich tot. Der Councillor hatte ihn mitten in die Brust getroffen. Das überlebte vermutlich nicht einmal ein Wanderer. Oder etwa doch? Musste man ihm noch den Kopf abschlagen, um ihn für immer zu vernichten?

»Möchten Sie?«, erkundigte sich der Councillor, als ob er fragte, ob sie eine Tasse Tee haben wollte.

»Was?«

»Ihm den Kopf abschlagen? Er hat auf Sie geschossen, und er hätte getroffen. Ich habe meine Männer hart trainiert.«

»Er hat nur auf Ihre Befehle hin gehandelt«, widersprach Lorena.

»Ich habe ihn nicht angewiesen, Sie zu töten. Sie sind Gast in meinem Haus und stehen daher unter meinem Schutz.«

Er nahm ihr das Schwert aus der Hand. Ehe Lorena reagieren konnte, stand er schon neben dem Erschossenen, holte aus und schlug ihm den Kopf ab. Lorena wandte den Blick ab und schloss die Augen.

»Sie sind immer noch zu weich für diese Welt.«

»Und Sie zu hart!«, warf sie ihm vor. »Haben nicht Sie Ihren Wanderern befohlen, Nachtmahre zu töten?«

»Oh, glauben Sie mir, die Nachtmahre sind auch nicht zimperlich«, gab er zurück. »Die Guardians Ihrer Lady haben in ihrem Auftrag allein im vergangenen Jahr fünf meiner Männer enthauptet, und das allein in England. Der Kampf in Alcatraz ist da noch nicht einmal mit eingerechnet.«

»Das wusste ich nicht«, gab Lorena zu. »Aber es kommt mir vor, als wäre es leicht, immer den anderen die Schuld zuzuschieben. Dieser Krieg muss nicht sein! Es muss nur einer mutig den ersten Schritt machen.«

Ohne den blutigen Körper noch eines Blickes zu würdigen, kehrte er zu ihr zurück und bot ihr den Arm. »Vielleicht haben Sie recht. Vielleicht ist es an uns, eine neue Epoche zu beginnen.«

Lorena verschränkte die Hände hinter dem Rücken, doch sie folgte ihm ins Haus zurück.

»Warum sind Sie hinausgegangen?«, wollte er wissen. »Ihnen muss doch bewusst gewesen sein, dass meine Wanderer das Schloss und die Ländereien bewachen.«

»Ich …« Lorena hielt inne und überlegte, was sie ihm sagen sollte. »Ich habe etwas gesehen.«

»Was?«

»Ich weiß es nicht so genau. Einen Schatten.«

»Einen *fliegenden* Schatten?«

Sie nickte.

»Und, haben Sie herausgefunden, zu wem dieser Schatten gehört?«

Lorena schüttelte den Kopf. »Nein.«

»Aber Sie haben einen Verdacht?«

Sie antwortete nicht, daher fuhr er fort: »Ihre Freundin Raika? Das würde zu ihr passen. Sie ist furchtlos und verwegen. Oder Ihre Schwester Lucy? Sie ist doch noch bei Ihnen?«

Lorena schwieg noch immer. Dann sagte sie: »Ich weiß es nicht. Ich habe keine von ihnen erkannt. Der Schatten verschwand, als ich draußen nach ihm suchte.«

Winston Campbell überlegte. »Dann war es vielleicht jemand anderes. Ein anderer Nachtmahr?«

»Was?«

»Sagen Sie nicht, dass Ihnen der Verdacht nicht auch schon gekommen ist.«

»Ja, schon …«, gab Lorena zu. »Aber wer? Und was wollte er hier? Ging es darum, Sie und das Schloss zu beobachten?«

»Oder hat der unbekannte Schatten sich für Sie interessiert«, fügte der Duke an. »Das ist die interessante Frage, nicht wahr?«

»Woher sollte die Lady wissen, dass ich hier bin?«

»Sie hat so ihre Methoden«, sagte der Councillor.

»Und warum sollte sie das interessieren?«, wandte Lorena ein.

»Seien Sie nicht naiv. Natürlich ist es für sie von großem Interesse, wenn einer ihrer Schützlinge – und noch dazu so ein mächtiger – sich freiwillig in mein Schloss begibt. Sicher fürchtet die Lady, Sie könnten die Seiten gewechselt haben.«

»Habe ich nicht«, entgegnete Lorena heftig, obgleich sie sich gar nicht sicher war, auf welcher Seite sie stand. Auf ihrer eigenen, Raikas und Lucys und vermutlich auch Rebeccas, aber würde sie auch noch für die Lady eintreten oder gar für diese kämpfen?

»Jedenfalls sieht man diese Entwicklung in Gryphon Manor sicher nicht gern.«

»Sie meinen, die Lady würde noch einmal versuchen, mir etwas anzutun?«

»Ich würde es nicht ausschließen«, sagte der Duke und hielt ihr die Tür auf. Gemeinsam betraten sie die Halle. Er hielt noch immer das blutige Schwert in der Rechten.

»Ich werde es Porter zum Reinigen geben«, sagte er. »Es ist ein gutes Schwert, vor fünfhundert Jahren vom besten Schmied unseres Landes gefertigt.«

»Hm«, sagte Lorena nur und fügte dann noch hinzu: »Ja, es liegt gut in der Hand und ist perfekt ausbalanciert.«

Dem Duke entfuhr ein Lachen. »Das sagt die Kennerin.«

»Spotten Sie nicht!«, fuhr sie ihn an.

»Oh, ich spotte nicht«, widersprach der Duke, als er sie durch die Halle zur Treppe führte. »Ich habe schon lange niemanden mehr so virtuos mit dem Schwert kämpfen gesehen. Sie haben meine Männer wie Anfänger aussehen lassen. Ich frage mich, wie Sie das so schnell gelernt haben. Solch eine Präzision, Sicherheit und Schnelligkeit erfordern eigentlich strengen Drill von früher Kindheit an.«

»Das hatte ich nicht, wie Sie wissen. Keine Ahnung, warum ich es plötzlich kann. Es ist, als könnte ich alle Bewegungen meines Gegners erahnen, ehe er sie ausführt.«

Winston Campbell blieb plötzlich stehen. »Ach, ist das so?« Er ging zu der Wand, an der einige alte Waffen hingen, und nahm zwei Schwerter herunter. Das blutige legte er auf den Boden.

Lorena wich einen Schritt zurück, als er mit den Schwertern in der Hand auf sie zukam. »Nein!«

»Was? Sie wollen mir nicht zeigen, wie gut Sie sind?«

»Ich will Ihnen nichts tun. Sie waren sehr freundlich zu mir.«

Der Duke lachte auf. »Sie sorgen sich um mich? Das gefällt mir, aber sehen Sie, es kann nichts passieren.« Er fuhr mit dem Daumen über die Schneide und hob dann den unversehrten Finger hoch. »Die Klingen sind nicht geschliffen. Wir werden uns mit diesen Schwertern kaum umbringen können.« Er hielt ihr eines hin. »Bitte, geben Sie mir eine Kostprobe Ihres Könnens.«

Lorena zögerte noch immer. Sie nahm den Griff in die Hand, senkte aber die Spitze zu Boden.

»Ah, Sie trauen sich nicht«, versuchte er, sie zu provozieren. »Sie haben Angst, dass Sie gegen mich ganz kläglich untergehen?«

»Ist das so, Councillor?«, gab sie zurück und hob das Schwert zum Gruß. »Ich wollte Sie nur nicht in Ihrem eigenen Haus demütigen und vor Ihren Wanderern blamieren.«

Er lachte laut auf. »Was für kühne Worte, kleine Eclipse! Weißt du, wie viele hundert Jahre ich schon gesehen habe?«

»Und dennoch werden Sie gegen mich verlieren!«, rief Lorena und griff an.

Sie musste schnell einsehen, dass er ein anderes Kaliber war als seine Wanderer draußen. Er war schneller, präziser und vor allem schwerer zu durchschauen. Oft gelang es ihr erst im letzten Moment, ihr Schwert in die richtige Position zu bringen, um seine Schläge abzuwehren. Sie wirbelten durch die Halle. Eine Rüstung fiel scheppernd zu Boden. Der Councillor drängte Lorena zurück, bis sie fast gegen einen antiken Stuhl stieß, doch sie ahnte die Gefahr in ihrem Rücken, sprang über seine Klinge hinweg, stieß sich von dem schweren Möbel ab und wirbelte in einem Salto über seinem Kopf. Sie dachte schon, nun habe sie ihn, doch er drehte sich so schnell, dass ihre Schwerter wieder klirrend aufeinandertrafen.

»Nicht schlecht, meine Kleine!«, sagte er, sicher in der Hoffnung, sie in Wut zu versetzen und damit unvorsichtig zu machen. Doch diese Lektion hatte Lorena gelernt. Sie behielt einen kühlen Kopf und überließ sich ganz ihren Instinkten, die ihren Arm und ihren ganzen Körper führten. Zwei Mal gelang es ihr, den Councillor in eine Ecke zu drängen, er fand jedoch immer wieder eine Möglichkeit, sich aus der schwierigen Lage zu befreien, und dann war es wieder an Lorena, zurückzuweichen. Als sie mit dem Rücken fast am Kamin war, versuchte sie es mit einer schnellen Drehung, doch da stand ein massiver Tisch. Lorena drückte sich ab, sprang auf den Tisch und brachte sich dann mit einem kräftigen Flügelschlag auf die andere Seite der Halle. Der Councillor fuhr herum.

»Ah, nun greifen Sie zu den letzten Tricks der Nachtmahre, aber das wird Ihnen nichts nützen!«

Er drang wieder auf sie ein, doch Lorena wehrte seine Klinge ab und traf ihn mit der ihren am Arm. Da die Schneide nicht geschärft war, blieb sein Hemd heil, und er würde nur einen blauen Fleck davontragen. Kaum einen Augenblick später aber traf er sie hart am Oberschenkel, sodass sie das Gleichgewicht verlor. Sie sah, wie seine Klinge in tödlicher Wucht herabsauste. Es gelang ihr noch, sich zur Seite zu werfen, die Spitze des Schwerts erhoben. Das Schwert des Councillors krachte auf den Boden und hinterließ eine Kerbe im Holz, Lorenas Schwertspitze aber stach ihm in den Bauch. Er fuhr zurück.

»Nicht schlecht«, sagte er ruhig, obgleich der Stoß schmerzhaft gewesen sein musste. Lorena stand schon wieder bereit, die Waffe erhoben. Sie spürte, dass ihr Atem zu einem Keuchen geworden war, aber auch dem Councillor lief der Schweiß in Strömen herab, und er atmete schnell.

Er wandte den Blick ab und hielt das Schwert gesenkt. Lorena dachte, nun sei der Kampf zu Ende, doch da fuhr er herum und hebelte ihr mit einem so kräftigen Schlag das Schwert aus der Hand, dass es im Bogen davonflog. Lorena zögerte nicht. Sie stieß sich ab und flog bis zur Decke empor. Mit einer Drehung landete sie bei ihrer Waffe und hob sie wieder auf.

»Sie bekommen nicht genug«, schimpfte sie.

Winston Campbell legte sein Schwert auf den Tisch, dann wandte er sich ihr zu. »Doch, lassen wir es für heute gut sein. Sie haben sich vortrefflich geschlagen. Es braucht schon eine besondere Finte, Sie zu entwaffnen.«

»Danke«, sagte Lorena steif. »Sie waren auch nicht schlecht.«

»Ihre einzige Schwäche ist Ihre Vertrauensseligkeit«, sagte er. »Seien Sie immer auf der Hut, wenn Ihnen jemand die Hand reicht. Es könnte ein Dolch darin verborgen sein.«

»Danke für die Warnung«, gab Lorena zurück. »Ich werde mein Vertrauen ganz sicher nicht leichtfertig vergeben.«

»Dann ist es ja gut«, sagte er und kam mit offener Hand auf sie zu. Lorena hielt noch immer das Schwert fest.

»Aber es soll nun vernünftig sein, Ihnen das Schwert auszuhändigen?«

Er nahm ihr die Waffe aus der Hand und legte sie zu der seinen auf den Tisch. Dann kehrte er zu ihr zurück und bot ihr noch einmal den Arm, um sie die Treppe hinaufzuführen.

»Und jetzt wieder ganz der Lord? Fürchten Sie, ich wäre nun zu schwach, eine Treppe hinaufzusteigen?«

»Aber nein. Es ist nur eine höfliche Geste. Alles zu seiner Zeit.«

Lorena spürte, wie ein Lachen in ihr aufstieg, das sie nicht unterdrücken wollte. »Sie sind – bemerkenswert«, sagte sie und legte ihre Hand in seine Armbeuge.

»Das hoffe ich«, antwortete er, als er sie die Treppe hinauf und dann den Gang entlang zu ihrem Zimmer führte. Er öffnete die Tür, um sie eintreten zu lassen, doch statt sich nun zu verabschieden, folgte er ihr hinein. Lorena wandte sich zu ihm um und sah ihn fragend an.

»Was für ein schöner Tag und was für eine ungewöhnliche Nacht«, sagte er. Seine Stimme klang überraschend weich.

»Ja, langweilig wird es bei Ihnen nicht.«

Er lächelte. »Nein? Gut, das wäre ja auch schrecklich. Reiten wir morgen wieder zusammen aus?«

»Oh ja!«, stieß Lorena aus, ehe sie darüber nachgedacht hatte.

»Ich freue mich«, sagte er. »Wissen Sie, Sie sind eine schöne und sehr aufregende junge Frau, und glauben Sie mir, das habe ich noch nicht zu vielen gesagt.«

»Natürlich bin ich schön«, entgegnete Lorena abfällig. »Ich bin ein Nachtmahr!«

Er schüttelte den Kopf. »Ich spreche nicht von dieser Schönheit. Das ist nur Äußerlichkeit, die darauf abzielt, die Hormone der Männer in Wallung zu bringen. Ihre Schönheit ist eine ganz andere. Sie ist Ihr Wesen, das alles durchdringt.«

»Danke.«

Er trat näher. »Sagen Sie das nicht so abfällig. Ich meine es ehrlich.«

Lorena spürte, wie sein Blick sie gefangen nahm. Seine Hände legten sich auf ihre nackten Arme. Da war sie wieder, diese Kraft, die sie wie heiße Lava durchströmte. Sie kam sich wie ein Kaninchen vor, das von der Schlange angestarrt wird, und doch versuchte sie nicht einmal, seinem Blick zu entkommen. Sein Gesicht kam immer näher.

Nein, das konnte nicht sein. Er war der Feind!

Seine Lippen berührten die ihren. Für einen Moment war Lorena wie erstarrt. Sie spürte die Hitze in sich aufsteigen und das Verlangen, das sie seit Jasons Tod unterdrückt hatte. Ihre Finger krallten sich in seine Arme. Ihre Lippen folgten ihrem Verlangen. Doch der Moment verstrich, und ihr wurde jäh bewusst, was sie da tat.

Sie küsste den Entführer ihrer Schwester, den Mörder vieler Nachtmahre, den Todfeind! Sie war nur hier, um das Buch wieder in ihren Besitz zu bekommen. Ihr Lächeln galt nur dem einen Zweck, ihn in Sicherheit zu wiegen und sein Misstrauen zu besänftigen, doch das war zu viel. Sie würde sich niemals dem Feind hingeben!

Lorena zwang ihren Körper, sich zurückzuwandeln. Ihre Hände stießen Winston Campbell von sich.

Er ließ sie los und trat einen Schritt zurück. »Sie vergessen sich, Euer Gnaden«, sagte sie eisig. »Ich habe Sie nicht hereingebeten.«

Er sah sie nur schweigend an. Seine Miene war nun wieder undurchdringlich.

»Sehen Sie? Nun bin ich nicht mehr schön und ganz sicher nicht darauf aus, irgendeinen Mann zu verführen!«

»Ich sehe keine Veränderung«, sagte er.

»Dann sind Sie blind!«, herrschte ihn Lorena an und zog ein paar Haarsträhnen, die sich nun nicht mehr in Locken schmeichelnd um ihr Gesicht legten und auch nicht mehr golden schimmerten, durch die Finger.

»Aber nein. Ich sehe Sie nicht nur mit meinen Augen. Ihr Wesen hat sich nicht verändert.«

»Wenn Sie ein Ehrenmann sind, dann verlassen Sie jetzt mein Zimmer!«, forderte sie.

Er legte den Kopf schief, sah sie aber noch immer unverwandt an. »Ein Ehrenmann? Ich bin der Councillor der Wanderer, ich bin ein Mörder und Entführer und was Sie noch alles über mich denken. Bin ich auch ein Ehrenmann, der sich nicht das nimmt, was er will? Vielleicht sollten Sie Ihre Schwester fragen?«

»Haben Sie es etwa gewagt …?«, brauste Lorena auf, sprach die Worte aber nicht aus.

Er lächelte, doch es wirkte, als würde es ihm Schmerzen bereiten. »Vielleicht bin ich doch ein Ehrenmann, wenn Sie es wünschen.« Er wich zur Tür zurück. »Ich wünsche eine gesegnete Nachtruhe«, sagte er noch, dann schloss er die Tür, und seine Schritte entfernten sich.

Lorena blieb schwer atmend stehen. Sie keuchte mehr als nach dem Schwertkampf mit ihm, und auch ihr Herz brauchte lange, bis es zu seinem gewöhnlichen Tempo zurückfand. Sie presste eine Handfläche gegen die Brust und lauschte dem Aufruhr in ihrem Geist und ihrer Seele.

Er hatte sie geküsst!

Na und? Sie hatte schon viele Männer geküsst – oder zumindest der Nachtmahr in ihr.

Es wäre nicht bei einem Kuss geblieben, wenn sie ihn nicht aufgehalten hätte.

Natürlich nicht! Er war ein Mann – ob Wanderer oder nicht –, und sie war ein Nachtmahr. Sie war dazu geschaffen, ihre Lust auszuleben.

»Ich habe keine Lust, und vor allem nicht auf den Councillor!«, stieß sie hervor, vielleicht, um sich selbst davon zu überzeugen.

Er würde es nicht wagen, ihr Gewalt anzutun! Sie konnte sich wehren. Mit dem Schwert oder allein durch ihre Magie. Sie war stark genug, um ihn abzuhalten, davon war sie überzeugt. Dennoch beschloss sie, ihn heute Nacht nicht noch einmal herauszufordern und auf eine weitere Suche zu verzichten.

Vorläufig zumindest!

Lorena war müde. Ihre Arme und ihr Rücken schmerzten von dem Kampf, dennoch brauchte sie lange, um einzuschlafen. In ihrem Traum jedoch erhob sie sich wieder und verließ das Zimmer. Sie ging den Gang entlang und stieg die Treppe hinunter in den Trakt, in dem die Gemächer des Duke lagen. Lautlos drückte sie die Klinke herunter und betrat sein Schlafzimmer. Er lag im Bett. Seine Atemzüge waren regelmäßig. Sein Verstand ruhte. Er schlief so fest, dass er nicht bemerkte, wie sie an sein Bett trat und sich über ihn beugte.

Lorena verharrte für einen Moment. Sie spürte seinen warmen Atem über ihre Wangen streichen. Er bewegte die Lippen im Schlaf, doch sie konnte nicht verstehen, was er murmelte. Lorena beugte sich noch ein Stück tiefer herab, bis ihre Lippen die seinen berührten. Sanft küsste sie ihn. Nun hörte sie ganz deutlich, wie er ihren Namen flüsterte. Sie verstärkte den Druck auf seine Lippen. Er schmeckte nach mehr. Ihr ganzer Körper bebte vor Verlangen. Ihre Linke schloss sich um seine Hand, die suchend nach ihr tastete. Die Rechte aber glitt zu ihrem Gürtel und zog eine lange schlanke Klinge hervor. Mit einer einzigen schnellen Bewegung stieß sie ihm den Dolch ins Herz. Sie schmeckte sein Blut auf den Lippen, als er in seinem Kuss den letzten Atemzug tat.

»Ich habe es dir gesagt«, raunte sie ihm ins Ohr. »Du wirst mich nicht besiegen!«

Mit einem Aufschrei fuhr Lorena hoch. Ihre Finger fühlten sich klebrig an. Entsetzt starrte sie auf die Hände, doch sie konnte kein Blut sehen.

»Ein Traum, nur ein Traum«, murmelte sie, während ihr Herz raste.

Kapitel 15

PICKNICK

Wie am Tag zuvor verspürte Lorena ein wenig Bauchschmerzen, als sie zum Frühstück herunterkam, wenn auch aus einem anderen Grund. Nein, eigentlich fragte sie sich auch dieses Mal, in welcher Stimmung sie den Councillor antreffen würde.

Porter erwartete sie und führte sie in das Speisezimmer, in dem nur für eine Person gedeckt war. Sie sah ihn fragend an.

»Der Duke lässt sich entschuldigen. Wichtige Geschäfte, doch er bittet Sie, sich um elf für einen Ausritt bereitzuhalten.«

Lorena nahm Platz und breitete die Serviette auf ihrem Schoß aus.

»Was wünschen Sie zu frühstücken?«, erkundigte sich Porter.

Lorena orderte Waffeln, Joghurt, Früchte und eine Scheibe Toast mit einem Spiegelei. »Und Tee bitte, nicht so stark.«

»Aber gerne, Miss«, antwortete er und zog sich mit einer Verbeugung zurück.

Lorena war sich noch immer nicht sicher, ob sie die Aufmerksamkeit und die Bequemlichkeit genoss oder als zu dekadent ablehnen sollte. Ihre eigene Wohnung mit Jason war viel besser gewesen, und sie hatte gerne das Frühstück selbst zubereitet. Sie fragte sich, wie es ihrem Kater ging und ob Mr. Gordon ihn noch immer fütterte. Er musste glauben, ihr sei etwas zugestoßen. Vielleicht hatte er Finley ja auch weggegeben, nachdem sie von ihrem angeblichen Urlaub nicht zurückgekommen war. Armer Kater! Das hatte er nicht verdient. Sie fragte sich, ob sie irgendwann nach London zurückkehren und ihn zu sich nehmen konnte.

Nicht, solange es diese rachsüchtige Lady gab, die ihr nach dem Leben trachtete.

Vielleicht war es nur eine Überreaktion im Affekt gewesen?

Sie hatte zwei ihrer Guardians töten lassen! Affekt oder nicht, das war unverzeihlich.

Unverzeihlich ja, aber es sagte nichts darüber aus, ob sie noch immer hinter Raika, Lucy und vor allem Lorena her war, die ihre Hoffnung auf die Erlöserin zerstört hatte.

Lorena seufzte und blickte über den perfekt gedeckten Frühstückstisch. Sie schenkte sich Tee aus der silbernen Kanne ein und lud sich eine Waffel mit Sahne und Früchten auf den Teller. Nein, der Morgen war zu schön, um sich schweren Gedanken hinzugeben.

Plötzlich spürte sie, dass sie jemand beobachtete. Sie fuhr herum. Doch statt des Hausherrn stand William in der Tür und sah sie an.

»Was ist? Guten Morgen, William. Willst du dich zu mir setzen? Du siehst, ich bin hier ganz ohne Gesellschaft.«

»Ich habe schon gefrühstückt«, sagte er, kam aber dennoch und setzte sich ihr gegenüber.

»Es ist genug da«, forderte sie ihn auf.

William orderte einen Kaffee und nahm sich eine Waffel.

»Was ist los? Warum siehst du mich so an?«, wollte Lorena wissen, denn Williams Blick war schon wieder auf sie gerichtet.

»Ich überlege, wie ähnlich du deiner Schwester bist.«

»Lucy? Nicht sehr«, behauptete Lorena. »Du hast sie in Paris getroffen. Ich weiß.«

»Und in Edinburgh unsere Bekanntschaft erneuert.«

»Was?«, rief Lorena. »Wie das? Woher wusstest du …?« Sie ließ den Satz unvollendet.

»Wo ich sie finden kann? Sagen wir: eine Mischung aus Ahnung und Zufall. Wir haben uns sehr lange unterhalten. Deine Schwester ist eine tolle Frau!«

»Ach ja?«, entgegnete Lorena schwach. »Über was habt ihr gesprochen?«, fragte sie, obgleich sie sich sicher war, dass sie das gar nicht so genau wissen wollte.

»Über sie, über dich und über eure Lady.«

Lorena stöhnte. »Dann bist du ja gut informiert und willst uns sicher helfen, nicht wahr?«

Er tat so, als würde er sie nicht verstehen, und sah sie nur fragend an.

»William, das Buch! Ich brauche es. Ich muss wissen, was darin steht.«

»Wozu?«, gab er zurück.

»Weil es mich betrifft. Ich will wissen, ob Jason der Auserwählte war und ich damit die Chance, die Nachtmahre in eine bessere Zukunft zu führen, verloren habe oder ob dieser Mann noch irgendwo dort draußen herumläuft.«

»Warum?«, fragte er noch einmal. »Willst du ihn dann suchen und dir ein Kind von ihm machen lassen?«

Lorena zuckte zurück. »Nein, so nicht, aber vielleicht ist es gut, wenn ich ihn kennenlerne und weiß, wer er ist.«

William beugte sich vor. »Und was soll das nützen, wenn du nicht bereit bist, deiner Bestimmung zu folgen?«

»Ein Schritt nach dem anderen!«, wehrte sie ab.

»Und was ist, wenn er dein Typ ist? Willst du dann der Lady diesen Erben schenken? Sie wird das Kind ganz sicher in ihre Obhut nehmen und es in ihrem Sinne erziehen, sodass es auch brav macht, was sie verlangt: sie und ihre Nachtmahre stärken und die Wanderer vernichten!«

Lorena hätte gern widersprochen, wusste aber, dass die Lady genau das machen würde.

»Das kann sie nicht, wenn sie das Kind nicht in die Hände bekommt – ich meine, falls es dieses Kind jemals geben sollte.«

William trank einen Schluck Kaffee, ohne sie aus den Augen zu lassen. »Und wer wird dann dich und das Kind beschützen?«

»Das kann ich selbst«, rief Lorena. »Ich bin sehr viel stärker geworden. Du hättest sehen sollen, wie ich deinen Vater in Schach gehalten habe!«

William sah sie fragend an.

»Mit dem Schwert. Wir haben heute Nacht gegeneinander gekämpft!«

»Was hast du getan?« William schien entsetzt.

»Ich? Warum fragst du nicht, was er getan hat?«

»Und wie ist es ausgegangen?« Sorgte er sich gar um den Councillor?

Lorena schnitt eine Grimasse. »Es war so etwas wie ein Test. Er wollte wissen, wie gut ich bin. Wir haben nicht mit scharfen Schwertern gefochten, und ich würde sagen, es war unentschieden.«

»Wow!« William sah sie bewundernd an. »Dann musst

du über große Kräfte verfügen. Ich kenne keinen, der es mit ihm aufnimmt.«

»Ich brauche das Buch«, erinnerte sie. »Zwing mich nicht, mit einem scharfen Schwert gegen deinen Vater anzutreten, um es mir zu holen!«

»Das würdest du tun?«

Nein, natürlich nicht!, dachte sie, sagte aber: »Ja, wenn mir keine andere Wahl bleibt.«

William kniff die Augen zusammen. »Ich bin mir nicht sicher, ob du das ernst meinst. Ich kenne dich nicht, aber ich halte dich nicht für jemand, der für ein Buch einen Mann töten würde, der dich als Gast hier aufgenommen hat und dich geradezu fürstlich behandelt.«

Lorena stöhnte. »Dann hilf mir! Zwing mich nicht, Dinge zu tun, die irgendjemand nachher bereuen muss.«

William lehnte sich in seinem Stuhl zurück und verschränkte die Arme vor der Brust.

»Oder du gibst dieses Vorhaben einfach auf, genießt deine Zeit hier und lässt die Zukunft auf dich zukommen. Prophezeiungen haben die Eigenschaft, auch ohne unser Streben irgendwann einfach einzutreffen.«

»Ach ja? Dann kann es ja auch nicht schaden, wenn ich den genauen Wortlaut kenne!«

William trank seinen Kaffee leer und erhob sich dann. »Gut, ich helfe dir, aber ich mache es auf meine Art. Ich lasse mich nicht drängen. Du musst ein wenig Geduld haben. Sei nett zu deinem Gastgeber und bringe ihn nicht gegen dich auf, dann wird sich alles fügen.«

Lorena zog eine Grimasse. »Was für wundervolle Aussichten!«

William blieb neben ihr stehen. »Warum sagst du das

so sarkastisch? Hat er etwas getan, um deinen Zorn zu erregen?«

Lorena zögerte, dann schüttelte sie den Kopf. »Nein, er will sich um elf mit mir treffen, um auszureiten.«

»Dann genieße es. Du findest hier die besten Pferde des Landes.«

Er wandte sich ab und ging hinaus.

Lorena leerte ihren Tee und erhob sich dann ebenfalls, um in ihr Zimmer zurückzukehren. Sie schwankte. Sollte sie sich auf den Ausritt freuen oder sich ärgern, dass er ihr nach diesem Kuss einfach befahl, wann sie sich wo einzufinden hatte?

Die Vorfreude auf die Schimmelstute siegte, und so schlüpfte sie in ihre Reithose. Sie hatte noch ein wenig Zeit, doch sie widerstand der Versuchung, noch einmal selbst nach dem Buch zu suchen. Sie musste William Zeit geben, sein Versprechen einzulösen. Hoffentlich nahm er sich nicht zu viel davon!

Warum? Warum hatte sie es so eilig? Ging es ihr hier nicht gut? Gab es jemand, der auf sie wartete?

Lucy und Raika, dachte sie, *und Rebecca,* über deren Motive sie sich immer noch nicht im Klaren war. Sie musste doch über mehr Kräfte verfügen als ihre Urenkelin. Warum also war sie nicht selbst hergekommen, das Buch zu suchen? Dachte sie, der Councillor würde eher dem Charme der jüngeren Eclipse erliegen? Und war das nicht der Fall? Zeigte der Kuss nicht genau das? Die Frage war also: Wie weit war sie bereit zu gehen, um ihr Ziel zu erreichen?

Ich werde Jason nicht verraten!, nahm sie sich vor und dachte lieber nicht darüber nach, was das bedeuten sollte. Sich nicht vom Councillor verführen lassen – falls er so etwas überhaupt vorhatte – oder niemals wieder in ihrem Leben Sex?

Es fühlte sich alles so falsch an. Lorena ballte die Hände zu Fäusten. Sie würde lernen, sich in Geduld zu üben, und musste genau jetzt damit anfangen.

Winston Campbell erschien pünktlich im Stallhof, wo die beiden Pferde bereits gesattelt warteten. Lorena schlüpfte gerade in ihre Reitstiefel, als er sie begrüßte.

»Ihnen auch einen guten Morgen«, erwiderte sie ein wenig steif, doch der Duke ging nicht darauf ein.

»Wie fühlen Sie sich? Ich hoffe, Sie haben sich keinen Muskelkater geholt.«

»Nein, weder vom Reiten noch vom Fechten«, gab Lorena zurück.

»Dann ist es ja gut, denn wir haben heute viel vor. Ich möchte Ihnen die Ländereien derer von Roxburgh zeigen. Ein wundervolles Land, das die ersten Dukes von Roxburgh ...«

»... zusammengeraubt haben?«, ergänzte Lorena.

»Ja, vermutlich haben Sie recht. Das war damals so der Brauch, glaube ich.«

Er half ihr in den Sattel und stieg dann ebenfalls auf. »Also, los geht es. Das Wetter scheint uns heute noch einmal hold zu sein.«

Sie ritten vom Hof und durch das Wäldchen, dann aber bog der Duke zu einem Bachlauf ab, der sie durch ein enges Tal führte, das sich in eine weite Hügellandschaft öffnete. Sie galoppierten eine Weile am Bach entlang und dann den Berg hinauf auf eine Kuppe zu, auf der drei Eichen standen, die sicher schon viele hundert Jahre alt waren. Der Councillor hielt seinen Rappen an und deutete zu den Bäumen hinauf.

»Das war einst ein heiliger Ort, an dem sich die Nachtmahre und die Wanderer trafen, um gemeinsam die Sonnen- und Mondfeste zu feiern.«

»Das muss schon lange her sein«, vermutete Lorena.

»Ja, ich glaube, das letzte Fest liegt mehr als zweihundert Jahre zurück«, gab er Auskunft.

»Dann herrscht schon so lange Krieg zwischen Nachtmahren und Wanderern?«

»Und wir haben es noch immer nicht geschafft, uns gegenseitig auszulöschen, erstaunlich, nicht? Doch ich verrate Ihnen eines, es gibt nur noch wenige von uns und von euch. Wir haben es also fast erreicht. Vielleicht sterben wir gemeinsam aus, was meinen Sie?«

»Ich weiß es nicht, aber das wäre kein schönes Ende unserer gemeinsamen Geschichte«, sagte Lorena leise.

Er sah sie mit einem Blick von der Seite an, den sie wieder einmal nicht ergründen konnte.

»Nun? Sind Sie wieder zu Atem gekommen? Dann nehmen wir den Rest des Bergs im Galopp. Lassen Sie die Stute laufen. Sie wird ihrem Namen Ehre machen.«

Das bezweifelte Lorena nicht, doch sie musste allen Mut zusammennehmen, um es ihr zu gestatten.

Der Duke ritt voraus. Die ersten Meter war der Galopp wie bisher, doch dann wurde sein Pferd plötzlich länger und flacher und griff weiter aus, sodass er über die Wiese zu fliegen schien. Lorena hielt die Zügel ihrer Stute fest, spürte jedoch, wie das Pferd danach verlangte, seinem Kumpan zu folgen.

Nur Mut!, ertönte die Stimme des Dukes in ihrem Kopf. *Sie können das!*

Lorena war noch nicht restlos überzeugt, aber sie gab mit den Zügeln nach, und das Pferd verstand die Aufforderung. Lorenas Hand krallte sich in die silbergraue Mähne, als das Pferd mit einem riesigen Satz losschoss.

Es war unglaublich. Die Landschaft flog in verwischten Farben vorbei, die Hufe trommelten über den Boden, doch Lorena schien gleichmäßig über dem Sattel zu schweben. Der Wind peitschte ihr ins Gesicht und trieb ihr Tränen in die Augen, doch es mussten Tränen des Glücks sein.

Obgleich der Rappe bereits weit voraus war, holte die Stute schnell auf. Sie hatten die Eichen längst noch nicht erreicht, da schoss sie wie ein heller Blitz an ihm vorbei.

Für einige Momente genoss Lorena aus vollen Zügen, bis sie sah, wie die Eichen rasch näher kamen. Die Zweige hingen tief herab. Das Pferd würde sie dort doch nicht abstreifen?

Ihre Finger krampften sich um die Zügel. *Halt an!*, befahl sie und klammerte sich noch fester an ihre Worte.

Sofort wurde das Pferd langsamer, fiel dann in den Trab und hielt vor dem ersten der Bäume an. Lorena ließ die Luft, die sie angehalten hatte, in einem Seufzer entweichen. Schon hielt der Duke an ihrer Seite.

»Das war ein Ritt!«, rief er, und sie konnte seine Begeisterung nur teilen. Er sprang aus dem Sattel und kam zu ihr. »Kommen Sie!«

Lorena stieg ab. »Was machen wir hier?«

»Einen kleinen Lunch einnehmen? Es ist längst nach Mittag.«

Winston Campbell nahm den Pferden ihre Trensen ab und ließ sie grasen.

»Werden sie nicht zum Stall zurücklaufen?«, erkundigte sich Lorena.

»Nein, sie werden sich nicht weit entfernen.« Er zwinkerte. »Sie müssen nicht den ganzen Weg zurücklaufen.«

»Da bin ich aber erleichtert«, gab sie zurück. »So bequem sind die Reitstiefel dann doch nicht. Ich denke, ich würde bis heute Abend warten und dann zurückfliegen.«

Er lächelte. »Kommen Sie. Ich hoffe, Porter hat gezaubert – oder zumindest seine Pflicht erfüllt.«

Er führte sie um die Eiche herum. Im Schatten des zweiten Baums war ein Steinkreis aus runden Granitblöcken errichtet, in dessen Mitte eine rot-weiß karierte Decke lag. Ein offener Picknickkorb versprach allerlei Leckereien. Auf einem niedrigen Hocker stand ein silberner Kühler mit einer Flasche Champagner und vier Gläsern. Außer ihnen war niemand zu sehen. Winston Campbell trat an den Hocker und sah auf die Gläser herab. Er wirkte verwirrt.

»Bekommen wir noch Besuch?«, erkundigte sich Lorena, die sich langsam über gar nichts mehr wunderte. Wahrscheinlich war das nur ein Traum, aus dem sie irgendwann aufwachen und sich wieder gefangen in Gryphon Manor oder verzweifelt im eisigen Wasser der Bay von San Francisco wiederfinden würde.

»Nicht dass ich wüsste«, sagte er, doch dann legte er den Kopf schief und schmunzelte.

Lorena sah erst ihn an, dann folgte sie seinem Blick. Zwei Reiter tauchten am anderen Ende des Kamms auf und kamen auf sie zu. Der Mann ritt einen riesigen Braunen, die Frau an seiner Seite saß auf einem kleineren Fuchs. Sie glaubte, William zu erkennen. Und die Frau an seiner Seite? Lorena starrte ungläubig auf das Wesen in Cowboystiefeln, Jeans und kariertem Hemd, dessen langes blondes Haar unter einem schwarzen Westernhut flatterte.

»Lucy?«, stieß sie aus.

Die beiden hielten in einiger Entfernung an und sprangen aus dem Sattel. Die beiden Pferde schlossen sich ihren Stallgenossen auf der Wiese an, während William und Lucy grinsend näher traten.

»Mein Sohn, diese Überraschung ist dir gelungen«, sagte der Duke mit tonloser Stimme. »Ich gebe zu, das passiert mir nicht oft.«

»Dass jemand deine Pläne durchkreuzt?« William grinste noch immer. »Das war ganz und gar nicht meine Absicht. Sieh es als freudige Überraschung an!«

»Ach ja?«

»Ja. Ich hatte heute Morgen den Eindruck, Lorena würde sich um ihre Schwester sorgen und mir nicht ganz trauen, was meine Absichten ihr gegenüber betrifft.« Er lächelte entwaffnend in Lorenas Richtung. »Daher dachte ich mir, ein gemeinsames Picknick unter Aufsicht der gestrengen Anstandsdame könnte ihre Bedenken vielleicht zerstreuen.«

Lorena verdrehte die Augen. »Ich bin doch nicht Lucys Anstandsdame. Sie ist erwachsen und kann tun und lassen, was sie will, auch wenn ich mich erst noch daran gewöhnen muss.«

»Das ist aber nett«, sagte Lucy und ließ sich auf die Decke plumpsen. »Ich nehme dennoch erst ein Glas Champagner, ehe wir weiterreiten.«

Winston Campbell kniete sich neben sie und nahm die Flasche aus dem Kühler, um sie zu öffnen. »Dann herzlich willkommen, Lucy. Wir haben uns eine Weile nicht gesehen, aber du scheinst dich nicht verändert zu haben.«

»Sie auch nicht, Duke!«, gab sie zurück. Die beiden sahen sich an, und Lorena versuchte, die Gedanken und

Gefühle ihrer Schwester zu lesen, die unter den Männern des Councillors und unter ihm selbst so gelitten hatte, doch sie fand keinen Hass, nicht einmal Zorn. Da war eine seltsame Schwingung zwischen ihnen, die sie sich nicht erklären konnte.

Winston Campbell verteilte die vollen Gläser, dann stießen sie an. »Auf einen schönen Tag und prächtige Pferde«, sagte er und neigte sich dann ein wenig Lucy zu. »Waren wir nicht ein tolles Team?«

»Sie meinen, bis ich Sie verraten habe?«

Der Duke zuckte mit den Schultern. »Ach, das musste ich mit einrechnen. Es ist immer schwer, sich gegen seine eigene Spezies und seine Familie zu stellen.«

Soweit Lorena es beurteilen konnte, schien er wirklich keinen Groll gegen Lucy zu hegen. Sie sah sich um. Der Duke hatte recht. Es war ein wunderschönes Land, über das die Schatten der kleinen, weißen Wolken huschten. Sie fragte sich, wo sie heute wohl wären, wenn sich Lucy nicht entschieden hätte, das Flugzeug zu übernehmen und sie, Raika und Jason zu befreien. Wären sie dann noch immer Gefangene des Duke? Säßen sie in Amerika oder hier im Schloss in einer kargen Zelle?

Dann würde Jason noch leben, dachte sie. *Und unser Kind wäre inzwischen geboren – als die Retterin der Nachtmahre?*

Sie wusste es nicht, und es war müßig, darüber nachzudenken.

»Was bedrückt Sie an so einem schönen Tag?«, erkundigte sich der Duke, als er ihr das leere Glas noch einmal füllte.

»Die Schatten der Vergangenheit? Das, was hätte sein können, und das, was noch kommen wird.«

»Versuchen Sie zu vertrauen«, schlug er vor. »Das macht das Leben leichter.«

»Wem vertrauen?«, wollte Lorena wissen.

»Sich selbst und dem Schicksal, das uns alle führen wird. Und nun lassen Sie uns essen. Ich bin mir sicher, Porter hat für Köstlichkeiten gesorgt, die keine schweren Gedanken mehr zulassen.«

Sie griffen alle beherzt zu. Obgleich Lorena für ihre Verhältnisse üppig gefrühstückt hatte, verspürte sie nach dem Ritt wieder Hunger und genoss die kleinen Häppchen mit Lachs und Krebspaste, Käse und Trauben und einige der kleinen Pasteten. Danach gab es süße Kuchen und eine Schokoladen-Vanillecreme in winzigen Einmachgläsern.

»Kommt ihr nachher mit zum Schloss?«, erkundigte sich Lorena bei Lucy. Diese reichte die Frage an William weiter.

»Wenn Lucy es sehen möchte und mein Vater es erlaubt?«

»Fühle dich ganz als Gast des Hauses«, sagte der Duke großzügig. »Wollt ihr die Nacht über bleiben?«

William schüttelte den Kopf. »Ich denke, wir fahren heute Abend nach Edinburgh zurück.«

Lucy grinste. »Nicht, dass sich Raika Sorgen macht. Ich habe sie schon seit zwei Tagen nicht mehr gesehen.«

Lorena bezweifelte, dass Raika solche Gefühle kannte, doch sie spürte Erleichterung bei der Vorstellung, dass Lucy nicht im Schloss bleiben würde.

»Ich denke, wir werden bald aufbrechen«, raunte sie ihrer Schwester zu.

»Und dann?«

Lorena konnte nur mit den Achseln zucken. Sie wusste keine Antwort.

Am nächsten Tag regnete es, wie es nur in Großbritannien regnen konnte. Die Wolken hatten sich zu einer dichten grauen Masse zusammengeschoben, die so tief hing, dass sie die Baumspitzen berührte. Auch über dem Fluss und in der Aue schwebten weiße Fetzen. Unablässig rauschte der Regen herab. Alles glänzte triefend nass, und Lorena war froh über das Feuer, das einer der Diener in der Bibliothek angezündet hatte. Nach dem Frühstück suchte sie sich ein Buch heraus und machte es sich in einem der Sessel bequem. Es war so düster, dass sie das Licht einschalten musste, um lesen zu können.

William hatte sie heute noch nicht zu Gesicht bekommen, und ihre Hoffnung, er würde ihr das Buch heute noch aushändigen, schwand. Lorena spürte die Unruhe, die sich in ihr ausbreitete. Auch wenn der Himmel nicht von Wolken verhangen gewesen wäre, stand ihnen die dunkelste Nacht des Monats bevor: Neumond – und genau das machte Lorena nervös. Sie hatte gehofft, das Schloss vor dieser Nacht bereits verlassen zu haben, in welcher der Nachtmahr in ihr am stärksten war und sie die Wandlung um Mitternacht nicht unterdrücken konnte. Erst danach, wenn sie wieder eine von Rebeccas roten Pillen geschluckt hatte, würde sie das Wesen, das zu ihr gehörte, wieder unter Kontrolle halten können.

Weder der Hausherr noch William ließen sich den Tag über blicken. Lorena nahm einen einsamen Lunch im Speisezimmer ein und starrte in den Regen hinaus, dessen Prasseln verklang und in einen gleichmäßigen Landregen überging, der alle Geräusche zu verschlucken schien. Sie sah zwei in schwarze Militäruniformen gekleidete Männer mit hochgezogenen Schultern die Terrasse umrunden, ihre halb automatischen Waffen im Arm.

»Was für ein gemütliches Fleckchen Erde«, spottete Lorena. »So friedlich und heimelig!«

Sie sah sich um, ob Porter wieder einmal in der Nähe stand, doch es war niemand zu sehen. Lorena seufzte tief. Sie verspürte keine Lust, in die Bibliothek zurückzukehren. Ihr war langweilig. Vielleicht sollte sie einen Mittagsschlaf machen. Erfahrungsgemäß würde die Nacht anstrengend werden. Sie musste sich überlegen, wo sie die gefährlichen Stunden heute zubringen wollte. Im Schloss zu bleiben war sicher keine gute Idee. Womöglich würde sie in ihrem ungezügelten Hunger über einen der Diener herfallen oder den guten Porter nötigen. Sie grinste bei dem Gedanken.

Nein, eher unwahrscheinlich.

Lorena überlegte, ob sie überhaupt so etwas wie Lust empfand. War das nicht mit Jason in ihr gestorben?

Vielleicht in der Lorena in ihrer menschlichen Gestalt, ganz sicher aber nicht in dem Nachtmahr, der heute um Mitternacht erwachen würde.

Lorena stieg die Treppe hinauf, doch statt der zweiten Treppe zu den Gästezimmern hinauf zu folgen, bog sie in den Flur ab, der zum Wohntrakt des Duke führte.

Vielleicht versuchte William nur, sie hinzuhalten. Hatte er wirklich vor, sein Versprechen einzulösen? Wo trieb er sich den ganzen Tag rum? Warum war er nicht zum Schloss zurückgekehrt?

Vielleicht musste sie die Sache doch selbst erledigen. Wenn sie das Buch in Händen hätte, könnte sie noch vor dem Abend das Schloss verlassen.

Das wäre gut so! Warum fühlte sie sich dann nur so schlecht bei dem Gedanken?

Es wäre undankbar, den Duke nach seiner Gastfreundschaft ohne ein Wort zu verlassen!

Lorena drückte die Klinke zum Arbeitszimmer herunter. Es wunderte sie nicht, dass abgeschlossen war. Nun, das sollte kein Problem sein. Inzwischen hatte sie Übung darin, Schlösser zu öffnen. Sie streckte den Arm aus und konzentrierte sich auf den Mechanismus, doch irgendetwas war anders. Lorena drückte noch einmal die Klinke. Die Tür war noch immer verschlossen. Er musste sie magisch verriegelt haben. Das war nicht nur ein normales Schloss. Lorena versuchte es noch einmal. Sie konnte spüren, wie der Riegel zuckte, doch er ließ sich nicht öffnen.

»So viel zu Vertrauen«, sagte sie und stöhnte. Aber vielleicht war das Buch ja gar nicht im Arbeitszimmer. Vielleicht hatte er es mit in sein Schlafgemach genommen. Lorena ging eine Tür weiter und öffnete sie. Sie ließ den Blick durch den Raum schweifen. Er sah genau so aus, wie sie ihn in ihren Träumen gesehen hatte, als sie heruntergekommen war, den Duke in seinem Bett aufzusuchen. Für einen schrecklichen Moment fragte sie sich, ob sie wirklich bei ihm gewesen war, doch sie schob den Verdacht beiseite.

Das war nicht möglich. Sie hatte die Kontrolle und wandelte sich nicht im Schlaf!

Lorena trat ein und begann, die Schubladen und Schränke durchzusehen, doch sie konnte das Buch nicht finden. Auch im penibel aufgeräumten Ankleidezimmer, in dem Hemden, Anzüge und Schuhe sauber in den Regalen aufgereiht waren, fand sie nichts. Sie bemühte sich, keine Spuren zu hinterlassen. Er sollte nicht merken, dass sie hier eingedrungen war. Immer wieder befragte sie ihre

Instinkte und schärfte ihre Sinne, um zu spüren, ob sich jemand näherte. Sie würde sich nicht noch einmal überraschen lassen, doch es kam niemand, um sie bei ihrer Suche zu stören. Irgendwann stand sie mitten im Schlafzimmer und wusste nicht mehr, wo sie suchen könnte. Das Buch war nicht hier. Er hatte es sicher im Schreibtisch in seinem magisch verschlossenen Arbeitszimmer, und da kam sie nicht ran.

Sie fragte sich, ob es William gelingen konnte, dort einzudringen. Vielleicht betraf der magische Schutz nur sie? Lorena wusste nicht, ob das möglich war, aber vielleicht besaß William ja einen Schlüssel. Jedenfalls blieb ihr im Moment nichts anderes übrig, als sich in Geduld zu üben und auf William zu vertrauen, wollte sie die Tür nicht mit einer Axt zertrümmern – wobei sie sich fragte, ob das bei solch einem magischen Schutz überhaupt möglich war.

Resigniert gab Lorena auf und ging zur Treppe zurück. Sie betrat gerade die erste Stufe zum zweiten Stock hoch, als Porters Hüsteln sie herumfahren ließ.

»Wann möchten Sie zu Abend essen, Miss?«, erkundigte er sich. »Seine Gnaden lässt sich entschuldigen. Zu seinem Bedauern wird es spät.«

Lorena fragte sich, ob er diese Worte wirklich gesagt hatte oder ob Porter dachte, man müsse die Nachricht entsprechend höflich verpacken. Sie sah auf ihre Armbanduhr. »Ich denke gegen sieben?«

Porter verbeugte sich. »Gerne, Miss. Kann ich im Augenblick noch etwas für Sie tun?«

Sein Blick huschte zwischen ihr und dem Gang zu den Privaträumen des Duke hin und her, doch er war zu gut geschult, um etwas zu sagen.

»Nein danke, Porter. Das trübe Wetter macht müde. Ich werde mich bis zum Essen ein wenig hinlegen«, sagte sie.

»Wie Sie wünschen, Miss.« Der Butler wandte sich ab und stieg dann langsam die Treppe zur großen Halle hinunter.

Kapitel 16

ERFÜLLUNG

Das Abendessen war eine triste Veranstaltung, obgleich das Essen selbst vorzüglich war. Porter eignete sich nicht als unterhaltsamer Gesprächspartner, und die Diener, die auftrugen, fragten höchstens, ob sie nachschenken durften. So aß Lorena wenig und kehrte anschließend in die Bibliothek zurück, wo sie sich einen Portwein genehmigte. Sie trat mit dem Glas in der Hand ans Fenster, das auf die Terrasse zeigte. Der Regen hatte endgültig aufgehört, und die Wolken rissen auf, um in den Lücken einen Blick auf den Nachthimmel freizugeben, an dem die ersten Sterne zu sehen waren.

Da war er wieder! Der Schatten, der einen Wimpernschlag lang einige Sterne verdunkelte, doch er flog so schnell, dass Lorena die Konturen nicht genau erkennen konnte. Wer war das? Raika, die gekommen war, nach ihr zu sehen? Oder war Lucy zurückgekehrt?

Lorena stellte das Glas ab und lief zu der Tür im angrenzenden Raum, die auf die Terrasse hinausführte. Sie riss sie auf und stürmte ins Freie. Der Schatten schien am Ende der Terrasse zur Landung ansetzen zu wollen, doch plötzlich sprühten Funken, und er schoss mit einem Satz wieder in die Höhe und über die Türme hinweg.

Das musste der Schutzzauber des Councillors gewesen sein. Lorena lief zurück und dann durch die Halle auf die andere Seite. Sie öffnete die Haustür und eilte in den Portikus hinaus. Etwas langsamer ging sie bis zur Brüstung vor und blickte wieder in den Himmel. Den Schatten konnte sie nicht sehen, doch nun rannten Männer mit Schusswaffen in den Händen von den Wachhäusern zu beiden Seiten heran. Zwei hatten Schwerter gezogen. Die Wächter hoben im Laufen ihre MPs und schossen ziellos in die Luft.

»Aufhören!«, schrie Lorena, wich aber vorsichtshalber bis zur Tür zurück.

Sie zuckte zusammen, als sich eine Hand auf ihre Schulter legte. »Warten Sie hier«, erklang die Stimme des Councillors an ihrem Ohr.

Wo zum Teufel kam er plötzlich her?

Er trat an ihr vorbei auf den seitlichen Torbogen zu, der sich zur Auffahrt hin öffnete. Lorena sah, wie er die Arme hob und dann mit einer heftigen Bewegung nach unten führte. Die Männer blieben für einen Moment wie erstarrt stehen, dann ließen sie die Waffen sinken.

»Zurück auf eure Plätze«, befahl er. Die Männer waren viel zu weit weg, um seine Worte hören zu können, dennoch traten sie den Rückzug an.

»Das Schloss ist durch meine Magie geschützt. Hier kann niemand unbemerkt eindringen«, fügte er hinzu, und Lorena fragte sich, ob die Worte für sie gedacht waren. Er wandte sich zu ihr um. »Sie müssen sich nicht sorgen.«

»Ach nein?«, widersprach Lorena. »Wenn das nun Raika oder Lucy gewesen ist? Ihre Männer hätten sie einfach vom Himmel geschossen!«

»Dazu hätten sie sie erst einmal treffen müssen. Was denken Sie? Wie einfach ist es, einen Nachtmahr vom Himmel zu schießen?«

»Sie hätten es gar nicht erst versuchen dürfen«, widersprach Lorena heftig.

»Und wenn es weder Raika noch Lucy waren? Fragen Sie Ihre Instinkte. Was sagen diese? War das ein Nachtmahr, der Ihnen vertraut war?«

Lorena horchte in sich hinein. Sie fühlte nichts. Hätte sie es nicht spüren müssen, wenn ihr die eigene Schwester nahe kam? Oder Raika, mit der sie nun so viel verband? Sie zuckte unsicher mit den Schultern.

»Sehen Sie!« Winston Campbell führte sie wieder in die Halle. »Sie wissen, was für eine Nacht heute ist. Meine Männer sind zu Recht vorsichtig. Was, wenn dies ein Angriffsversuch war, der weder den Wanderern am Tor noch mir selbst galt? Was, wenn sie es auf Sie abgesehen haben?«

»Ich habe keine Angst. Ich kann auf mich aufpassen«, wehrte Lorena ab.

»Ja, das haben Sie schon öfter gesagt, aber ich denke, es kann nicht schaden, wenn ich Sie dabei unterstütze. Was haben Sie gerade gemacht, ehe der Schatten Sie in Aufruhr versetzt hat?«

»Portwein in der Bibliothek getrunken …«

»Oh, was für eine gute Idee. Ich denke, genau da machen wir jetzt zusammen weiter.«

Sie gingen in die Bibliothek zurück. Lorena war es plötzlich heiß, obgleich die Temperatur hier drinnen sicher nicht gestiegen war. Es brauchte lange, bis das Feuer den großen Raum erwärmte. Sie schlüpfte aus ihrer Jacke.

Winston Campbell trat hinter sie, um sie ihr abzunehmen. Er berührte die nackte Haut an ihrer Schulter, und Lorena spürte wieder seine Stärke, die die jahrhundertealte Magie ihm verlieh, doch auch er zuckte leicht zusammen. Er ließ sich nichts anmerken, legte die Jacke beiseite und trat an den Tisch, um den Portwein einzuschenken.

Er reichte ihr ein Glas und stieß mit ihr an. »Auf was trinken wir?

»Auf einen langweiligen Regentag«, brummelte Lorena.

Um seine Lippen herum zuckte es. »Es tut mir leid, dass ich Sie vernachlässigen musste, aber ich hatte zu tun.«

»Und für das Wetter entschuldigen Sie sich auch?«

»Wenn Sie es wünschen, obgleich dies zu ändern noch nicht in meiner Macht steht.«

Lorena lächelte nun auch. »Und? Wird es damit noch was? Wie viele Jahrhunderte muss man leben, um auf das Wetter Einfluss nehmen zu können?«

»Ich habe keine Ahnung. Ich kenne niemanden, der so etwas vermag.«

»Das wäre auch eine schreckliche Vorstellung. Was würden Sie dann tun? Immer nur heiter die Sonne scheinen lassen? Oder würden Sie die Menschen mit Stürmen und Gewittern plagen?«, neckte sie ihn.

»So ein ordentlicher Sturm hat doch etwas, finden Sie nicht?«

»Ich liebe es, bei Gewitter draußen zu fliegen«, gestand sie. »Die Luft ist so aufgeladen, dass die Energie durch den Körper zuckt. Man fühlt sich unbesiegbar.«

»Und, ist man das dann auch?«

Lorena bereute schon, dass sie das gesagt hatte. Sie war in seiner Gegenwart viel zu leichtsinnig. Eines Tages würde er all das gegen sie und ihresgleichen verwenden, um seinen Krieg zu Ende zu bringen.

»Aber sicher!«, behauptete sie. »Die Energie eines Blitzes ist durch nichts aufzuhalten.«

»Sie machen sich über mich lustig«, sagte er.

»Vermutlich werden Sie es nie erfahren!«, gab Lorena zurück.

Die große Standuhr in der Ecke schlug elf. Heute verspürte Lorena keine Müdigkeit. Ganz im Gegenteil, sie fühlte sich wach und voller Tatendrang. Am liebsten wäre sie ins Freie gestürzt und hätte ihre Schwingen ausgebreitet, um sich in den Nachthimmel zu erheben, doch das war in einem Schlosspark voller schießwütiger Wanderer sicher keine gute Idee.

Doch auch so musste sie den Councillor vor Mitternacht loswerden. Sie täuschte ein Gähnen vor. »Ich werde langsam müde. Ich denke, ich werde mich verabschieden.«

Er betrachtete sie mit einem feinen Lächeln, das ziemlich spöttisch wirkte. War sie so leicht zu durchschauen?

Egal, Hauptsache, sie war alleine in ihrem Gemach, wenn sie sich wandeln musste. Am besten, sie schloss sich ein. – Noch besser, er würde sie einschließen, so unbezwingbar, wie er sein Arbeitszimmer verschlossen hatte, nur konnte sie ihm das schlecht sagen. Nein, über diese Schwäche der Nachtmahre würde sie ganz sicher nicht mit ihm reden!

Raika landete in Kelso neben der Ruine der Abtei. Das riesige Portal erhob sich drei Stockwerke hoch über ihr, daran schloss noch ein Teil des Kirchenschiffs an. Auch einige Bogen des Kreuzgangs waren noch erhalten. Grabplatten waren in den Boden eingelassen, und auch außerhalb der Kirche erstreckte sich ein Friedhof mit steinernen Zeugen längst vergangener Zeiten und einigen typisch von einem Ring eingefassten keltischen Steinkreuzen.

Alte Bäume rauschten im Nachtwind. Es war seit einer Stunde dunkel. Richtig dunkel, denn heute war die Nacht der Nächte, die für alle Nachtmahre etwas Besonderes war. Raika umrundete einige der alten Grabsteine und strich mit der Hand über das Moos. Natürlich hätte sie diese Nacht in Edinburgh verbringen und sich mit einigen jungen Männern amüsieren können, doch sie verspürte keine so rechte Lust. Sie musste immer wieder an Lorena denken und daran, wie es ihr im Haus des Councillors erging – umgeben von bewaffneten Wanderern, die vermutlich nichts lieber täten, als ihr ein Loch in den Kopf zu schießen. Vielleicht war es gut, zum Schloss hinüberzufliegen und mal nach ihr zu sehen. Vor allem, damit sie in dieser Nacht keine Dummheiten machte.

Raika schimpfte leise vor sich hin. Lorena hatte sie total verdorben. Früher hatte sie weder Skrupel noch so etwas wie ein Gewissen gekannt. Sie war nur ihrem Spaß und ihrer Befriedigung verpflichtet gewesen. Es hatte keine Männer oder Frauen in ihrem Leben gegeben, auf die sie Rücksicht hätte nehmen müssen. Und nun? Nun vergeudete sie eine der besten Nächte des Jahres, um sich um Lorena zu sorgen und sich um ihr Wohlergehen zu kümmern. Wie hatte es nur so weit kommen können?

Ein warmes Gefühl stieg in ihr auf. Sie, Lorena und Lucy waren jetzt Freundinnen. Sie waren einander wichtig. Seltsam, sie hätte nicht gedacht, dass sie sich einmal an solch einer Sentimentalität würde freuen können.

Etwas regte sich hinter ihr. Es war keine streunende Katze und auch kein nächtlicher Spaziergänger. Raika fühlte die Magie auf ihrer Haut prickeln. Sie fuhr herum.

»Guten Abend, Raika.«

Sie erkannte die Stimme, von der sie gedacht hatte, sie niemals wieder hören zu müssen.

Eine große, schlanke Gestalt stand an ein steinernes Kreuz gelehnt. Wie üblich trug sie einen schwarzen Hosenanzug.

»Oh, hallo Audry. Was für ein Zufall«, antwortete Raika lässig.

»Nein, es ist kein Zufall«, berichtigte Audry. »Wir folgen dir schon länger.«

Wir? Wen hatte sie noch mit dabei, und warum zum Henker wurde sie verfolgt?

Raika warf prüfend einen Blick nach allen Seiten, konnte aber keine der Guardians entdecken.

»Und was wollt ihr von mir? Soweit ich weiß, legt Mylady keinen Wert mehr auf unsere Gesellschaft – so habe ich ihren unterhaltsam geplanten Mordversuch verstanden.«

»Es ging um eine verdiente Bestrafung, nicht um Mord!«

Raika tat so, als müsste sie überlegen. »Das Ergebnis wäre aber das Gleiche, nicht wahr? Tot ist tot. Hat sie euch geschickt, um es noch einmal zu versuchen?«

»Nein, sie interessiert sich für etwas anderes.«

Raika ahnte die Bewegung hinter sich, doch ehe sie reagieren konnte, schlug etwas hart gegen ihre Schläfe. Sie erhaschte noch einen Blick auf Maddisons Gesicht, dann schwanden ihr die Sinne.

Es war kurz vor zwölf, Winston Campbell aber machte keine Anstalten, sich endlich zu verabschieden. Sie standen im Flur vor ihrem Zimmer, doch er redete ohne Unterlass und überhörte all ihre Versuche, endlich allein zu sein. Er wies sie auf noch ein Gemälde hin und erzählte vom damaligen Eigentümer des Schlosses, dann ergriff er ihre Hand und zog sie zu einer Vitrine mit kunstvoll gefertigten Waffen aus Fernost.

Lorena spürte, wie sie zu zittern begann. Sie riss sich los. »Das können Sie mir morgen zeigen!«, rief sie und wich bis zu ihrer Zimmertür zurück. Er folgte ihr, wie so oft mit diesem rätselhaften Gesichtsausdruck.

»Gute Nacht!«, sagte sie bestimmt und riss die Tür auf, doch statt sich ebenfalls zu verabschieden, folgte er ihr noch immer und blieb in der offenen Tür stehen.

Er spielte mit ihr.

»Gehen Sie!«, rief Lorena verzweifelt und versuchte, die Tür zuzuschlagen, doch er war stärker, trat ins Zimmer und schloss sie hinter sich.

»Das dürfen Sie nicht!«, protestierte Lorena.

»Das ist mein Schloss!«

»Sie sind doch ein Ehrenmann!«, versuchte sie es noch einmal.

»Das ist anstrengend«, klagte er. »Vielleicht mache ich heute mal eine Ausnahme.«

»Nein, bitte nicht!« Lorena wich bis zur Wand zurück. Ihre Hände verkrampften sich.

»Warum? Damit ich nicht sehe, wie Sie sich wandeln? Glauben Sie mir, Sie sind nicht die Erste, die ich dabei beobachte.«

Lorena überlegte, ob sie sich aus dem Fenster stürzen sollte und davonfliegen, da schlug die Uhr Mitternacht, und jeder Ton ließ ihr Inneres erzittern. Ihre Glieder zuckten, sie bäumte sich auf, als ihr Haar wuchs und dichter wurde, um sich in goldenen Locken zu ringeln, ihr Gesicht schmaler wurde, die Haut feiner, das Blau der Augen intensiver, der

Mund sinnlicher mit Lippen, die nichts mehr begehrten, als zu küssen. Ihre Beine wurden länger und schlanker, ihr Leib reckte sich, der Busen wurde größer und füllte ihr ärmelloses Top aus.

»So, jetzt haben Sie es gesehen, und nun raus hier!«, schrie sie und stürzte sich auf ihn. Sie trommelte mit den Fäusten auf seine Brust, doch er fing ihre Arme und hielt sie fest.

»Nein, ich denke eher nicht. Was sind Sie heute für ein Wildfang. Das gefällt mir. Ich habe mich schon gefragt, ob Sie die Gene Ihrer Schwester überhaupt nicht teilen.«

Sie fauchte ihn an und versuchte, ihre Hände zu befreien. »Was haben Sie ihr angetan?«

Er lachte. »Angetan? Nichts. Ich habe nur ihre Wünsche erfüllt, und Ihre werde ich auch erfüllen.«

»Was? Rühren Sie mich nicht an! Ich bringe Sie um, wenn Sie mich anfassen!«, drohte Lorena, doch er schien noch immer amüsiert.

»Das glaube ich nicht. Du hältst es doch kaum mehr aus, nicht wahr? Ich weiß nicht, was aus dir geworden ist. Es ist nicht normal, dass sich ein Nachtmahr so an einen Sterblichen hängt, dass er sich selbst zerstört.«

»Sprechen Sie nicht von Jason! Es ist allein Ihre Schuld, dass er tot ist.«

»Vielleicht, vielleicht auch nicht. Sagen wir, es war sein Schicksal, so wie wir alle eines haben, dem wir folgen müssen. Seines war es nicht, an deiner Seite zu bleiben.«

»Woher wollen Sie das wissen?«, gab Lorena mit einem Schluchzen zurück.

»Weil ihr Nachtmahre nicht dafür gemacht seid, in einer monogamen Beziehung zu leben.«

Sie wollte widersprechen, doch in diesem Moment küsste er sie. Ein Hauch von einem Kuss, doch als sich ihre Lippen berührten, brach ein Damm. Dies war die Stunde der Nachtmahre, und es war ihre Natur. Ihr Widerstand fiel lautlos in sich zusammen. Er ließ ihre Arme los. Vermutlich konnte er es spüren.

Statt ihn wegzustoßen, schlang sie die Arme um ihn und presste ihre Lippen auf seine. Der Hunger in ihr war so mächtig, dass sie ihm nichts entgegensetzen konnte. Der Duke drückte sie gegen die Wand, und sie zog ihn immer enger an sich.

»Sie sind widerlich«, stieß sie mit einem Keuchen aus, als sie endlich voneinander ließen. »Ich hasse Sie!«

»Und du bist wundervoll«, entgegnete er heiter. Er hob sie auf die Kommode und schob ihren Rock hoch. Seine Hände fuhren an ihren Schenkeln entlang. Mit einem Ruck zerriss er ihr Höschen. Lorena schrie auf, doch sie drängte sich seiner Hand entgegen. Die andere zerstörte ihr Oberteil und legte sich auf ihre Brust.

»Verschwinden Sie!«

Seine Hände lösten sich von ihr. »Wenn du das wirklich willst?« Er wich einen Schritt zurück.

Sie konnte nicht mehr denken. Sie konnte nicht mehr entscheiden. Das wilde Wesen in ihr hatte die Oberhand, und das hatte sie monatelang vernachlässigt. Es kämpfte in ihr und schrie nach Befriedigung. Die Lorena, die sich tagsüber nach Jason verzehrte, schwieg.

Er zog sich noch einen Schritt in Richtung Tür zurück.

Lorena sprang von der Kommode. Sie erwischte sein Hemd mit den Fingern und zerriss es. »Wagen Sie es nicht!«

»Was?«, erkundigte er sich unschuldig.

»Bringen Sie zu Ende, was Sie angefangen haben. Sie haben den Dämon geweckt! Nun sehen Sie zu, wie Sie damit klarkommen.«

»Dein kleiner Dämon und ich … Wir werden uns wundervoll verstehen«, versicherte er, als er sie an sich zog und sie küsste, während seine Hand wieder unter ihrem Rock verschwand. Lorena streckte ihren Hals, als seine Lippen über ihr Kinn und ihre Kehle wanderten, bis seine Zähne ihre Brustwarze umschlossen. Sie knurrte wie ein Tier.

Noch einmal hob er sie hoch und setzte sie auf die Kommode. Schon während er aus seinen Schuhen und der Hose schlüpfte, rutschte sie zur Kante vor und schob die Knie weit auseinander.

»Man muss seinen Dämon stets gut füttern«, sagte er, als er tief in sie stieß. Sie nahm ihn gierig in sich auf, umfasste sein Gesäß und befeuerte den Rhythmus.

»Langsam! Du bist ausgehungert. Du darfst dich nun nicht so hastig vollstopfen.«

Noch immer behielt er die Kontrolle, und sie versuchte, ihn dafür zu hassen, doch das war kein Gefühl, das im Augenblick Raum in ihr hatte.

Er zwang sie zu einem langsameren Takt. Sie lauschte seinem beherrschten Atem. Der ihre ging inzwischen in raschen Stößen. Sie spürte, wie sie einem Höhepunkt entgegeneilte, wie sie ihn schon lange nicht mehr erlebt hatte, doch er schien ihr das Vergnügen nicht gönnen zu wollen. Kurz bevor es so weit war, entzog er sich ihr.

Lorena fluchte. »Komm sofort wieder her!«, befahl sie. »Ich reiße dir das Fleisch von den Knochen, wenn du es wagen solltest …«

Er griff in ihr Haar und bog ihren Kopf zurück. Seine

Zähne gruben sich in ihre Kehle. »Du machst mir wirklich Appetit. Vielleicht bin ich ja ein Werwolf und reiße dich jetzt in Stücke.«

»Versuch es!« Ihre Fingernägel gruben sich in seine Brust und hinterließen blutige Streifen.

»Führe mich nicht in Versuchung, aber nein, ich weiß etwas Besseres. Ich stehe nicht so sehr auf Blut.«

Seine Hände schoben sich unter ihren Po und hoben sie hoch. So trug er sie zum Bett und legte sie auf die Decke.

»Meine Schöne, bringen wir zu Ende, was wir begonnen haben.«

Und das tat er dann auch. Lorena schrie auf, und auch sein Atem war nun endlich zu einem Keuchen geworden und vereinigte sich mit ihrem Schrei, der ihre beiden Körper erbeben ließ.

Er hielt inne und löste sich von ihr. Zärtlich streichelte er ihren schweißbedeckten Körper, bis sich ihr Atem beruhigt hatte.

»Hast du schon genug?«, flüsterte er ihr ins Ohr.

»Wenn du das denkst, dann hattest du noch nie einen Nachtmahr«, gab sie zurück.

»Das beruhigt mich ...« Er lächelte. »Wir haben noch viel Zeit, bis der Morgen kommt.«

Sie musste irgendwann vor dem Morgengrauen eingeschlafen sein. Als sie erwachte, war es längst Tag. Das Sonnenlicht flackerte durch ihr Zimmer und warf helle Streifen, um dann von einer Wolke wieder ausgelöscht zu werden. Lorena richtete sich ein wenig auf. Es blies ein kräftiger Wind, der die weißen Wolken über den Himmel jagte. Lorena war noch immer nackt, hatte sich aber bei Sonnenaufgang zurückverwandelt. Sie rekelte sich in ihrem Bett. So wohl hatte sie sich schon lange nicht mehr gefühlt. Erfüllt und gesättigt.

Über das, was dazu geführt hatte, wollte sie lieber nicht nachdenken. Sie verdrängte die Bilder, die in ihr aufstiegen. Nicht jetzt! Sie wusste, dass sie sich noch früh genug deswegen Vorwürfe machen würde.

Ausgerechnet mit dem Councillor! Er und seine Wanderer waren der Feind. Sie war nur in sein Haus gekommen, um sich das Buch zurückzuholen, das ihm nicht gehörte. Und nun das! Was würde Lucy dazu sagen? Er war ihr Entführer, der ihr so viel Leid zugefügt hatte.

Sie durfte es nicht erfahren.

Und Raika?

Sie würde ihr vermutlich auch noch gratulieren, den schlimmsten Feind in ihr Bett gezogen zu haben. Wobei die Frage war, wer wen in was hineingezogen hatte.

Egal, das Ergebnis zählte, und genau darüber wollte sie nicht nachdenken.

Draußen hörte sie Schritte. Schnell, leichtfüßig und vertraut. Es waren weder die des Councillors noch die eines seiner Diener. Lorena zog gerade die Bettdecke bis zum Kinn, als die Tür bereits aufgerissen wurde und Lucy hereingestürmt kam.

»Kannst du nicht anklopfen?«, murrte Lorena. »Hast du denn gar kein Benehmen?«

Ein kriegerischer Ausdruck trat in ihre Miene. »Nein, als das auf meinem Erziehungsplan stand, muss ich wohl gerade verschleppt worden sein.«

Lorena spürte wieder, wie ihre Gewissensbisse sie zu übermannen drohten, doch dieses Mal wehrte sie sich dagegen. Es war nicht ihre Schuld gewesen! Wenn man jemand dafür verantwortlich machen konnte, dann den Councillor und die Lady, aber im Moment wollte Lorena weder an den einen noch an die andere denken.

»Also, was gibt es?«, erkundigte sie sich.

Lucy kniff die Augen zusammen und sah sie mit einem lauernden Ausdruck an. Dann wanderte ihr Blick durch das Zimmer. Lorena hoffte nur, dass ihre zerrissene Unterwäsche nicht in ihrem Blickfeld lag.

Lucy sog hörbar die Luft ein und begann dann zu grinsen. »Weißt du, was ich denke?«

Lorena fuhr auf. »Nein, und ich will es auch nicht wissen! Warum bist du gekommen und was willst du um diese Zeit in meinem Zimmer?«

»Es ist nach elf!«, wies Lucy sie zurecht. »Und ich dachte, vielleicht interessiert es dich, dass Raika verschwunden ist.«

»Was? Wie das?«, rief Lorena.

»Wir waren heute Nacht verabredet, aber sie war nicht da.«

Lorena entspannte sich wieder und lehnte sich in ihre Kissen zurück. »Sie wird es vergessen haben oder war gerade mit einem Mann beschäftigt. Du weißt, welche Nacht gestern war, und du kennst Raika.«

Lucy ließ nicht locker. »Sie hätte mich nicht versetzt. Ich weiß, dass sie dort war, aber als ich kam – ich war ein wenig zu spät –, war sie verschwunden.«

»Oder sie hatte keine Lust, auf dich zu warten.«

»Ach, und dann wirft sie einfach ihr Handy ins nächste Grab?«

Nun war Lorena doch beunruhigt. Sie warf die Decke zurück, schwang sich aus dem Bett und ging ins Bad, um zu duschen und sich anzuziehen.

»Du sagtest Grab? Hattet ihr euch auf einem Friedhof verabredet?«, rief sie durch die offene Tür.

»Nicht direkt. Wir wollten uns bei der alten Abtei in Kelso treffen.«

»Und du hast seitdem nichts mehr von ihr gehört?«, versicherte sich Lorena.

»Sonst würde ich nicht hier stehen und dich aus deinem Schönheitsschlaf reißen!«, versicherte Lucy mit sarkastischem Unterton.

Lorena schlüpfte in Jeans, Shirt und Pulli und folgte Lucy aus dem Zimmer. »Dann wollen wir uns dort mal umsehen. Vielleicht finden wir einen Hinweis. Hast du ihr Handy gecheckt? Hat sie versucht, dich anzurufen?«

»Bei mir kam zumindest nichts an, und ihr Handy ist tot.«

Lorena griff nach dem Smartphone, das Lucy ihr hinhielt. Die Scheibe war zersplittert und der Bildschirm dunkel.

»Um das wieder in Gang zu bringen, brauchen wir einen Spezialisten«, sagte Lorena. »Damit kenne ich mich nicht aus. Ist das überhaupt ihr Handy?«

Lucy hob es an die Nase. »Natürlich! Ich kann ihren Duft wittern. Sie hat es heute Nacht noch in der Hand gehalten.«

Lorena trat zu ihr und schnupperte ebenfalls an dem Gerät. Widerstrebend gab sie Lucy recht. »Ja, das gehört Raika.«

»Dann lass uns nach Kelso rüberfahren«, drängte Lucy. »Wir müssen herausfinden, was mit ihr passiert ist.«

Lorena war noch immer nicht ganz überzeugt. Oder trieben die Wanderer sich auch in Kelso herum, um dort auf Nachtmahre Jagd zu machen? Sie hoffte nicht, aber sie würden vermutlich nur mehr erfahren, wenn sie den Ort des Geschehens untersuchten. Da hatte Lucy recht. Lorena hielt mitten in der Halle inne und überlegte laut: »Wie kommen wir da hin? Zu Fuß? Dann müssen wir durch den Park und versuchen, das Schlossgelände am Flussufer unbemerkt zu verlassen. Ich weiß nicht, was die Wanderer sagen, wenn wir einfach durch das Tor spazieren.«

»Sagen würden die nicht viel«, prophezeite Lucy. »Die würden uns vermutlich einfach nur erledigen.«

»Das fürchte ich auch.« Lorena stöhnte.

»Dann nehmen wir Williams Wagen. Der steht noch in der Einfahrt«, schlug Lucy vor.

Lorena wehrte ab. »Das können wir nicht machen. Wir dürfen ihm nicht einfach sein Auto stehlen.«

»Wir leihen es uns ja nur«, beschwichtigte Lucy. »Jetzt komm! Stell dich nicht so an.« Sie stieß die Haustür auf, und Lorena folgte ihr.

»Und du glaubst, die Wanderer am Tor lassen uns so einfach durch? Du denkst nicht, sie könnten ihre Maschinenpistolen zücken und das Auto samt uns darin in ein Sieb verwandeln?«

Lucy blieb unter dem Torbogen stehen. »Äh, das wäre möglich«, gab sie zu. »Also dann doch zu Fuß. Wir müssen nach Kelso und sie suchen!«

»Ich würde den Damen raten, sich von mir chauffieren zu lassen«, ertönte plötzlich Williams Stimme hinter ihnen.

»Du kommst wie gerufen!«, stieß Lucy erleichtert aus. »Wo warst du?«

»In der Küche. Erstaunlich, was sich dort alles findet. Schon als Kind war das mein Paradies. Der Koch macht die himmlischsten Pasteten.«

Lucy prustete verächtlich. »Es gibt Wichtigeres zu tun. Komm!«

Sie quetschte sich mit Lorena in den Sportwagen, während sich William ans Steuer setzte.

»Wo ist dein Vater?«, erkundigte sich Lorena.

William zuckte die Achseln. »Ich habe keine Ahnung. Ich habe ihn heute noch nicht gesehen. Warum?«

»Er befiehlt über die Wanderer, oder nicht?«

»Ja, schon«, gab William zu. »Aber wir können auch ohne ihn nach Kelso fahren.«

»Werden uns die Wachen passieren lassen?«, wollte Lorena wissen.

»Natürlich!«, behauptete William. »Ich bin der Sohn des Duke. Keiner wird es wagen, uns auch nur zu belästigen.«

Lorena nickte und hoffte, dass er recht behalten würde und sie nicht den Befehl hatten, die Eclipse in jedem Fall zurückzuhalten.

William ließ den Motor aufheulen und trat aufs Gaspedal. Der Wagen schlingerte und schoss die Auffahrt hinunter, durch das Wäldchen und dann auf das vergitterte Tor mit den beiden Wachhäuschen zu, das sie von Kelso trennte.

Kapitel 17

DAS BUCH

Als sie erwachte, war es dunkel um sie herum, doch der Geruch kam ihr bekannt vor. Raika bewegte langsam den Kopf hin und her. Das Dröhnen in ihrem Schädel wurde von einem stechenden Schmerz abgelöst.

Raika blinzelte, um ihren Blick zu klären. So dunkel konnte es gar nicht sein, dass die Augen eines Nachtmahrs die Schatten nicht voneinander trennen konnten. Zumindest nicht draußen in der Natur. Aber in einem unterirdischen Raum? Einem Verlies, aus dem es kein Entkommen gab?

Der modrige Geruch und die kühle Feuchte würden dazu passen.

Raika richtete sich auf und griff sich an den dröhnenden Schädel. In ihrem Nacken war es klebrig feucht. Sie konnte ihr eigenes Blut riechen, das noch immer aus der Wunde sickerte. Sie lenkte den Blick auf ihre Hand, deren Umrisse sich langsam von der Dunkelheit um sie schieden. Sie tastete mit der anderen das schmale, unbequeme Bett ab, auf dem sie lag. Das Dröhnen in ihrem Kopf ließ ein wenig nach. Ihr Blick wurde schärfer. Sie konnte nicht nur die Umrisse des Betts erkennen. Ein Stück weiter an der Wand stand ein Tisch mit einem Stuhl davor. Sie sah einen Krug, einen Becher und einen Teller, auf dem etwas lag.

Noch einmal sog sie prüfend die Luft ein, und plötzlich wusste sie, wo sie war. Raika stöhnte leise. Ja, diese Mischung war ihr bekannt. In solch einem Raum, nur einige Stockwerke höher, hatte sie bereits Wochen voller Langeweile zugebracht. Nach dem Unfall. Nach ihrem gescheiterten Fluchtversuch: Sie war abermals auf Gryphon Manor!

Jetzt erinnerte sie sich wieder daran, was in der Nacht geschehen war. Die Guardians der Lady hatten ihr in Kelso aufgelauert, obgleich Raika sich nicht vorstellen konnte, wie sie sie dort hatten aufspüren können. Doch das war jetzt unwichtig. Es war ihnen nicht nur gelungen, sie zu finden, Maddison hatte sie niedergeschlagen und mit Audrys Hilfe zurück nach Gryphon Manor gebracht.

Waren Lucy und Lorena etwa auch hier?

Raika kniff die Augen zusammen, um durch ihr Gefängnis zu blicken. Hier in diesem Raum jedenfalls war außer ihr niemand.

Die andere Frage war, was versprach sich die Lady von dieser Entführung, und was hatte sie anschließend mit ihr vor? Nach dem, was sie Grace und Sienna angetan hatte, machte sich Raika keine Illusion über den Wert ihres Lebens.

»Aber so einfach werde ich es euch nicht machen«, schwor sie.

Der Sportwagen hielt oben an der Straße neben einem alten, schmiedeeisernen Zaun, durch den man auf das etwas tiefer liegende Gelände der Abtei sehen konnte. Aus dem frischgrünen Gras erhoben sich die Reste von Kirche und Kloster sowie die mit Moos bewachsenen Grabsteine, wo Lucy das Handy gefunden hatte.

William bückte sich und untersuchte das Gras um den

Stein. Falls es in der Nacht von Füßen niedergedrückt worden war, so hatte sich das Gras inzwischen wieder aufgerichtet. Lorena ließ sich auf die Knie sinken und beugte sich herab, doch die Spur war kalt. Sie konnte weder Raika noch jemand anderes wittern.

Konnte ihr das Handy einfach aus der Tasche gefallen und das Glas dabei zerbrochen sein? Vielleicht hatte sie es nicht bemerkt? Vielleicht war sie es leid gewesen, auf Lucy zu warten, die sich verspätet hatte?

Vielleicht wollte Lorena auch einfach nur hoffen, dass nichts passiert war.

Sie erhob sich wieder und umrundete langsam den Grabstein, den Blick suchend auf den Boden und den verwitterten Stein gerichtet. Dann erweiterte sie ihren Kreis um die nächsten Grabstellen, bis sie plötzlich innehielt.

»Was ist?«, erkundigte sich Lucy.

Lorena beugte sich wieder vor, bis ihre Nase den Stein fast berührte. Mit den Fingern strich sie über die Kante, an der eine klebrige Substanz den Stein verdunkelte. Lucy kam zu ihr herüber.

»Ist das Blut?«

Lorena roch noch einmal an der Stelle, dann nickte sie. »Ja, Raikas Blut.«

»Habt ihr etwas gefunden?« William gesellte sich zu ihnen und betrachtete den Fleck. »Viel Blut ist es nicht«, sagte er. »Sie kann nicht schwer verletzt sein.«

»Aber irgendetwas oder irgendjemand hat sie verletzt«, beharrte Lorena.

»Und dieser Jemand ist vermutlich dafür verantwortlich, dass sie seitdem verschwunden ist«, fügte Lucy hinzu. »Sie hätte mich nicht einfach versetzt, das weiß ich!«

»Was wolltet ihr hier eigentlich?«, fragte Lorena. »Wir hatten ausgemacht, dass ihr in Edinburgh bleibt.«

»Wir dachten, du könntest in der Neumondnacht unsere Hilfe gebrauchen. Damit nichts passiert.«

»*Ihr* wolltet auf *mich* aufpassen?«, rief Lorena ungläubig, doch als die Erinnerung an die vergangene Nacht sie streifte, senkte sie beschämt die Lider. Vielleicht wäre alles anders verlaufen, wenn die beiden zu ihr gekommen wären.

»Wir wollten uns um elf treffen, um rechtzeitig vor Mitternacht im Schloss zu sein. Raika war einverstanden, und sie war hier!«

»Ja, sie hat sich verändert«, gab Lorena zu, der es noch immer lieber gewesen wäre, Raika hätte sich einfach – wie früher – nur um sich selbst und ihr Vergnügen geschert, doch nun konnte sie sich nicht mehr belügen. »Was ist da nur passiert? Und wer steckt dahinter?«

»Da gibt es nicht viele Möglichkeiten«, beantwortete Lucy die Frage. »Kein normaler Mensch ist uns gefährlich. Es können also nur die Wanderer des Councillors gewesen sein oder die Guardians der Lady.«

Lorenas und Lucys Blicke wanderten zu William, der verlegen mit den Schultern zuckte. »Mich dürft ihr nicht fragen. Ich weiß nicht, was die Wanderer meines Vaters tun und welche Befehle er ihnen gibt.«

»Hältst du es für möglich, dass sie ihr etwas angetan haben?«

Er wandte den Blick ab. »Möglich, ja, aber nicht wahrscheinlich. Wenn seine Wanderer Raika erwischt hätten, würden wir hier sehr viel mehr Blut finden. Dann hätten sie Raika getötet und ihr den Kopf abgeschlagen.«

»Wenn es ihr nicht gelungen wäre zu entkommen. Wir

sind nicht so wehrlos, wie du denkst«, konterte Lucy. »Wir haben auch den letzten Versuch, uns zu töten, überlebt.«

»Das stimmt, doch hätte sie sich dann nicht bei euch gemeldet?«

Die beiden seufzten. Das war nicht von der Hand zu weisen, doch weder Lucy noch Lorena hatten eine Nachricht erhalten.

»Dann waren es vielleicht doch die Guardians der Lady«, schlussfolgerte Lucy. »Aber woher wussten sie, dass wir hier sind, und was wollen sie von Raika, außer vielleicht noch immer ihren Rachedurst stillen?«

»Das glaube ich nicht«, widersprach Lorena. »Wenn, dann haben sie etwas von ihr gewollt, aber was?« Nachdenklich umkreiste sie mit einem Finger den Blutfleck auf dem Grabstein. »Vielleicht ist sie doch schwerer verletzt, als wir bisher angenommen haben. Vielleicht konnte sie entkommen, ist jetzt aber nicht mehr in der Lage, sich mit uns in Verbindung zu setzen.«

»Du meinst, sie hat sich irgendwo verkrochen?«, fragte Lucy. »Dann sollten wir hier in Kelso jeden Stein umdrehen, bis wir sie finden!«

Raika wusste nicht, wie viel Zeit verstrichen war, bis sich endlich jemand blicken ließ.

»Ah, Audry, wie schön, dich zu sehen«, begrüßte sie die Hüterin der Lady sarkastisch. Raika rieb sich die Beule am Hinterkopf, wo sie gegen einen Grabstein gefallen sein musste. Das Blut war inzwischen getrocknet. »Ich muss sagen, du lässt nach. Ich lebe ja noch! Erstaunlich, nicht wahr? So viel Glück hatte Lorenas Mutter nicht, als sie dir und Chloe in den Weg geriet.«

»Komm mit!«, forderte sie Audry auf.

»Habt ihr sie eigentlich absichtlich umgebracht, oder wart ihr nur so ungeschickt?«, hieb Raika weiter in die Wunde.

»Halt deinen Mund«, herrschte die Hüterin sie an und packte sie grob am Arm. »Die Lady will dich sehen, also überlege dir gut, was du sagst!«

»Warum? Weil sie mich sonst nach Schottland zurückschickt, damit die Wanderer mir den Kopf abschlagen? So macht sie das doch neuerdings mit ihren Schwestern, die nicht so spuren, wie sie es will.«

Audry holte aus und schlug Raika ins Gesicht. Obgleich sie hätte ausweichen können, zuckte sie nicht einmal zurück und starrte Audry nur zornig an.

»Ihr habt uns immer erzählt, dass die Wanderer die mörderischen Bestien sind. Ich frage mich langsam, ob ich nicht gerade jetzt in den Käfig der schlimmsten Bestien zurückgebracht worden bin. Was? Willst du mich noch einmal schlagen? Bitte! Ich bin nicht empfindlich. Tu dir keinen Zwang an, wenn es dich beruhigt. Ich habe immer nach dem Motto gelebt: Man muss seine Gefühle rauslassen.«

Doch Audry ließ sich nicht mehr provozieren. Sie umklammerte Raikas Arm und führte sie aus der Kammer unterhalb des Westturms hinauf in die Halle, wo der Butler bereits vor der Tür zu Myladys Salon stand und sie eintreten ließ.

Audry ließ sie los und versetzte ihr noch einen Stoß. Raika kam bis in die Mitte des Raums, der trotz oder gerade wegen der vielen angesammelten Antiquitäten und anderen Kostbarkeiten nur voll und staubig wirkte. Hier war es zwar nicht feucht, dafür aber zu stickig, um frei atmen zu können.

Wie gewohnt thronte die Königin der Nachtmahre in ihrem riesigen Sessel, doch sie gestattete Raika wieder einmal nicht, ihren Blick weiter als bis zu ihrem Rocksaum zu erheben. Sie trug etwas Langes aus schwerem weinrotem Stoff, das vermutlich noch aus der Zeit Königin Victorias stammte, dachte Raika, als sie einen Stich in ihrem Kopf spürte, der weit mehr schmerzte als Audrys Ohrfeige.

Die Lady trieb sich also wieder einmal im Geist ihrer Besucher herum. Bitte, sollte sie ruhig. Da gab es nichts zu entdecken, das sie nicht wissen durfte. Dennoch überraschte Raika die erste Frage, die sie ihr stellte.

Wo ist dieses Buch?

»Welches Buch?«, erkundigte sich Raika mit Unschuldsmiene.

Ein weiterer Schlag in ihrem Kopf ließ sie zusammenzucken. *Antworte mir! Ich bin nicht zu Späßen aufgelegt.*

War das dieser alte Knochen jemals?

Der Gedanke brachte ihr natürlich eine weitere Bestrafung ein, die sie vor Schmerz auf die Knie sinken ließ. Als sie sich wieder aufrappelte, hatte sie den Raum mit den Büchern unter dem Louvre deutlich vor Augen, obwohl sie genau daran nicht denken wollte. Aber es war unmöglich, an etwas *nicht* zu denken.

Raika versuchte, sich auf Hamburg und die bunte Welt der Reeperbahn zu konzentrieren, doch die Lady stürzte sich auf ihre erste Erinnerung.

»War das in Paris? Oh ja, ich weiß von eurer Reise dorthin. Und ich weiß, wer euch dazu angestiftet hat.«

Rebeccas Gesicht blitzte in Raikas Geist auf, ehe sie sich wieder auf die Reeperbahn konzentrieren konnte.

Sie!, schrie die Lady in ihrem Kopf. *Ist sie das wirklich?*

»Rebecca«, stieß Morla aus, die wie immer neben ihrer Herrin stand. »Sprich, Raika, du weißt, dass du uns nichts verheimlichen kannst. Ihr habt Rebecca getroffen, ist es nicht so?«

»Wenn Ihr es ohnehin schon wisst, warum bin ich dann hier?«

»Weißt du, wer sie ist?«, bohrte Morla weiter.

»Lorenas Urgroßmutter – und der Nachtmahr, der hier auf diesem Stuhl sitzen sollte!«, fügte Raika mutig hinzu und nahm die auf den Fuß folgende Bestrafung tapfer hin.

»Solange unsere Mylady auf dieser Erde weilt, so lange ist das ihr Thron«, zischte Morla, »und ich werde sie bis zu meinem letzten Atemzug unterstützen.«

»Wie schön«, kommentierte Raika und wappnete sich für den nächsten Angriff, doch er blieb aus.

»Kommen wir auf das Buch zurück«, beharrte Morla. »Es ist nicht mehr in Paris. Also wo ist es?«

»Ich weiß nicht«, antwortete Raika wahrheitsgemäß und fragte sich, woher zum Teufel sie überhaupt davon wussten.

»Wir haben überall unsere Augen und Ohren«, verriet Morla. »Und unsere Informanten!« Sie zog einen zusammengefalteten Brief aus der Tasche. Raika zerbrach sich den Kopf, von wem er stammen könnte. Wer außer den vier Nachtmahren wusste darüber Bescheid? Lorena hatte sich ganz sicher nicht an die Lady gewandt und Lucy auch nicht. Sie hatte am meisten darunter gelitten, hier auf Gryphon Manor eingesperrt zu sein.

Und Rebecca? Was wussten sie über ihre Motive? Arbeitete sie vielleicht doch für die Lady? Hatte sie Lorena zum Councillor geschickt, weil sie gehofft hatte, er und seine Wanderer würden das beenden, was beim ersten Mal nicht geklappt hatte? Gab es vielleicht gar keine anderslautende Auslegung der Prophezeiung? Sollte es eine Falle gewesen sein? Nun, dann war der Plan jedenfalls nicht aufgegangen.

Ihre Gedanken blieben dieses Mal unkommentiert.

»Was steht in diesem Buch? Wie lautet der Text der Prophezeiung? Wir wissen, dass er sich von dem in unseren Quellen unterscheidet«, fuhr Morla fort.

Also doch keine Falle.

»Ich kenne den Text nicht«, sagte Raika wahrheitsgemäß. »Wenn Ihr so gut informiert seid, dann wisst Ihr auch, dass wir das Buch niemals in Händen hatten. Ich vermute, der Councillor hat es. Ihr könnt ihn ja ganz freundlich darum bitten. Sicher schickt er Euch einen Boten vorbei, dessen Kopf Ihr dann auch gleich behalten könnt.«

Der Councillor? Hatte er sie etwa verraten? Sollte das eine Art Rache sein? Warum? Um der Lady ins Gesicht zu lachen und ihr zu sagen, welchen Fehler sie begangen hatte – zumindest fast, wenn Jason nicht der Erwählte gewesen war. Nun lebte die Eclipse also noch, und die Prophezeiung konnte sich noch immer erfüllen. Nur hatte er jetzt die Hand auf Lorena und würde sie ganz sicher nicht wieder gehen lassen, um den Nachtmahren die erwartete Retterin zu schenken.

»Dann hast du keine Ahnung, worum es in der Quelle geht?«, hakte Morla noch einmal nach.

Der Erwählte lebt noch, dachte Raika und spürte, wie der Gedanke aus ihr herausgesogen wurde.

»Aber ich weiß nicht, wer es ist, und Lorena auch nicht!«, schob sie hinterher. »Also kann ich Euch nicht helfen. Ihr könnt mich also umbringen oder freilassen, wie es Euch beliebt. Es hilft Euch jedenfalls nicht, das zu erfahren, was Ihr wissen wollt!«

»Wo ist Rebecca jetzt?«, wechselte Morla das Thema, doch auch das konnte Raika ihnen nicht sagen.

»Wir haben sie zuletzt in Paris am Flughafen gesehen«, sagte sie wahrheitsgemäß. »Sie will sich beizeiten mit uns in Verbindung setzen.«

Morla schien unzufrieden, was Raika freute und ihr noch einmal einen schmerzhaften Stich einbrachte.

»Wir werden sie finden, und es wird ihr nicht noch einmal gelingen, die Lady zum Narren zu halten.«

»Ach, es gibt also Dinge, die die sonst so allwissende Lady nicht weiß?«, gab Raika frech zurück. »Das lässt mich hoffen.«

»Worauf?«, entgegnete Morla böse. »Du wirst dieses Haus nicht lebend verlassen.«

Raika gab sich unbeeindruckt. »Ich finde es interessant, dass Ihr die Wanderer nun gar nicht mehr braucht, um uns Nachtmahre zu vernichten. Erst Grace und Sienna, nun ich – und ich vermute, Lorena, Lucy und Rebecca stehen auch noch auf Eurer Todesliste. Was bleibt Euch dann noch? Verknöcherte Hüterinnen aus alten Zeiten und ein paar Guardians, die noch nicht kapiert haben, dass sie nur als Kanonenfutter ausgebildet werden, um zwei verbohrte alte Weiber an der Macht zu halten.«

Es wunderte sie nicht, dass der Schmerz sie dieses Mal aufschreien ließ und zu Boden warf. Ihr Gesicht wurde in den staubigen Teppich gedrückt, bis sie zu ersticken glaubte.

»Wenn Ihr sie noch braucht, dann solltet Ihr es nun gut sein lassen«, sagte Audry, als Raika bereits die Sinne schwanden. Sie spürte, wie sie hochgerissen wurde. An Audrys Arm wankte sie zu ihrer Zelle zurück.

Der Tag neigte sich bereits dem Ende zu, als die drei frustriert und ohne einen weiteren Hinweis auf Raikas Schicksal die Suche abbrachen und nach Floors Castle zurückkehrten. William hielt den Wagen am Tor an, stellte den Motor ab und stieg aus. Einer der Wanderer kam auf ihn zu, die Maschinenpistole lässig im Arm, doch jederzeit bereit, sie auf ein mögliches Ziel zu richten. Sein Blick huschte an William vorbei zum Wagen mit den beiden Nachtmahren.

»War einer von euch gestern Nacht in Kelso?«, wollte William wissen.

Der Posten starrte ihn an. »Warum?«

»Ich will wissen, ob mein Vater euch nach Kelso geschickt hat. Ob ihr Jagd auf einen Nachtmahr gemacht habt.«

»Sie meinen solche, wie Sie sie in Ihrem Wagen haben?«, gab der Wanderer zurück, der Dylan hieß und schon hier im Schloss für den Duke arbeitete, seit sich William erinnern konnte.

»Lorena und Lucy sind Gäste des Councillors und dürfen nicht angerührt werden«, erinnerte William.

»So?«, gab Dylan zurück. »Soweit ich mich erinnere, gilt dies nur für die Eclipse. Die andere hat für uns keinen Wert.«

»Die andere hat für mich einen Wert, und ich sage: Finger weg von ihr!«

Doch so leicht ließ sich der Wanderer nicht einschüchtern. »Ich nehme meine Befehle nur vom Councillor entgegen«, sagte er und fügte vermutlich in Gedanken hinzu: und nicht von einem normalen Menschen ohne Magie, der zufällig von unserem Councillor gezeugt wurde. »Wenn ich dieses Weib hier irgendwo alleine erwische, dann ist sie nur ein Nachtmahr, der in das Reich des Councillors einzudringen versucht. Und für solch einen Fall habe ich meine Anweisungen.«

»Öffne das Tor!«, befahl William. Nicht nur Lorena war überrascht, dass der Wanderer gehorchte.

William kam zum Wagen zurück. »So ein stures und verbohrtes Pack«, schimpfte er.

»Na, da kenne ich auf der anderen Seite auch so ein paar«, murmelte Lucy, und Lorena konnte ihr nur zustimmen.

William steuerte den Wagen die Zufahrt entlang, bis er vor dem Portikus anhielt. »Also heute Nacht keine Spaziergänge alleine im Schlossgelände«, schärfte er Lucy ein. »Sonst kann ich nicht für deine Sicherheit garantieren.«

Lucy machte eine wegwerfende Handbewegung. »Ich kann ganz gut selbst auf mich aufpassen, und glaube mir, ich kenne die Wanderer deines Vaters recht gut.«

»Dann weißt du auch, dass sie nicht lange fragen und kein Mitleid kennen. Also komm lieber mit rein. Ich sage Porter Bescheid, dass wir Hunger haben.«

»Bleiben wir heute Nacht hier?«, quengelte Lucy. »Das gefällt mir nicht.«

»Mir auch nicht«, gab William zu. »Ich habe mich im Schloss nie wohlgefühlt. Ich gehöre nicht hierher, doch ich denke, heute ist es wichtiger zu erfahren, ob mein Vater etwas über Raikas Verschwinden weiß und ob er bereit ist, uns zu helfen.«

Von Porter erfuhren sie, dass der Duke nicht im Schloss war. Also blieb ihnen nichts anderes übrig, als auf das Essen zu warten und sich dann zu Tisch zu setzen. Wie üblich überraschte das Küchenpersonal mit einem üppigen, wohlschmeckenden Menü, bei dem alle drei – trotz ihrer Sorge um Raika – herzhaft zugriffen.

Die Sonne war längst untergegangen, und es wurde dunkel, doch der Hausherr ließ sich noch immer nicht blicken. William führte Lucy hinauf in den Gästetrakt, um ihr ihr Zimmer zu zeigen, während Lorena in der Bibliothek blieb, noch immer in ihre Grübeleien über Raikas Verbleib verstrickt. Als Porter kam, um das Feuer im Kamin zu entzünden, erhob sie sich und ging nach oben, um zu sehen, wo Lucy blieb. Als sie vor der geschlossenen Tür des Gästezimmers ankam, vernahm sie ihr gurrendes Lachen und dann Williams Stimme. Sie verzichtete darauf, die beiden zu stören. Offensichtlich hatten sie beschlossen, dass sie sich heute genug Gedanken über Raika gemacht hatten, und waren zu einer angenehmeren Beschäftigung übergegangen. Lorena trat den Rückzug an und suchte ihr eigenes Zimmer auf, das zum Glück so weit weg war, dass sie die beiden nicht hören konnte. Es erinnerte sie zu sehr an die vergangene Nacht und an das, was sie getan hatte.

Lorena schloss die Tür und schaltete das Licht ein. Wie immer hatte einer der Diener das Zimmer sauber gemacht und ihr Bett gerichtet. Auf der seidig schimmernden Tagesdecke waren aber nicht nur die Kissen wie üblich arrangiert. Mitten auf dem Bett lag ein dünnes Buch in einem alt wirkenden Einband, das Lorena nicht kannte. Vielleicht stammte es aus der Bibliothek. Sie hatte es jedenfalls nicht mit heraufgenommen. Hatte der Councillor es ihr bringen lassen?

Sie ließ sich aufs Bett plumpsen und nahm das Buch in die Hand. Der Einband war aus fleckigem Leder. Es war kein Titel aufgedruckt. Etwa in der Mitte war ein Stoffband. Lorena schlug das Buch an der markierten Stelle auf. Ihr Blick fiel auf das Wort »Nachtmahr« und dann auf »Eclipse«.

Sie sog tief die Luft ein. Das musste es sein. Das Buch, auf dessen Suche Rebecca sie bis nach Schottland geschickt hatte. Das Buch, das endlich alle Fragen ausräumen sollte.

Hatte William sich endlich besonnen und es ihr gebracht?

Die Frage, warum gerade jetzt, verhallte in ihrem Geist, als sie ungläubig die Bedeutung der Sätze erfasste.

Nein, das war nicht möglich. Der Text sprach von den Unsterblichen. Waren damit die Wanderer gemeint? Wer sonst? Jedenfalls war von großen Kräften und Magie die Rede und von den geflügelten Frauen der Nacht.

Dann kam der Satz, der sie bis tief in ihr Innerstes erschreckte.

Der Erste unter den Wanderern durch die Zeit, geboren zur Stunde der Sonnenwende, wird sich mit der Eclipse aus der finstersten Stunde des Jahres vereinen. Ihre Erben werden mit ungeahnten Kräften ein neues Zeitalter magischer Macht begründen.

Lorena sprang auf. Das Buch fiel ihr aus den Händen. Sie wankte und wich zum Fenster zurück. Nein, das konnte nicht sein! Das war nicht die Prophezeiung, auf die die Nachtmahre schon so lange hofften. Aber wie war das möglich? Warum kannten die Nachtmahre nur die gekürzte Version, die eine ganz andere Interpretation zuließ? Die Lady konnte keine Ahnung von diesem Buch haben. Keiner der Nachtmahre in ihrem Umfeld.

Zumindest keiner der Nachtmahre, die ihr dienten, doch traf das auch auf die zu, die sich gegen die Lady und ihren unberechtigten Machtanspruch stellten?

Rebecca musste davon gewusst haben. Falls sie diesen Text jemals gelesen hatte, würde sie ihn niemals wieder vergessen haben. Da war sich Lorena sicher.

Das bedeutete aber, dass sie Lorena trotz oder wegen dieses Wissens hierhergeschickt hatte. Das Buch war nur der Köder gewesen. Die Ausrede, die sie gebraucht hatte, um diese Reise zu begründen.

Brav wie ein Lamm hatte Lorena ihr vertraut und sich zur Schlachtbank oder genauer gesagt ins Bett des Councillors führen lassen. Oder er in das ihre, was auf dasselbe hinauslief.

Lorena verfluchte Rebecca im Stillen. Wie konnte sie ihr eigen Fleisch und Blut verraten! Wie hatte Rebecca sie derart belügen und in solch eine Lage bringen können?

Rebecca hat es genau gewusst. Der Duke hat es gewusst, und er hat es bereits vor Tagen darauf angelegt, die Prophezeiung zu erfüllen.

Und dennoch musste sie auch sich selbst Vorwürfe machen. Keinem Mann und auch keinem Wanderer wäre es gelungen, ihr Gewalt anzutun und die Vereinigung zu erzwingen. Sie selbst hatte sich hinreißen lassen und ihre Vernunft und ihre Abneigung ihrer so lang unterdrückten Lust untergeordnet.

Er hatte genau gewusst, dass sie in dieser Stunde nicht würde widerstehen können. Er hatte die Situation für seine Zwecke ausgenutzt.

Für seine Zwecke? Welche Motive konnte er haben? Wenn er der Auserwählte war und nicht Jason – und nur das konnte der Text bedeuten –, warum sollte es in seinem Interesse sein, dass sich diese Prophezeiung erfüllte? Würde der Erbe nicht die Nachtmahre stärken?

Nein, das stand so nicht geschrieben. Wenn sie es richtig interpretierte, dann würde er beide Seiten stärken. Vielleicht kam es darauf an, ob der Verbindung ein Junge oder ein Mädchen entsprang.

»Dieser Verbindung wird überhaupt nichts entspringen!«, wütete sie. »Wenn ich Jasons Kind nicht haben kann, werde ich gar keines auf die Welt bringen. Ich lasse mich nicht von ihnen für ihre Prophezeiung einspannen. Er wird keine Gelegenheit mehr kriegen, mir so nahe zu kommen«, schwor sich Lorena.

Für einen Moment hatte sie das Gefühl, keine Luft mehr zu bekommen. Sie stürzte ans Fenster und stieß es auf. Sie lehnte sich hinaus und schnappte wie ein Fisch auf dem Trockenen nach Luft. Ohne es zu wollen oder auch nur darüber nachzudenken, wandelte sie sich in ihre Nachtmahrgestalt. Sie stieß sich ab und stürzte sich ins Freie. Einige Meter fiel sie, dann spannten sich ihre Flügel, der Wind erfasste die dünnen Häute und blähte sie. Mit einem kräftigen Flügelschlag fing sie den Sturz ab und schoss dann in die Höhe. Sie brauchte jetzt die Freiheit der Nacht und die Weite des Himmels, um wieder klar denken zu können.

Lorena flog immer höher, bis die kalte Nässe der Wolken sie verschlang. Dann drehte sie einige enge Spiralen, beschleunigte, bis ihre Flügel schmerzten, und ließ sich dann wieder wie ein Adler vom Wind tragen. Sie segelte herab, bis sie die Wolken verließ und die Landschaft unter sich wieder sehen konnte.

Sie hatte das Schloss und die grüne Weite des Parks hinter sich zurückgelassen. Im Osten glitzerten die Lichter von Kelso. Unter ihr schimmerte das Wasser des Tweed im Sternenlicht. Und über dem Horizont erhob sich eine hauchdünne silberne Sichel zwischen den dahineilenden Wolken.

Kapitel 18

VERRAT UND GIFT

Lucy rekelte sich satt und zufrieden zwischen den Kissen, als sich William erhob und nach seiner Hose angelte.

»Was ist los?«, murmelte sie im Halbschlaf.

»Nichts, ich bin gleich wieder da«, raunte er ihr ins Ohr. »Schlaf ein wenig und ruh dich aus! Vielleicht will ich dich nachher noch einmal so wild und wach wie vorhin.«

Sie kicherte und schloss die Augen. William zog sich vollends an und verließ den Raum. Er blieb vor Lorenas Zimmer stehen und öffnete leise die Tür. Sie war nicht da, doch er sah das Buch, das mit umgeknickten Seiten verkehrt herum auf dem Boden lag. Er blickte zum offenen Fenster hinüber, dessen Gardinen im Nachtwind flatterten. Sie war weg.

Offensichtlich hatte Lorena die Botschaft erhalten, und die Wahrheit hatte sie derart in Aufregung versetzt, dass sie durch das Fenster geflohen war.

William nickte. Der Stein war ins Rollen gekommen. Die Frage war, was er alles anstoßen und was er überrollen würde. Genauso leise, wie er gekommen war, zog er sich zurück. Die Schuhe in der Hand schlich er die Treppe hinunter in die Halle.

»Sie gehen noch aus?«, ertönte die Stimme des Butlers aus der Dunkelheit.

Verflucht, schlief dieser Kerl denn niemals?

Langsam drehte sich William zu dem Schatten um, der reglos wie eine der Ritterrüstungen dastand. »Ich geh nur noch ein wenig an die frische Luft«, sagte er und setzte seinen Weg fort. Unter der Tür wandte er sich noch einmal um und fragte: »Ist der Duke schon zurück?«

Der Butler verneinte. »Er ist in Kelso drüben.«

»Was? Warum?«, wollte William wissen.

»Das hat er mir nicht mitgeteilt«, gab der Butler steif zurück. »Er schien mir allerdings ungewöhnlich aufgewühlt.«

William fluchte noch einmal leise, ging aber hinaus und schloss die Tür hinter sich. Er fühlte nach dem Papier in seiner Tasche. Für einen Moment zögerte er. *War das wirklich der richtige Weg?*

Vielleicht war es längst zu spät, sich darüber Gedanken zu machen. Er hatte ihn bereits eingeschlagen, und nun gab es kein Zurück mehr.

Irgendwann werde ich dafür bezahlen, dachte er bedrückt. Die Frage war nur: Wie hoch würde der Preis sein?

William umrundete das Schloss und folgte dann einem Pfad, der ihn zum Hindernisparcours am Fluss bringen würde. Als er über den Zaun stieg und sich umsah, konnte er niemand sehen, doch er spürte ihre Anwesenheit. Die Magie war nicht so stark wie die seines Vaters, doch er konnte den Blick wie Fingernägel in seinem Nacken spüren. William zwang sich zur Ruhe und wandte sich dann langsam um.

Sie stand keine drei Schritte von ihm entfernt und sah ihn so durchdringend an, dass er dem Bedürfnis zurückzuweichen nur schwer widerstehen konnte. Es war die gleiche Frau wie das letzte Mal. Sie war groß, größer als er, und sehr hager. Sie trug einen strengen schwarzen Hosenanzug. Ihr Haar war kurz geschnitten. Sonderlich gefährlich wirkte sie allerdings nicht. Im Gegensatz zu den Guardians der Lady war sie nicht bewaffnet, und er musste nicht fürchten, sie könne versuchen, ihm mit einem Schwert den Kopf von den Schultern zu trennen. Allerdings sollte man auch sicher nicht den Fehler begehen, sie zu unterschätzen. Ihr Gesichtsausdruck war so ernst, dass sich William nicht vorstellen konnte, sie würde jemals lachen. Was für ein Gegensatz zu Lucy oder Raika!

Der Gedanke an Raika versetzte ihm einen Stich.

»Wie geht es Raika?«, erkundigte er sich. »Ist sie wohlauf?«

»Das muss dich nicht kümmern«, wehrte die gestrenge Hüterin der Lady ab.

»Es kümmert mich aber«, widersprach William. »Wo haben Sie sie hingebracht? Nach Gryphon Manor?«

Es sah so aus, als wollte sie ihm nicht antworten, doch dann presste sie ein knappes »Ja« heraus.

»Hast du das Buch dabei?«

William schüttelte den Kopf, unterbrach aber ihre zornigen Vorwürfe und zog ein Blatt Papier aus der Tasche.

»Sie brauchen das Buch nicht. Das ist alles, was Sie und Ihre Lady wissen wollen.«

Er übergab ihr die Kopie. Die Hüterin faltete sie auseinander und las, obgleich es hier so dunkel war, dass er kaum ihr Gesicht erkennen konnte. Allerdings entging ihm ihr kurzes Erschrecken nicht, als sie die Bedeutung der Sätze begriff.

»Jetzt haben Sie, was Sie wollten. Halten Sie sich an Ihr Versprechen. Es ist genug Blut geflossen.«

»Das hat allein die Lady zu entscheiden«, entgegnete die Frau schroff.

»Es betrifft aber nicht nur sie allein«, widersprach William.

»Oh nein, es betrifft die Freiheit aller Nachtmahre, für die wir jahrhundertelang gekämpft haben«, gab die Hüterin zurück und fragte dann: »Wo ist Lorena?«

William zuckte mit den Achseln. »Ich weiß es nicht. In ihrem Zimmer jedenfalls nicht.«

»Dann hat sie das Schloss verlassen?«

»Möglich«, gab er vorsichtig zu.

»Gut!«, sagte die Hüterin laut. Plötzlich spürte William die Schatten, die um ihn herum zu allen Seiten Gestalt annahmen. Sie kamen näher. Kreisten ihn ein. Was wollten sie von ihm?

»Sucht sie!«, befahl die Hüterin. »Wir werden nicht mit leeren Händen zurückkehren.«

Ihre Hand schoss vor. Die Finger umschlossen Williams Handgelenk mit solcher Kraft, dass es sich anfühlte, als würde er in Eisen gelegt.

»Was haben Sie vor?«, drängte William.

Sie ließ ihn los und stieß ihn zurück, sodass er strauchelte. »Das geht dich nichts an«, gab sie zurück, machte dann aber noch einmal einen Schritt auf ihn zu.

»Ist zwischen ihm und ihr etwas passiert, das wir wissen sollten?«, fragte sie.

William zuckte mit den Schultern. »Ich weiß nicht, wovon Sie reden.«

»Stell dich nicht dumm!«, fuhr die Hüterin ihn an. »Ist es möglich, dass die Eclipse bereits schwanger ist?«

»Da bin ich wirklich überfragt«, gab William zurück.

»Wir werden es herausfinden«, stieß die Hüterin aus. »Wenn ja, dann wird dieses Kind niemals geboren werden.«

»Was?«, rief William entsetzt. »Verstehen Sie denn nicht, was ich Ihnen da gegeben habe? Es ist eine Chance für alle, diesen wahnwitzigen Krieg endlich zu beenden, ohne sich gegenseitig auszurotten!«

»Ich sehe nur, dass die Prophezeiung, auf die wir so lange gehofft haben, uns betrügen will. Was auch immer daraus entsteht, wird auch die Wanderer stärken, und das werden wir zu verhindern wissen.«

»Audry, du hast uns gerufen?«, erklang eine Stimme aus der Finsternis, die einem der Schatten gehören musste.

»Schwärmt aus und sucht Lorena«, befahl Audry. »Und lasst sie nicht entkommen!«

»Nein!«, protestierte William. »Das dürft ihr nicht tun. Sie ist freiwillig nach Floors Castle gekommen.«

»Und sie wird es heute Nacht für immer verlassen!«, schwor Audry.

William wich zurück. Er fürchtete, die Nachtmahre würden ihn nicht gehen lassen, sondern wie Raika verschleppen oder vielleicht auch gleich hier töten. Es würde ihnen keine Schwierigkeiten bereiten. Er war kein Wanderer, kein Unsterblicher, und er trug nicht einmal eine Waffe bei sich, doch die Nachtmahre schienen das Interesse an ihm verloren zu haben. Er sah, wie die schattenhaften Frauengestalten aufflogen und dann nach allen Richtungen davonstoben. William zog sich langsam weiter zurück, dann wandte er sich um und begann zu laufen. So schnell er konnte, rannte er ins Schloss. Er stürzte an dem verdutzt dreinsehenden Butler vorbei die Treppe hinauf und riss die Tür zu Lucys

Zimmer auf. Sie saß noch immer nackt im Bett und sah ihn erstaunt an.

»Lucy, zieh dir was über. Du musst sofort mitkommen!«

Sie lächelte ihn an. »Was hast du vor? Wollen wir draußen weitermachen? Eine gute Idee.«

»Nein, du verstehst nicht. Du musst Lorena suchen. Sie ist – draußen«, sagte er lahm.

Lucy zuckte mit den Schultern. »Na und? Sie kann schon auf sich aufpassen. In der Nacht wird kein Wanderer sie erwischen.«

»Nicht die Wanderer meines Vaters sind das Problem. Es sind die Nachtmahre der Lady. Sie sind hier. Ich habe sie gesehen.«

Lucy runzelte die Stirn. »Sie können nicht ins Schloss eindringen. Hat der Councillor nicht dafür gesorgt?«

»Lorena ist nicht im Schloss. Sie ist irgendwo unterwegs, und wenn die Guardians der Lady sie finden, dann geht es ihr wie Raika.«

Lucy runzelte die Stirn. »Warum nur habe ich das Gefühl, dass du mir das Entscheidende nicht erzählst?«

»Ich denke, Lorena ist aufgewühlt und deshalb ein wenig kopflos einfach weggeflogen.«

»Und du hast natürlich keine Ahnung, warum sie sich plötzlich so seltsam verhält«, sagte Lucy und sah ihn mit hochgezogenen Augenbrauen an.

William senkte den Blick. »Doch, das weiß ich. Sie hat die vollständige Prophezeiung gelesen.«

»Das Buch? Sie hat es endlich gefunden?«

»Äh, ja.«

»Und was steht drin?«, fragte Lucy.

»Wer der Auserwählte ist.«

Lucy zuckte mit den Schultern. »Ist doch gut. Dann brauchen wir ihn nur noch zu suchen und ihn Lorena irgendwie schmackhaft zu machen.«

»Weißt du, wann mein Vater geboren wurde?«, erkundigte sich William vorsichtig.

Verwirrt runzelte Lucy die Stirn. »Ist das irgendwie wichtig?«

»Das Jahr vielleicht nicht, der Tag aber wohl: um die Mittagsstunde der Sommersonnwende.«

Lucy stieß einen Pfiff aus. »Willst du mir damit sagen, dass der Councillor ...« Sie führte den Satz nicht zu Ende.

William aber nickte. »Die Magie der Wanderer soll sich mit der Magie der Nachtmahre verbinden.«

»Und das hat sie so schockiert, dass sie weggeflogen ist? Das ist wieder typisch Lorena«, sagte Lucy kopfschüttelnd und sprang aus dem Bett. Sie schlüpfte in eine Hose und ein Top, das ihre Flügel nicht behinderte. »Ich werde sie schon zur Vernunft bringen. Ich glaube, sie findet deinen Vater gar nicht mehr so schrecklich.«

»Das ist nicht das Problem«, gab William bedrückt zu. »Ich fürchte nur, wenn die Nachtmahre sie vorher finden, dann entführen sie Lorena wie zuvor auch Raika, oder die Lady lässt sie gar töten, um zu verhindern, dass sich die Nachtmahre mit den Wanderern verbinden.«

Lucy starrte ihn an. »Ich frage dich jetzt nicht, wie du auf diesen Gedanken kommst, aber ich denke, wenn wir Lorena gefunden haben und sie in Sicherheit ist, dann bist du mir eine Erklärung schuldig!«

Lucy lief zum Fenster. Noch während sie es aufriss, wandelte sie sich und stürzte sich dann in die Nacht hinaus. William sah, wie sich ihr Schatten im Nachthimmel auflöste.

Rasch wandte er sich um und lief die Treppe hinunter. Er konnte Lucy nicht alleine gegen die Nachtmahre der Lady antreten lassen. Er musste sie unterstützen, aber wie?

»Was zum Teufel ist hier los?«

Der Duke of Roxburgh, Councillor der Wanderer, stand in der Halle und starrte ihn mit finsterer Miene an.

»Lorena ... sie ist in Gefahr«, brachte William keuchend hervor. »Sie ist weggeflogen, und die Häscher der Lady suchen nach ihr.«

Anders als Lucy fragte sein Vater nicht weiter nach. Er riss die Haustür auf und bellte seine Befehle in die Nacht. William hörte ein Funkgerät knacken. Der Wanderer, der ihnen am nächsten gestanden hatte, gab den Befehl an alle anderen weiter. Die bewaffneten Männer schwärmten aus, um zum einen die Nachtmahre zu bekämpfen und zum anderen die Eclipse zu retten. War das nicht absurd?

Der Duke ging zu seinem Wagen, der noch vor dem Portikus stand, und öffnete den Kofferraum. Er drückte William eine halb automatische Waffe in die Hand. »Hier, nimm das.«

»Ich habe noch nicht sehr oft geschossen«, gab William kleinlaut zu.

»Daran lässt sich jetzt nichts ändern«, sagte der Duke schroff. »Halte auf alles drauf, was weiblich und geflügelt ist und nicht Lorena oder Lucy heißt.«

William nickte beklommen. Die Nacht entwickelte sich immer mehr zu einem schlimmen Albtraum. So etwas hatte er nicht gewollt!

Der Duke steckte sich ebenfalls eine Waffe ein. »Komm!«

»Wohin?«, wollte William wissen. »Hast du eine Ahnung, wohin sie geflogen sein kann?«

»Sie weiß es, nicht wahr?«

William fragte nicht, was er meinte, er nickte nur stumm. Er war froh, dass sein Vater nicht wissen wollte, wie Lorena davon erfahren hatte, doch sicher konnte er es sich denken. Vermutlich würde er sich seinen Vorwürfen noch stellen müssen – später, wenn Lorena in Sicherheit war!

»In Kelso ist sie nicht«, sagte der Duke. »Da komme ich gerade her, und bis Edinburgh wird sie nicht fliegen. Außerdem, was könnte sie dort wollen? Lucy ist hier und Raika vermutlich in Gryphon Manor. Also, wo könnte sie hingehen, wenn sie aufgewühlt ist und nachdenken will?«

William zuckte die Achseln. »Ich habe leider keine Ahnung«, sagte er bedauernd.

Der Duke startete den Motor. William ließ sich auf den Beifahrersitz plumpsen und zog die Tür zu. Winston Campbell fuhr mit aufbrausendem Motor los. Die Wächter öffneten ihm das Tor.

»Ich hoffe nur, Lucy hat eine Idee«, meinte William. »Sie meldet sich, wenn sie Lorena findet.«

»Lucy? Sie kennt ihre Schwester nicht, und du kannst nur hoffen, dass sie weit weg in die falsche Richtung fliegt, denn wenn Audry mit den Guardians der Lady hier ist und auf sie trifft, dann siehst du deine Lucy niemals wieder – was vermutlich für deinen Seelenfrieden und den Verlauf deines weiteren Lebens das Beste wäre. Aber ich rede dir da nicht rein«, fügte er hinzu, ehe William protestieren konnte.

Der Councillor raste auf eine Kurve zu und schlitterte dann mit quietschenden Reifen um die Biegung.

»Wohin fahren wir?«, fragte William.

»An den Ort, an dem alles angefangen hat. Wenn ich sie richtig einschätze, dann ist das genau der Platz, an den sie sich zum Nachdenken zurückzieht.«

Zuerst flog Lorena blindlings über die Ländereien hinweg, die vermutlich alle dem Duke gehörten. Dann sah sie die Mauerreste unter sich auftauchen und sank nach unten. Sie landete auf dem Bergsporn zwischen Tweed und Teviot, wo sie den Duke getroffen hatte, um sich irgendwie Einlass in sein Schloss zu verschaffen. Was war daraus geworden? Wie hatte alles so aus dem Ruder laufen können? Oh ja, sie hatte ihren Plan erfolgreich umgesetzt und die wichtige Passage des Buchs gelesen. Nun wusste sie, worum es wirklich ging, doch was sollte sie tun?

Lorena ließ sich im Gras nieder und lehnte sich an die uralte Mauer, welche die ersten Dukes of Roxburgh irgendwann im Mittelalter errichtet hatten.

»Verflucht!«, stieß sie laut aus.

Sie wäre gern auf den Duke wütend gewesen und hätte seinen Verrat verdammt, doch sie konnte die Vorwürfe nur an sich selbst richten. Sie hatte sich allzu leicht manipulieren lassen. Von Rebecca und von Winston Campbell selbst. Sie wussten, worum es ging. Aber warum wollten sie, dass sie die Prophezeiung erfüllte, wenn sie lediglich beide Seiten stärker machen würde? Hieß das nicht, dass der Krieg mit noch mehr Gewalt weitergeführt werden würde, oder dachten sie die Wanderer und die Nachtmahre damit wieder zu versöhnen?

Das wird nicht funktionieren, solange die Lady in Gryphon Manor auf ihrem Thron sitzt, dachte Lorena.

Plötzlich streifte etwas ihren Sinn. Sie sprang auf und sah sich um. Aus den Augenwinkeln erhaschte sie eine Bewegung am Himmel. Ein Nachtmahr, aber wer? War das Lucy, oder hatten die Guardians der Lady sie gefunden?

Warum nur hatte sie sich so weit vom Schloss entfernt?

Um nicht aus Versehen von einem der Wanderer erschossen zu werden.

Doch dafür hatte sie sich vermutlich vom Regen in die Traufe begeben.

Da, noch ein Schatten! Es waren mehrere. Also doch die Häscher, die Jagd auf sie machten. Dass sie lediglich gekommen waren, um höflich um Verzeihung zu bitten, daran glaubte Lorena nicht. Es war ihr, als könnte sie den unversöhnlichen Zorn der Nachtmahre spüren, der sich wie eine Schlinge um sie zusammenzog.

Lorena wich zur Seite und duckte sich unter einen halb zerfallenen Bogen, der von einem Haselnussbusch beinahe zugewuchert war. Vielleicht hatten sie ihre Beute noch nicht erspäht und würden weiterfliegen. Die geflügelten Nachtschatten stoben über den Berg hinweg. Vorsichtig streckte Lorena den Kopf vor. Sie wollte sich gerade der Erleichterung hingeben, als sie spürte, dass sie umkehrten. Genau so, wie sie die Aura der anderen wittern konnte, hatten sie wohl die ihre entdeckt. Drei Guardians landeten auf dem vom Unkraut überwucherten Plateau, auf dem die Mauerreste der Burg standen. Sie alle hatten ihre Schwerter dabei und schwärmten nun mit erhobenen Klingen aus, die Ruine zu durchsuchen. Lorena erkannte Maddison, die jedoch zum Glück in die andere Richtung ging. Die anderen waren jüngere Guardians, mit denen sie noch nicht viel zu tun gehabt hatte. Eine zierliche Blonde mit langem Haar hieß Florence. Die andere war groß und muskulös und erinnerte Lorena an die Kämpferinnen in Computerspielen. Ihr braunes Haar hatte sie zu einem festen Knoten geschlungen. Als Harriet das Schwert hob, sah Lorena ihre beachtlichen Armmuskeln hervortreten.

Vielleicht sollte sie sich als Erstes an Florence halten, beschloss Lorena. Sie brauchte dringend ein Schwert, wenn sie gegen die anderen bestehen wollte. Und das hatte sie vor. Sie würde sich nicht auf diesem Berg töten und auch nicht von den Häschern der Lady entführen lassen! Sie war die Eclipse. Sie war klug, stark und schnell. – *Die Magie des Councillors hatte sie seit ihrer ersten Begegnung in Amerika gestärkt!* So verstörend diese Erkenntnis auch war, sie flößte ihr auch Zuversicht ein.

Lorena blickte zu Boden auf der Suche nach etwas, das ihr gegen eine mit einem Schwert bewaffnete Kämpferin helfen konnte. Sie bückte sich und hob einen faustgroßen Stein auf. Ein Stück weiter lag ein kurzer, dicker Ast, der ihr als Waffe geeignet schien. Zumindest für eine Gegnerin wie Florence – hoffte sie. Gegen die anderen beiden wollte sie lieber mit einer Stahlklinge antreten. Lorena duckte sich unter dem Bogen hindurch und schlich dann lautlos hinter Florence her. Sie umrundete einen Mauerrest. Lorena zog sich zurück und suchte hinter der Ecke Deckung, um die sie bei ihrer Runde gehen musste.

Lorena warf den Stein, dass er einen Schritt weit neben ihr aufschlug, und stürzte dann vor, als das Mädchen den Blick abwandte und auf die Stelle richtete, wo der Stein ins Gras gefallen war. Sie reagierte viel zu langsam, um sich der Angreiferin zu stellen. Florence schrie vor Überraschung auf, doch sie kam nicht mehr dazu, das Schwert gegen die Eclipse zu richten. Lorena ließ den Holzprügel mit aller Kraft auf ihre Schwerthand sausen. Sie hörte die Knochen knacken. Nun schrie das Mädchen vor Schmerz. Der Griff entglitt ihren Händen. Lorena sprang. Mit der Rechten holte sie aus und versetzte dem Mädchen einen Schlag gegen den Kopf, mit der Linken fing sie das Schwert auf.

Es war geradezu lächerlich einfach!

Wer war dieses Mädchen? Verfügte es nicht über die Instinkte der Nachtmahre? Wie hatte es ihr gelingen können, Florence derart zu überraschen, wo die Guardians doch nach ihr suchten?

Lorena blieb keine Zeit zu überprüfen, wie hart sie Florence getroffen hatte. Das Mädchen sackte bewusstlos zusammen. Lorena hob den Blick. Noch ehe sie sich umdrehte, wusste sie, dass die anderen Guardians bereits hinter ihr waren und ihre Schwerter erhoben hatten. Auch wenn ihre Augen sie noch nicht erblicken konnten, ihr Geist sah völlig klar. Sie wirbelte herum. Ihre Klinge krachte auf Maddisons Schwert. Mit dem Prügel gelang es ihr, die Klinge der anderen Angreiferin so weit abzulenken, dass sie unter ihr hindurchschlüpfen konnte. Lorena drehte sich um die Achse und parierte erneut. Mit schlafwandlerischer Sicherheit ahnte sie jeden Angriff voraus und focht so schnell, dass selbst Maddison nicht mit ihr Schritt halten konnte. Allerdings würde der Stock nicht mehr viele Schläge aushalten. Wenn es den beiden gelang, ihre Angriffe noch exakter zu koordinieren, würde sie in Bedrängnis geraten. Es musste ihr gelingen, eine der beiden zu entwaffnen, doch das war leichter gesagt als getan. Maddison war sehr erfahren und mit dem Schwert geübt, und Harriet hatte viel mehr Kraft. Ihre Hiebe konnte Lorena nicht aufhalten. Hier galt es nur, auszuweichen oder die Klinge zumindest abzulenken, sodass die Schläge ins Leere gingen.

Lorena hörte Florence stöhnen. Verdammt, eine dritte Gegnerin konnte sie nicht gebrauchen.

Da sah sie, wie Audry auf einem der Mauerreste landete. Sie hielt etwas im Arm, das Lorena wohlbekannt war.

»Wir fahren nach Roxburgh?«, stellte William erstaunt fest, als der Duke über die Brücke raste. »Was sollte sie dort oben auf der Ruine wollen?«

»Darüber nachdenken, wie sich alles entwickelt hat.«

William sah seinen Vater skeptisch an, doch der Duke ließ sich nicht beirren. »Du musst noch viel über Frauen lernen!«, sagte er und nahm die nächste Kurve wieder so rasant, dass sich William am Türgriff festklammerte, als der Wagen ins Rutschen kam.

»Da sind sie!«, rief der Duke. »Sieh nach oben. Die Nachtmahre haben sie gefunden. Ich hoffe, wir kommen nicht zu spät.«

Er trat auf die Bremse, sodass der Wagen schlingernd zum Stehen kam. Und schon war der Duke aus dem Auto gesprungen. Aus den Tiefen seines langen Mantels holte er zwei Pistolen mit langem Lauf und feuerte in Richtung des Schattens, den er auf der Mauer erkannte. Geschickt duckte sich die Gestalt unter den Geschossen hinweg. William riss die Tür auf und folgte seinem Vater. Auch er hob seine Waffe und gab einige Schüsse ab, doch sie peitschten irgendwo ins Gebüsch.

Die beiden Männer rannten den Hügel hinauf, bis sie in den ehemaligen Burghof sehen konnten. Sie sahen drei Schatten, die einen eleganten Tanz aufführten. Lorenas goldenes Haar glänzte im Sternenlicht. Ihr Schwert wirbelte so schnell umher, dass William ihm mit den Augen nicht recht folgen konnte. Doch auch ihre Angreiferinnen schienen etwas vom Schwertkampf zu verstehen. In ihrer anderen Hand hielt Lorena etwas, das wie ein Holzprügel aussah, mit dem sie der einen Kämpferin gerade einen Schlag gegen den Arm verpasste, während sie mit dem Schwert den

Angriff der anderen abwehrte. Sie schien die Situation unter Kontrolle zu haben.

Winston Campbell blieb stehen. »Großartig«, sagte er.

»Wir müssen ihr helfen!«, drängte William.

»Ja, aber lass es mich noch einen Augenblick genießen. Wenn ich daran denke, was für ein unscheinbares Mädchen sie bei unserer ersten Begegnung noch war. Jetzt ist sie eine wahre Kämpferin!«

»Achtung!«, stieß William aus, doch auch der Duke hatte die Bewegung hinter Lorena bemerkt. Die Gestalt, die bislang reglos am Boden gelegen hatte, richtete sich auf. Sie tastete nach etwas, das neben ihr im Gras lag, und griff danach. Dann rappelte sie sich auf und ging auf Lorena zu, die sich noch immer gegen die Schwerter der beiden Angreiferinnen wehrte.

»Tu etwas!«, stieß William keuchend aus, als die Frau hinter Lorena den Arm hob. Ihre Hand umklammerte einen Steinbrocken.

Fast gemächlich hob der Councillor die Rechte mit der Waffe und drückte einmal ab.

Das Projektil traf die junge Guardian direkt in die Stirn und schleuderte sie zu Boden, wo sie bewegungslos liegen blieb. William zuckte zusammen und starrte seinen Vater an.

»Was? Du wolltest, dass ich etwas unternehme, um Lorena zu retten, oder nicht? Was hätte ich sonst tun sollen?«

In diesem Moment gelang es Lorena, mit ihrer Klinge unter das Schwert der muskulösen Kämpferin zu kommen und sie mit solcher Kraft nach oben zu ziehen, dass sie den Griff aus ihren Händen wand. Das Schwert wirbelte hoch in die Luft. Lorena sprang zur Seite und wich so einem Stoß der anderen Angreiferin aus. Sie ließ den Rest ihres Prügels fallen und fing das Schwert ihrer Gegnerin auf.

»Unglaublich«, murmelte William.

»Ja, sie ist nicht schlecht«, gab sein Vater zu, und es klang, als wäre er stolz auf sie. Nun stand Lorena mit zwei Schwertern gegen Maddison, als Williams Blick zu der Mauer huschte, auf der die Hüterin noch immer stand und dem Kampf zusah. Sie hielt etwas in den Armen, das sie nun anhob, um auf Lorena zu zielen, wie William entsetzt erkannte.

Er feuerte eine Salve auf sie ab, doch wieder zielte er nicht gut genug. Die Armbrust war bereits im Anschlag. Als der Councillor reagierte, hatte sie die Sehne bereits gelöst, und der Pfeil raste seinem Ziel entgegen.

Als der Councillor auf sie schoss, hatte sie sich bereits nach hinten fallen lassen und stob mit einigen schnellen Flügelschlägen davon.

Kapitel 19

TODESSCHLAF

William stieß einen Schrei aus. Der Duke fuhr herum. Er sah gerade noch, wie der schwarz gefiederte Pfeil in Lorenas Brust fuhr. Sie wankte. Die Waffen entglitten ihren Händen. Maddison hob ihr Schwert, als der Councillor bereits feuerte. Er traf ihren Arm. Die Klinge flog davon. Ehe er noch einmal schießen konnte, hatten sich die beiden Nachtmahre in die Luft erhoben und waren ihren Blicken entschwunden. Lorena brach zusammen und blieb reglos liegen.

William und der Duke liefen zu ihr und knieten sich nieder. Der Pfeil ragte aus ihrer Brust, allerdings schien er nicht so tief eingedrungen, dass er ihr Herz hätte durchbohren können. William legte sein Ohr an ihren Mund und seine Hände an ihren Brustkorb.

»Sie atmet noch, aber sie ist nicht bei Bewusstsein.«

»Gift«, vermutete der Duke.

»Was können wir tun?«, drängte William.

Mit einem Ruck riss sein Vater den Pfeil aus ihrer Brust. Blut lief über ihre weiße Haut und durchnässte ihr Oberteil.

»Wir bringen sie ins Schloss, und dann sehen wir, was wir machen können.«

»Was kann ich tun?«, fragte William.

Winston Campbell griff nach dem Schwert, das Lorena fallen gelassen hatte, und hielt William den Griff hin.

»Schlag dem Weib, das ich erschossen habe, den Kopf ab. Nur so können wir sicher sein, dass sie nicht wieder zum Leben erwacht.«

»Was?« William wich zurück. »Sie kann keinem mehr etwas antun.«

Der Duke erhob sich. »Dann muss ich es eben selber machen«, sagte er. Er ging zu dem verdreht daliegenden Körper und trennte mit einem einzigen Streich Kopf und Körper.

William wandte sich schaudernd ab. Aus den Augenwinkeln nahm er einen Schatten am Himmel wahr. »Sie kommen zurück!«, rief er, riss seine Waffe hoch und feuerte eine Salve ab. Die Schüsse waren kaum verklungen, da landete Lucy unversehrt im Gras.

»Ich bin im Moment froh, dass du so schlecht schießt, aber ich denke, daran sollte man für die Zukunft etwas ändern. Ich kann ja nicht mit Schwertern umgehen, aber schießen lernt in Amerika jedes Kind.« Ihr Blick wanderte zu der enthaupteten Leiche im Gras, über der die Gestalt des Councillors aufragte, das blutige Schwert noch in den Händen. »Sie machen keine halben Sachen«, kommentierte Lucy.

William wusste nicht zu sagen, ob sie ihn deswegen verurteilte oder eher bewunderte. Jedenfalls schien ihr der blutige Anblick ihrer toten Nachtmahrschwester nichts auszumachen. So jung und süß sie manches Mal aussah, Lucy war ein harter Brocken und nicht mit den Mädchen zu vergleichen, die er an der Uni ausgeführt hatte.

Lucy trat noch einen Schritt vor und riss dann die Augen auf, als ihr Blick auf die zweite Gestalt am Boden fiel, zu der der Duke nun zurückkehrte. »Was ist mit ihr?«, stieß sie aus und eilte an die Seite des Councillors, der nun neben Lorena im Gras kniete. Sie legte ihre Hand an die Wunde, die nur noch wenig blutete.

»Das hat sie doch nicht umgehauen? Sie ist ein Nachtmahr!«

Der Councillor öffnete die Hand, in der der Schaft des schwarz gefiederten Pfeils lag.

»Das hat sie getroffen?«

Er nickte. »Ein vergiftetes Geschoss aus einer Armbrust, das sie nicht hat kommen sehen. Sie war zu sehr auf ihre Gegner mit dem Schwert konzentriert.«

»Sie waren dabei? Und Sie haben es nicht verhindert?« Ehe er reagieren konnte, schlug sie ihm mit der flachen Hand ins Gesicht.

William hielt die Luft an, doch der Duke schien Lucy nicht zu zürnen.

»Nein, du hast recht. Ich habe es nicht verhindert, weil ich die Gefahr nicht habe kommen sehen. Es tut mir ehrlich leid. Ich wünsche deiner Schwester nichts Böses.«

»Diese Einsicht kommt ein wenig zu spät!«, fuhr Lucy ihn an.

Er legte die Hand auf Lorenas Brust. »Sie lebt noch. Wenn wir Glück haben, können wir sie retten.«

»Worauf warten Sie!«, rief Lucy. »Ich weiß, wir hatten unsere Schwierigkeiten, doch sie ist jetzt meine Familie. Ich will sie nicht verlieren.«

»Das will keiner von uns«, gab er zurück, als er sie vorsichtig hochhob und dann über den Burghof trug.

Lucy und William folgten ihm.

Lorena lag reglos im Bett. Die Augen waren geschlossen, ihr Atem ging nur flach. Der Duke hatte den Pfeil entfernt und die Wunde gereinigt, doch obgleich die Pfeilspitze eine hässliche Wunde in Lorenas Brust gerissen hatte, war diese nicht das Problem. Sie hatte inzwischen aufgehört zu bluten. Ein sauberer Verband umhüllte ihre Brust, doch das Gift, das durch ihren Körper pulsierte, verhinderte, dass sie das Bewusstsein wiedererlangte.

Lucy, William und der Duke standen um ihr Bett und sahen sie an.

»Was machen wir jetzt?«, wollte Lucy wissen. »Wir müssen doch etwas tun! Wir können doch nicht nur hier herumstehen und warten, ob das Gift sie tötet.« Die Verzweiflung war aus ihrer Stimme zu hören.

William griff nach Lucys Hand und drückte sie tröstend, was der Duke mit einem Heben der Augenbrauen bedachte.

»Ihnen ist das wohl vollkommen egal!«, schrie Lucy ihn an.

Er schüttelte den Kopf. Seine Stimme blieb ruhig und klang noch immer emotionslos. »Nein, ist es mir nicht. Ich habe durchaus ein Interesse daran, dass die Eclipse überlebt.«

»Ja, Sie haben immer Ihre eigenen Pläne, und wir sind nur Ihre Schachfiguren. Sie sollen Lorena retten, nicht die Eclipse aus irgendeiner Prophezeiung.«

»Wäre das Ergebnis nicht dasselbe?«, erkundigte sich der Duke höflich.

»Sie haben gar nichts verstanden!«, fauchte sie ihn an. »Kennen Sie so etwas wie Gefühle? Liebe, Freude, Trauer, Verzweiflung?«

Er sah sie an. »Ja, ich erinnere mich«, sagte er. »Vielleicht habe ich diese bereits in den ersten hundert Jahren meines Daseins verbraucht.«

»Sie sind widerlich!«, rief Lucy aufgebracht.

»Die Botschaft ist angekommen«, sagte der Duke, ehe er sich an William wandte. »Bring sie bitte raus und sorge dafür, dass sie sich beruhigt! Ich denke, ihre Gefühlsausbrüche sind hier im Moment nicht hilfreich.«

William legte Lucy einen Arm um die Schulter, doch sie schüttelte ihn ab.

»Vielleicht sollten wir einen Arzt kommen lassen«, schlug er vor.

Winston Campbell sah seinen Sohn an, als hätte er den Verstand verloren. »Ein Arzt? Der einen Nachtmahr retten soll und ein Gift neutralisieren, das die Lady sicher sehr sorgfältig für sie ausgewählt hat?«

»Aber wir können doch nicht einfach nichts tun!«, begehrte William auf.

»Das habe ich auch nicht vor«, entgegnete der Duke. »Ich habe bereits gesagt, dass ich ein Interesse daran habe, dass Lorena überlebt, und dafür bin ich bereit zu geben, was in meiner Macht steht.«

»Und das wäre?«, erkundigte sich Lucy misstrauisch.

»Meine Magie gegen die der Lady«, antwortete der Duke und trat ans Bett. »Geht jetzt und lasst uns allein.«

Widerstrebend ließ sich Lucy von William aus dem Zimmer schieben.

Winston Campbell wartete, bis sich die Tür hinter den beiden geschlossen hatte, ehe er sich auf der Bettkante niederließ. Er öffnete das seidige Nachtgewand und schob den Verband ein Stück tiefer, sodass die Wunde offen dalag. Der Einstich war genau zwischen ihren Brüsten. Das Blut war inzwischen getrocknet und hatte eine Kruste gebildet, doch die Ränder hatten sich schwarz verfärbt. Vorsichtig legte er seine Hand auf die Wunde. Er lehnte sich ein Stück nach vorn, sodass sein Gesicht über dem ihren schwebte, dann schloss er die Augen und konzentrierte sich auf den Organismus unter seiner Handfläche. Sein Atem wurde zu ihrem Atem, sein Herzschlag zu ihrem. Er spürte das Blut, das durch ihren Organismus gepumpt wurde. Er sah die wirren Bilder, die durch ihren Geist huschten, doch er konnte auch das Gift spüren, das ihr Herz zu lähmen drohte.

»Wach auf!«, flüsterte er. »Nutze deine Magie, dann kannst du das Gift besiegen. Du bist stark. Stärker als ein Nachtmahr jemals zuvor, und du wirst leben!«

Plötzlich stutzte er. Seine Gedanken wanderten mit den ihren in ihren Leib hinab, wo sich neues Leben regte. Ein winziger Zellklumpen war auf dem Weg, sich warm und sicher einzunisten. Es war also geschehen. Die Prophezeiung würde sich erfüllen, wenn es ihnen gelang, das Gift zu besiegen und Lorena am Leben zu erhalten.

»Kämpfe!«, stieß er hervor. »Wenn nicht für mich oder dich, dann für die Erben, die eine neue Zeit begründen werden, für die Nachtmahre und die Wanderer.«

»Sie ist tot!«

Raika erhob sich von ihrem Bett und starrte die Besucherin an, die ihr Wasser und einen Teller mit Brot und Käse in ihre Gefängniszelle brachte.

»Wer ist tot?«, erkundigte sie sich möglichst uninteressiert. »Morla oder die Lady? Das wäre doch mal eine gute Nachricht.«

Sophia sah sie strafend an. »So etwas darf man nicht sagen!«, rügte sie.

»Nein? Warum nicht?«, erkundigte sich Raika. »Wenn ich

es denke, darf ich es auch aussprechen.« Sie sah die junge Frau an, die erst seit einem halben Jahr von Maddison unterrichtet wurde, um die Leibgarde der Lady zu verstärken.

»Die Eclipse wurde getötet!«, sagte sie.

Raika versuchte, ihre abweisende Miene beizubehalten. »Ach ja? Lorena ist zäh. Ich war mit ihr in Alcatraz. Die kriegt so schnell keiner klein.«

»Audry hat sie mit ihrer Armbrust erschossen«, fuhr Sophia fort. Anscheinend war es ihr ein dringendes Bedürfnis, die Neuigkeiten loszuwerden.

»Sie ist ein Nachtmahr!«, beharrte Raika. »Man kann sie nicht so einfach mit einem Bolzen oder Pfeil töten.«

»Mit dem richtigen Gift schon«, verkündete Sophia.

Raika versuchte, ihr Erschrecken nicht zu zeigen. »Was für ein Gift?«

»Eines, das die Lady speziell für sie angerichtet hat. Audry, Maddison und Harriet haben gesehen, wie sie fiel.«

Raika schluckte. Der unangenehme Druck auf ihre Brust verstärkte sich zu einem Schmerz, den sie so nicht kannte. »Haben sie ihre Leiche mitgebracht, damit sich die Lady an ihrem Erfolg weiden kann?«, fragte sie spöttisch. »Super Sache! Es scheint langsam Schule zu machen, die eigenen Nachtmahre umzubringen, statt gegen die Wanderer zu kämpfen, die doch offiziell unsere Todfeinde sind, oder nicht?«

Für einen Moment schien Sophia aus dem Konzept gebracht. »Sie hat uns alle verraten«, verteidigte sie die Entscheidung der Lady. »Die Eclipse hat das Leben der Retterin leichtfertig aufs Spiel gesetzt und sich dann mit unseren Feinden gegen ihre Schwestern verbündet.«

Raika starrte sie wild an. »Du plapperst auch alles nach,

was man dir so vorsetzt. Dein Gehirn einzuschalten kommt dir wohl nicht in den Sinn, oder?«

»Ich sage nur die Wahrheit!«

»Und die wäre? Dass die Lady Lorena das Kind wegnehmen wollte, das gar nicht die Retterin aus der Prophezeiung war? Dass der Unfall nur deshalb passiert ist, weil die Guardians uns gejagt haben? Dass die Lady Lorena nach Schottland hat bringen lassen, um sie von den Wanderern abschlachten zu lassen? Und dass sie nur nach Floors Castle gegangen ist, um etwas zurückzuholen, das der Councillor den Nachtmahren gestohlen hat?«

Nun wirkte Sophia verunsichert. »Davon weiß ich nichts.«

»Dann mach dich schlau und denke nach, ehe du nur alles nachplapperst, was man dir serviert!«, herrschte Raika sie an.

Sophia zog sich zur Tür zurück. »Audry sagt aber, dass sie es selbst gesehen hat.«

»Was?«

»Dass die Eclipse zum Feind übergelaufen ist«, behauptete Sophia.

»Ach ja? Und woher will sie das wissen?«, konterte Raika.

»Er kam ihr zu Hilfe und versuchte, sie zu retten, als sie gegen unsere Guardians kämpfte.«

»Ich wette, sie hat sich gut geschlagen«, behauptete Raika. »Ich habe Lorena kämpfen gesehen. Niemand kann mit dem Schwert umgehen wie sie!«

»Anscheinend war sie gut«, gab Sophia widerstrebend zu. »Sie hat Florence niedergeschlagen und ihr das Schwert weggenommen, mit dem sie dann gegen Harriet und Maddison gefochten hat, doch dann kam der Councillor und hat Florence getötet und Maddison angeschossen.«

»Sie hätte den Kampf gewonnen, nicht wahr?«, vermutete Raika. »Und da hat Audry sie mitten im Kampf feige mit ihrer Armbrust erschossen.«

Sophia antwortete nicht. Mit wachsamem Blick auf Raika zog sie die Tür langsam zu.

»Was ist mit Lorenas Leiche geschehen?«, wollte Raika noch wissen.

»Sie mussten sie zurücklassen«, gestand Sophia. »Später war sie verschwunden. Der Councillor hat sie wohl mitgenommen.« Damit schlug sie die Tür zu, und ihre Schritte entfernten sich.

Raika ließ sich wieder auf ihr unbequemes Lager sinken. Sosehr sie zuvor noch Hunger und Durst verspürt hatte, nun schien nur noch der Schmerz in ihr Platz zu haben, den Sophias Worte ausgelöst hatten.

Lorena tot!

Raika konnte es nicht fassen.

Sie war die erste Person in ihrem Leben gewesen, die ihr etwas bedeutet hatte, und nun sollte sie weg sein?

Nein! Das war nicht möglich. Sie war geboren, um diese Prophezeiung zu erfüllen, und das würde sie tun. Sie war ein Nachtmahr, die Hoffnung für alle. Sie war stark und mächtig wie der Councillor. Er würde eine Möglichkeit finden, sie zurückzuholen. Er musste!

Raika wollte einfach daran glauben. Alles andere wäre zu schrecklich gewesen.

Die Tage und Nächte verstrichen, doch Lorena lag nur da und rührte sich nicht. Der Councillor verbrachte viel Zeit an ihrem Lager. Immer wieder legte er eine Hand auf die Wunde in ihrer Brust, die andere auf ihren Bauch und versuchte mit all seiner Kraft und seiner Magie, das Gift aus ihr zu drängen und ihren Körper zu stärken. Er konnte fühlen, wie ihr Herz schlug, er spürte, wie es das Blut durch ihre Adern pumpte. Wenn er sich vorbeugte, konnte er ihren warmen Atem an seiner Wange fühlen, doch ihr Geist war nicht bereit zurückzukehren.

Noch nicht!

Doch Winston Campbell war kein Mann, der jemals aufgab. Er würde kämpfen, bis er siegen würde. Etwas anderes kam für ihn nicht infrage. Er lauschte eine Weile ihren flachen Atemzügen, dann senkte er seine Lippen auf die ihren und küsste sie. Er nahm ihren Geschmack in sich auf wie in der Nacht, als sie sich vereint und die Prophezeiung erfüllt hatten, doch es war nur ein schaler Nachgeschmack. Obwohl sie warm war und noch atmete, kam es ihm vor, als würde er eine Tote küssen.

Die Zimmertür schlug auf, und Lucy stürmte herein.

»Was machen Sie da?«, rief sie vorwurfsvoll. »Sieht so Ihre Magie aus? Sie belästigen eine Bewusstlose? Wie weit ist es mit Ihnen gekommen? Vermutlich will keine Frau, die noch wach und bei Verstand ist, etwas mit Ihnen zu tun haben!«

Der Duke richtete sich auf und wandte sich Lucy zu. »Du irrst dich in jeder Beziehung. Ich bin es, der im Augenblick kein Interesse an anderen Frauen hat, und ich habe es durchaus nicht nötig, mich an irgendjemandem zu vergreifen. Auch wenn du es in deiner Naivität nicht begreifst, ich stärke deine Schwester, um ihrem Geist und ihrem Körper zu helfen, das Gift zu besiegen.«

Lucy schnaubte abschätzig. Sie ging zu einem der hochlehnigen Stühle, die um einen ovalen Tisch standen, und zog ihn zum Bett. Demonstrativ nahm sie Platz und starrte den Councillor finster an.

»Was? Willst du jetzt Tag und Nacht hier sitzen und darauf achten, dass ich deiner Schwester keine Gewalt antue?«

»Wenn es sein muss«, beharrte Lucy.

»Oh, du Ahnungslose«, sagte er, doch er klang nicht verärgert. »Ich muss ihr nichts antun. Die Prophezeiung hat sich bereits erfüllt.«

»Was? Das kann nicht sein. Lorena war nur ein paar Tage hier im Schloss.«

»Und du meinst, das reicht nicht?« Er lachte. »Du kennst deine Schwester nicht so gut, wie du denkst.«

Lucy sprang auf und griff nach seinem Arm. »Was haben Sie mit ihr gemacht?«

»Was Frauen und Männer so tun, wenn daraus ein Erbe hervorgehen soll«, gab er zurück. »Doch du musst dich nicht weiter ereifern: Ich habe ihr keine Gewalt angetan. Ich denke, dazu wäre nicht einmal ich in der Lage.«

»Weil Sie so ein guter Mensch sind?«, spottete Lucy in ätzendem Ton.

Er schüttelte den Kopf. »Nein, weil ihre Magie inzwischen so mächtig ist, dass sie es verhindern würde.«

Lucy starrte ihn noch immer ungläubig an. »Sie wollen mir also weismachen, dass Lorena sich in diesen Tagen so sehr in Sie verliebt hat, dass sie Sie in ihr Bett gezerrt hat?«

»Oh, ich weiß nicht, ob das etwas mit Liebe zu tun hat«, wiegelte der Councillor ab. »Ich denke, es war eher der Natur der Nachtmahre geschuldet.«

Lucy schlug sich an die Stirn. »Die Neumondnacht. Verdammt! Ich habe es geahnt, dass wir auf sie aufpassen sollten. Wenn Raika nicht verschwunden wäre …«

»Dann hättet ihr beiden verhindert, was schon so lange vorhergesagt wurde?«

Lucy ließ ihn los und lehnte sich in dem Stuhl zurück. »Sie wusste davon und hat es dennoch geschehen lassen? Wer hat es ihr gesagt? Sie oder William?«

Er wand sich ein wenig. »Sie hat davon erfahren. William hat ihr das Buch gegeben, in dem es geschrieben steht.«

»Davor oder danach?«, bohrte Lucy weiter, die ahnte, dass sich nun so mancher Schleier lüften würde.

»Äh … danach«, gab er zu.

»Deshalb ist sie weggeflogen«, sagte Lucy. »Ihr wurde klar, was geschehen ist, und da ist sie erst mal weggelaufen.«

»Vielleicht wollte sie nur ein wenig in Ruhe darüber nachdenken«, vermutete der Duke.

»Was ich aber nicht verstehe, ist, warum die Guardians und Hüter der Lady zur Stelle waren. Woher wussten sie, dass wir hier sind? Wie konnten sie erst Raika und dann Lorena auflauern?« Lucy beugte sich vor und sah ihn durchdringend an. »Was haben Sie getan?«

»Du glaubst, das wäre in meinem Sinn? Denk doch mal nach! Was hätte ich davon? Es geht hier nicht nur um die Nachtmahre und ihre Zukunft. Es betrifft auch die Wanderer. Es geht um die Magie, die zusammenfindet und sich gegenseitig stärkt. Was hätte ich davon, wenn Lorena etwas zustößt, vor allem noch ehe der Erbe geboren ist?«

Lucy starrte ihn noch eine Weile unverwandt an, dann zuckte sie mit den Schultern. »Keine Ahnung. Klingt nicht logisch, aber ich weigere mich, an einen Zufall zu glauben.«

»Ich halte es auch nicht für einen Zufall«, gab der Duke ihr recht. »Ich habe mich gefragt, ob nicht etwa Raika oder du Sehnsucht nach euresgleichen verspürt und die Lady informiert habt.«

»Ganz sicher nicht«, fauchte Lucy. »Sie haben uns eingesperrt und bei unserer Flucht wieder eingefangen. Lorena wäre dabei fast getötet worden, das war ihnen völlig egal. Ja, sie wollten uns gar töten lassen. Von Ihrer oder der Hand Ihrer Wanderer.«

»Ich weiß«, sagte er fast freundlich. »Und doch wüsste ich gern, wie sie gerade jetzt so plötzlich auftauchen konnten.«

Sie schwiegen eine Weile und sahen auf Lorena hinunter, die noch immer bleich und reglos in ihren Kissen lag.

»Sind Sie sich ganz sicher?«, fragte Lucy schließlich. »Ist sie wirklich schwanger?«

»Ja, das ist sie«, bestätigte der Councillor, »doch wenn wir es nicht schaffen, ihren Körper bei Kräften zu halten, dann werden wir weder sie noch das Ungeborene retten.«

Sie schwebte durch die Dunkelheit. Lorena empfand keinen Schmerz, und doch spürte sie, dass mit ihrem Körper irgendetwas nicht in Ordnung war. Es kam ihr vor, als würde glühende Lava durch ihre Adern rinnen. Sie konnte ihr Herz schlagen spüren und vernahm ihren eigenen Atem. Weit entfernt glaubte sie, Stimmen hören zu können. Wo war sie und wer redete da? Vergeblich versuchte sie, sich zu rühren. Sie konnte die Augen nicht öffnen, um zu sehen, wer da sprach. Lorena konzentrierte sich wieder auf ihr Inneres. Auf ihr Blut und auf ihren Herzschlag. Plötzlich wusste sie, wer die Personen um sie waren: Winston Campbell, Duke of Roxburgh, der Councillor der Wanderer, ihr Erbfeind … Oder doch nicht? Etwas fühlte sich seltsam an.

Eine Sehnsucht, die nicht zu den Erinnerungen an ihn passen wollte.

Und die Frau?

Lucy, ihre Schwester, die ihr die Liebe der Eltern geraubt hatte. Die Eifersucht brannte noch heißer als die Lava in ihren Adern. Lucy hatte sie von ihren Eltern entfremdet. Dann war sie verschwunden, und man hatte Lorena die Schuld gegeben. Selbst ihre Eltern hatten die Möglichkeit nicht ausgeschlossen, dass Lorena ihre eigene kleine Schwester in einem Anfall von Eifersucht im See ertränkt haben könnte! Zorn loderte in ihr auf.

Das konnte und würde sie ihr nie verzeihen!

Aber war es Lucys Schuld gewesen? Hatte nicht Lucy noch mehr Grund, Lorena zu zürnen? War sie nicht durch eine Verwechslung an ihrer statt entführt worden und hatte das Schicksal erleiden müssen, das der Councillor der wahren Eclipse zugedacht hatte?

Lucy und der Councillor. Was machten sie an ihrem Bett? Hatten sie sich wieder gegen die Eclipse verschworen, wie schon einmal in Amerika? Für welche Seite würde sich ihre Schwester dieses Mal entscheiden?

Lorena suchte nach der Wut, die einst so heiß gebrannt hatte, doch da war nur Leere. Sie spürte plötzlich einen leichten Druck auf ihrer Brust. Eine warme Hand legte sich auf ihr Herz, das schneller zu schlagen begann. Eine Stimme war an ihrem Ohr. Sie war eindringlich und klammerte sich um ihren Geist. Sie zog und zerrte und peinigte sie, doch noch immer gelang es Lorena nicht, sich zu rühren. Sie konnte ihm nicht entkommen, sosehr sie es auch versuchte. Seine Lippen waren an ihrem Ohr, und dann spürte sie seinen Atem auf ihren Lippen. Was wollte er von ihr? Was versuchte er ihr noch anzutun? Lorena versuchte zu schreien, aber ihre Stimme wollte ihr nicht gehorchen.

Dann waren die Lippen verschwunden, und auch die Hand löste sich von ihrer Brust, und plötzlich wurde ihr kalt. Alles war leer und ohne Sinn. Es war, als wäre sie nun für immer in der Unendlichkeit verloren.

Sie hätte ihn zurückgerufen, wenn sie eine Stimme gehabt hätte. Sie würde ihn festhalten, wenn ihre Hände nicht bereits gestorben wären. Und doch wusste sie, dass sie noch nicht ganz tot war. Irgendwo in ihrem Leib regte sich etwas. Es pulsierte warm und sandte Wellen der Kraft durch ihren Körper.

Was war das? Es war fremd, und dennoch gehörte es zu ihr. Es war das Wunder, das sie brauchte, um den Tod zu überwinden.

Kapitel 20

DIE MACHT DER MAGIE

Einige Tage später näherte sich am frühen Abend ein sandfarbener Bentley von Kelso her dem Schloss und hielt etwa zwanzig Meter vor dem Tor an. Eine Frau saß am Steuer und öffnete die Fahrertür. Ein schlankes Bein in hohen Pumps erschien. Dann ein zweites. Rebecca richtete sich zu ihrer beachtlichen Größe auf und sah sich aus ihren grauen Augen aufmerksam um. Sie war sicher nicht die erste Frau, die in Floors Castle auftauchte, doch etwas an ihr erregte das Misstrauen des Warriors, der an diesem Morgen den Befehl hatte. Vielleicht war es die seltsam alterslos glatte Haut, die nicht zu ihrem silberweißen Haar zu passen schien. Oder auch nur die selbstbewusste Haltung, mit der sie das Tor zum Schloss musterte.

Der Kommandant gab seinen Männern ein Zeichen. Die in schwarzer Uniform gekleideten Männer verließen die beiden Wachhäuser und bauten sich vor den Eisenstäben des hohen Tores auf.

»Dies hier ist Privatbesitz«, sagte der Kommandant schroff. »Bitte steigen Sie wieder in den Wagen, und fahren Sie zurück.«

Die Besucherin lehnte sich auf die offene Fahrertür. »Ich erinnere mich an Zeiten, da war Winston Campbell of Roxburgh gastfreundlicher.«

Doch der Kommandant blieb hart. »Der Duke empfängt keine Gäste!«

»Wie heißen Sie«, erkundigte sich die Dame.

»Jackson, Ma'am. Bitte, gehen Sie jetzt.«

Sie glaubte, ein Flehen in seiner Stimme ausmachen zu können, doch Rebecca rührte sich nicht von der Stelle. Sie lächelte, während ihr Blick über die Wachen schweifte, die zwar nicht auf sie anlegten, ihre Waffen aber in den Händen hielten, jederzeit bereit, auf sie zu feuern, sollte sie eine verdächtige Bewegung machen.

»Jackson«, wiederholte sie den Namen. »Ich weiß ja nicht, wie Ihre Befehle lauten, aber so, wie ich Ihren Councillor einschätze, könnte ich mir vorstellen, dass er Ihnen nach dem letzten Vorfall kräftig die Leviten gelesen hat. Oh, nein, halt, nicht Sie haben befohlen, die wehrlosen Nachtmahre niederzumetzeln, ohne ihnen auch nur die Chance zu geben, ihr unerwartetes Auftauchen hier zu erklären.«

Rebecca sah, wie die Männer bei ihren Worten die Waffen hoben. Zwei der Jüngeren wichen gar einen Schritt zurück, bis sie mit dem Rücken gegen die Eisenstäbe stießen, doch sie fuhr unbeirrt fort:

»Ich vermute, der Wanderer, der diesen Befehl gab, hat hier nichts mehr zu sagen – falls es ihn überhaupt noch auf dieser Erde gibt. Nein, ich denke nicht, sonst müsste der Councillor sich schon sehr geändert haben. Der Mann, den ich kannte, der verzieh es nicht, wenn seine Befehle nicht ganz genau befolgt wurden. Das heißt, Sie wurden vor nicht allzu langer Zeit befördert, Jackson. Ich gratuliere. Sie wollen den Posten doch sicher noch eine Weile behalten, nicht wahr?«

»Der Duke hat keine Besucher angemeldet, daher müssen Sie jetzt wieder fahren, Ma'am«, drängte Jackson.

Rebecca nickte. »Das glaube ich gern. Er rechnet nicht mit meinem Besuch. Vielleicht rechnet er nicht einmal damit, dass ich noch am Leben bin, aber ich denke, es ist an der Zeit, dass wir unsere Bekanntschaft auffrischen. Also, Jackson, ich bin bereit, hier noch eine Weile zu warten, aber strapazieren Sie meine Geduld nicht zu lange. Sagen Sie Ihrem Councillor, dass ich hier bin und er mich empfangen sollte.«

»Wir haben strengen Befehl, ihn nicht zu stören«, gestand Jackson, und Rebecca sah, wie es in ihm arbeitete. Er wusste, dass so oder so das Risiko bestand, den Councillor zu erzürnen, und das war für keinen ratsam, wie ihm sicher klar war. Er trat ein Stück zurück und nahm sein Funkgerät vom Gürtel, doch ehe er sich entschieden hatte, ob er es wirklich benutzen wollte, näherte sich ein offener Sportwagen vom Schloss her, in dem zwei Personen saßen, die Rebecca beide kannte. Dennoch war sie überrascht, sie zusammen in diesem Wagen zu sehen. Der Fahrer hielt vor dem Tor an. Die Türen schwangen auf, und die beiden stiegen aus.

»Rebecca!«, stieß Lucy aus und eilte auf das Tor zu. Ihr Blick huschte zwischen den bewaffneten Wanderern hin und her. Der junge Mann, den Rebecca zuletzt in einem unterirdischen Raum im Louvre gesehen hatte, folgte ihr. Auch er schien wie Lucy besorgt.

»Nehmt die Waffen runter!«, befahl William, aber keiner der Männer regte sich. »Verdammt!«, fluchte der Sohn des Duke. »Habt ihr noch nicht genug Schaden angerichtet?«

Jackson wandte sich zu ihm um. »Diese Frau ist ein Nachtmahr. Wir dürfen sie nicht einlassen.« Der Blick, den er Lucy zuwarf, war alles andere als freundlich. Es fiel ihm sichtlich schwer, sie im Innern des Schlossgeländes zu dulden.

»Diese Frau ist Rebecca, die Urgroßmutter von Lucy und der Eclipse. Vielleicht kann sie helfen«, rief William aufgeregt. »Macht das Tor auf!«

Doch Jackson blieb stur.

William fluchte noch einmal. Er schlüpfte durch die schmale Seitentür, ging auf Jackson zu, riss dem Warrior das Funkgerät aus der Hand und drückte auf die Ruftaste.

»Jackson, ich habe Anweisung gegeben, mich nicht zu stören«, ertönte nach einer Weile die Stimme des Duke. Man konnte hören, wie ungehalten er war. Einige der Männer zuckten zusammen.

»Vater, ich bin es«, rief William. »Entschuldige, aber es ist wichtig. Hier am Tor steht Rebecca! Du weißt, wer das ist?«

»Ja, das weiß ich. Bring sie sofort her!«

William warf Jackson einen triumphierenden Blick zu und rief dann: »Macht das Tor auf und lasst die Lady passieren!«

Jackson zog eine saure Miene, gab aber den Befehl weiter. Das Tor schwang langsam zurück. Rebecca stieg in ihren Wagen und ließ den Motor an, während William wendete, um sie durch den Park zum Schloss zu geleiten. Nur wenige Minuten später fuhren die beiden Fahrzeuge vor dem Schloss vor. Winston Campbell erwartete sie bereits. Er trat auf Rebecca zu und küsste ihr die Hand.

»Es ist lange her«, sagte er. »Bis vor Kurzem dachte ich, du seist den Intrigen der Lady zum Opfer gefallen und längst tot.«

»Danke für den charmanten Empfang«, kommentierte sie seinen Handkuss. »Bei dir weiß man nie, ob man als Dame willkommen geheißen wird oder ob du versuchst, einem ein Messer in den Rücken zu stoßen.«

»Es war kein Messer und auch nicht in den Rücken, wir haben mit dem Schwert gekämpft, als wir uns das letzte Mal sahen«, berichtigte der Duke.

Sie lächelte. »Ja, ich erinnere mich. Wenn dein Attendant nicht dazwischengegangen wäre, hätte ich dich getötet.«

»Möglich«, sagte der Duke ohne Überzeugung.

»Wie geht es Grant?«, wollte Rebecca wissen.

»Er ist tot. Die liebe Lucy hat das Flugzeug abstürzen lassen, in dem er sie und Lorena nach San Francisco bringen sollte.«

Rebecca hob die Brauen und sah ihre Urenkelin an. »Offensichtlich gibt es noch einige Dinge, die ich nicht weiß. Aber nun sag mir, was ist geschehen? Lucy hat mir das Notsignal gesendet. Was ist mit Lorena? Hast du ihr etwas angetan?«

»Nein, habe ich nicht. Das waren eure feinen Nachtmahrschwestern. Noch lebt sie, doch ich fürchte, sie wird von Tag zu Tag schwächer.«

»Bring mich zu ihr«, forderte Rebecca.

Der Duke ging voran. Die anderen folgten ihm hinein, durch die Halle und dann die Treppe hinauf in den Gästeflügel.

Lorenas Zustand schien unverändert. Sie atmete, ihr Herz schlug, doch noch immer war sie ohne Bewusstsein. Allerdings wirkte sie inzwischen hohlwangig und war erschreckend dünn geworden.

Rebecca eilte an ihre Seite und nahm ihre Hände in die ihren. »Was hast du mit ihr gemacht?«, wollte sie wissen.

»Ich habe versucht, meine Magie mit der ihren zu verbinden, um sie aufzuwecken, doch das Gift, das eure Lady zusammengebraut hat, ist zu stark. Ich fürchte, wenn nichts passiert, dann wird sie immer schwächer, und irgendwann wird sie so tief abgleiten, dass sie in ihrem ewigen Schlaf bleiben wird.«

Rebecca schlug die Decke zurück und tastete nach Lorenas Bauch. Sie sagte nichts, sah aber den Duke an, der kaum merklich nickte.

»Dann ist es also geschehen«, sagte sie leise.

»So wie du es gewollt hast«, gab er genauso leise zurück.

Sie antwortete nicht darauf. »Seit wann wusstest du es?«, fragte sie nach einer Weile.

»Seit William mir das Buch besorgt hat.«

Rebecca war noch nicht zufrieden. »Aber warum hast du ihn überhaupt nach Paris geschickt?«

»Weil ich diesen Jason gesehen und mich an etwas erinnert habe, das du vor vielen Jahrzehnten zu mir gesagt hast, als dir die Lady deinen rechtmäßigen Platz auf dem Thron verweigert hat. Es war zu einer Zeit, in der der Krieg zwischen den Wanderern und den Nachtmahren einem neuen Höhepunkt zustrebte.«

»Deshalb hast du ihn losgeschickt, das Buch zu suchen?«

Der Duke nickte.

Wieder strich Rebecca über Lorenas Bauch. »Sie werden wachsen und gedeihen, und wenn es an der Zeit ist, werden sie geboren, um alles zu verändern.«

»Sie?«, hakte Winston Campbell nach.

»Ja, ein Junge und ein Mädchen, die die Kräfte der Nachtmahre und der Wanderer in sich vereinen und eine neue magische Linie gründen werden.«

»Und was ist mit Lorena?«, wollte Lucy wissen, die bisher stumm am Fußende des Betts gestanden hatte.

»Sie wird in ihrem ewigen Schlaf dahinsiechen, wenn wir

es nicht schaffen, sie von dem Gift zu befreien und sie wieder aufzuwecken«, sagte Rebecca mit wenig Hoffnung in der Stimme.

»Dann strengt euch an, verdammt!«, rief Lucy.

»Das werden wir«, versprach Rebecca. »Und nun raus mit euch. Wir haben hier zu tun!«

Maulend folgte Lucy der Aufforderung. William ging ihr hinterher und schloss die Tür.

Rebecca sah Winston Campbell durchdringend an. »Willst du sie retten? Bist du bereit, alles zu geben, damit sie wieder aufwacht?«

»Aber sicher doch«, sagte er lässig.

Rebecca griff nach seiner Hand und zwang ihn, ihr in die Augen zu sehen. »Das ist zu wenig!«, sagte sie. »Es steht schlecht für sie, doch wenn wir überhaupt eine Chance haben wollen, müssen wir bereit sein, alles für Lorena zu geben – all unsere Magie und notfalls vielleicht unser eigenes Leben.«

Es starrte sie an, ohne etwas zu erwidern.

»Wie lange bist du schon auf dieser Welt? Wann hast du jemals einen Kampf für jemand anderen gefochten? Ist es nicht an der Zeit?«

Er hielt ihrem Blick stand, doch schließlich nickte er. »Ich bin bereit!«, sagte er.

»Gut, dann lass uns beginnen.«

Lorena irrte wieder durch die Nacht. Ab und zu hörte sie noch Stimmen, aber sie wurden immer schwächer. Ihre Verbindung nach außen wurde dünner. Dafür konzentrierten sich ihre Kräfte ganz auf den Kampf um das neue Leben in ihrem Innern. Sie konnte spüren, wie die Zellen sich teilten und die winzigen Wesen in ihr wuchsen. Sie würde alles geben, um sie zu stärken, sie zu nähren und wachsen zu lassen und ihnen in ein paar Monaten ihr Leben zu schenken. Das war alles, was jetzt noch zählte.

Ein Hauch von Traurigkeit huschte durch ihren Sinn. Sie hatte das Kind von Jason verloren, und nun sollte sie auch diese beiden niemals in den Armen halten können?

Etwas zog an ihrer Aufmerksamkeit. Lorena wehrte sich, doch die Kraft nahm zu. Sie zerrte an ihrem Geist und schüttelte ihren Körper. Energie schoss wie Blitze durch ihren Leib. Schmerz kam in Wellen und ebbte wieder ab. Da waren wieder Stimmen. Beschwörende Worte, denen sie nicht entkommen konnte. Sie spürte ihre Hände, die von anderen Händen gedrückt wurden. Eine der Hände erkannte sie. Es war seine Kraft, die sich mit ihr verbunden hatte, um neues Leben zu erschaffen, doch auch die andere war ihr nicht fremd. Sie war in ihrer Linie gewachsen und von einer Generation zur anderen weitergegeben worden. Die Schwingungen waren den ihren ähnlich. Verstärkten diese harmonisch und begannen, ihren Geist zu klären. Der Ruf wurde stärker, das Drängen intensiver, doch etwas wie kalter Stahl hielt ihr Herz noch immer umklammert.

»Du musst mithelfen! Wir können das nicht allein. Kämpfe, Lorena, kämpfe! Tu es für dich und für deine Kinder, für die du leben musst!«

Die drei Energieströme fanden zusammen, bündelten sich und umschlossen den Ring aus Gift, der sie lähmte.

Es war, als würden ihr Geist und ihr Herz explodieren. Ihr Körper bäumte sich auf, erstarrte für einige Momente und sank dann wieder in die Kissen zurück. Der Druck um ihre Finger löste sich. Die fremde Magie fiel in sich zusammen.

»Es ist vorbei«, wisperte eine Stimme. »Ich kann nicht mehr. Meine Kräfte sind aufgebraucht.«

Da öffnete Lorena die Augen und sah in die beiden Gesichter, die sich über sie gebeugt hatten. Sie konnte ihnen die Strapazen ansehen, die sie durchgemacht hatten. Selbst Winston Campbell war ungewöhnlich bleich und wirkte, als wäre er im Begriff, in Ohnmacht zu fallen. Die Frau, die sie zuletzt am Flughafen in Paris gesehen hatte, wankte, doch in beide Gesichter stahl sich nun ein Lächeln.

»Willkommen zurück«, flüsterte der Duke heiser und küsste sie auf die Stirn.

Während der Duke und Rebecca um Lorenas Leben kämpften, gingen William und Lucy unruhig draußen auf der Terrasse hin und her. Es war genau um Mitternacht, als William unvermittelt stehen blieb und in den Himmel deutete.

»Siehst du das?«

Lucy eilte an seine Seite. »Was?«, fragte sie, doch da entdeckte auch sie das seltsame Flirren, das das Schloss wie eine Halbkugel umgab und dann unvermittelt erlosch.

»Was war das?«

»Ich denke, der Schutzschild, den mein Vater um das Schloss gelegt hat«, vermutete William.

»Und warum hat er so geflackert? Ich kann jetzt gar nichts mehr sehen. Vorher waren da ab und zu noch Schlieren zu erkennen.«

William nickte. »Ja, aber jetzt scheint der Schirm verschwunden zu sein.«

»Was hat das zu bedeuten?«

Lucy starrte ihn an. »Magie benötigt Kraft. Vielleicht hat er die seine für etwas anderes aufgebraucht.«

Sie mussten nicht fragen, für was.

»Meinst du, seine Kräfte kehren wieder zurück?«, überlegte William.

»Ich denke schon. Die Frage ist nur, wie schnell.«

»Und bis es so weit ist, sind wir hier ungeschützt.«

Sie ließen ihre Blicke über den Nachthimmel schweifen, doch sie konnten keinen Schatten erkennen, der Gefahr bedeutet hätte.

Noch nicht!

»Wir können nur hoffen, dass sie es nicht erfahren«, murmelte Lucy. »Sonst haben wir bald alle einen schwarzen Pfeil in unserer Brust.«

William murmelte etwas, das sie nicht verstand. Lucy wandte sich ihm zu, ihre Stirn grüblerisch in Falten gelegt.

»Mich würde interessieren, woher die Lady und ihre Guardians überhaupt wussten, dass wir hier sind. Wie konnten sie erst Raika und dann Lorena auflauern?«

William sah sie noch immer nicht an. Da öffnete sich die Tür, und der Hausherr trat auf die Terrasse hinaus.

»Sie ist wieder wach«, sagte er, ging schweren Schrittes zu einem der Stühle und ließ sich in das Polster sinken. Er sah schrecklich aus, sodass sich Lucy nicht mehr fragte, warum der Schutzschirm erloschen war.

»Die Lady und ihre Giftmischer haben ganze Arbeit geleistet«, sagte sie.

Der Duke nickte. »Ja, aber Rebecca und ich haben das auch. Lorena ist aufgewacht. Du kannst zu ihr, wenn du willst.«

Lucy drängte sich an ihm vorbei und lief hinein. William wollte ihr folgen, doch der Councillor hielt ihn zurück. »Setz dich hierher.«

William gehorchte, obgleich er den scharfen Blick, mit dem sein Vater ihn musterte, kaum aushielt.

»Was hast du getan?«, fragte er schließlich.

William zuckte zusammen, wehrte aber ab. »Ich? Nichts, wie kommst du darauf?«

»Ich habe zu lange gebraucht, um es zu erkennen«, gab er zu, »denn ich habe mir die falsche Frage gestellt. Ich dachte, wer wollte Lorena schaden und sie unschädlich machen und hat zu diesem Zweck nicht nur die Lady informiert, dass sie hier ist, sondern ihr auch verraten, was die Prophezeiung wirklich bedeutet? Worauf die alte Lady natürlich alles darangesetzt hat, genau das zu verhindern und Lorena zu töten.«

William zwang sich, ihn anzusehen. »Ich wollte Lorena niemals Schaden zufügen. Ich mag sie gern. Sie ist eine tolle Frau, und ich will auch dir nicht schaden.«

»Siehst du, mein Sohn, das glaube ich dir sogar. Genau deshalb habe ich so lange gebraucht, die Wahrheit zu erkennen. Ich hatte alle in Verdacht: Raika und Lucy, ja sogar Rebecca, aber auch meine Männer: Jackson, Hunter und Keaton, die es alle nicht gern gesehen haben, dass Nachtmahre ins Schloss einziehen. Sie alle hätten Lorena am liebsten eine Kugel in die Brust gejagt und ihr den Kopf abgeschlagen, aber, und das ist das große Aber, sie hätten sich nicht mit der Lady in Verbindung gesetzt. Nein, so etwas macht kein Wanderer. Herrscht nicht Krieg zwischen uns? Sie würden nicht mit einem Nachtmahr konspirieren – das ist es ja gerade, was sie mir vorwerfen und was mir ihr Misstrauen und vielleicht auch ihren Hass einbringt.«

William sagte nichts. Er wartete, bis sein Vater weitersprach.

»Siehst du, deshalb habe ich so lange gebraucht, zu begreifen, dass du es warst, der der Lady alles verraten und damit fast meine Pläne zunichtegemacht hat.«

William protestierte halbherzig.

»Nein, streite es nicht ab. Ich will nicht noch mehr Lügen aufgetischt bekommen. Steh zu deinen Taten und nimm die Konsequenzen an, die sie zur Folge haben.«

»Ich wollte nie, dass irgendjemandem etwas passiert«, verteidigte er sich. »Ganz im Gegenteil!«

»Das glaube ich dir sogar. Ich werfe dir nicht einmal so sehr deinen Verrat vor. Viel mehr ärgert mich deine Dummheit. Was hast du dir dabei gedacht?«

»Dass dieser Krieg unter euch und das Töten endlich aufhören sollen«, sagte William leise.

»Ach, und da dachtest du, wenn du der Lady alles berichtest, würde sie sich für uns alle freuen und die liebe Patentante für die Erben spielen?«

Ein Aufschrei unterbrach sie. Lucy trat durch die Tür und starrte William fassungslos an. »Du hast uns verraten? Du hast Raika und Lorena auf dem Gewissen? Ich fasse es nicht! Ich habe dir vertraut.« Sie stürzte auf William zu und schlug ihm ins Gesicht. »Halte dich von mir und meiner Schwester fern. Ich kann zwar nicht mit einem Schwert umgehen, aber ich schieße verdammt gut, und ich sage dir, wenn du uns noch einmal in Gefahr bringst, dann bringe ich dich um! Du bist nur ein schwacher Mensch. Fordere mich nicht heraus!«

William warf seinem Vater einen kurzen Blick zu, doch der war offensichtlich nicht bereit, ihn vor der jungen Nachtmahrfrau zu schützen oder sie auch nur in ihre Schranken zu weisen. Da war sie wieder. Die unüberwindliche Mauer, die zwischen ihnen stand. Er war nur ein normaler Mensch ganz ohne Magie und würde niemals zu den Unsterblichen gehören, weder zu den Wanderern durch die Zeit noch zu den geflügelten Frauen der Nacht. Er hatte seine Chance bekommen, und er hatte sie gründlich verbockt.

»Ich wollte, dass es besser wird«, murmelte er, ehe er mit gesenktem Blick davonging und in der Dunkelheit des Parks verschwand.

Lucy und der Duke sahen ihm hinterher. Lucy fluchte. »Was haben Sie ihm eigentlich beigebracht?«, fragte sie angriffslustig. »Wie kann ein Mensch in Ihrer Obhut derart naiv bleiben?«

Winston Campbell schüttelte den Kopf. »Ich habe ihn zu lange seiner Mutter überlassen. Ich hätte nicht gedacht, dass sich das einmal derart rächt.«

»Sie haben gedacht, Sie müssten sich mit diesem Problem überhaupt nicht mehr herumschlagen, nicht wahr?«, vermutete Lucy. »Es muss eine große Enttäuschung für Sie gewesen sein, als Ihnen klar wurde, dass Ihr Sohn nichts von Ihren außergewöhnlichen Fähigkeiten geerbt hat. Da haben Sie ihn zu seiner Mutter abgeschoben und beschlossen, ihn zu vergessen.«

»Du scheinst ja äußerst gut über mich und meine Motive informiert zu sein. Und dennoch habe ich ihn hier wieder aufgenommen und ihn gar mit einem wichtigen Auftrag nach Paris geschickt«, erinnerte der Duke.

»Haben Sie wirklich angenommen, er würde etwas Wichtiges finden?«

»Eigentlich nicht. Es sollte ihn nur ein wenig beschäftigen, nachdem er in Oxford versagt hat und sich gleich von Raika hat verführen lassen.«

Lucy trat ein Stück näher und sah ihn mit einem Augenaufschlag an, der andere Männer in die Knie gezwungen hätte. »Das war nicht seine Schuld. Kein Mann kann uns widerstehen.«

Der Councillor lachte. »Dafür, dass du so wütend auf ihn bist und gedroht hast, ihn zu erschießen, wirfst du dich aber ganz schön für seine Verteidigung ins Zeug.«

»Blödsinn!«, behauptete Lucy. »Ich bin nur ehrlich und für Gerechtigkeit. Ich werde ihm diesen Verrat nicht verzeihen und ich werde ihn töten, wie ich gesagt habe, wenn er mir oder Lorena zu nahe kommt.« Sie sah den Duke herausfordernd an. »Sie glauben mir nicht?«

»Ich glaube dir wohl, dass du das jetzt denkst, aber ich sage dir ganz offen, auch wenn er mich enttäuscht hat, so ist er dennoch mein Sohn, und ich werde ihn verteidigen, wenn es nötig ist. Denk daran, Lucy, Lorena ist für unser aller Zukunft wichtig, doch du bist durchaus entbehrlich.«

»Gut, dann weiß ich ja jetzt, woran ich bin«, fauchte sie.

»Hast du das bei mir nicht immer gewusst? Ich mag dir hart erscheinen und skrupellos, doch ich verfolge lediglich meine Ziele.«

Zwei Männer kamen um die Ecke und schritten einige Meter von der Brüstung entfernt durch das taufeuchte Gras. Es waren Dylan und Jackson. Ihre Schusswaffen hielten sie locker in der Armbeuge. An ihrer linken Seite konnte Lucy die Griffe ihrer Schwerter sehen. Sie sahen zu ihnen herauf. Der Anblick des Nachtmahrs an der Seite ihres Councillors musste ihnen ein Dorn im Auge sein. Jackson zögerte, doch der Duke gab ihm einen Wink weiterzugehen, dennoch trat er an die Brüstung.

»Das Schutzfeld ist erloschen«, sagte er mit gedämpfter Stimme. »Sie müssen etwas tun, Councillor, um es wieder aufzubauen. Wir können sonst die Sicherheit des Schlosses nicht garantieren.«

»Das ist aber eure Aufgabe«, beharrte er. »Ich weiß nicht, wie schnell ich den Schild wiederherstellen kann. Bis dahin verstärkt die Wachen und verkürzt die Intervalle eurer Patrouillen! Noch wissen sie nicht, dass wir verletzlich geworden sind, doch wenn sie kommen, zögert nicht!«

Jackson verbeugte sich. »Natürlich, Councillor.«

Er warf noch einmal einen Blick auf Lucy und verzog die Lippen, als hätte er auf eine Zitrone gebissen, dann setzte er mit Dylan seine Runde fort.

Kapitel 21

NEUE BÜNDNISSE

Lorena erholte sich nur langsam. Es dauerte Tage, bis sie das Bett zum ersten Mal verlassen konnte. Die Besucher wechselten sich ab. Mal saß Lucy bei ihr, dann wieder Rebecca oder der Duke. Nur William bekam sie nicht zu Gesicht. Als sie Lucy nach ihm fragte, erhielt sie nur eine ausweichende Antwort. Danach war Lucy derart gereizt, dass Lorena das Thema nicht wieder anschnitt. Das Kapitel zwischen den beiden schien offensichtlich beendet, was Lorena nicht sonderlich wunderte. Sie hatte nicht den Eindruck, dass ihre Schwester bereit wäre, sich auf eine Beziehung mit einem Mann einzulassen, die ein paar Nächte überdauern sollte. Sie gab sich noch zu sehr ihren neu entdeckten Trieben hin und war für mehr noch nicht zu haben.

Lorena dachte an Raika und deren Verhältnis zu Männern und fragte sich, ob sich Lucy jemals ändern würde.

Über Raikas Verbleib hatten sie noch immer keine Gewissheit, doch es lag nahe, sie in Gryphon Manor zu vermuten.

»Wir wissen nicht, ob sie überhaupt noch lebt«, gestand Lucy, »aber wenn, dann werden wir sie da rausholen.«

»Und wie stellst du dir das vor? Wir beide und Rebecca stürmen das Herrenhaus und entreißen sie den Guardians? Dann lass mich erst noch ein wenig zu Kräften kommen, ehe wir in die Schlacht ziehen.«

»Du machst dich über mich lustig«, beschwerte sich Lucy. »Willst du sie ihrem Schicksal überlassen?«

»Natürlich nicht, aber ich sehe noch keine Möglichkeit, wie wir sie rausholen könnten, falls sie überhaupt dort ist.«

»Das ist sie!«, bekräftigte Lucy.

Lorena sah sie nur an, fragte aber nicht, woher sie das wissen konnte.

»Wir können das schaffen. Du hast mich auch aus Alcatraz geholt, obwohl das auch nicht einfach erschien.«

Lorena lächelte. »Einer meiner verrücktesten Einfälle, wozu ich sonst ja eher nicht neige.«

»Aber es hat funktioniert!«, beharrte Lucy.

»Ich werde darüber nachdenken«, versprach Lorena. »Wir bräuchten aber Unterstützung.«

»Denkst du an den Councillor?«

Lorena zuckte mit den Schultern. »Vielleicht. Er ist ein mächtiger Mann, der über starke Magie verfügt.«

»Verfügt hat«, korrigierte Lucy. »Im Moment ist er ausgebrannt wie ein leerer Ofen.«

»Was meinst du damit?« Lorena fuhr in ihrem Bett auf und starrte ihre Schwester an.

»Er hat seine Kräfte verbraucht. Und ich denke, Rebecca ebenfalls.«

»Als sie mich gerettet haben und gegen das Gift der Lady vorgegangen sind?«

Lorena wusste die Antwort schon, als sie die Worte formulierte. Sie dachte an den Duke, der am Nachmittag einige Stunden an ihrem Bett gesessen hatte, und sie erinnerte sich, wie grau seine Haut gewirkt hatte und wie eingefallen seine Wangen. Lucy sprach die Wahrheit. Er hatte alles gegeben, um sie zu retten – um seine Erben zu retten.

»Sieh aus dem Fenster«, forderte Lucy ihre Schwester auf. »Fällt dir nichts auf? Das Kraftfeld ist in dem Moment verschwunden, als er dich ins Bewusstsein zurückgeholt hat, und er hat es bisher nicht wieder aufgebaut.«

»Weil er es nicht kann«, stellte Lorena betroffen fest. »Meinst du, seine Magie kehrt zurück und er wird seine alte Stärke wiedererlangen?«, fragte sie bang.

Lucy wiegte den Kopf. »Das können wir nur hoffen, denn wenn nicht, werden wir bald Besuch bekommen, und der wird nicht höflich anklopfen und fragen, ob er eintreten darf.«

»Er hat immer noch seine Wanderer, die das Schloss bewachen«, erinnerte Lorena.

»Die *ihn* bewachen«, korrigierte Lucy. »Wenn es nur nach denen ginge, würden die für uns keinen Finger krumm machen. Ich denke, Jackson und die anderen würden uns gar mit Freude der Lady ausliefern.«

»Das wird der Councillor nicht zulassen. Er ist ihr Gebieter.«

»Wie lange noch, wenn er über keine Magie mehr verfügt?«

Lorena schwieg. Tiefe Sorge breitete sich in ihr aus. Sie legte die Hände um ihren Bauch, dem man von außen noch nichts ansah, doch sie konnte das Leben spüren, das in ihr heranwuchs. Ein Junge und ein Mädchen, welche die Welt der Nachtmahre und der Wanderer verändern sollten. Sie fragte sich, wie hoch ihre Chance war, überhaupt geboren zu werden, wenn sie die Zahl ihrer Feinde mit denen verglich, die auf ihrer Seite und der ihrer Kinder standen.

»Es sieht nicht gut für uns aus«, sagte sie leise.

Lucy zwang sich zu einem Lächeln. Sie kam ans Bett

und tätschelte Lorenas Hand. »Wir kriegen das schon hin, Schwesterchen. Herausforderungen machen uns stark«, sagte sie im Brustton der Überzeugung.

»Ich hoffe, du behältst recht.«

Der September ging bereits zu Ende, als Lorena zum ersten Mal ihr Zimmer verließ und kleine Spaziergänge rund um das Schloss unternahm, wenn es gerade einmal nicht regnete. Meist wurde sie von Rebecca, Lucy oder dem Councillor begleitet. William hielt sich noch immer von ihr fern. Sie sah ihn auch nicht bei den Mahlzeiten. Er hatte das Schloss offensichtlich verlassen. Rebecca aber blieb und zog sich immer häufiger mit dem Councillor zusammen in einen Teil des Schlosses unter dem Hauptgebäude zurück, den Lorena noch nie betreten hatte.

Lucy behauptete, sie würden Experimente in schwarzer Magie machen, doch Lorena wollte das nicht glauben. Wenn sie die beiden danach fragte, erhielt sie nur ausweichende Antworten. Bisher hatte es der Councillor nicht geschafft, die Kuppel aus Energie wiederherzustellen, die jedem Fremden den unbefugten Zugang verwehrte. Seine Männer patrouillierten allerdings noch immer in kurzen Abständen um das Schloss und hatten auch die Wachen am Tor verstärkt. Seit Lorena auf der Ruine angegriffen worden war, war bisher kein fremder Nachtmahr mehr gesichtet worden.

Es wurde Abend. Bis zum Essen war noch eine Stunde Zeit. Lorena hätte gerne einen längeren Spaziergang gemacht, um wieder einmal flott auszuschreiten. Die Regenwolken vom Nachmittag hatten sich verzogen, und die Luft war mild, doch sie wusste, dass das keine gute Idee war.

Nicht nur, weil die Wanderer draußen ihre Runden zogen. Sie wollte deren Loyalität nicht testen. Und sie wollte natürlich den Guardians keine zweite Gelegenheit geben, sie aus dem Weg zu räumen.

Sie kam sich langsam genauso eingesperrt vor wie in Gryphon Manor. Hatte sie nur das eine Gefängnis gegen ein anderes getauscht? Würden die Wanderer und ihnen voran der Councillor die Kinder ebenso wie die Lady nur für ihre Zwecke nutzen wollen und sie ihr beizeiten entziehen, wenn sie erst einmal geboren waren? Lorena verspürte wieder den Wunsch wegzulaufen, doch es wäre Wahnsinn gewesen. Sie musste an die Gesundheit ihrer Kinder denken.

Lorena durchquerte gelangweilt die Halle und blieb dann neben einem Tischchen stehen, auf dem eine Schale mit Äpfeln stand. Sie nahm sich zwei heraus und setzte ihren Weg fort. Während sie auf den Durchgang zum Nordostflügel zuging, spürte sie, wie die Schwermut von ihr abfiel und ein Lächeln ihre Lippen umspielte. Lorena schob die Tür auf und trat in den rechteckigen Hof, um den sich neben den drei ehemaligen Kutschenremisen auch einige der Pferdeboxen reihten, dazu zwei Sattelkammern und Räume für Reparaturen und Ähnliches. Zu weiteren Pferdeboxen, deren Fenster sich auf der anderen Seite zur Auffahrt hin öffneten, gelangte man durch eine Passage zwischen den beiden Sattelkammern. Die Schimmelstute, die Lorena geritten hatte, war allerdings in einer der Boxen zum Hof hin untergebracht. Der Stallbursche grüßte sie höflich, als sie in den Stall mit den vier Pferdeboxen trat und sich der Stute näherte. Sie schnaubte freundlich und reckte Lorena ihren Hals entgegen. Vielleicht hatte sie die Äpfel bereits gerochen. Jedenfalls ließ sie sich bereitwillig streicheln, ehe sie herzhaft in den

Apfel biss. Lorena legte ihre Wange an den Hals der Stute, die ihr das lange, leicht sichelförmige Ohr zuwandte. Lorena flüsterte der Schimmelstute all ihre schweren Gedanken zu und gab ihr dann den zweiten Apfel.

»Ich werde morgen wiederkommen und dir etwas mitbringen«, versprach sie, ehe sie sich mit einer letzten Liebkosung verabschiedete, um sich für das abendliche Dinner umzuziehen.

Unter der Tür stieß sie fast mit Hunter zusammen, der erst einige Augenblicke überlegte, ehe er sichtlich widerstrebend zurückwich. Er hatte sich noch immer nicht an ihre Anwesenheit in Floors Castle gewöhnt, und er missbilligte ganz offensichtlich die Entscheidung des Councillors. Dennoch wünschte ihm Lorena betont freundlich einen guten Abend. Wenigstens lief er nicht wie Jackson und die anderen Warriors mit MP und Schwert durch die Gegend. Allerdings musste er auch nicht wie diese außerhalb der Schlossmauern im Bereich des Parks und der anschließenden Ländereien bleiben. Er und der neue Attendant Keaton, der nach Grants Tod die Position an der Seite des Councillors übernommen hatte, tauchten immer wieder unvermittelt im Schloss auf.

Hunter sah sie mit starrem Blick an. »Was tun Sie hier?«

Lorena überlegte kurz, ob sie ihm überhaupt eine Antwort geben sollte. Sie war ihm keine Rechenschaft schuldig, und sein unverschämter Ton ärgerte sie. Dennoch entschied sie sich, die Situation nicht noch zu verschärfen. So, wie es aussah, würde sie noch lange hierbleiben müssen, und es wäre von Vorteil, wenn die Männer des Councillors aufhören würden, sie als Feindin zu betrachten, daher zwang sie sich zu einem freundlichen Ton.

»Ich habe Dealanach einen Besuch abgestattet«, sagte sie und fügte hinzu, als sie den ungläubigen Blick des Wanderers sah: »Der Duke hat mich freundlicherweise auf ihr reiten lassen, daher habe ich ihr Äpfel gebracht.«

Sie spürte noch immer seinen bohrenden Blick auf sich gerichtet, als sie sich mit einem Nicken verabschiedete und durch den Gang zum Hauptbau zurückkehrte. Zu gern hätte sie in seinen Gedanken gelesen, doch vielleicht wäre das für ihre Seelenruhe nicht förderlich gewesen.

Von da an besuchte Lorena die Schimmelstute jeden Abend vor dem Essen und brachte ihr Äpfel oder andere Leckereien, die sie in der Küche erbat. Die Stute schien schon auf sie zu warten und begrüßte sie jedes Mal mit einem fröhlichen Schnauben. Winston Campbell erlaubte ihr, sie auf dem Platz unten am Fluss zu reiten, und auch Lucy stieg immer wieder in den Sattel. Die Idylle wurde nur von den beiden Männern getrübt, die der Duke in einigem Abstand postierte und die mit ihren Waffen für die Sicherheit der Schwestern sorgen mussten. Plötzlich war auch William wieder da, doch zwischen ihm und Lucy schien noch immer dicke Luft zu herrschen. Er stellte sich ab und zu mit verschränkten Armen an den Rand und beobachtete die beiden Reiterinnen, doch er schloss sich ihnen weder an, noch begann er je ein Gespräch. Wenn Lorena ihn ansprach, gab er stets nur einsilbige Antworten. Als Lorena Lucy fragte, reagierte auch diese wortkarg und war nicht bereit zu erzählen, was die beiden entzweit hatte.

Ein paar Tage später machte sich Lorena wieder nach Einbruch der Dunkelheit auf den Weg zum Stall. Sie hatte dem Koch einige Karotten abgeschwatzt. Nun passierte sie mit ihrer Beute die Halle und folgte dem Gang, der zu den drei Höfen des Nordostflügels führte. Als sie die Tür zum Stallhof erreichte, trat Hunter aus dem Schatten. Er warf ihr einen Blick zu, der sie erschaudern ließ, dann riss er die Tür auf, um sie hindurchgehen zu lassen.

Ehe Lorena sich fragen konnte, was das zu bedeuten hatte, betrat sie bereits den Hof, und er schlug die Tür hinter ihr zu.

Sie konnte die Gefahr spüren, noch ehe sie sie erblickte. Hinter ihr hörte sie, wie ein schwerer Riegel vorgeschoben wurde. Vor ihr lösten sich Schatten aus dem Tor der Remise, in der Williams Sportwagen parkte, ein weiterer trat aus dem Stall, in dem Dealanach ihre Box hatte. Lorena ließ die Karotten fallen. Sie griff nach einer Mistgabel, die an der Wand lehnte. So leicht würde sie es ihnen nicht machen!

Sie fragte sich, wie die Nachtmahre trotz der Patrouillen bis ins Schloss hatten eindringen können, als sich der Kreis um sie zu schließen begann. Sie schlüpfte aus ihrer Jacke und wandelte sich blitzschnell. Vielleicht würde sie ihnen entkommen, wenn sie ihre Flügel nutzen konnte, doch damit hatten ihre Häscher gerechnet. Schwarze Pfeile schossen auf sie zu. Drei von ihnen konnte sie ausweichen. Der vierte traf sie von hinten in den Hals. Lorenas Flügel wurden schlaff. Sie konnte ihre Beine nicht mehr spüren. Sie wankte. Die Mistgabel entglitt ihren Händen. Noch ehe sie fiel, wurde sie gepackt und in die Luft gehoben. Zwei weitere Nachtmahre schoben das große Tor auf.

»Was ist hier los?«, vernahm Lorena Williams Stimme noch von fern, dann verlor sie das Bewusstsein.

Der Councillor schäumte. Er ließ alle seine Männer antreten und unterzog sie einem strengen Verhör.

»Selbst ohne die Magiekuppel hätte es nicht möglich sein dürfen, dass die Nachtmahre unentdeckt bis in die Ställe vordringen können«, beharrte er.

Zuallererst hatte er sich William gegriffen, doch der versicherte seinem Vater glaubhaft, dass er dieses Mal nichts damit zu tun hatte.

»Ich habe mich einmal von den Nachtmahren reinlegen lassen und ihre Lügen geglaubt. Das passiert mir nicht wieder«, schwor er. »Ich will weder dir noch Lorena etwas Böses!«

Winston Campbell glaubte ihm und entließ ihn, um sich Lucy und Rebecca zuzuwenden, doch auch sie konnten ihn überzeugen. Er rief nach Keaton und ließ alle Wanderer auf dem Rasenviereck der Zufahrt antreten. Hunter und Keaton standen an seiner Seite, als er sie befragte. Keaton, noch sehr jung in seinem Amt, war trotzdem ein erfahrener Wanderer. Er hatte viele Jahrzehnte als Kommandant der Warriors für die Sicherheit aller gesorgt. Hunter war deutlich älter als er und auch schon wesentlich länger an der Seite des Councillors. Er hatte noch die Zeiten erlebt, als Nachtmahre und Wanderer friedlich miteinander gelebt hatten. Er war einer der Ersten gewesen, die den Kampf gegen die Nachtmahre befürwortet hatten, um die Welt und vor allem die Männer von diesen Schädlingen zu befreien.

Winston Campbell nahm sich zuallererst Jackson vor, der die Einteilung seiner Männer verteidigte.

»Es hätten zu diesem Zeitpunkt zwei Zwei-Mann-Patrouillen in der Nähe der Ställe sein müssen«, unterstrich der Councillor. »Wo waren die, als es darauf ankam?«

Es dauerte nicht lange, bis die Wanderer gefunden waren und vortraten.

Es waren verhältnismäßig junge Männer, die erst seit wenigen Jahren in Floors Castle dienten. Darian war mit Eric unterwegs gewesen und Foster mit Ivor. Der Councillor starrte jedem von ihnen ins Gesicht.

»Ist euch klar, dass es allein eure Schuld ist, dass die Nachtmahre hier eindringen und Lorena entführen konnten?«

Sie standen aufrecht mit ernsten Mienen da. Es war Eric, der für sie sprach: »Wir haben nur unsere Befehle befolgt.«

»Wessen Befehle?«, herrschte der Councillor sie an.

»Wir haben erst nach dem Plan, den uns Jackson gegeben hat, unsere Runden gedreht und sind dann zum Fluss runter.«

»Wir waren auf dem Weg zum Tor«, mischte sich Gregg ein.

»Das habe ich nie befohlen«, verteidigte sich Jackson.

Der Councillor sah in die Runde. »Und von wem soll dieser Befehl gekommen sein?«

»Direkt von Ihrer rechten Hand!«, behauptete Eric und deutete auf Keaton, der Mühe hatte, sein Erschrecken zu verbergen. Winston Campbell zog mit einer raschen Bewegung Jackson das Schwert aus der Scheide. Ehe jemand reagieren konnte, hielt er die Klinge an Keatons Hals.

»Können Sie mir das erklären?«

Er wagte nicht, den Kopf zu schütteln. »Nein, Euer Gnaden«, erwiderte er dennoch mit fester Stimme. »Ich habe niemals solch einen Befehl gegeben.«

Der Councillor wandte sich noch einmal an Eric: »Habt ihr diesen Befehl aus seinem Mund gehört oder nicht?«

Plötzlich wich Hunter ein Stück zurück, wandte sich ab und rannte dann los zu Williams Sportwagen, der noch immer vor dem Portikus stand.

Der Councillor reagierte sofort und hatte ihn bereits eingeholt, als Eric sagte: »Nein, Hunter hat uns seinen Befehl überbracht.«

»Bleib stehen und dreh dich um«, rief er, die Spitze des Schwerts drohend in Hunters Rücken. Langsam folgte Hunter dem Befehl. Lucy sah in seinen Augen den Zorn, aber auch die Resignation. Ihm war klar, dass sein Leben hier und jetzt zu Ende war.

»Es war nicht richtig, die Nachtmahre hier einzulassen!«, stieß Hunter hervor. »Sie sind unsere Feinde und müssen vernichtet werden. Das haben Sie selbst immer gesagt. Wir verbünden uns nicht mit diesen Kreaturen, wir töten sie!«

Die Schwertspitze sank herab. Für einen Moment fürchtete Lucy, der Councillor könnte ihm recht geben und sein Schwert gegen sie und Rebecca erheben. Rasch zog Lucy ihre Jacke aus und wandelte sich. Sie sah zu Rebecca hinüber, die sich nicht rührte. Sie schien sich ihrer Sache sicher zu sein. Lucys Blick kehrte zum Councillor zurück.

»Die Zeiten ändern sich und mit ihnen die Entscheidungen, aber es ist nicht an dir, meinen Befehlen entgegen zu handeln.«

Blitzschnell beschrieb die Klinge einen Kreis, und Hunters Kopf fiel in den Kies. Sein Körper hob noch die Arme, so als wollte er protestieren. Er machte einen Schritt nach vorn und brach dann zusammen. Helles Blut schoss stoßweise aus dem Rumpf und sickerte zwischen den Kies. Der Councillor stieß ihm die Spitze des Schwerts tief ins Herz. Das war sicher nicht nötig, um den Wanderer endgültig zu vernichten. Lucy vermutete aber, dass es seine Wut ein wenig kühlte.

Die rote Klinge noch in der Hand, wandte er sich um. »Gibt es unter euch noch jemand, der Hunters Auffassung teilt?«

Es überraschte Lucy nicht, dass sich keiner der Wanderer rührte. Wer lechzte schon danach, den Kopf auf diese Weise zu verlieren?

»Wir haben einst diesen Krieg begonnen, wir können ihn auch wieder beenden. Lorena trägt meinen Erben in sich! Dieses Kind wird die Magie der Wanderer in sich tragen und uns stärken, und es wird eines Tages meinen Platz einnehmen.«

»Und was ist mit den Nachtmahren? Ist sie nicht die Eclipse, die den Nachtmahren zu neuer Stärke verhelfen soll?«, wagte Keaton zu fragen.

»Ja und nein. Sie ist die Eclipse, welche die Wanderer und die Nachtmahre zusammenführt und beiden zu neuer Stärke verhilft. Es wird eine neue Zeit anbrechen, in der die alten Kämpfe keinen Platz mehr haben werden. Wer von seinen alten Gewohnheiten nicht lassen kann, wird mit Stahl in Blut untergehen.«

»Gilt das auch für die Nachtmahre, die Männer vergiften und versklaven?«, bohrte Keaton weiter.

Lucy sah bewundernd zu ihm hinüber. Es war nicht leicht, sich dem Councillor zu stellen. Der Mann zeigte Mut und Haltung.

»Diese Nachtmahre werden keinen Platz in der neuen Welt haben«, versicherte der Councillor und schwang das Schwert. »Die alte Lady hat schon viel zu lange auf ihrem Thron gesessen. Es wird Zeit für einen Wechsel!«

Rebecca bewegte sich und trat an seine Seite. Sie ließ den Blick über die versammelten Wanderer schweifen. »Kein Nachtmahr wird jemals wieder einen Mann mit ihrem Gift hörig machen und verderben«, versicherte sie. »Nur die Nachtmahre, die mir Treue schwören und sich an die Regeln halten, werden weiterleben. Wer von der Lady nicht lassen kann, muss untergehen! Das Wichtigste aber ist, Lorena so schnell wie möglich zu befreien, ehe ihr oder den Erben etwas geschieht.«

Lucy spürte ein Prickeln in ihrem Nacken, das sich über ihren Rücken ausbreitete. Die Fronten in diesem Krieg wurden also neu gezogen. Wer würde ihnen folgen und wer sich gegen sie stellen?

Die Wanderer traten geschlossen vor und bekräftigten dem Councillor ihren Treueschwur, doch Lucy war sich sicher, dass unter ihnen einige waren, die diesen nur zähneknirschend leisteten. Was für eine Wahl hatten sie? Schwur oder Schwert! Da war es leicht zu wählen, doch vielleicht nicht ganz so leicht, sich auch daran zu halten. Lucy sah von einem Gesicht zum anderen und überlegte, wer von diesen Männern sie schon bald im Stich lassen oder ihnen gar in den Rücken fallen würde. In ihren Mienen war schwer zu lesen, doch die Unzufriedenheit hing wie eine Wolke über ihnen. Sie wandte sich dem Councillor zu, der seine Männer ebenfalls mit scharfem Blick musterte. Vermutlich gingen ihm ähnliche Gedanken durch den Kopf. Lucy konnte nur hoffen, dass es ihm in Zukunft gelang, die Verräter früher zu entlarven, ehe sie solchen Schaden anrichten konnten.

»Und wie soll es uns gelingen, Lorena zurückzuholen?«, erkundigte sie sich. »Gryphon Manor ist gut geschützt und bewacht. Die Magie der Lady ist stark!«

»Unsere Magie ist ebenfalls stark!«, behauptete der Councillor und sah zu Rebecca.

Sie reichte ihm die Hände. Ihre Blicke trafen sich.

Lucy konnte die Luft knistern hören, so stark war die Spannung, die ihre Magie erzeugte. Dann plötzlich sprang ein Lichtbogen in die Höhe, fächerte sich auf und regnete wie Sternschnuppen zu allen Seiten des Schlosses herab, ehe er wieder erlosch. Nur ein leichtes Schimmern blieb, wo der magische Schutzschild sich wieder über Floors Castle wölbte.

Kapitel 22

IM KERKER

Lorena regte sich. Alles in ihr fühlte sich schwer an. Es kostete sie Mühe, die Augen zu öffnen.

Wo war sie? Es war so dunkel, dass selbst ihre Nachtmahraugen nur schemenhaft einige roh zusammengezimmerte Möbel vor einer unverputzten Mauer erkennen konnten. Mit ihren Händen strich sie über raue, feuchte Laken.

Das war ganz sicher nicht Floors Castle. Aus den Mauern dünstete ein modriger Hauch vergangener Jahrhunderte.

Lorena konnte sich nicht vor der Wahrheit verschließen, die sie unbarmherzig durchdrang: Sie war wieder in Gryphon Manor und damit in der Gewalt der Lady, die ihr sicher nicht wohlgesonnen war. Aber was hatte die Lady mit ihr vor? Wollte sie noch einmal versuchen, ihr das Leben zu nehmen?

Nein, das war unwahrscheinlich. Zumindest nicht im Moment, sonst hätten ihre Guardians Lorena gleich in Roxburgh getötet, statt sie mit einem Betäubungspfeil zu lähmen und nach Gryphon Manor zu schaffen.

Hatten sie es dieses Mal auf das neue Leben in ihr abgesehen?

Lorena legte schützend die Arme um ihren Unterleib. Sie fragte sich, was da in ihr wuchs. Es waren ihre Kinder, und doch waren es auch Wesen, die das Erbe der Wanderer in sich trugen. Sie dachte an Winston Campbell, den Vater, für den sie nicht wie für Jason Liebe empfand. Doch sie konnte ihn auch nicht hassen. Er hatte sich in den Tagen auf Floors Castle so ganz anders gezeigt, als sie ihn und seine Wanderer in Amerika hatte erleben müssen. Und dennoch war Jason allein seinetwegen gestorben. Er hatte ihn angeschossen, um Lorena in seine Finger zu bekommen. Kein Zweifel, er war ein grausamer Mann. Sie stöhnte. Oder zumindest ein harter Mann, der seine Ziele unbarmherzig verfolgte. Und doch war er auch der Mann, der mit ihr über sein Land geritten war, sie in seinem Schloss willkommen geheißen und sich als vollendeter Gastgeber gezeigt hatte.

Ja, weil er einen Plan verfolgte, zu dessen Erfolg er sich verstellt hatte.

Darüber grübelte sie noch eine Weile nach. Was war an diesem Mann echt und was nur Taktik und Schein? Er hatte Lorena belogen und benutzt.

Aber hatte nicht auch sie ihn belogen und ihn für ihre eigenen Pläne in seinem Schloss aufgesucht?

Vielleicht musste sie aufhören, mit dem, was geschehen war, zu hadern. Das Schicksal hatte es längst so geplant, seit diese Prophezeiung aufgeschrieben worden war.

Lorena stöhnte erneut. Sie musste sich ablenken. Langsam setzte sie sich auf. In ihrem Kopf begann sich alles zu drehen, doch nach einer Weile legte sich der Schwindel, und ihre Gedanken klärten sich allmählich.

Sie schärfte ihre Sinne und begann, den Raum abzutasten. Hier war nichts von Interesse, doch was war jenseits der feuchten Mauern?

Sie konzentrierte sich. Zwei der Mauern stützten sich

direkt im feuchten Erdreich ab, der Boden verband sich mit dem felsigen Untergrund, auf dem das Schloss errichtet war. Die Wand mit der verschlossenen Tür trennte sie von einem Gang, der sich in der Dunkelheit verlor. Sie ahnte die Treppe am anderen Ende.

Lorena nahm sich die letzte Wand vor, die sich neben ihrem Bett erhob. Es war ihr, als würden ihre Gedanken wie dünne Fäden durch die Fugen des Mauerwerks dringen und sich auf der anderen Seite zu einem Netz von tastenden Fingern verdichten. Feine Tentakel suchten den Raum ab, der dem ihren zu gleichen schien, bis sie auf Leben stieß.

Ein Bild formte sich in ihrem Geist. Ein warmes Gefühl erfüllte sie.

Raika!

Sie spürte, wie der Körper auf der anderen Seite erstarrte.

Raika!, rief ihr Geist noch einmal.

Der Körper richtete sich auf und sah sich um. Die Lippen bewegten sich. Die Blicke huschten durch den leeren Raum.

»Ist da jemand?«

Sie sprang auf, eilte zur Tür und legte ihr Ohr an das Metall.

Du musst deinen Geist öffnen, dann kannst du mich hören.

Sie sah vor ihrem inneren Auge, wie sich Raika verwirrt um ihre eigene Achse drehte und in die Dunkelheit starrte.

»Lorena?«, murmelte sie ungläubig.

Ich bin hier, auf der anderen Seite, jenseits der Mauer neben deinem Bett!

Sie spürte, wie sich Raika der Wand näherte und ihre Handflächen auf die rauen Steine legte.

»Lorena?«, fragte sie noch einmal.

Ja, ich bin hier. Wie geht es dir?

»Ich langweile mich zu Tode und will endlich hier raus, aber die Tür ist zu stabil. Ich habe bereits alles versucht.«

Dann haben sie dir nichts getan?, wollte Lorena wissen.

»Sie haben mich niedergeschlagen und betäubt und dann hierhergeschleppt. Die Lady wollte alles über das Buch und die genauen Worte der Prophezeiung wissen und natürlich, was du im Haus des Councillors treibst. Aber sag, was ist mit dir? Wie haben sie es geschafft, an dich ranzukommen? Ich dachte, in Floors Castle bist du durch die Magie des Councillors geschützt. Oder hast du wieder irgendwelche Dummheiten angestellt?«

Ja, vermutlich, gab Lorena zu. Sie berichtete von ihrem Ausflug zu den Ruinen der Burg, wo sie die Guardians aufgespürt und mit ihrem Giftpfeil getroffen hatten.

Danach weiß ich nichts mehr. Nur noch Schemen und Gefühle, die in mir kreisten, während sich alle anderen bemühten, mich ins Leben zurückzurufen.

»Was ihnen offensichtlich gelungen ist«, stellte Raika fest.

Ja, sagte Lorena schlicht.

»Und dennoch hast du den Schutzschild noch einmal verlassen und dich erneut abfangen lassen?«

Rebecca und der Duke haben all ihre Magie für meine Rettung verbraucht. Der Schild brach zusammen. So konnten die Guardians bis ins Schloss vordringen und mich im Stall fangen, wo ich jeden Abend vor dem Essen der Schimmelstute einen Besuch abstattete. Es war eine Falle. Sie haben auf mich gewartet! Irgendjemand hat ihnen meine Gewohnheiten verraten und sie ins Schloss gelassen.

»Wie konnte das passieren?«, fragte Raika.

Ich denke, den meisten der Wanderer war die Entscheidung des Duke, mich ins Schloss einzuladen, ein Dorn im Auge. Und es gab unter ihnen welche, die ihrem Zorn Taten folgen ließen.

»Wow. Sie haben sich mit den Guardians der Lady eingelassen, um dich loszuwerden? Das hätte ich nicht gedacht. Der Councillor schien mir der Mann, der seine Truppe im Griff hat.«

Offensichtlich nicht, bekräftigte Lorena. *Sonst wäre ich jetzt nicht hier. Ich nehme allerdings an, dass er herausfindet, wer den Verrat begangen hat, und entsprechend handelt.*

»Vermutlich«, antwortete Raika, »aber das nützt uns auch nichts. Wir sind auf uns gestellt, wenn wir hier irgendwann wieder rauskommen wollen. Ich fürchte, die Lady will uns hier verfaulen lassen. Seit sie mich befragt hat, sitze ich hier. Keiner redet auch nur ein Wort mit mir. Sie schieben mir gerade so viel Essen und Wasser durch die Klappe, dass ich – zumindest im Moment – noch nicht draufgehe. Wenn ich nur diese verdammte Tür aufkriegen könnte. Aber auch wenn ich mich wandle, ist sie zu stabil.«

Die Tür ist nicht das Problem, entgegnete Lorena. Sie erhob sich, trat zu der Eisentür und legte ihre Hand auf das Schloss. Sie konzentrierte sich, bis der Mechanismus in ihrem inneren Auge vor ihr stand. Dann bewegte sie ihn allein mit der Kraft ihres Geistes, bis das Schloss offen war.

»Was tust du?«, erkundigte sich Raika.

Ich habe die Tür geöffnet. Sie war nur mechanisch verschlossen. So etwas kann mich nicht mehr aufhalten.

»Dann komm schnell und lass mich raus!«, forderte Raika, doch Lorena wehrte ab.

Wir würden nicht weit kommen. Oben wimmelt es von ihren Guardians. Ich kann viele neue Schwingungen spüren. Ich denke, die Lady hat sich eine neue Garde zusammengerufen. Wir würden gegen so viele nicht ankommen. Außerdem will ich wissen, was die Lady vorhat.

»Dich töten, um kein Risiko einzugehen«, vermutete Raika. »Ich denke, sie hat Angst, du könntest statt der Nachtmahre die Wanderer stärken.«

Du kennst die Formulierung aus dem Buch?, rief Lorena erstaunt.

»Ich weiß zumindest, was sie bedeutet. Die Lady hat eine Kopie davon – von William!«

Lorena stöhnte. *Das kann ich kaum glauben. Gerade er schien mir keine Abneigung gegen uns zu empfinden. Ich dachte, er sei Lucy ernsthaft zugetan. Möglicherweise wollte er uns nicht schaden und hat nur den unversöhnlichen Hass der Lady unterschätzt.*

»Ich hoffe nur, *du* unterschätzt ihn nicht«, knurrte Raika.

Das hoffe ich auch, stimmte ihr Lorena zu. *Aber ich will wissen, warum sie mich hierher hat schleppen lassen.*

Die beiden schwiegen eine Weile, dann ergriff Raika wieder das Wort.

»Ist es möglich, dass sich die Prophezeiung bereits erfüllt hat?«

Lorena ließ sich mit der Antwort Zeit, ehe sie sagte: *Ja, das hat sie. In der Nacht des Neumonds, als sie dich gefangen genommen haben.*

Raika pfiff leise durch die Zähne. »Das wirst du vor der Lady nicht geheim halten können. Vielleicht sollten wir doch besser gleich versuchen zu entkommen.«

Doch Lorena wollte davon nichts wissen. Sie verschloss die Tür wieder und setzte sich dann aufrecht auf ihr Bett. So wartete sie, bis der Abend kam und sich Schritte näherten. Die Tür schwang auf, und Audry trat ein.

»Mylady will dich sehen. Komm!«

Lorena erhob sich und richtete sich auf, obgleich ihr Kopf

noch immer schmerzte. Mit geradem Rücken und stolzer Miene folgte sie Audry hinauf in die Halle und weiter in das Allerheiligste der Lady.

»Wir werden nach Gryphon Manor gehen und Lorena rausholen!«, kündigte der Councillor an. Alle seine Wanderer, die er unter Waffen hielt, waren angetreten und folgten seinen Worten mit ernsten Mienen. Er beobachtete sie scharf und versuchte, in jedem Geist zu lesen, um nicht wieder böse Überraschungen zu erleben. Jeder Einzelne der zwei Dutzend Männer musste vortreten, seinen Treueschwur erneuern und ihm absoluten Gehorsam versichern. Er schärfte ihnen ein, dass es vor allem darum ging, Lorena unversehrt aus der Gewalt der Lady zu befreien.

»Und auch Raika«, fügte Rebecca hinzu, die schräg hinter ihm stand.

Er zögerte kurz, dann wiederholte er: »Wir befreien Lorena und Raika. Wer sich uns in den Weg stellt, wird getötet. Zögert nicht und denkt daran, nur wenn ihr einen Nachtmahr genau ins Herz trefft oder ihm den Kopf abschlagt, ist diese Kreatur für immer vernichtet.«

»Wie es eben auch bei den Wanderern der Fall ist«, kommentierte Rebecca trocken.

»Es geht nicht darum, alle Nachtmahre zu vernichten. Wir richten unseren Angriff nur gegen die Lady und die, die unbelehrbar auf ihrer Seite stehen.«

Keaton trat einen Schritt vor. »Wie soll das gehen?«, wollte er wissen. »Sollen wir mit jedem Nachtmahr erst ein Interview führen, um seine Gesinnung abzuklären, ehe wir zu unseren Waffen greifen?«

Jackson schnaubte abfällig. »Dann werden es die Nachtmahre sein, die uns die Köpfe abschlagen. Ich weiß nicht, über wie viele Guardians diese Lady im Moment verfügt, doch die, die ich bisher getroffen habe, waren harte Brocken und mit dem Schwert furchtbare Gegner. Außerdem sind sie schneller als wir und wendiger, vor allem, wenn sie ihre Flügel benutzen können.«

»Dann müssen wir dafür sorgen, dass ihnen das nicht möglich ist!«, ergriff Braden das Wort.

»Und wie willst du das anstellen?«, fragte Foster.

»Indem wir sie bei Tag angreifen«, schlug Keaton vor und richtete seinen Blick wieder auf den Councillor.

»Ja, das sollten wir.«

»Dann können Lucy und ich uns aber auch nicht wandeln«, gab Rebecca zu bedenken.

»Ihr seid zu zweit. Die anderen Nachtmahre vermutlich mehr als meine Warriors«, sagte der Duke.

»Lasst uns das drinnen besprechen«, schlug Rebecca vor, doch der Councillor war noch nicht bereit, die Männer zu entlassen. Er ließ jeden von ihnen einzeln noch einmal vortreten und starrte sie mit seinem durchdringenden Blick an. Erst als er nickte, durften sie wegtreten. Bei dreien von ihnen runzelte er die Stirn, sagte aber nichts. Erst als er mit Rebecca, William und Lucy später bei Tisch saß, erwähnte er die Männer.

»Ich denke, auf die meisten von ihnen können wir uns verlassen, doch bei dreien habe ich Bedenken. Dylan, Lenard und Reynold haben mich nicht überzeugt. Sie bergen großen Zorn in sich und haben nicht gewagt, meinem Blick offen zu begegnen. Sie werden nicht nach Gryphon Manor mitkommen. Wir können nicht riskieren, dass uns von unseren eigenen Männern welche in den Rücken fallen.«

»Was hast du mit ihnen vor?«, erkundigte sich William vorsichtig.

Die Miene des Duke verhärtete sich.

»Du willst sie doch nicht etwa töten«, stieß William hervor.

»Das wäre aber klug«, mischte sich Lucy ein. »Sie werden sich Ihnen sonst irgendwann, wenn Sie es am wenigsten erwarten oder gebrauchen können, in den Weg stellen.«

Der Duke sah Lucy mit einer Mischung aus Erstaunen und Befriedigung an. »Du hast viel von mir gelernt, meine Kleine.«

William dagegen war von diesem Vorschlag ganz und gar nicht angetan, und auch Rebecca widersprach.

»Wir wollen Nachtmahre und Wanderer wieder zusammenbringen und beide Seiten stärken. Das sollten wir nicht mit einem Mord an deinen Männern beginnen, die bisher nichts Falsches getan haben.«

»Vielleicht führt es aber zur Katastrophe, wenn wir abwarten, bis sie ihre Gedanken in die Tat umgesetzt haben«, sagte der Duke betont sanft.

»Dann schließ sie von unserem Vorhaben aus, aber bring sie nicht gleich um«, forderte Rebecca.

Er versprach, darüber nachzudenken, doch die Entscheidung wurde ihm abgenommen. Am nächsten Morgen meldete Keaton, dass die drei Männer sich in der Nacht davongemacht hätten.

»Lenard, Reynold und Dylan sind verschwunden. Sie sind nicht zu ihrer Schicht heute Nacht aufgetaucht. Als mir Braden Meldung machte, konnten wir keine Spur mehr von ihnen finden.«

»Lass sie suchen und bring mir ihre Köpfe«, brauste der Councillor auf, doch Rebecca widersprach.

»Denk noch einmal darüber nach. Wir brauchen alle deine Männer, wenn wir Erfolg haben wollen. Und wir haben vielleicht keine Zeit zu verlieren! Überleg dir genau, was dir wichtiger ist.«

Winston Campbell gab nach. »Dann verschieben wir das eben auf später. Wir treffen uns vor Sonnenuntergang vor dem Portal und fahren dann gemeinsam nach Oxford. Sorge dafür, dass die Männer bereit sind. Wir werden kurz vor Tagesanbruch angreifen. Dann wird die Zeit gegen die Mahre spielen. Wir müssen zusehen, dass wir die magische Barriere überwinden, ehe es hell wird. Sind wir erst einmal drin, wird es unser Vorteil sein, wenn die Sonne sie zwingt, sich zurückzuverwandeln.«

»Wir werden bereit sein!« Keaton verbeugte sich und zog sich dann zurück.

Carter hielt ihr die Tür auf. Seine Miene war versteinert wie immer. Lorena hielt inne und betrachtete den seelenlosen Butler der Lady einen Augenblick lang. Sie hatte sich bisher vielleicht zu wenige Gedanken darüber gemacht, was Nachtmahre Männern antaten, wenn sie sie ihres eigenen Willens beraubten, um sie zu ewigem Gehorsam zu zwingen. Andere Männer wurden durch das Gift der Nachtmahre derart abhängig von ihnen, dass sie aggressiv reagierten und gar bereit waren, ihren besten Freund zu töten, den sie nun nur noch als Konkurrenz um die Gunst des verehrten Wesens begriffen.

Es war sicher nichts Böses daran, selbstbestimmt und voller Lust seine Triebe auszuleben, aber so etwas ließ sich nicht rechtfertigen. Natürlich waren Frauen jahrhundertelang unterdrückt worden und wurden es in vielen Ländern noch immer, doch was war besser daran, den Spieß umzudrehen und neue Ungerechtigkeit der alten entgegenzusetzen?

Lorena sah Carter in die Augen. »Guten Tag, Carter. Wie schön, Sie zu sehen!«

Für einen Moment schien er verwirrt, doch die kurz aufflammende Regung einer Emotion verlosch sogleich wieder. Er war für immer verloren. Hölzern verbeugte er sich vor ihr. »Mylady erwartet Sie«, sagte er höflich und schloss dann die Tür hinter ihr.

Audry verschränkte die Arme und blieb vor der geschlossenen Tür stehen, während Lorena bis zu den Besucherstühlen vortrat, sich aber nicht setzte. Die Lady dagegen saß wie immer in ihrem thronartigen Sessel, Morla an ihrer Seite.

Lorena verschränkte die Hände und wartete, dass die Lady das Gespräch eröffnete. Sie ließ sich Zeit. Lorena spürte, wie die Gedanken der mächtigen Nachtmahrfrau nach ihrem Geist griffen und sich wie feine Nadeln in ihr Gehirn bohrten, doch Lorena war nicht bereit, ihr das zu geben, wonach sie suchte. Sie war inzwischen in der Lage, ihren Geist zu verschließen und sich so sehr auf eine Nichtigkeit zu konzentrieren, dass alle anderen Gedankenströme erlahmten. So einfach würde sie es der Lady nicht machen!

Der Beschuss hielt noch eine Weile an, dann spürte sie, wie sich die fremden Energieströme zurückzogen.

»Wir sind schwer enttäuscht von dir«, eröffnete Morla das Gespräch. »Du hast nicht nur versucht, davonzulaufen, du hast dich mit unseren Todfeinden verbündet!«

»Ihr meint, nachdem meine angeblichen Schwestern mich und die meinen töten lassen wollten?«

»Ihr habt gefehlt, und deshalb ist über euch ein Urteil gefällt worden.«

»Oh ja, ein gerechtes Urteil. Wofür mussten Sienna und Grace noch einmal sterben? Weil sie nicht wachsam genug waren und uns entkommen ließen? Was für ein Vergehen! Da ist es ihnen doch recht geschehen, dass man ihnen den Kopf abgeschlagen hat!«, sagte Lorena in sarkastischem Ton.

»Sie haben das Leben des Erben nicht nur aufs Spiel gesetzt. Sie haben seinen Tod verursacht!«, widersprach Morla.

»Nur dass der Erbe nicht der Erbe war, wie ihr inzwischen wisst, nicht wahr? Ihr wart doch so erpicht darauf, dass sich die Prophezeiung erfüllt. Jetzt ist es so weit, aber nun scheint es euch wieder nicht recht zu sein.«

»Ein Kind des Councillors!«, zischte Morla. »Die Brut der Wanderer! Wie kannst du die Nachtmahre derart verraten.«

»Der Duke ist der Auserwählte!«, beharrte Lorena. »So musste es geschehen, also regt euch ab und lasst mich und Raika gehen.«

»Du meinst doch nicht etwa, wir würden dich zu den Wanderern laufen lassen, um dich mit ihnen gegen deine Schwestern zu stellen?«

Lorena trat einen Schritt vor und fixierte Morla. »Ich denke, dass ihr nicht mehr meine Schwestern seid. Ihr habt uns eingesperrt und wolltet mir mein Kind wegnehmen! Ich sage nichts gegen meine Nachtmahrschwestern, die diese Bezeichnung verdienen. Sie haben mir geholfen, Lucy zu befreien, und haben dabei ihr Leben riskiert, während Sie beide sicher schon ewig wussten, dass Lucy in der Hand des Councillors war und wo er sie versteckt hielt. Aber die Verwechslung kam Ihnen gerade recht, daher haben Sie keinen Finger gerührt! Sie sind nur an Ihrer Macht interessiert und opfern leichtfertig andere dafür. Dabei steht dieser Stuhl allein meiner Urgroßmutter Rebecca zu.«

Lorena wandte sich an die Lady. Sie spürte den Widerstand, der sie zwingen sollte, den Blick gesenkt zu halten, doch ihre Kräfte waren gewachsen und ihre Magie stark geworden. Lorena hob den Blick und starrte in das alterslose Gesicht, das von dünnem, weißem Haar gerahmt wurde, das die Lady unter eine altmodische Spitzenhaube zurückgesteckt hatte.

Rebecca!, hallte es in Lorenas Geist wie ein Donnergrollen. *Sie lebt! Sie ist nach England zurückgekommen.*

»Allerdings, Mylady, und wenn Sie diesen Stuhl nicht freiwillig räumen, wird sie Sie eines Tages dazu zwingen, und dann werden neue Zeiten anbrechen. Dann werden Wanderer und Nachtmahre wieder zusammenfinden und der Krieg endlich ein Ende haben.«

Ein verächtliches Auflachen hallte durch den hohen Raum. Die Lady erhob sich. Sie war nicht besonders groß, doch die Magie, die sie umgab, noch immer stark. Dennoch widerstand Lorena dem Bedürfnis zurückzuweichen. Sie war bereit, ihr die Stirn zu bieten.

»Ich werde jetzt gehen, und Sie werden mich nicht aufhalten!«

Nun war es an Morla aufzulachen. »Das glaubst du nicht im Ernst. Du bleibst hier. Du trägst das Kind des mächtigsten Wanderers in dir, dessen Magie schon jetzt stärker ist, als wir es je hoffen konnten. Sollte es ein Mädchen sein, wird es uns Nachtmahre stärken. Ist es aber ein Junge, werden wir auf keinen Fall zulassen, die Wanderer noch mächtiger werden zu lassen!«

»Es sind zwei!«, erhob sich die Stimme der Lady, obgleich es nur ein Flüstern war. »Sie bekommt Zwillinge. Ein Mädchen und einen Jungen!«

»Dann wird nur das Mädchen leben!«, beharrte Morla.

»Ihr werdet keine Gelegenheit bekommen, euch an meinen Kindern zu vergreifen!«, sagte Lorena fest.

»Wie willst du das verhindern?«, erkundigte sich Morla. »Du bist hier in unserer Hand, und das wirst du auch bleiben!«

»Mag sein, und dennoch habt ihr nicht die Macht, ihnen etwas anzutun«, widersprach Lorena.

Sie spürte, wie die Lady wieder ihre Fühler nach ihr ausstreckte, doch sie drängte sie mit aller Kraft zurück. All ihr Zorn ballte sich zusammen und schlug der Lady mit ihrer ganzen magischen Kraft entgegen. Die Lady wankte, verlor das Gleichgewicht und taumelte gegen ihren Thron. Lorena starrte ihr ins Gesicht und sah mit Befriedigung das Entsetzen in ihrer Miene aufblitzen. Morla entschlüpfte ein Aufschrei, doch sie fing sich gleich wieder. Sie rief nach Audry und befahl ihr, die Guardians zusammenzutrommeln.

Lorena lächelte grimmig. »Ja, ruft sie alle her. Über wie viele Guardians verfügen Sie im Moment, und wie gut sind sie, nachdem Sie die treuen und erfahrenen Kämpferinnen haben töten lassen?«

Morla antwortete nicht, und auch die Lady schwieg. Lorena warf ihr noch einen Blick zu, dann wandte sie sich ab und verließ den Raum. Draußen erwarteten sie ein Dutzend Guardians in schwarzes Leder gekleidet mit dem blanken Schwert. Sie kannte Maddison und Chloe. Zwei weitere junge Nachtmahre hatte sie in der Ruine gesehen: Sophia und Harriet. Die meisten anderen waren ihr fremd. Wo hatte die Lady sie her? Waren sie ihrem Ruf freiwillig gefolgt, oder hatte sie die jungen Nachtmahre in ihren Dienst gezwungen?

Lorena ließ den Blick schweifen. Natürlich würde sie nicht gleichzeitig zwölf oder mehr Schwerter parieren können, doch sie war überzeugt, dass das auch nicht nötig sein würde. Sie sah in die Augen der Hüterin. Audry war fest entschlossen, sie nicht entkommen zu lassen, und auch Maddison und Chloe waren ernst zu nehmende Gegner, aber auch in ihnen las sie den Zweifel, gegen die Eclipse ihr Schwert zu erheben. Die jungen Dinger, die noch nicht lange im Training standen, fürchtete Lorena nicht. Sie würden es nicht einmal wagen, ihr Schwert gegen sie zu erheben, wenn sie auf ihre geballte Magie stießen. Sie konnte schon jetzt ihre Unsicherheit spüren.

Lorena wandte sich an Audry. »Ich werde noch eine Weile bleiben, jedoch nicht in dieser Zelle unter dem Turm. Ich werde wieder mein altes Zimmer beziehen, und Raika wird im Gemach neben mir untergebracht! Außerdem werden wir ab jetzt anständiges Essen bekommen, ist das klar? Ihr könnt ja im Gang Wachen aufstellen«, schlug sie vor und schritt dann aufrecht zwischen den gesenkten Klingen hindurch auf die Treppe zu.

Keiner versuchte, sie aufzuhalten.

Kapitel 23

DER KAMPF UM GRYPHON MANOR

Sieben dunkle Wagen rollten durch das Tor von Floors Castle. Lediglich die Diener und vier der Wanderer blieben als Wächter zurück. Der Rest verteilte sich auf die unauffälligen Limousinen. William war mit Lucy in seinem Sportwagen bereits vorausgefahren. Sie hatten für diese Nacht eine Art Waffenstillstand geschlossen. Der Councillor bot Rebecca in seinem Wagen den Platz auf der Beifahrerseite an. Dahinter fuhr Keaton mit seinem Team.

Der Councillor hatte sechs Stunden für die Fahrt eingeplant. Der Feierabendverkehr war bereits abgeklungen. Er erwartete keine Verzögerung. Der Wagen rollte ruhig dahin. Seine Begleiterin schwieg und hing ihren Gedanken nach.

»Mach dir nicht zu große Sorgen um Lorena«, durchbrach der Duke die Stille. »Sie ist stark geworden und wird sich zu wehren wissen.«

Rebecca nickte. »Mag sein, doch ich habe einst gegen die Lady und Morla gekämpft und weiß, über welche Kräfte sie zusammen verfügen. Alleine wäre ich gegen die Lady angekommen, aber so …«

»Die Lady ist eine alte Frau. Sie hat zu viele Jahrzehnte gesehen.«

Rebecca schmunzelte. »Und wie viele Jahre zählst du, Winston?«

»Touché!«, gab er zu. »Uns Wanderern kann die Zeit nichts anhaben.«

»Wir stammen aus einer gemeinsamen Wurzel«, erinnerte Rebecca. »Begehen wir nicht den Fehler, die alte Lady zu unterschätzen. Sie kämpft zwar sicher nicht mehr mit dem Schwert, doch ihr Geist ist genauso scharf wie eine Klinge und ebenso tödlich!«

»Du wirst es zusammen mit Lorena mit den beiden aufnehmen.«

»Ja, wenn wir Lorena wach und bei Verstand antreffen.«

Der Duke spürte ihre Besorgnis, doch er wollte nicht zweifeln. »Wir können kneifen oder den Angriff wagen, doch wenn wir zuschlagen, müssen wir an den Erfolg glauben.«

Rebecca ließ sich mit der Antwort Zeit. »Zuversicht ist gut, Leichtfertigkeit aber kann unser Verderben bedeuten und damit auch das von Lorena und Raika. Es kommt alles darauf an, dass wir unbemerkt die magische Barriere überwinden, was für dich und die Wanderer erst einmal unmöglich sein wird, denn gegen euresgleichen ist diese Magie gerichtet.«

»Deshalb ist es deine Aufgabe, dafür zu sorgen, dass wir sie passieren können.«

»Richtig, und dafür brauchen wir all unsere Kräfte. Wir müssen uns wandeln können! Wir dürfen auf keinen Fall zu spät losschlagen.«

»Wie viel Zeit braucht ihr?«

Rebecca stöhnte. »Wenn ich das nur wüsste!«

»Dann müsst ihr es eben innerhalb der Zeit schaffen, die euch zur Verfügung steht!«

»Ja, das müssen wir wohl«, stimmte sie ihm mit einem Seufzer zu.

Lorena saß auf ihrem Bett, den Kopf gegen die Wand gelehnt. Sie hatte sich zwar gegen die Lady durchgesetzt, doch das hieß nicht, dass sie nun einfach gehen und Gryphon Manor verlassen konnte. Der magische Schild ließ nur jene passieren, denen es die Lady gestattete, und Lorena wagte nicht, sich in das Magiefeld zu begeben, das den Kindern in ihrem Leib vielleicht doch Schaden zufügen könnte.

Sie ahnte draußen die Schritte der Guardians, die Raika aus ihrem Verlies geholt hatten. Dann ertönte ihre Stimme.

»Oh, ein neues Gefängnis. Wie reizend! Wem habe ich das zu verdanken? Sicher nicht der gütigen Lady und der noch herzigeren Morla«, sagte sie sarkastisch.

»Es war der Wunsch der Eclipse«, antwortete jemand, dessen Stimme Lorena nicht kannte. Vermutlich eine der jüngeren Guardians.

»Das geht sie nichts an«, unterbrach Audry barsch, doch Lorena spürte, wie Raika kicherte.

»Es ist schön zu sehen, dass die Lady Lorenas Wünschen so prompt nachkommt«, sagte Raika fröhlich. Sie hörte das Knarren der Tür und dann den Schlüssel im Schloss, als die Guardians Raika einsperrten.

Raika, komm hier herüber. Ich bin auf der anderen Seite, rief Lorena in ihren Gedanken. Sie spürte, wie sich Raika näherte und ihre Wange an die Wand presste.

»Wie hast du das gemacht? Bist du jetzt wirklich stärker als die Lady?«

Lorena zögerte. *Sie hat sich meiner Forderung gebeugt, ja, aber zusammen mit Morla ist ihre Magie noch immer übermächtig. Dass wir jetzt hier sind, heißt nicht, dass wir auch unbehelligt davonspazieren könnten.*

»Vielleicht gibt es die Stelle an der Mauer noch, durch die

wir schon einmal entkommen sind. Wenn sie nicht herausgefunden haben, wie wir damals rausgekommen sind, dann ist das unsere Chance.«

Vielleicht. Ich denke, sie werden uns gar nicht so weit kommen lassen. Vor unserer Tür sind einige Guardians platziert, und ich bin mir sicher, dass sie auch Sorge tragen, dass wir nicht durchs Fenster entkommen.

»Ich seh mal nach.«

Sie fühlte, wie Raika sich entfernte, und hörte dann, wie das Fenster nebenan geöffnet wurde. Lorena sprang vom Bett und lief ebenfalls zum Fenster. Sie zog die Flügel auf und trat an die Brüstung. Aus den Augenwinkeln sah sie, wie sich Raika nebenan aus dem Fenster beugte, dann aber hastig wieder zurückwich. Lorena ließ den Blick schweifen.

Es war, wie sie befürchtet hatte. Die Lady würde sich nicht so leicht übertölpeln lassen. Von den Türmen zu beiden Seiten waren Armbrüste auf sie gerichtet. Lorena zweifelte nicht, dass die beiden Guardians schießen und auch treffen würden, sollten sie versuchen, sich aus dem Fenster davonzumachen. Der Geist einer Gegnerin mit einem Schwert war sicher leichter zu beeinflussen als diese Schützen, die zu viele Meter von ihr entfernt waren und sie nicht direkt körperlich angriffen.

Lorena hörte Raika fluchen. »So einfach machen sie es uns also nicht. Aber wir werden einen Weg finden!«

Natürlich werden wir das. Ich habe nicht vor, meine Kinder hier zu gebären und zuzusehen, wie eines von beiden getötet wird.

Raika keuchte und sagte dann: »Das werden sie nicht wagen!«

Sie werden nicht die Gelegenheit dazu bekommen!, korrigierte Lorena.

»Und wie machen wir es?«

Wir warten.

»Worauf?«

Auf Unterstützung. Oder glaubst du, der Councillor legt einfach die Hände in den Schoß und überlässt mich mitsamt seinen ungeborenen Kindern der Lady?

»Nein, vermutlich nicht. Du weißt aber, dass er mit seinen Wanderern hier nicht eindringen kann?«

Vielleicht reicht uns ja schon ein wenig Verwirrung. Wir werden jedenfalls wachsam bleiben. Ich kann es spüren. Er ist bereits unterwegs.

»Na, dann wird das eine spannende Nacht«, sagte Raika trocken und schlug das Fenster wieder zu.

Es war kurz vor Sonnenuntergang, als draußen auf dem Gang etwas geschah, das Lorena die Stirn runzeln ließ. Sie hatte ihr Abendessen gerade beendet und schob nun den Teller von sich. Lorena schloss die Augen, um sich zu konzentrieren. Eine Welle von Magie und negativen Gefühlen, die ihr gar nicht gefielen, drang in ihr Zimmer. Sie erhob sich und wappnete sich innerlich, als die Tür geöffnet wurde. Morla trat ein, gefolgt von Audry.

»Was gibt es?«, erkundigte sich Lorena.

»Wir bitten dich, mit uns zu kommen«, versuchte es Morla freundlich, doch Lorena konnte die Anspannung spüren.

»Wohin?«

»In ein anderes Zimmer, wo du die Nacht verbringen wirst.« Morla schritt durch den Raum, bis sie das Fenster erreichte, und wandte sich ihr dann zu.

Lorena ließ sie nicht aus den Augen. »Warum? Ich finde

das Bett hier sehr bequem und möchte kein anderes Gemach.«

»Aber wir wollen, dass du die Nacht in einem anderen Raum verbringst«, fuhr Morla deutlich schroffer fort.

Lorena blickte zu ihr, wie sie vor dem geschlossenen Fenster stand. »Ah, du meinst einen Raum ohne Fenster.«

Morla nickte. »Ja, das kannst du uns nicht verübeln. Wir wären leichtfertig, würden wir dich hierlassen und dir gestatten, dich zu wandeln.«

Lorena schnaubte. »Ihr habt nicht das Recht, mich festzuhalten!«

»Das sieht die Lady anders. Sie ist unser aller Oberhaupt und trifft die Entscheidungen. Also, kommst du mit mir?« Sie streckte die Hand aus.

Lorena rührte sich nicht von der Stelle. Sie dachte an die Bilder, die sie in ihrem Geist gesehen hatte. Männer in schwarzen Wagen auf dem Weg hierher. Sie spürte die Nähe des Councillors. Lorena schüttelte den Kopf. »Nein, ich werde die Nacht in meinem gewohnten Bett verbringen.«

Sie ahnte das Zischen mehr, als dass sie es hörte, doch in diesem Moment wurde Lorena ihr Fehler bewusst. Morla hatte sie bewusst abgelenkt. Sie hatte gar nicht damit gerechnet, dass Lorena einwilligen würde. Sie hatte nur einen Moment der Unaufmerksamkeit gebraucht, um Audry einen einzigen Schuss zu ermöglichen.

Lorena fuhr herum und streckte die Hand aus, um den Flug des Pfeils aufzuhalten, doch zu spät. Er ritzte die Haut ihrer Hand.

»Warum?«, flüsterte sie.

»Weil wir dich nicht einfach wieder entwischen lassen, nachdem du so leichtsinnig warst, dich fangen zu lassen«, antwortete Morla und sah mit kalter Miene zu, wie Lorena wankte und zusammenbrach.

»Schafft sie in den Kerker zurück«, war das Letzte, was Lorena hörte, ehe sie das Bewusstsein verlor.

Der Konvoi erreichte Oxford gegen zwei Uhr in der Nacht. Wolken zogen über den Nachthimmel und verhüllten immer wieder die Sterne und den viel zu hellen Mond, doch der Councillor ließ sich nicht täuschen. Die Augen der Nachtmahre waren so scharf, dass sie auch bei Neumond und Wolken noch genug sahen, um jeden Eindringling zu entdecken.

»Ihr müsst immer in Deckung bleiben!«, schärfte er seinen Männern ein. »Und bewegt euch so langsam wie möglich. Sie reagieren auch auf Bewegung. Erst wenn wir die Mauer überwunden haben, nehmt eure Waffen zur Hand und greift an. Die meisten von euch haben bereits gegen Nachtmahre gekämpft. Ihr wisst, dass sie stark, wendig und skrupellos sind. Also nehmt keine falsche Rücksicht und lasst euch nicht von ihrer Schönheit blenden. Widersteht ihren Einflüsterungen. Es wird euch schwerfallen, doch sie sind Sirenen, die euch in den Tod locken. Wir geben Rebecca eine Stunde Vorsprung, halten uns aber bereit, jederzeit zuzuschlagen, wenn wir das Gefühl haben, dass unser Eingreifen notwendig ist.«

Rebeccas Miene zeigte deutlich, was sie davon hielt. »Handelt nicht überstürzt! Wenn ich ungesehen ins Herrenhaus komme und Morla oder die Lady alleine erwische, dann können wir viel Blutvergießen vermeiden.«

Der Councillor machte eine wegwerfende Handbewegung. Offensichtlich war das nicht sein vorderstes Ziel. »Lorena muss unversehrt bleiben! Das alleine zählt.«

Er teilte die Männer in Dreierteams auf und verteilte Funk- und Nachtsichtgeräte unter ihnen. Dann machten sie sich auf den Weg, um über ein Netz schmaler Waldwege unbemerkt möglichst nahe an Gryphon Manor heranzukommen.

Sie lag auf dem Rücken. Sie war nicht allein. Eine Hand strich ihr über die Wange. War sie wieder in Floors Castle? Der Duke war gekommen und hatte sie zu sich geholt. Alles war gut. Ihre Kinder konnten ohne Gefahr wachsen und gedeihen.

Da zog der Hauch von Moder durch ihren Sinn, und Lorena begriff, dass sie noch immer in Gryphon Manor war. Zurück in ihrem feuchten Verlies.

Die Hand strich ihr eine Haarsträhne aus dem Gesicht und flüsterte kaum hörbar, dennoch erkannte Lorena die Stimme. Sie schlug die Augen auf und sah in Raikas besorgtes Gesicht.

»Da bist du ja wieder«, sagte sie scheinbar lässig. »Ich dachte schon, sie haben dich wieder mit dem Gift lahmgelegt, das dich schon das letzte Mal fast umgebracht hat.«

»Falls sie das vorhatten, ist es ihnen nicht gelungen. Was immer es war, es ist nicht bis zu meinem Herzen vorgedrungen.« Mühsam richtete sich Lorena auf. »Wie lange war ich bewusstlos?«

»Dieses Mal nur wenige Stunden. Ich denke, es geht so langsam auf drei Uhr zu.«

»Und, hast du irgendetwas mitbekommen?«

Raika runzelte die Stirn. »Meinst du etwas Bestimmtes?«

»Ja, geht dort oben etwas Ungewöhnliches vor sich?«

Raika schüttelte den Kopf. »Ich habe nichts gehört.«

Lorena konzentrierte sich wieder auf ihre Umgebung und versuchte, Geräusche und Stimmungen einzufangen, doch alles schien normal und ruhig zu sein.

Sie schüttelte den Kopf. »Das verstehe ich nicht. Ich war mir sicher, dass sie heute Nacht kommen.«

»Der Councillor und Rebecca?«

Lorena nickte. »Er ist dort draußen irgendwo. Warum greifen sie nicht an?«

Raika überlegte. »Weil die Nachtmahre zu dieser Stunde den Wanderern gegenüber im Vorteil sind?«

Lorena starrte sie an. »Ja, natürlich. Er ist schlau und wird nicht so leicht in eine Falle laufen.«

»Hoffst du.«

»Ja, ich hoffe und ich glaube es!«, betonte Lorena.

Eine Stunde vor Sonnenaufgang, als die Nacht bereits zu verblassen begann, schwangen sich Rebecca und Lucy über die Mauer. Lucy konnte es nicht fassen, dass der Schutzschild in der Ecke zwischen den Zweigen des alten Baumes noch immer nicht gesichert war.

»Sie haben also nie herausgefunden, wie wir damals entkommen sind«, stellte sie zufrieden fest.

»Ich komme mit!«, beharrte William. »Es ist auch meine Schuld.«

Lucy nickte. »Ja, komm, ich helfe dir hoch.«

Winston Campbell schnaubte abfällig. »Was sollte er euch nützen?«

»Er kann zumindest mit seinem Revolver umgehen«, verteidigte ihn Lucy. »Er hat in den vergangenen Wochen hart trainiert.«

»Da schicke ich lieber einen meiner Männer oder komme

selbst mit«, widersprach der Duke, doch Rebecca hielt ihn zurück.

»Du weißt, dass das nicht möglich ist. Sobald du das Magiefeld betrittst, wird Alarm ausgelöst. Es erkennt Wanderer!«

Man konnte ihm ansehen, wie wenig ihm die Sache gefiel, doch es blieb ihm nichts anderes übrig, als nachzugeben.

»Eine Stunde!«, betonte er noch einmal, »dann werde ich mit meinen Männern über diese Mauer steigen und den Laden aufmischen. Seht zu, dass ihr Lorena bis dahin aus der Gefahrenzone gebracht habt.«

»Lorena und Raika!«, korrigierte Lucy, aber das interessierte den Councillor nicht.

William gesellte sich zu den beiden Nachtmahren. Rebecca trug ein Schwert an ihrer Seite. Lucy holte die Pistole hervor, die William ihr besorgt hatte. William zog ebenfalls seine beiden Pistolen aus den Holstern und entsicherte sie.

»Los, aber nutzt jede Deckung«, sagte Rebecca. »Alles kommt darauf an, dass wir ungesehen ins Haus kommen.«

Lautlos wie Schatten huschten die beiden Nachtmahre durch den Park. Sie nutzten die Hecken des Labyrinths, um sich der Terrasse zu nähern.

»Psst!«, zischte Lucy zweimal in Williams Richtung. »Ihr Menschen seid wie Trampeltiere.«

»Was denn?«, widersprach er beleidigt. »Ich bin so leise wie ihr.«

Lucy verdrehte die Augen, sagte aber nichts.

Ehe sie die Terrasse erreichten, hielt Rebecca inne. Sie zog ihr Schwert und sah sich aufmerksam um. »Dort hinten patrouillieren zwei Guardians«, sagte sie. »Kannst du erkennen, wer es ist?«

Lucy rutschte ein Stück vor und kniff die Augen zusammen, dann schüttelte sie den Kopf. »Nein, die habe ich noch nie gesehen.«

»Sie scheinen mir sehr jung«, stimmte ihr Rebecca zu. »Ich denke, es sind welche von den Neuen, die die Lady rekrutiert hat. Das ist gut. Sie werden uns nicht aufhalten können!« Sie wandte sich an William. »Du bleibst hier. Wenn sie Alarm schlagen, dann erledige sie, ansonsten bleibst du unsichtbar! Wir gehen hinein und suchen Lorena und Raika.«

»Hast du eine Ahnung, wo sie sie gefangen halten?«, wollte Lucy wissen.

Rebecca richtete sich auf und streckte die Arme aus. »Ich versuche, ihre Schwingungen aufzuspüren.« Nach einer Weile gab sie auf und schüttelte den Kopf. »Ich weiß nicht recht. Ich glaube, ich konnte Lorena spüren, doch sehr gedämpft. Sie sind sicher nicht in einem der oberen Gemächer.«

»Im Turmzimmer?«, schlug Lucy vor.

»Zu schwach. Ich denke, sie sind unter der Erde. Sie haben die beiden in die Kerkerzellen unter den Türmen gesperrt.«

»Na, dann los!« Lucy sah sich noch einmal nach allen Seiten um, dann huschte sie über die Terrasse und duckte sich hinter einen großen Blumenkübel. Rebecca wartete, bis die beiden Guardians sich wieder abwandten und in die andere Richtung schritten, ehe sie Lucy folgte.

»Sie sind da!«, wisperte Lorena. »Sie kommen, um uns zu holen. Kannst du es nicht spüren?«

Raika versuchte es. »Nein, ich spüre gar nichts, außer vielleicht Hunger und den Frust, hier in diesem verdammten Verlies eingesperrt zu sein. Aber wenn du es sagst.«

Lorena wandelte sich, ging zur Tür und legte ihre Handflächen neben das Schloss. »Es wird Zeit, dass wir gehen und ihnen ihre Suche erleichtern.« Sie konzentrierte sich auf den Mechanismus und spürte, wie sich die Verriegelung löste, doch als sie am Griff zog, rührte sich die Tür nicht.

»Was ist?«

»Morla muss sie magisch verschlossen haben. Verdammt! Nur sie ist dazu in der Lage.«

»Dann wird es Zeit herauszufinden, wer von euch beiden die größeren Kräfte hat«, sagte Raika. »Denke daran, du trägst die Erben in dir. Sie vereinen die Magie der Nachtmahre mit der der Wanderer. Konzentriere dich darauf, dann sollte so ein Schloss doch kein Problem sein.«

Lorena schnaubte. »Du hast gut reden, aber vielleicht hast du recht.«

»Nicht vielleicht. Ich habe ganz sicher recht«, verbesserte Raika. »Du musst mit jeder Faser daran glauben!«

»Das tue ich!«, stieß Lorena hervor und sammelte ihre Gedanken. Sie zog die Kräfte in sich zusammen und dachte an die Zwillinge, die sie in sich trug. Ein Stoß von Energie stärkte ihren Körper und schärfte ihren Geist. Sie fixierte das Türschloss, dann ließ sie die Magie hervorschießen. Sie spürte den Widerstand, der sie erzittern ließ, doch Lorena gab nicht auf.

»Ich schaffe das!«, stieß sie hervor.

Mit einem lauten Knacken, das beide zusammenfahren ließ, brach das Schloss. Die Tür schwang auf und schlug gegen die Wand.

Lorena und Raika stöhnten. Das Geräusch war vermutlich im ganzen Haus zu hören gewesen.

»Schnell!«, drängte Lorena, doch sie musste Raika nicht antreiben. Sie war bereits auf den Beinen und schien hellwach. Noch während sie durch die Tür drängte, wandelte sie sich. Lorena lief auf die Treppe zu. Sie hörte die eiligen Schritte, die ihr entgegenkamen, doch noch ehe sie die junge Guardian erreichte, stieß diese einen Schrei aus.

Kapitel 24

TOD UND NEUE HOFFNUNG

Rebecca wartete, bis die Guardians sich wieder entfernten, dann eilte sie zu der verschlossenen Tür. Eine Handbewegung ließ das Schloss aufspringen.

»Wie nachlässig«, kommentierte sie leise und schlüpfte durch den Spalt. Lucy folgte ihr.

»Wohin jetzt? Rechts oder links?«, wisperte Lucy.

Rebecca überlegte kurz. »Ich vermute, sie sind unter dem West- oder unter dem Nordturm. Dort gibt es einige alte Kellerräume, die man als Gefängniszelle nutzen könnte.«

Lucy nickte. Die Treppe auf ihrer Seite führte zu den Waffenräumen hinunter, in denen Lorena und Raika so häufig mit dem Schwert trainiert hatten.

»Dann müssen wir zu der Treppe auf der anderen Seite.«

Rebecca stimmte zu und winkte Lucy, ihr zu folgen. Offensichtlich kannte sie sich in Gryphon Manor noch immer aus, obgleich es viele Jahrzehnte her sein musste, seit sie es das letzte Mal betreten hatte.

Sie näherten sich der großen Halle. Nun kam der heikelste Teil. Sie würden sie entweder durchqueren müssen oder den schmalen Gang auf der Nordostseite nehmen, der dem Personal diente, um ungesehen auf die andere Seite des Herrenhauses zu gelangen. Beides war riskant. Vermutlich hatten die ersten dienstbaren Geister bereits ihre Betten verlassen und konnten jeden Moment auftauchen, um mit ihrer morgendlichen Arbeit zu beginnen. Und in dem schmalen Gang gab es keine Möglichkeit, in Deckung zu gehen und die Schatten der scheidenden Nacht zu nutzen.

Rebecca entschied sich für die Halle. Sie öffnete leise die Tür und ließ den Blick schweifen. Sie war leer. Langsam ging sie voran. Lucy folgte ihr genauso geräuschlos. Sie hatten die Halle bereits zur Hälfte durchquert, als ein Knall, der den Boden erzittern ließ, sie aufschreckte.

»Was war das?«, hauchte Lucy.

»Schnell!«, zischte Rebecca.

Die beiden rannten auf den Durchgang auf der anderen Seite zu, doch ehe sie diese erreichten, öffnete sich die Flügeltür zu ihrer Linken, und eine Stimme ließ sie innehalten.

»Wohin so eilig, Rebecca! Wir haben dich erwartet.«

Morla stand in der Tür zum Salon der Lady. Triumph schwang in ihrer Stimme mit.

Vor ihnen traten Maddison und Chloe unter den Torbogen, beide ihre Schwerter in den Händen. Ihre Mienen zeigten Entschlossenheit. Wenn die beiden Eindringlinge weiterwollten, würden sie sich den Weg freikämpfen müssen, doch eine starke Macht stoppte ihren Lauf. Lucy spürte, wie sie wie von unsichtbaren Fäden gezogen sich umwandte und dann stehen blieb.

»Es ist lange her, dass wir dich auf Gryphon Manor begrüßen durften«, sagte Morla spöttisch zu Rebecca.

»Du meinst, seit ihr mich um mein Recht betrogen habt«, korrigierte diese. Mit stolz erhobenem Haupt trat sie auf Morla zu. »Versteckt sich die alte Lady noch immer hinter dir?«, erkundigte sie sich scheinbar liebenswürdig.

»Mylady tut, was ihr beliebt und was ihr zusteht«, widersprach Morla.

»Das war einmal und ist jetzt endgültig Geschichte!«, sagte Rebecca barsch.

Morla trat einen Schritt zur Seite und ließ sie passieren.

Lucy konnte nicht erkennen, ob sie freiwillig den Weg freigab oder ob Rebeccas Kraft sie dazu zwang, und richtete den Lauf ihrer Pistole auf die beiden Guardians. »Bleibt, wo ihr seid! Ich kann verdammt gut schießen, und ich werde nicht zögern, das könnt ihr mir glauben.«

Die beiden tauschten Blicke, blieben aber unter dem Torbogen stehen.

»Steh auf«, hörte Lucy Rebecca drinnen im Salon mit solch einer Schärfe sagen, dass sich die Worte selbst für sie wie die Klinge eines Dolchs anfühlten. »Deine Zeit ist um. Gib Lorena und Raika frei, dann lasse ich dich am Leben.«

»Meine kleine Rebecca«, ertönte eine leise Stimme, die sich wie das Knistern von altem Pergament anhörte. »Du willst doch nicht etwa schon wieder aufbegehren? Versuche nicht, deine Kräfte mit den meinen zu messen. Ich habe dich das letzte Mal verschont. Dieses Mal darfst du nicht mit meiner Gnade rechnen.«

»Das ist gut zu wissen. Dann weiß ich ja jetzt, wie das Ganze ausgehen wird.«

Lucy riskierte rasch einen Blick nach links. Sie konnte Rebecca sehen, wie sie, die Arme nach vorn gestreckt, dastand und die Stelle fixierte, wo die Lady vermutlich wie immer in ihrem thronartigen Sessel saß. Ein schimmerndes Feld schien um Rebecca zu wabern, zog sich zusammen und schoss dann wie Blitze in Richtung auf die Lady zu. Lucy hörte ein Stöhnen, doch die Antwort folgte sogleich. Nun krümmte sich Rebecca, doch besiegt war sie längst nicht.

Auf einmal waren von draußen Schüsse und laute Rufe zu vernehmen. War die Stunde schon vorüber, oder war William so ungeschickt gewesen, sich entdecken zu lassen? Ganz gleich, was geschehen war, Lucy konnte ihm im Moment nicht helfen.

Da schrie Chloe auf: »Die Gefangenen haben sich befreit!«

Lucy schoss knapp über ihren Kopf hinweg. »Keine Bewegung! Die nächste Kugel trifft. Lorena, Raika, macht, dass ihr rauskommt!«

Doch Chloe und Audry warfen sich gleichzeitig nach hinten. Sie stießen sich vom Boden ab, wirbelten in einem Überschlag herum und waren verschwunden. Lucy schoss noch zweimal, war sich aber nicht sicher, ob sie getroffen hatte. Die Waffe im Anschlag, rannte sie durch die Halle hinterher. Morla wandte sich ab und stürzte in den Salon, um ihrer Lady beizustehen. Würde Rebecca gegen die beiden zusammen ankommen? Lucy fluchte laut, doch der Magie dieser Nachtmahre hatte sie nichts entgegenzusetzen. Sie musste dafür sorgen, dass Lorena und Raika unversehrt hier herauskamen.

Als Erstes entdeckte sie das Blut unter dem Torbogen. Offensichtlich hatte sie zumindest eine der Guardians getroffen. Lucy stürzte den beiden hinterher.

Draußen vor der Mauer wurden die Wanderer durch Schüsse und Schreie aufgeschreckt.

»William!«, knurrte der Councillor und befahl dann: »Vorwärts, Männer. Wir gehen rein!«

Er schwang sich als Erster über die Mauer, seine Wanderer folgten ihm. Die Waffen im Anschlag, liefen sie geduckt durch den Park auf das Herrenhaus zu. Funken sprühten, als sie die Kuppel aus Magie erreichten, doch erstaunlicherweise hielt sie die Männer nicht auf. Für ihre Nachtsichtgeräte war es bereits zu hell. Der Himmel verblasste bereits und ging in die Morgendämmerung über. Die Männer suchten hinter den Büschen Deckung, doch weit kamen sie nicht. Der Angriff der Nachtmahre ließ nicht auf sich warten. Winston Campbell und seine Warriors zogen ihre Schwerter, die anderen Wanderer hoben ihre MPs und schossen auf die Schatten, die nun von allen Seiten auf sie herabstürzten, doch sie waren zu schnell und zu wendig, als dass die Wanderer großen Schaden hätten anrichten können. Eine blonde Frau mit strengen Zügen landete hinter Foster und schlug ihm mit einem einzigen Streich den Kopf ab. Gregg schoss auf sie, doch sie entkam anscheinend unverletzt. Auf dem Rasen vor der Terrasse trafen die Gegner aufeinander. Der Councillor schwang sein Schwert. Seine Gegnerin schien nicht sehr erfahren und ließ sich zurückdrängen. Doch ehe er den tödlichen Streich ausführen konnte, sprang eine weitere Kämpferin dazwischen und schlug sein Schwert beiseite. Zusammen banden sie ihn in einen wirbelnden Tanz aus Leibern und Klingen, in den sich keiner seiner Männer einzumischen wagte. Zu groß war das Risiko, eine der Kugeln könnte den Councillor niederstrecken. Auch Jackson, Keaton und einige andere stürzten sich mit ihren Schwertern in den Kampf. Die Nachtmahre schienen nun überall zu sein, und offensichtlich beherrschten auch die jungen Guardians ihr Handwerk. Die Männer mit den Schusswaffen rückten langsam zum Haus vor, als drinnen eine Explosion zu hören war. Die Scheiben klirrten.

»Weiter, Männer!«, befahl der Councillor, dem es gelang, die jüngere der beiden Angreiferinnen niederzustrecken. Doch ehe er sie endgültig vernichten konnte, musste er sich bereits gegen die zweite wehren. Drinnen krachte es wieder, und ein heller Blitz erleuchtete zwei der Fenster, die auf die Terrasse hinauszeigten.

»Holt Lorena da raus!«, schrie er. Die Männer traten die Tür ein und verschwanden im Innern des Herrenhauses.

Die Tür krachte gegen die Wand. Es blieb ihnen keine Zeit, darüber nachzudenken, warum der Energiestoß so heftig ausgefallen war. Der Schaden war angerichtet, und sie konnten nicht mehr hoffen, unbemerkt aus dem Haus zu kommen. Lorena sprang mit einem mächtigen Satz vor, der sie selbst erstaunte. Um ihre Flügel zu benutzen, war es hier unten zu eng, doch sie erreichte die Guardian, ehe diese sich entschieden hatte, mit dem Schwert zuzuschlagen. Lorenas Hände umklammerten ihren Hals. Die junge Frau stöhnte und zappelte, konnte sich aber nicht befreien. Das Schwert entglitt ihren Händen. Lorena ließ sie los und gab ihr einen Stoß, sodass sie die letzten Stufen nach unten stolperte. Schon hatte sie das Schwert in Händen.

»Komm schnell!«, rief sie Raika zu, die der Guardian noch einen Schlag versetzte, woraufhin diese zurücktaumelte und mit dem Kopf gegen die Wand stieß.

»Lass sie! Dafür haben wir keine Zeit.«

Die beiden stürzten die Treppe hinauf und schlitterten in den breiten Korridor, der das Hauptgebäude mit seinen Türmen mit dem niederen Seitenflügel verband.

Von draußen waren Schüsse und Waffengeklirr zu hören, denen drei weitere Schüsse oben in der Halle folgten. Eine

Explosion erschütterte das Gebäude, und die Magie der Entladung breitete sich wie eine Welle aus. Lorena spürte, wie ihr Haar wie von Sturmwind erfasst wurde. Sie hatte Mühe, nicht zurückzuwanken, doch da sah sie Audry und Chloe mit erhobenen Schwertern auf sie zukommen. Chloe blutete aus zwei Wunden an der Schulter und am Oberschenkel, doch Audry schien unverletzt und offensichtlich nicht gewillt, die Gefangenen so leicht entkommen zu lassen. Lorena blieb nichts anderes übrig, als sich ihnen zu stellen. Audry sprang vor. Ihr Schwert sauste mit unglaublicher Wucht herab. Lorena parierte und wand sich zur Seite, doch der Hieb war so stark, dass sie glaubte, ihr Arm müsse brechen. Aber so einfach ließ sie sich von der Waffenmeisterin der Lady nicht besiegen. Lorena konzentrierte sich ganz auf ihre Instinkte und die Ahnung, die ihr sagte, wie der nächste Angriff ausfallen würde. Die Schwerter trafen aufeinander. Die beiden Nachtmahre wirbelten herum.

»Was kann ich tun?«, rief Raika verzweifelt, die noch immer hinter ihr war. Sie suchte nach etwas, das sie als Waffe verwenden konnte, um Lorena beizustehen, doch außer ein paar Gemälden an der Wand war der Gang leer.

Lorena und Audry sprangen und drehten sich, ließen ihre Schwerter tanzen und wichen dann wieder den Schlägen der anderen aus. Lorena sah, dass sie ihre Meisterin gefunden hatte, doch sie war nicht bereit, auch nur einen Schritt zurückzuweichen. Das war ein Kampf auf Leben und Tod, und sie würde ihn nicht verlieren!

Lucy rannte auf den Torbogen zu. Sie konnte die beiden Nachtmahre nicht mehr sehen, doch dann schlugen zwei Schwerter gegeneinander.

Lorena?

Den Arm mit der Pistole ausgestreckt, sprang sie durch den Bogen. Zu ihrer Linken tobte der Kampf, doch ehe sie reagieren konnte, schwang von der anderen Seite eine Klinge herab. Lucy zuckte zurück, doch es gelang ihr nicht mehr, weit genug zurückzuspringen. Die Klinge schlug ihr die Waffe aus der Hand, und die Pistole rutschte über den glatten Boden einige Meter weit davon.

Der Schlag hätte gereicht, ihr den ganzen Arm abzutrennen, wenn sie nicht so schnell reagiert hätte!

Lucy wich in die Halle zurück. Sie sah, dass Chloe aus zwei Wunden blutete, die ihre Projektile ihr zugefügt hatten, doch sie war noch immer in der Lage, mit der Linken ihr Schwert zu führen und die nun unbewaffnete Lucy zurückzudrängen. Lucy rannte durch die Halle, auf der Suche nach Deckung. Ein Schrei ertönte und dann ein Schuss. William sprang durch die Tür. Er traf die Guardian, doch sie hielt in ihrem Lauf nicht inne. Ihre Klinge schwang mit tödlicher Kraft herum. Noch einmal feuerte William und warf sich zwischen Lucy und die Angreiferin. Sie zuckte, in die Brust getroffen, doch das Schwert schwang weiter seine Bahn. William gelang es nicht mehr, Lucy zurückzudrängen und sich selbst aus der Gefahrenzone zu bringen. Die Schneide schlitzte ihn von der rechten Schulter schräg über den Leib bis zur linken Hüfte auf. Lucy schrie. Noch ein Schuss fiel und ließ Chloes Schädel bersten. Im Torbogen stand Raika mit Lucys Pistole in der Hand. Chloe brach zusammen. Das Schwert fiel zu Boden, aber auch William sackte blutend in Lucys Arme. Raika lief zu ihnen, doch es gab nichts, das sie tun konnte.

»Geh hinaus und hilf dem Councillor und den anderen!«, sagte Lucy.

Raika gehorchte und zischte flügelschlagend davon.

Im Salon der Lady zuckten magische Blitze und zerbarsten mit Donnergetöse an den Barrieren, die sie und Rebecca um sich gezogen hatten. Lucy umklammerte William, aus dessen Wunde helles Blut in Strömen floss. Draußen wurde noch immer geschossen und gefochten. Lucy hörte, wie die Tür aufgebrochen wurde und die Wanderer mit polternden Stiefeln ins Herrenhaus eindrangen.

Rebecca stand der Lady und Morla gegenüber. Die Lady hatte sich aus ihrem Sessel erhoben, in dem sie anscheinend die Nacht verbracht hatte. Waren sie erwartet worden? Gab es noch einen Verräter unter den Wanderern?

Rebecca blieb keine Zeit, darüber nachzudenken. Die Lady schleuderte ihr ihre geballte Magie entgegen. Rebecca spürte, wie sie in ihren Geist einzudringen versuchte, doch es gelang ihr, den Angriff abzuwehren und die Energie zu ihrer Trägerin zurückzuschleudern. Funken sprühend zuckten Blitze durch den Salon. Die Scheiben eines Jugendstilschranks mit einem Vitrinenaufsatz barsten. Beim nächsten Energiestoß zersprang das alte Porzellan, das darin ausgestellt war. Rebecca fühlte, wie ihre Kraft nachließ. Sie musste die Zähne zusammenbeißen, um nicht zurückzuweichen. Sie spürte Lorenas Nähe. Mit ihrer Hilfe würden sie zusammen siegen! Sie fing einen erneuten Stoß ab und zog mit aller Kraft ihre Magie um die Lady zusammen. Die alte Frau keuchte und griff sich an den Hals. Rebecca holte tief Luft und drückte noch stärker. Die Hände der Lady verkrampften sich. Sie schnappte nach Luft, doch da griff Morla wieder ein. Sie ließ den magischen Ring bersten, dass es Funken regnete. Der Stoff eines Sesselüberwurfs begann zu qualmen, und auch einer der Vorhänge färbte sich schwarz. Rebecca wurde zurückgeschleudert und krachte in die geborstene Vitrine. So schnell sie konnte, rappelte sie sich wieder auf und wappnete sich für einen erneuten Angriff, der mit unglaublicher Macht über sie kam. Nun war sie es, die dachte, sie würde zwischen eisernen Pressen zerquetscht. Mit aller Kraft wehrte sie sich. Ein Stöhnen entrann ihren Lippen.

Audry focht exzellent. Sie war eine hervorragende Lehrerin gewesen, doch sie verfügte nicht über die Magie, die in Lorena erwacht war, und konnte daher nur auf deren Angriffe und Finten reagieren, nicht aber sie vorhersehen. Lorena focht mit jedem Schlag besser. Sie lernte blitzschnell aus jeder Bewegung, die sie beobachtete. Zuerst konnte Audry mit Lorenas neuer Schnelligkeit mithalten, doch dann begannen ihr Fehler zu unterlaufen, die sie immer wieder aus dem Gleichgewicht zu bringen drohten. Lorena ließ nicht locker und bedrängte Audry hart.

»Ergib dich, bitte, und schließe dich uns an!«, bat Lorena, während ihr Schwert weitertanzte.

»Niemals! Ich bin der Lady treu ergeben, du Verräterin!«

»Rebecca ist die wahre Lady von Gryphon Manor und über alle Nachtmahre, das weißt du. Die Lady hätte ihr längst ihren Platz räumen müssen. So steht es in den Chroniken.«

Doch Audry ließ sich nicht überzeugen.

»Bitte, ich möchte dich nicht töten«, versuchte es Lorena noch einmal.

»Das wirst du auch nicht schaffen. Du und deine Bastarde werden unter meinem Schwert sterben!«

Da hörte sie Schüsse und dann den Schrei ihrer Schwester: »William, nein!« Er ging in ein Schluchzen über. »Du darfst nicht sterben! Lorena, hilf mir!«

Doch in ihrem Geist erklang noch ein Hilferuf.

Lorena, komm. Ich brauche deine Kraft und deine Magie, um gegen die Lady und Morla zu bestehen.

Der fremde Schmerz, der über sie hereinbrach, beflügelte sie noch, doch da ging ein Zucken durch ihren Körper. Die Sonne war aufgegangen und zwang alle Nachtmahre, ihre menschliche Gestalt anzunehmen. Lorena sprang zurück, doch auch Audry war für mehrere Augenblicke mit ihrem eigenen Körper beschäftigt.

Lorena griff wieder an. Sie täuschte eine Finte vor, wich aus und schlug Audry mit einem so kräftigen Hieb die Klinge nach oben, dass sie ihrer Hand entglitt und davonflog. Lorenas Schwert bohrte sich tief in Audrys Herz.

»Es tut mir so leid«, wisperte sie, als sie die Klinge rot von Blut wieder herauszog. »Das hätte nicht sein müssen.«

»Lorena!«

Sie wirbelte herum und stürzte in die Halle, wo Lucy auf dem Boden kauerte, den blutüberströmten William in den Armen.

»Du musst ihm helfen. Er darf nicht sterben!«

Lorena sah die Wunde, die das Schwert hinterlassen hatte. »Ich bin keine Ärztin«, sagte sie. »Was kann ich tun, außer ihn verbinden und die Blutung stoppen?«

»Nutze deine Magie!«, forderte Lucy. »Du kannst blind kämpfen, dann kannst du sicher auch einen Körper heilen.«

»Es ist Tag. Ich kann mich nicht wandeln«, wehrte Lorena ab.

»Das brauchst du nicht. Die Magie ist in dir.«

Lorena war nicht überzeugt, kniete sich aber neben sie und legte ihre Hände auf die klaffende Wunde. Das hellrote Blut strömte ihr über die Finger.

Lorena, komm, hilf mir!

Es war dringend. Sie wusste es. Rebecca war am Ende ihrer Kräfte. Sie musste ihr helfen, doch auch William rang mit dem Tod und würde verbluten, wenn es ihr nicht gelang, die Wunde zu schließen.

Konzentrier dich, beschwor sie sich selbst. *Keine Zweifel! Nur so kann es gelingen. Schnell!*

Sie fühlte, wie es sie zerriss, als sie die Energie in den Körper unter ihren Händen strömen ließ.

»Es funktioniert«, jubelte Lucy, als der rote Strom versiegte.

Lorena!

Der Ruf war schwächer geworden.

Lorena sprang auf. Rauchschwaden wirbelten um sie herum. Gryphon Manor brannte! »Verbinde ihn und schaff ihn hier raus«, rief sie, während sie zum Salon der Lady rannte. Sie sah, wie die Flammen an den Vorhängen hochschlugen und sich gierig in die jahrhundertealten Polstermöbel fraßen. Rebecca stand mitten in den Flammen, aufrecht und noch immer kampfbereit, während Morla versuchte, die Lady zu der rettenden Tür hinüberzuschleifen. Die mächtige Frau wirkte nun nur noch wie ein altes Weib, dem alle Kraft genommen worden war. Sie schwankte und konnte sich kaum auf den Beinen halten, doch Morla schob den Arm unter ihre Achseln und stieß mit dem Fuß einen brennenden Stuhl beiseite.

»Ihr werdet nicht gehen«, stieß Rebecca keuchend aus. »Dies wird euer Grab!« In diesem Moment erblickte sie

Lorena. »Lass sie nicht entkommen, hörst du? Du darfst sie nicht aus dem Zimmer lassen.«

Lorena sah zu Rebecca hinüber, die von Flammen umkränzt an der Wand in der Ecke stand, und dann zu Morla, welche die Lady schleppte. Mit einem Knacken und einem Klirren zerbarsten die Fenster. Ein Wirbel sog frischen Sauerstoff ins Zimmer und ließ die Flammen hoch aufschlagen. Die Farben der bemalten Decke warfen Blasen und färbten sich dann schwarz.

»Mach Platz! Du wirst uns nicht aufhalten«, forderte Morla.

Noch zögerte Lorena. Wenn sie jetzt in den Salon laufen würde, würde sie Rebecca zum Fenster schleppen und retten können.

Nein, tu das nicht! Schließ die Tür und verriegle sie, forderte Rebecca. *Meine Zeit ist abgelaufen. Dein Zeitalter beginnt erst.*

Mit letzter Kraft stieß sie sich ab, lief durch die Flammen und erwischte die Lady an ihrem Rock. Rebecca umklammerte den alten Stoff, während ihre eigenen Kleider Feuer fingen, doch sie gab nicht nach, selbst als Morla nach ihr trat. Morla ließ die Lady los, die wankend zusammenbrach und auf Rebecca fiel. Der alte Stoff ging in Flammen auf. Morla schrie. Sie warf sich über die Lady und besiegelte damit auch ihr eigenes Schicksal.

Lorena starrte entsetzt auf das Inferno. Sie war wie gelähmt. Es fühlte sich an, als würde sie selbst brennen.

Da legten sich zwei Hände auf ihre Schultern. »Komm, hier gibt es nichts mehr zu tun«, ertönte eine kühle Stimme, die das Brennen in ihr verlöschen ließ. »Der Kampf ist zu Ende. Sehen wir zu, dass wir das Haus verlassen. Die Flammen fressen sich bereits in den oberen Stock zum Dach hinauf.«

Lorena bebte, als Rebeccas Magie für immer erlosch, doch auch die Kraft der Lady zerfiel zu Asche.

Starke Arme hoben sie hoch und trugen sie davon. Lorena barg ihr Gesicht an seinem Hals, als der Duke sie und seine ungeborenen Kinder in den Park hinaus in Sicherheit brachte.

Ein kleines Grüppchen versammelte sich am Ende des Parks und sah zu, wie sich Gryphon Manor in eine lodernde Fackel verwandelte und dann irgendwann ausgeglüht in sich zusammenbrach. Der schimmernde Magieschild war längst verschwunden. Alle starrten wie gebannt auf das Feuer, das das Reich der Lady vernichtete und mit ihr Morla, Rebecca und die anderen, die im Haus gefallen waren.

Der Councillor hielt Lorena fest, Lucy kniete neben William, dessen Verband aus einem Tischläufer sich rot gefärbt hatte. Raika brachte eine Tischdecke aus einem der Pavillons und wickelte sie ihm um den Leib, doch der Strom war gestoppt, und es sickerte nur noch wenig Blut in den Stoff.

Ein Stück weiter hatten sich die überlebenden Wanderer versammelt, die eine kleine Gruppe Nachtmahre umstellt hatten. Es waren junge Frauen, die Lorena nicht kannte, die ihre Waffen niedergelegt und sich ergeben hatten.

Lorena zählte sechs Frauen und acht Wanderer. Alle anderen lagen tot im Park verstreut.

Aus der Ferne waren Sirenen zu hören.

»Gehen wir«, sagte der Duke. »Nehmt die Nachtmahre mit und passt gut auf sie auf. Wir fahren direkt nach Floors Castle zurück, aber gebt acht, dass ihr den Einsatzkräften nicht begegnet.«

Er selbst führte Lorena durch das Tor hinaus und setzte sie in seinen Wagen. Dann half er William auf den Rücksitz. Lucy rutschte zu ihm. Raika drängte sich auf der anderen Seite ins Auto. Der Duke gab Gas. Die anderen Wagen folgten ihm über verschlungene Waldpfade, bis sie in einiger Entfernung auf eine Straße stießen und nach Norden abbogen. Während die Feuerwehr von Oxford mit ihren Wasserschläuchen die ausgebrannte Ruine von Gryphon Manor kühlte, kehrte die Kolonne des Councillors ohne Zwischenfälle nach Floors Castle zurück.

EPILOG

Die Maschine setzte sanft auf dem Rollfeld auf. Die Reifen quietschten, und Lorena wurde gegen den Gurt um ihre Hüfte gedrückt. Dann hielt das Flugzeug an und rollte langsam zum Terminal. Lorena stieg aus und machte sich auf den Weg zum Taxistand. Der Fahrer brachte sie zu der von ihr genannten Adresse und nahm das großzügige Trinkgeld mit einem breiten Lächeln entgegen.

Lorena schritt durch den langen, trostlosen Flur und klopfte dann an die Tür mit der Nummer 18. Sie trat ein. Else Maschek saß in ihrem Rollstuhl vor dem Fenster und sah hinaus in den Park, wo der Herbstwind bunte Blätter von den Bäumen riss und durch die Luft wirbelte.

»Wie geht es dir, Großmutter?«

Sie wandte sich um. Ein Lächeln breitete sich über ihr faltiges Gesicht aus. »Lorena, was für eine Überraschung! Komm her, mein Kind! Wie geht es dir? Lass dich anschauen.«

Lorena trat zu ihr, beugte sich vor und küsste ihre Wange.

Else griff nach ihren Händen und betrachtete sie kritisch. »Etwas ist geschehen. Sag es mir. Wie geht es Lucy?«

Lorena zog sich einen Stuhl heran und setzte sich. »Es ist sehr viel geschehen. Lucy geht es gut, aber ich muss dir leider sagen, dass Rebecca tot ist.«

Else nickte. »Es war eine kurze Rückkehr. Ich vermute, sie ist weder sanft eingeschlafen, wie das in höherem Alter vorkommt, noch hat ihr Herz sie plötzlich im Stich gelassen.«

Lorena nickte. »Es ist eine lange Geschichte.«

Else lächelte. »Das kann ich mir vorstellen, aber ich habe Zeit, wie du weißt.« Sie kniff die Augen zusammen. »Irgendetwas ist anders mit dir«, sagte sie.

Lorena nickte. »Ja, ich bin schwanger. Ich werde im Frühling Zwillinge bekommen.«

»Das freut mich, mein Kind, aber sag mir, wer ist der glückliche Vater?«

»Auch das ist eine lange Geschichte«, gab Lorena zu.

Elsa Maschek ließ ihre Hände los und lehnte sich in ihrem Rollstuhl zurück. »Das scheint ein interessanter Tag zu werden. Man darf sich nie der Hoffnungslosigkeit hingeben. Das Leben hält doch immer noch Überraschungen bereit.«

Lorena holte tief Luft und sah sich dabei in dem trostlosen Zimmer des Seniorenheims um.

»Würdest du mit mir nach Großbritannien kommen und bei uns leben wollen?«, stieß sie hervor.

Else Maschek brauchte einige Augenblicke, das zu verdauen. »Du meinst bei dir und deinem Mann?«

»Also, ja, bei mir, dem Vater der Zwillinge und bei Lucy und ihrem Freund William, wenn das bei den beiden von Dauer sein sollte. Im Moment ist sie jedenfalls bei ihm und pflegt ihn hingebungsvoll. Er wurde – ja, schwer verletzt.«

»Und da wollt ihr euch noch eine alte Frau im Rollstuhl aufhalsen? Kind, das ist lieb, aber ich habe mein Leben hinter mir.«

»Wenn du noch länger hier alleine bist, ganz sicher«, stimmte ihr Lorena zu.

»Meine Tage sind nicht mehr besonders spannend«, gab Else zu. »Aber mir bleiben immerhin meine Erinnerungen.«

»Würdest du nicht gern bei mir und Lucy sein und bei den Zwillingen?« Sie legte die Hände auf ihren Bauch, der sich zaghaft zu wölben begann.

»Es hört sich verlockend an, Kind, aber ich will euch nicht belasten. Hast du dir das ganz genau überlegt? So ein alter Mensch mit in der Wohnung kann eine Belastung sein. Ihr braucht den Platz für die Kinder, wenn sie erst einmal da sind.«

Lorena lächelte. »Also am Platz wird es nicht scheitern. Wir werden nicht in einer Wohnung leben. Unser Zuhause wird ein Schloss in Schottland sein. Floors Castle. Der Vater heißt Winston Campbell und ist der Duke of Roxburgh.«

Else Maschek zog die Stirn kraus. »Den Namen habe ich schon einmal gehört. Ist er nicht der Councillor der Wanderer?«

»Das ist er«, gab Lorena zu.

Ihre Großmutter betrachtete sie aufmerksam. »Und du willst bei ihm in seinem Schloss leben und mit ihm gemeinsam die Kinder großziehen?«

»Ja, das haben wir vor.«

»Dann gibt es wirklich viel, das du mir erzählen musst«, sagte Else Maschek.

»Ich bin jetzt die Lady«, platzte es aus Lorena heraus. »Die Königin der Nachtmahre.«

In der Halle stapelten sich Koffer und Taschen.

William kam die Treppe herunter und stemmte die Hände in die Hüften. »Das willst du doch nicht etwa alles mitnehmen?« Er wandte sich um und lächelte.

Lucy erwiderte sein Lächeln. »Nein, das meiste gehört Raika. Ich denke, wir werden nicht viel brauchen.«

William ging zu ihr und nahm sie in die Arme. »Wir brauchen nur uns.«

»Was für ein reizendes Paar«, ertönte eine Stimme von oben. »Bei so viel Harmonie weiß ich nicht, ob ich gerührt sein soll oder ob es mir schlecht werden müsste.«

Lorena schritt neben ihm die Treppe hinunter. »Sei froh, dass sie sich so gut verstehen. Wer weiß, wie lange es anhält und Lucy ihre wilde Seele zähmen lässt.«

»Du meinst, sie ist nicht so häuslich wie du?«, erkundigte sich der Duke.

»Sie ist ein Nachtmahr!«

»Das habe ich nicht vergessen. Die Ruhelosigkeit liegt euch im Blut.«

»Deshalb ist es gut, dass sie losziehen, um sich die Welt anzusehen«, sagte Lorena.

Der Duke nickte. »Je früher, desto besser. Sie fingen bereits an, mir gehörig auf die Nerven zu gehen.«

Raika kam durch das offene Portal in die Halle. Sie trug ihre Motorradkluft. Ihr langes schwarzes Haar hatte sie zu einem Pferdeschwanz gebändigt. »Wo bleibt ihr denn?« Sie griff nach zwei Koffern. »Könnt ihr die Sachen nach Paris mitnehmen?«

Lucy verzog das Gesicht. »Denkst du, wir fahren mit einem Möbelwagen durch Europa? Wir nehmen Williams McLaren. Der ist nicht gerade für seine Kofferraumgröße bekannt.«

Raika stellte die Koffer mit einem Schulterzucken ab. »Dann eben nicht. Dann kaufe ich mir in Paris, was ich brauche.«

Lorena trat zu ihr und umarmte sie. »Ich danke dir, dass du das für mich machst.«

Raika grinste breit. »Wofür? Dein Schloss in Frankreich übernehmen, ein wenig stellvertretende Lady spielen und Paris unsicher machen?«

»Ja, so in der Art.«

»Und du willst wirklich lieber hier in der schottischen Einsamkeit bleiben?«, erkundigte sich Raika. »Nachdem Gryphon Manor nur noch ein verkohlter Steinhaufen ist, wäre das Schloss in Paris der Sitz der Lady.«

»Ich bleibe lieber hier«, bekräftigte Lorena. »Zumindest, solange die Zwillinge so klein sind.«

Winston Campbell rief nach Jackson und Sophia. »Ihr bringt Raikas Gepäck nach Paris«, wies er sie an. »Nehmt euch eine der Limousinen. Ihr bleibt bei ihr im Schloss und unterstützt sie, solange ihr keine anderen Anweisungen bekommt.«

Die beiden nickten und gingen davon.

»Du meinst, es ist eine gute Idee, die beiden zu schicken?«, wollte Lorena wissen.

»Ja, das denke ich. Hast du die Blicke nicht bemerkt, die sie einander zuwerfen? Wenn die Versöhnung funktionieren soll, dann müssen Wanderer und Nachtmahre lernen, einander zu vertrauen und miteinander zu arbeiten.«

»Wir müssen los!«, drängte Lucy.

Lorena und der Duke folgten ihnen hinaus zur Auffahrt, wo Williams Sportwagen und Raikas nagelneues Motorrad bereitstanden. Der Frühling war nach Schottland zurückgekehrt, und die Bäume waren schwer von Blüten. Die Sonne schien bereits ungewöhnlich warm herab und versprach einen prächtigen Tag.

Lorena umarmte ihre Schwester, Raika und William. Der Duke nickte ihnen zum Abschied zu. Sie winkten noch einmal, dann brausten sie davon. Lorena und Winston kehrten ins Schloss zurück, durchquerten die Halle und traten auf der anderen Seite auf die Terrasse, wo Else Maschek in ihrem Rollstuhl neben dem Kinderwagen saß, in dem die Zwillinge schliefen. Finley, der schwarz-weiße Kater aus der Portobello Road, rekelte sich in ihrem Schoß. Sie lächelte glücklich. In einiger Entfernung patrouillierten zwei der jungen Guardians, die bereit gewesen waren, mit nach Floors Castle zu kommen. Sie waren die persönlichen Beschützer der kleinen Charlotte. Die beiden Wanderer, die ihrem Bruder Robert zugeteilt waren, nickten ihnen zu, doch nicht alle waren mit den Entscheidungen des Councillors und der neuen Lady der Nachtmahre einverstanden gewesen. Ein paar der Wanderer hatten sich davongemacht und waren seitdem nicht wieder aufgetaucht. Die wenigen Nachtmahre, die den Kampf um Gryphon Manor überlebt hatten, waren Lorena gefolgt. Sie hatte allerdings keine Ahnung, wie viele Nachtmahre es noch irgendwo unentdeckt gab und ob diese bereit waren, sich an die neuen Regeln zu halten, auf die Lorena bestand.

»Lassen wir es auf uns zukommen«, sagte Winston Campbell. Er trat an den Kinderwagen. Magische Funken sprühten auf, als sich die Kinder zu regen begannen. Der Duke beugte sich vor und nahm Charlotte aus dem Wagen. »Ich glaube, das Vermächtnis der Nachtmahre muss gefüttert werden.«

Lorena nahm sie ihm aus dem Arm. »Dann muss die Zukunft der Wanderer eben noch eine Weile warten.«